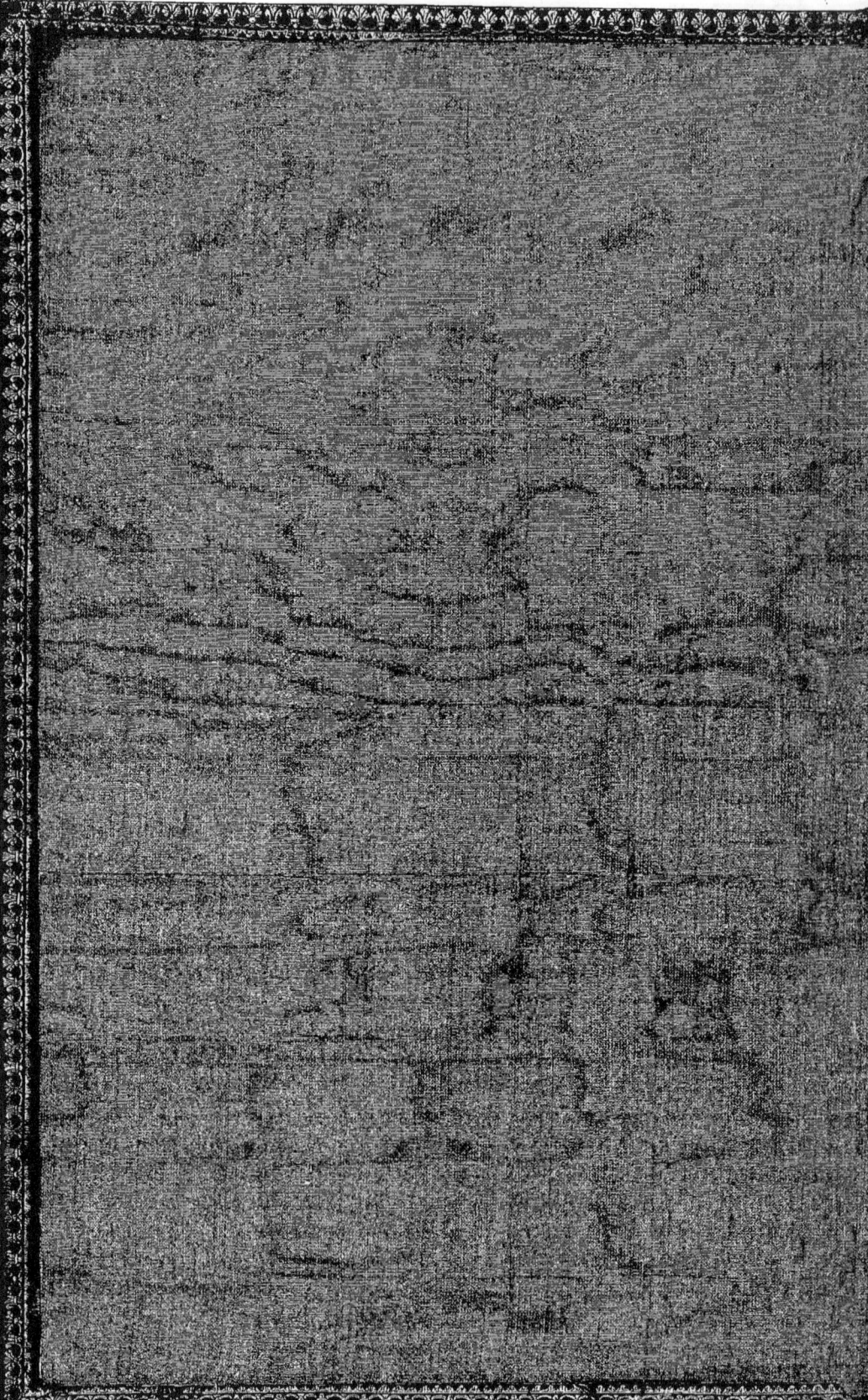

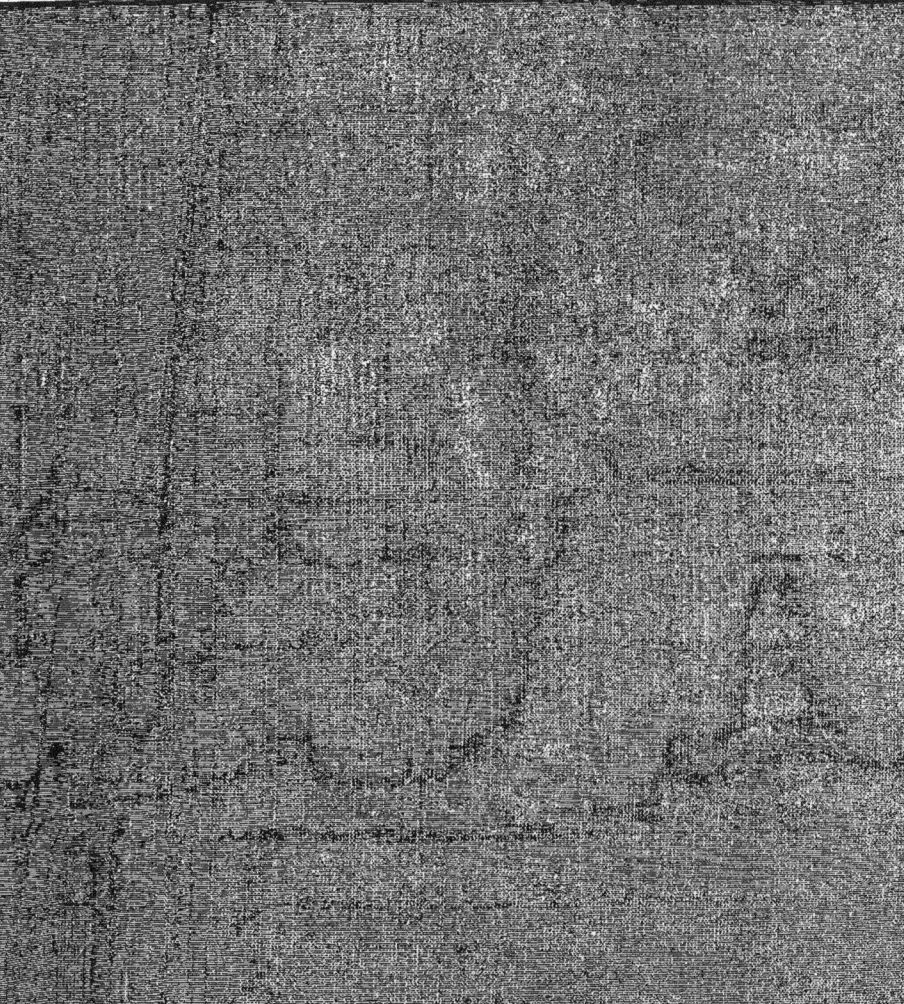

OEUVRES

COMPLETES

DE

VOLTAIRE.

LE COMᵀᴱ D'ARGENTAL.

J. Defraine, Del.

J. B. Fosseyeux. Sculp 1788.

OEUVRES

COMPLETES

DE

VOLTAIRE.

TOME CINQUANTE-TROISIEME.

DE L'IMPRIMERIE DE LA SOCIÉTÉ LITTÉRAIRE-
TYPOGRAPHIQUE.

1 7 8 5.

RECUEIL

DES LETTRES

DE M. DE VOLTAIRE.

1738–1743.

RECUEIL

DES LETTRES

DE M. DE VOLTAIRE.

LETTRE PREMIERE.

A M. DE MAUPERTUIS.

A Cirey, . . . janvier.

Romulus et Liber pater et cum Caftore Pollux...
Ploravere fuis non refpondere favorem
Speratum meritis.

Je ne puis m'empêcher, Monfieur, de vous rappeler à ce petit texte dont votre mérite, vos travaux et le prix injufte que vous en recevez, font le commentaire.

Vos huit triangles liés entre eux, et formant ce bel eptagone, qui prouve tout d'un coup l'infaillibilité de vos opérations; enfin, votre génie et vos connaiffances, très-fort au-deffus de cette opération même, doivent vous affurer en France et les plus belles récompenfes et les éloges les plus unanimes. Mais ce n'eft pas d'aujourd'hui que l'envie fe déchaînait

1738.

contre vous. Des perſonnes incapables de ſavoir même quel eſt votre mérite, s'aviſaient à Paris de vous chanſonner, quand vous travailliez ſous le cercle polaire pour l'honneur de la France et de la raiſon humaine. Je reçus à Amſterdam, l'hiver dernier, une chanſon plate et miſérable contre pluſieurs de vos amis et contre vous ; elle était de la façon du petit *Lélio*, et je crus reconnaître ſon écriture. Le couplet qui vous regardait était très-outrageant, et finiſſait par,

> *Les meules de moulin*
> *De ce calotin.*

C'eſt ainſi qu'un miſérable bouffon traitait et votre perſonne et votre excellent livre (*), qui n'a d'autre défaut que d'être trop court. Mais auſſi M. *Muſſchembroek* me diſait, en parlant de ce petit livre, que c'était le meilleur ouvrage que la France eût produit en fait de phyſique. *S'Graveſende* en parlait ſur ce ton, et l'un et l'autre s'étonnaient fort que M. *Caſſini*, et après lui M. de *Fontenelle*, aſſuraſſent ſi hardiment le prétendu ovale de la terre ſur les petites différences très-peu déciſives qui ſe trouvaient dans leurs degrés, tandis que les meſures de *Norvood* aſſuraient à la terre une forme toute ſemblable à celle que vos raiſonnemens lui ont donnée, et que vos meſures infaillibles ont confirmée.

Tôt ou tard il faut bien que vous et la vérité vous l'emportiez. Souvenez-vous qu'on a ſoutenu des thèſes contre la circulation du ſang : ſongez à *Galilée*, et conſolez-vous.

(*) Diſcours ſur la figure des aſtres.

Je fuis perfuadé que quand vous avez refufé les douze cents livres de penfion que vous avez géné-reufement répandues fur vos compagnons de voyage, vous avez dû paraître au miniftère un efprit plus noble que mécontent. Vous devez en être plus eftimé ; et il vient un temps où l'eftime arrache les récom-penfes (1).

J'avais ofé, dans les intervalles que me laiffent mes maladies, écrire le peu que j'entendais de *Newton*, que mes chers compatriotes n'entendent point du tout : j'ai fufpendu cette édition qui fe fefait à Amfterdam, pour avoir l'attache du minif-tère de France ; j'avais remis une partie de l'im-primé et le refte du manufcrit à M. *Pitot* qui fe char-geait de folliciter le privilége. Le livre eft approuvé depuis huit mois ; mais monfieur le chancelier ne me le rend point. Apparemment que de dire que l'attraction eft poffible et prouvée, que la terre doit être aplatie aux pôles, que le vide eft démontré, que les tourbillons font abfurdes, &c., cela n'eft pas permis à un pauvre français. J'ai parlé de vous et de votre livre dans mes petits Elémens, avec le refpect que j'ai pour votre génie. Peut-être m'a-t-on rendu fervice en fupprimant ces Elémens : vous n'auriez eu que le chagrin de voir votre éloge dans un mauvais ouvrage. M. *Pitot* m'avait pourtant flatté que *ce petit catéchifme de la foi newtonienne était affez orthodoxe.* Je vous prie de lui en parler. Il y a fix mois que j'ai quitté toute forte de philofophie. Je fuis retombé

---

(1) *Maupertuis* avait été bleffé de la modicité de la récompenfe ; il voulait qu'on le regardât comme le chef de l'entreprife, et fes confrères comme des élèves qui avaient travaillé fous lui. Ces confrères étaient cependant *Clairaut, Camus, Lemonnier.*

dans mon ignorance et dans les vers ; j'ai fait une tragédie, mais je n'attends que des fifflets. J'ai une fois fait un poëme épique, il y en a plus de vingt éditions dans l'Europe : toute ma récompenfe a été d'être joué en perfonne, moi, mes amis et ma Henriade, aux italiens et à la foire, avec approbation et privilége.

Qui bene latuit, bene vixit. Je n'ai plus affez de fanté pour travailler à rien, ni pour vous étudier ; mais je vous admirerai et vous aimerai toute ma vie, vous et le grand petit *Clairaut*.

LETTRE II.

A M. THIRIOT.

A Cirey, le 25 janvier.

Je comptais, mon cher ami, vous envoyer un énorme paquet pour le Prince, et j'aurais été charmé que vous euffiez lu tout ce qu'il contient ; vous euffiez vu et peut-être approuvé la manière dont je penfe fur bien des chofes, et furtout fur vous : je lui parle de vous comme le doit faire un homme qui vous eftime et qui vous aime depuis fi long-temps. Il doit, par vos lettres, vous aimer et vous eftimer auffi ; cela eft indubitable, mais ce n'eft pas affez. Il faut que vous foyez regardé par lui comme un philofophe indépendant, comme un homme qui s'attache à lui par goût, par eftime, fans aucune vue d'intérêt. Il faut que vous ayez auprès de lui cette efpèce de confidération qui vaut mieux que mille écus d'appointemens, et qui, à la longue, attire en effet des

récompenfes folides. C'eft fur ce pied-là que je vous
ai cru tout établi dans fon efprit, et c'eft de là que je
fuis parti toutes les fois qu'il s'eft agi de vous. J'étais
d'autant plus difpofé à le croire que vous me mandâtes, il y a quelque temps, à propos de M. de
Keyferling, que le Prince envoya de Berlin à madame
la marquife *du Châtelet*, *le prince* NOUS *a auffi envoyé un*
gentilhomme, &c. Vous ajoutiez je ne fais quoi de *bruit*
dans le monde, à quoi je n'entendais rien, et tout
ce que je comprenais, c'était que le Prince vous
donnait tous les agrémens et toutes les récompenfes
que vous méritez et que vous devez en attendre.

Enfin, je croyais ces récompenfes fi fûres que M. de
Keyferling, qui eft en effet fon favori, et dont le Prince
ne me parle jamais que comme de fon ami intime, me
dit que l'intention de fon Alteffe royale était de vous
faire fentir, de la manière la plus gracieufe, les effets
de fa bienveillance. Voici à peu-près mot à mot ce
qu'il me dit : ,, Notre prince n'eft pas riche à préfent,
,, et il ne veut pas emprunter, parce qu'il dit qu'il eft
,, mortel, et qu'il n'eft pas fûr que le roi fon père
,, payât fes dettes. Il aime mieux vivre en philofophe
,, en attendant qu'il vive un jour en grand roi ; et il
,, ferait très-fâché alors qu'il y eût un prince fur la
,, terre qui récompensât mieux fes ferviteurs que lui.
,, Je vous avouerai même, continua-t-il, que l'ex-
,, trême envie qu'il a d'établir fa réputation chez les
,, étrangers, l'engagera toujours à prodiguer des
,, récompenfes d'éclat fur fes ferviteurs qui ne font
,, pas fes fujets ,,.

Ce fut à cette occafion que je parlai de vous à
M. de *Keyferling*, dans des termes qui lui firent une

très-grande impreffion. C'eſt un homme de beaucoup de mérite, qui s'eſt conduit avec le roi en ſerviteur vertueux, et auprès du Prince en ami véritable. Le roi l'eſtime, et le Prince l'aime comme ſon frère. Madame la marquiſe *du Châtelet* l'a ſi bien reçu, lui a donné des fêtes ſi agréables, avec un air ſi aiſé, et qui ſentait ſi peu l'empreſſement et la fatigue d'une fête, elle l'a forcé d'une manière ſi noble et ſi adroite à recevoir des préſens extrêmement jolis, qu'il s'en eſt retourné enchanté de tout ce qu'il a vu, entendu et reçu. Ses impreſſions ont paſſé dans l'ame du Prince royal, qui en a conçu pour madame la marquiſe *du Châtelet* toute l'eſtime, et j'oſe dire l'admiration qu'elle mérite. Je vous fais tout ce détail, mon cher ami, pour vous perſuader que M. de *Keyſerling* doit être l'homme par qui les bienfaits du Prince doivent tomber ſur vous.

Je vous répète que je ſuis bien content de la politique habile et noble que vous avez miſe dans le refus adroit d'une petite penſion, et ſi par haſard (car il faut prévoir tout) il arrivait que ſon Alteſſe royale prît votre refus pour un mécontentement ſecret, ce que je ne crois pas, je vous réponds qu'en ce cas M. de *Keyſerling* vous ſervirait avec autant de zèle que moi-même. Continuez ſur ce ton : que vos lettres inſinuent toujours au Prince le prix qu'il doit mettre à votre affection à ſon ſervice, à vos ſoins, à votre ſageſſe, à votre déſintéreſſement; et je vous réponds, moi, que vous vous en trouverez très-bien. J'ai été prophète une fois en ma vie, auſſi n'était-ce pas dans mon pays; c'était à Londres, avec notre cher *Fakener*. Il n'était que marchand, et je lui prédis qu'il ſerait ambaſſa-

deur à la Porte. Il fe mit à rire ; et enfin le voilà
ambaffadeur. Je vous prédis que vous ferez un jour 1738.
chargé des affaires du prince devenu roi , et quoique
je faffe cette prédiction dans mon pays, votre fageffe
l'effectuera. Mais d'une manière ou d'autre , foyez sûr
d'une fortune.

Je fuis bien aife que *Piron* gagne quelque chofe
à me tourner en ridicule (2). L'aventure de la
Malcrais-Maillard eft affez plaifante. Elle prouve au
moins que nous fommes très-galans ; car , quand
Maillard nous écrivait, nous ne lifions pas fes vers ;
quand mademoifelle de *la Vigne* nous écrivit , nous
lui fîmes des déclarations.

Monfieur le chancelier n'a pas cru devoir m'accorder le privilége des Elémens de *Newton :* peut-être
dois-je lui en être très-obligé. Je traitais la philofophie
de *Defcartes* comme *Defcartes* a traité celle d'*Arijlote.*
M. *Pitot*, qui a examiné mon ouvrage avec foin, le
trouvait affez exact : mais enfin je n'aurais eu que de
nouveaux ennemis, et je garderai pour moi les vérités
que *Newton* et *s'Gravefende* m'ont apprifes. Adieu ,
mon cher ami.

(2) Dans la Métromanie , où *Piron* a tiré parti de cette aventure que
tout le monde connaît.

LETTRE III.

A M. THIRIOT.

Cirey, ce 7 février.

JE vous envoie, mon cher ami, une lettre pour le Prince royal, en réponfe à celle que vous m'avez dépêchée par l'autre voie. Sa lettre contenait une très-belle émeraude accompagnée de diamans brillans, et je ne lui envoie que des paroles. Soyez sûr, mon cher *Thiriot*, que mes remercîmens pour lui feront bien plus tendres et bien plus énergiques, quand il aura fait pour vous ce que vous méritez et ce que j'attends. Ne foyez point du tout en peine de la façon dont je m'exprime fur votre compte, quand je lui parle de vous; je ne lui écris jamais rien qui vous regarde, qu'à l'occafion des lettres qu'il peut faire paffer par vos mains, et que je le prie de vous confier. Je fuis bien loin de paraître foupçonner qu'il foit feulement poffible qu'il vous ait donné le moindre fujet d'être mécontent. Quand je ferais capable de faire cette balourdife, l'amitié m'en empêcherait bien. Elle eft toujours éclairée quand elle eft fi vraie et fi tendre. Continuez donc à le fervir dans le commerce aimable de littérature dont vous êtes chargé, et foyez sûr, encore une fois, qu'il vous dira un jour : *Euge, ferve bone et fidelis, quia fuper pauca fuifti fidelis, &c.*

Vous vous intéreffez à mes nièces; vous favez fans doute ce que c'eft que M. de *la Rochemondière*, qui

veut de notre aînée. Je le crois homme de mérite, ——
puifqu'il cherche à vivre avec quelqu'un qui en a. **1738.**
Si je peux faciliter ce mariage, en affurant vingt-cinq
mille livres, je fuis tout prêt; et s'il en veut trente,
j'en affurerai trente; mais pour de l'argent comptant,
il faut qu'il foit affez philofophe pour fe contenter du
fien, et de vingt mille écus que ma nièce lui apportera.
Je me fuis cru, en dernier lieu, dans la néceffité
de prêter tout ce dont je pouvais difpofer. Le prêt
eft très-affuré; le temps du payement ne l'eft pas; ainfi
je ne peux m'engager à rien donner actuellement
par un contrat. Mais ma nièce doit regarder mes
fentimens pour elle comme quelque chofe d'auffi fûr
qu'un contrat par-devant notaire. J'aurais bien mauvaife opinion de celui qui la recherche, fi un préfent
de noce de plus ou de moins (qu'il doit laiffer à ma
difcrétion) pouvait empêcher le mariage. C'eft une
chofe que je ne peux foupçonner. Je ferai à peu-près
pour la cadette ce que je fais pour l'aînée. Leur
frère, correcteur des comptes, eft bien pourvu. Le
petit frère fera, quand il voudra, officier dans le
régiment de M. *du Châtelet.* Voilà toute la nichée
établie d'un trait de plume. Votre cœur charmant,
et qui s'intéreffe fi tendrement à fes amis, veut de ces
détails. C'eft un tribut que je lui paye.

Mandez-moi fi ce que l'on publie, touchant la
cuiraffe de *François I*, eft vrai. Je ne fais de qui eft
Maximien (*). On la dit de l'abbé *le Blanc.* Mais quel
qu'en foit l'auteur, je ferais très-fâché qu'on m'en
donnât la gloire, fi elle eft bonne; et en cas qu'elle ne
vaille rien, je rends les fifflets à qui ils appartiennent.

(*) Tragédie de *la Chauffée.*

J'achèterai fur votre parole le livre de l'abbé *Bannier ;* je compte n'y point trouver que *Cham* eft l'*Ammon* des Egyptiens, que *Loth* eft l'*Ericthée,* qu'*Hercule* eft copié de *Samfon,* que *Baucis* et *Philémon* font imités d'*Abraham* et de *Sara.* Je ne fais quel académicien des belles-lettres avait découvert que les patriarches étaient les inventeurs du zodiaque, que *Rebecca* était la vierge, *Efaü* et *Jacob* les gémeaux. Il eft bon d'avoir quelques differtations pareilles dans fon cabinet, pour mettre à côté du poëme de la Madeleine ; mais il n'en faut pas trop.

Empêchez donc M. d'*Argental* d'aller à Saint-Domingue. Un homme de probité, un homme aimable comme lui, doit refter dans ce monde.

LETTRE IV.

A M. PRAULT, *libraire à Paris.*

A Cirey, 24 février.

J'AI reçu votre lettre du 20. Je ne me plains donc plus du correfpondant. Je vous prie, mon cher pareffeux, qui ne le ferez plus, de prier, par un petit mot de lettre, M. *Berger* de paffer chez vous pour affaire : on a de fes nouvelles à l'hôtel de Soiffons. Cette affaire fera que vous lui compterez dix piftoles ; vous lui demanderez de vous-même un billet, par lequel il reconnaîtra avoir reçu cent livres de mes deniers par vos mains. Je remets à votre prudence et à votre efprit le foin de lui faire fentir doucement,

que quoique les plaifirs que je lui fais foient peu confidérables, cependant vous ne laiffez pas d'être furpris
de la manière peu mefurée dont il parle de moi en
votre préfence, et qu'un cœur comme le mien méritait des amis plus attachés. Je vous prie de m'envoyer
inceffamment une demi-douzaine d'exemplaires de
la nouvelle édition d'Oedipe. Vous n'aurez Mérope
que dans un mois ; je ne crois pas que les approbateurs puiffent vous inquiéter, quoiqu'elle foit fous
mon nom. Je vous prie de bien déclarer qu'il eft très-
faux que Maximien foit de moi. Je n'aime point à
me charger des ouvrages des autres.

LETTRE V.

A M. BERGER.

A Cirey, . . . février.

Vous avez grande raifon affurément, Monfieur,
de vouloir me développer l'hiftoire de *Conftantin ;*
car c'eft une énigme que je n'ai jamais pu comprendre, non plus qu'une infinité d'autres traits d'hiftoire.
Je n'ai jamais bien concilié les louanges exceffives
que tous nos auteurs eccléfiaftiques, toujours très-
juftes et très-modérés, ont prodiguées à ce prince, avec
les vices et les crimes dont toute fa vie a été fouillée.
Meurtrier de fa femme, de fon beau-père, plongé
dans la molleffe, entêté à l'excès du fafte, foupçon-
neux, fuperftitieux ; voilà les traits fous lefquels je
le connais. L'hiftoire de fa femme *Faufta* et de fon

fils *Crispus*, était un très-beau sujet de tragédie ; mais c'était *Phèdre* sous d'autres noms : ses démêlés avec *Maximien-Hercule*, et son extrême ingratitude envers lui, ont déjà fourni une tragédie à *Thomas Corneille*, qui a traité à sa manière la prétendue conspiration de *Maximien-Hercule*. *Fausta* se trouve dans cette pièce entre son mari et son père, ce qui produit des situations fort touchantes. Le complot est très-intrigué, et c'est une de ces pièces dans le goût de Camma et de Timocrate. Elle eut beaucoup de succès dans son temps ; mais elle est tombée dans l'oubli avec presque toutes les pièces de *Thomas Corneille*, parce que l'intrigue, trop compliquée, ne laisse pas aux passions le temps de paraître ; parce que les vers en sont fort faibles ; en un mot, parce qu'elle manque de cette éloquence qui seule fait passer à la postérité les ouvrages de prose et les vers. Je ne doute pas que M. de *la Chaussée* n'ait mis dans sa pièce tout ce qui manque à celle de *Thomas Corneille*. Personne n'entend mieux que lui l'art des vers ; il a l'esprit cultivé par de longues études, et plein de goût et de ressources. Je crois qu'il se pliera aisément à tout ce qu'il voudra entreprendre. Je l'ai toujours regardé comme un homme fort estimable, et je suis bien aise qu'il continue à confondre le misérable auteur des Aïeux chimériques et des trois épîtres tudesques, où ce cynique hypocrite prétendait donner des règles de théâtre, qu'il n'a jamais mieux entendues que celles de la probité. Je m'aperçois que je vous ai appelé *monsieur*, mais *dominus* entre nous veut dire *amicus*.

LETTRE VI.

A M. THIRIOT.

A Cirey, 8 mars.

J'ETAIS bien étonné, mon cher ami, que quand j'avais la fièvre vous vous portassiez bien ; mais je vois par votre lettre que notre ancienne sympathie dure toujours. Vous avez dû être saigné du pied, car je le fus il y a cinq ou six jours, et probablement cela vous a fait grand bien. Voilà ma nièce à Landau. Je l'eusse mieux aimée à Paris ou dans mon voisinage. Elle épouse au moins un homme dont tout le monde m'écrit du bien. Elle sera heureuse par-tout où elle sera. Si vous avez un peu d'amitié pour la cadette, recommandez-lui de faire comme son aînée ; je ne dis pas de s'en aller en province, mais de choisir un honnête homme qui surtout ne soit point bigot. Le fanatique *Arouet* la déshéritera si elle ne prend pas un convulsionnaire, et moi je la déshérite si elle prend un homme qui sache seulement ce que c'est que la constitution. Raillerie à part, je voudrais qu'elle pût trouver quelque garçon de mérite avec qui je pusse un peu vivre. Je ne veux point laisser mon bien à un sot. Je lui donnerai à peu-près autant qu'à son aînée. Tâchez, mon ami, de lui trouver son fait.

Je ne suis point étonné que vous ayez deviné M. de *la Chaussée* ; vous êtes *homo argutæ naris*, et ses vers doivent frapper un odorat fin comme le vôtre. Je suis bien aise qu'il continue à confondre, par ses succès dans des genres opposés, les impertinentes épîtres

—— de l'auteur des Aïeux chimériques. Son Maximien fera fans doute autrement écrit que celui de *Thomas Corneille*. Il eft vrai que ce *Thomas* intriguait fes pièces comme un efpagnol. On ne peut pas nier qu'il n'y ait beaucoup d'invention et d'art dans fon Maximien auffi-bien que dans Camma, Stilicon, Timocrate. Le rôle de *Maximien* même n'eft pas fans beauté, et la manière dont il fe tue, eut autrefois un très-grand fuccès.

> *J'avais fongé d'abord à te faire tomber :*
> *Voilà pour me punir d'avoir manqué ta chute ,*
> *Et comme je prononce et comme j'exécute.*

Ces vers et cette mort furent fort bien reçus , et la pièce eut plus de trente repréfentations; mais cet effort d'intrigue, cet art recherché avec lequel la pièce eft conduite , a fervi enfuite à la faire tomber ; car au milieu de tant de refforts et d'incidens , les paffions n'ont pas leurs coudées franches : il faut qu'elles foient à l'aife pour que les babillards puiffent toucher. D'ailleurs le ftyle de *Thomas Corneille* eft fi faible qu'il fait tout languir , et une pièce mal écrite ne peut jamais être une bonne pièce.

Vous donneriez, à mon gré, une louange médiocre au nouvel auteur, fi fa tragédie n'était pas mieux écrite que l'Héraclius de *Pierre Corneille*, dont vous me parlez. Je vous avoue que le ftyle de cet ouvrage m'a toujours furpris par la dureté , le galimatias et le familier qui y règne. Je ne connais guère de beau dans Héraclius, que ce morceau qui vaut feul une pièce ,

> *O malheureux Phocas ! ô trop heureux Maurice !* &c.

D'ailleurs

D'ailleurs l'infipidité de la partie carrée entre —— 1738. Léonce et *Pulchérie*, *Héraclius* et *Léontine*, et les mal-heureux raifonnemens d'amour en vers très-bourgeois dont tout cela eft farci, m'ont excédé toujours, et terriblement ennuyé. Je fais bien que *Defpréaux* avait en vue Héraclius dans ces vers:

> *Et qui, débrouillant mal une pénible intrigue,*
> *D'un divertiffement me fait une fatigue.*

Je n'ai point vu la Métromanie, mais on peut hardiment juger de l'ouvrage par l'auteur.

Voici une lettre pour nôtre prince. Adieu ; vous devriez bien venir nous voir avec ces *Denis*.

LETTRE VII.

A M. THIRIOT.

A Cirey, le 22 mars.

MON cher ami, allez vous faire ...... avec vos excufes et votre chagrin fur la petite inadvertance en queftion. Tous mes fecrets affurément font à vous comme mon cœur. Je dois à votre feigneur royal trois ou quatre réponfes. Vous voyez qu'il égaye fa folitude par des vers et de la profe. La feule entre-prife de faire des vers français me paraît un prodige dans un allemand qui n'a jamais vu la France. Il a raifon de faire des vers français, car combien de français font des vers allemands! Mais je vous affure, que fi le feul projet d'être poëte m'étonne dans un prince, fa philofophie me furprend bien davantage.

——— C'eſt un terrible métaphyſicien et un penſeur bien intrépide. Mon cher *Thiriot*, voilà notre homme; con-
ſervez la bienveillance de cette ame-là, et m'en croyez.
J'ai vu la Pirómanie (*) : cela n'eſt pas ſans eſprit
ni ſans beaux vers; mais ce n'eſt un ouvrage eſti-
mable en aucun ſens. Il ne doit ſon ſuccès paſſager qu'à
le Franc et à moi. On m'a envoyé auſſi Liſymachus (**) :
j'ai lu la première page, et vîte au feu. J'ai lu ce
poëme ſur l'amour propre, et j'ai bâillé. Ah qu'il
pleut de mauvais vers! Envoyez-moi donc ces
épîtres qu'on m'attribue. Qu'eſt-ce que c'eſt que
cette drogue ſur le bonheur? N'eſt-ce point quelque
miſérable qui babille ſur la félicité, comme les
Greſſet et d'autres pauvres diables qui ſuent d'ahan
dans leurs greniers pour chanter la volupté et la
pareſſe?

Comment va le procès d'*Orphée-Rameau* et de *Zoïle-
Caſtel?* Ce monſtre d'abbé *Desfontaines* continue-t-il
de donner ſes mal-ſemaines? mais ce qui m'intéreſſe
le plus, viendrez-vous nous voir? ſavez-vous ce que
Queſnel-Arouet a donné à mon aimable nièce? Dites-
moi donc cela, car je veux lui diſputer ſon droit
d'aîneſſe. Mes complimens à ceux qui m'aiment, de
l'oubli aux autres. *Vale;* je vous aime de tout mon
cœur.

(*) La Métromanie.
(**) Tragédie de M. de *Caux*.

LETTRE VIII.

A M. THIRIOT.

Le 28 mars.

JE vois, mon cher *Thiriot*, que Maximien a le fort de toutes les pièces trop intriguées. Ces ouvrages-là font comme les gens accablés de trop d'affaires. Il n'y a point d'éloquence où il y a furcharge d'idées ; et fans éloquence, comment peut-on plaire long-temps ?

Or çà, je veux bientôt vous envoyer une pièce auffi fimple que Maximien eft implexe. Il vous a donné un microfcope à facette ; je vous donnerai une glace tout unie, et vous la cafferez fi elle ne vous plaît pas. On m'a fait cent chicanes, cent tracafferies pour mes Elémens de *Newton ;* ma foi, je les laiffe là ; je ne veux pas perdre mon repos pour *Newton* même ; je me contente d'avoir raifon pour moi. Je n'aurai pas l'honneur d'être apôtre, je ne ferai que croyant.

On m'a fait voir une lettre à *Rameau* fur le révérend père *Caftel*, qui m'a paru plaifante, et qui vaut bien une réplique férieufe ; mais je n'ofe même l'envoyer, de peur qu'une tracafferie me paffe par les mains. Si vous étiez homme à promettre, *jurejurando*, fecret profond et inviolable, je pourrais vous envoyer cela : car fi promettez, tiendrez (*).

Ce que vous me dites de *le Franc* m'étonne. De quoi diable s'avife-t-il d'aller parler du droit de

(*) Voyez la lettre fuivante.

—— remontrances à une cour des aides de province ?
1738. J'aime autant vanter les droits des ducs et pairs à
mon bailliage. Je m'imagine qu'on l'a exilé à caufe
de la vanité qu'il a eue de faire de la cour des aides
de Montauban un parlement de Paris. Cependant s'il
a été dévoré du zèle de bon citoyen, en cette qualité
je lui fais mon compliment, et je vous prie de lui
dire que, comme homme, comme français et comme
poëte, je m'intéreffe fort à lui. Il aurait dû favoir
plutôt que des perfonnes comme lui et moi devaient
être unies contre les *Piron ;* mais fa Didon, toute
médiocre qu'elle eft, lui tourna la tête, et lui fit faire
une préface impertinente *au poffible*, qui mérite
mieux l'exil que tout difcours à une cour des aides.

Vous avez vu ma nichée de nièces, et vous ne me
mandez point ce que *Quefnel-Arouet* a donné. Il faudrait pourtant que *Locke-Voltaire* en fût deux mots.

Je vous embraffe tendrement. Comment vont
votre eftomac, votre poitrine, vos entrailles ? tout
cela ne vaut pas le diable chez moi.

P. S. On me mande de Bruxelles que faint *Rouffeau*,
confeffé par un carme, a déclaré n'avoir point de
parens, quoiqu'il ait une fœur à Paris, et un coufin
cordonnier, rue de la Harpe. Il a fait dire trois meffes
pour fa guérifon, et a fait un pélerinage à une
Madona ; il s'en porte beaucoup mieux. Il a fait une
ode fur le miracle de la fainte Vierge en fa faveur.

LETTRE IX.

A M. RAMEAU.

Sur le père Caſtel et ſon clavecin oculaire.

Mars.

JE vous félicite beaucoup, Monſieur, d'avoir fait de nouvelles découvertes dans votre art, après nous avoir fait entendre de nouvelles beautés. Vous joignez aux applaudiſſemens du parterre de l'opéra, les ſuf-frages de l'académie des ſciences; mais ſurtout vous avez joui d'un honneur que jamais, ce me ſemble, perſonne n'a eu avant vous. Les autres auteurs ſont commentés d'ordinaire, des milliers d'années après leur mort, par quelque vilain pédant ennuyeux : vous l'avez été de votre vivant, et on ſait que votre com-mentateur eſt quelque choſe de très-différent en toute manière de l'eſpèce de ces meſſieurs.

Voilà bien de la gloire ; mais le R. P. *Caſtel* a conſidéré que vous pourriez en prendre trop de vanité, et il a voulu en bon chrétien vous procurer des humiliations ſalutaires. Le zèle de votre ſalut lui tient ſi fort au cœur que, ſans trop conſidérer l'état de la queſtion, il n'a ſongé qu'à vous abaiſſer, aimant mieux vous ſanctifier que vous inſtruire.

Le beau mot, *ſans raiſon*, du P. *Canaye*, l'a ſi fort touché qu'il eſt devenu la règle de toutes ſes actions et de tous ſes livres ; et il fait valoir ſi bien ce grand argument, que je m'étonne comment vous aviez pu l'éluder.

B 3

1738.

Vous pouvez difputer contre nous, Monfieur, qui avons la pauvre habitude de ne reconnaître que des principes évidens, et de nous traîner de conféquence en conféquence.

Mais comment avez-vous pu difputer contre le R. P. *Caftel* ? En vérité, c'eft combattre comme *Bellérophon*. Songez, Monfieur, à votre téméraire entreprife : vous vous êtes borné à calculer les fons, et à nous donner d'excellente mufique pour nos oreilles, tandis que vous avez affaire à un homme qui fait de la mufique pour les yeux. Il peint des menuets et de belles farabandes. Tous les fourds de Paris font invités au concert qu'il leur annonce depuis douze ans ; et il n'y a point de teinturier qui ne fe promette un plaifir inexprimable à l'opéra des couleurs que doit repréfenter le révérend phyficien avec fon clavecin oculaire. Les aveugles même y font invités (3) ; il les croit d'affez bons juges des couleurs. Il doit le penfer, car ils en jugent à peu-près comme lui de votre mufique. Il a déjà mis les faibles mortels à portée de fes fublimes connaiffances. Il nous prépare par degrés à l'intelligence de cet art admirable. Avec quelle bonté, avec quelle condefcendance pour le genre-humain, daigne-t-il démontrer dans fes lettres, dont les Journaux de Trévoux font dignement ornés, je dis démontrer par lemmes, théorèmes, fcolies : 1°. que les hommes aiment les plaifirs ; 2°. que la peinture eft un plaifir ; 3°. que le jaune eft différent du rouge, et cent autres queftions épineufes de cette nature.

(3) Le père *Caftel*, dans fes lettres au préfident de *Montefquieu*, dit que les aveugles même fauront juger de fon clavecin.

Ne croyez pas, Monſieur, que pour s'être élevé
à ces grandes vérités, il ait négligé la muſique ordi- 1738.
naire; au contraire, il veut que tout le monde l'apprenne
facilement, et il propoſe, à la fin de ſa Mathématique
univerſelle, un plan de toutes les parties de la muſique,
en cent trente-quatre traités, pour le ſoulagement de
la mémoire ; diviſion certainement digne de ce livre
rare, dans lequel il emploie trois cents ſoixante pages
avant de dire ce que c'eſt qu'un angle.

Pour apprendre à connaître votre maître, ſachez
encore ce que vous avez ignoré juſqu'ici avec le
public nonchalant, qu'il a fait un nouveau ſyſtême
de phyſique, qui aſſurément ne reſſemble à rien, et
qui eſt unique comme lui. Ce ſyſtême eſt en deux
gros tomes. Je connais un homme intrépide qui a
oſé approcher de ces terribles myſtères ; ce qu'il
m'en a fait voir eſt incroyable. Il m'a montré
(liv. v, chap. 3, 4 et 5,), que ce ſont *les hommes qui*
entretiennent le mouvement dans l'univers, et tout le méca-
niſme de la nature; et que s'il n'y avait point d'hommes,
toute la machine ſe déconcerterait. Il m'a fait voir de
petits tourbillons, des roues engrainées les unes dans
les autres, ce qui fait un effet charmant, et en quoi
conſiſte tout le jeu des reſſorts du monde. Quelle a été
mon admiration quand j'ai vu (pag. 369, part. II,)
ce beau titre : D I E U *a créé la nature, et la nature a*
créé le monde !

Il ne penſe jamais comme le vulgaire. Nous avions
cru juſqu'ici, ſur le rapport de nos ſens trompeurs,
que le feu tend toujours à s'élever dans l'air ; mais
il emploie trois chapitres à prouver qu'il tend en bas.
Il combat généreuſement une des plus belles démonſ-

B 4

trations de *Newton* (4). Il avoue qu'en effet il y a
quelque vérité dans cette démonſtration ; mais ſemblable à un irlandais célèbre dans les écoles, il dit :
Hoc fateor , verùm contra ſic argumentor. Il eſt vrai
qu'on lui a prouvé que ſon raiſonnement contre la
démonſtration de *Newton* était un ſophiſme ; mais,
comme dit M. de *Fontenelle* , les hommes ſe trompent,
et les grands-hommes avouent qu'ils ſe ſont trompés.
Vous voyez bien, Monſieur, qu'il ne manque rien
au révérend père qu'un petit aveu pour être grand-
homme. Il porte par-tout la ſagacité de ſon génie,
ſans jamais s'éloigner de ſa ſphère. Il parle de la
folie (chap. 7 , liv. V ,), et il dit que les organes du
cerveau d'un fou ſont *une ligne courbe et l'expreſſion géomé-*
trique d'une équation. Queſle intelligence ! Ne croirait-
on pas voir un homme opulent qui calcule ſon bien ?

En effet, Monſieur, ne reconnaît-on pas à ſes
idées, à ſon ſtyle, un homme extrêmement verſé
dans ces matières ? Savez-vous bien que, dans ſa
Mathématique univerſelle, il dit que ce que l'on
appelle le plus grand angle eſt réellement le plus
petit, et que l'angle aigu au contraire eſt le plus
grand ? c'eſt-à-dire, il prétend que le contenu eſt
plus grand que le contenant ; choſe merveilleuſe
comme bien d'autres !

Savez-vous encore qu'en parlant de l'évanouiſſe-
ment des quantités infiniment petites par la multi-
plication, il ajoute joliment qu'on *ne s'élève ſouvent*
que pour donner du nez en terre ?

(4) C'eſt la propoſition dans laquelle *Newton* démontre, par la méthode
des fluxions, que tout corps mû en une courbe quelconque , s'il parcourt
des aires égales dans des temps égaux , tend vers un centre, et *vice verſâ.*

Il faut bien , Monfieur, que vous fuccombiez fous
le géomètre et fous le bel efprit. Ce nouveau père **1738.**
Garaffe, qui attaque tout ce qui eft bon , n'a pas dû
vous épargner. Il eft encore tout glorieux des combats
qu'il a foutenus contre les *Newton* , les *Leibnitz* , les
Réaumur , les *Maupertuis*. C'eft le don *Quichotte* des
mathématiques , à cela près que don *Quichotte* croyait
toujours attaquer des géans , et que le révérend père
fe croit un géant lui-même.

Ne le troublons point dans la bonne opinion qu'il
a de lui ; laiffons en paix les manes de fes ouvrages ,
enfevelis dans le Journal de Trévoux qui , grâces à
fes foins, s'eft fi bien foutenu dans la réputation que
Boileau lui a donnée , quoique depuis quelques années
les mémoires modernes ne faffent point regretter les
anciens. Il va écrire peut-être une nouvelle lettre
pour raffurer l'univers fur votre mufique ; car il a
déjà écrit plufieurs brochures pour raffurer l'univers ,
pour éclairer l'univers. Imitez l'univers , Monfieur ,
et ne lui répondez point.

LETTRE X.

A M. L'ABBÉ MOUSSINOT.

Mars.

JE reviens , mon cher abbé , à notre transfuge
d'Utrecht. Peu importe qu'il foit né calvinifte , ou
janfénifte , ou mufulman , ou payen ; ce qui importe ,
c'eft de favoir fi fes biens ayant été confifqués par
juftice, fes rentes viagères y font comprifes, et fi les

—— billets antérieurs à cette confifcation font valables au profit des créanciers. A en juger par les pauvres lumières de la raifon , cela doit être ainfi. Voici le fait.

On a confifqué, en 1730, le bien de M. de *Bonneval* le mufulman ; ne dois-je pas être payé de ce qu'il me devait en 1729 ? Ce qu'il me devait était mon bien , et non le fien ; mais ce bien était une rente de M. de *Bonneval*, non échue alors , et confifquée depuis. La juftice, en ce cas, n'eft-elle pas contraire à la raifon ? Voilà ce que je demande à votre raifon très-éclairée. Vous m'avez inftruit en phyfique, inftruifez-moi encore , mon ami, en jurifprudence.

Si M. de *Baraffi* ne me rend pas les deux mille francs dont il s'eft emparé fort mal à propos, il ne faudra pas le ménager ; je vous le recommande auprès de monfieur le lieutenant civil.

Je n'écrirai point à M. de *Gennes ;* c'eft monfieur votre frère qui doit s'acquitter de ce compliment, et l'avertir que l'échéance eft arrivée. Refufe-t-il de donner de l'argent ? un exploit, je vous prie, c'eft-là toute la cérémonie. M. de *Gennes* eft fermier général des états de Bretagne ; s'il ne paye pas , c'eft une très-mauvaife volonté, à quoi la juftice eft le remède. Il n'eft pas fi radoteur que vous me le dites ; il eft coufu d'or ; et s'il radote, c'eft en *Harpagon* ; et ce ferait radoter nous-mêmes que de ne le pas faire payer. Sa réponfe doit être une lettre de change pour un payement complet, ou c'eft à un huiffier à faire toutes les honnêtetés de cette affaire ; et je vous fupplie de ne pas épargner cette politeffe, dont l'utilité eft très-reconnue et toujours pardonnable envers un avare.

Je vous recommande encore mademoiselle
d'*Amfreville* pour cent francs, et d'*Arnaud* pour ce
que je lui ai promis. Je voudrais faire mieux, mais
je trouve qu'en préfens, dans ce commencement
d'année, il m'en a coûté mille écus. Lifez, et envoyez
à M. de *Guife* la lettre que je lui écris.

LETTRE XI.

A M. LE PRINCE DE GUISE.

Mars.

MONSEIGNEUR,

JE reçois en même temps une lettre de votre Alteffe,
et une de M. l'abbé *Mouffinot*, qui depuis un an, et
fous le nom de fon frère, veut bien avoir la bonté
de fe mêler de mes affaires, lefquelles étaient dans le
plus cruel dérangement. Je n'entends guère les affaires,
encore moins les procédures. J'ai tout remis à votre
bonté et à votre équité.

Dans le projet de délégation que vous me faites
l'honneur de m'envoyer, vous me dites que vous avez
toujours exactement payé M. *Crozat*. La différence
eft cruelle pour moi. M. *Crozat*, qui a cent mille
écus de rente au moins, eft payé à point nommé; et
moi, parce que je ne fuis pas riche, on me doit près
de quatre années. Ce n'eft pas là, en vérité, le fens
du *dabitur habenti* de l'Evangile, et jamais le receveur
St *Matthieu* ni fon camarade St *Marc* n'ont prétendu

que votre Alteffe dût payer M. *Crozat* de préférence
à moi. Voyez, Monfeigneur, tous les commentaires
des quatre évangéliftes fur ce texte; il n'y eft pas dit
un mot, je vous le jure, de M. *Crozat*. Hélas! Monfeigneur, je ne vous demandais pas ce payement
régulier que vous avez fait à ce *Créfus-Crozat*; je vous
demandais une affurance, une fimple délégation pour
Irus-Voltaire.

J'avais prié M. l'abbé *Mouffinot* de vous aller
trouver, car pour fon frère il ne fait que figner fon
nom; mais, Monfeigneur, cet abbé eft une efpèce
de philofophe peu accoutumé à parler aux princes,
les refpectant beaucoup, et les fuyant davantage.
C'eft un homme fimple, doux, dont la fimplicité
s'effarouche à la vue d'un grand feigneur. Il m'aban-
donnerait fur le champ, s'il fallait qu'il fût obligé
de parler contradictoirement à un homme de votre
nom. Daignez condefcendre à fa timidité, et fouffrez
que vos gens d'affaires confèrent avec lui, ou que
M. *Bronod* lui donne un rendez-vous certain. C'eft
encore une chofe très-dure d'aller inutilement chez
M. *Bronod*.

Je fuis bien plus fâché que vous, Monfeigneur,
des procédures qu'on a faites. Les avocats au confeil
ne font pas à bon marché, et tout cela eft infiniment
défagréable. Je m'en confole par un peu de philofophie, et furtout par l'efpérance que vous me
continuerez vos bontés.

LETTRE XII.

A M. THIRIOT.

Le 10 avril.

J'AI reçu, mon cher ami, le petit écrit imprimé; je vous remercie bien de ces attentions. La littérature m'eft plus chère que jamais. *Newton* ne m'a point rendu infenfible, et vous pouvez me dire avec notre maître *Horace* :

Quæ circumvolitas agilis thyma ?

Vous devriez bien m'envoyer le difcours populaire de *le Franc*; je m'intéreffe beaucoup à lui depuis qu'il a fait doublement cocu un intendant. En vérité, cela eft fort à l'honneur des belles-lettres; mais, mon cher ami, cela n'eft point à l'honneur des lettres de cachet, et je trouve fort mauvais qu'on exile les gens pour avoir .. ,.... madame ***.

Vous verrez ci-jointe la lettre d'une bonne ame à *Orphée-Rameau* fur *Zoïle-Caftel*. (*)

Secretum petimufque damufque viciffim.

Ce *Caftel*-là eft un chien enragé; c'eft le fou des mathématiques, et le tracaffier de la fociété.

Je vous enverrai inceffamment la Mérope, mais pour Dieu n'en parlez pas; n'allez pas auffi vous imaginer que cela foit écrit du ton de Brutus.

(*) On l'a vue ci-devant.

1738.

Telephus et Peleus, cum pauper et exul uterque,
Projicit ampullas.

Dieu garde *Zaïre* d'être autre chofe que tendre;
Dieu garde *Mérope* de faire la *Cornélie. Flebilis Ino.*
Vous ne verrez là d'autre amour que celui d'une
mère, d'autre intrigue que la crainte et la tendreffe,
trois perfonnages principaux, et voilà tout. La plus
extrême fimplicité eft ce que j'aime; fi elle dégénère
en platitude, vous en avertirez votre ami.

Je ferais bien étonné que mes Elémens de *Newton*
paruffent. La copie que j'avais laiffée en Hollande,
était affez informe; ce qu'ils avaient commencé de
l'édition était encore plus vicieux. J'ai averti les
libraires de ne fe pas preffer, de m'envoyer les feuilles,
d'attendre les corrections; s'ils ne le font pas, tant
pis pour eux. Deux perfonnes de l'académie des
fciences ont vu l'ouvrage, et l'ont approuvé. Je fuis
affez fûr d'avoir raifon. Si les libraires ont tort, je
les défavouerai hautement.

Monfieur le chancelier a trouvé que j'étais un peu
hardi de foupçonner le monde d'être un peu plus
vieux qu'on ne dit; cependant je n'ai fait que rap-
porter les obfervations aftronomiques de meffieurs de
Louville et *Godin.* Or, par ces obfervations, il appa-
raît que notre pôle pourrait bien avoir changé de
place dans le fens de la latitude, et cela affez régulie-
rement. Or, fi cela était, il pourrait à toute force y
avoir une période d'environ deux millions d'années;
et fi cette période exiftait, et qu'elle eût commencé
à un point, comme par exemple au Nord, il ferait
démontré que le monde aurait environ cent trente

mille ans d'antiquité, et c'eſt le moins qu'on pourrait lui donner ; mais je ne veux me brouiller avec perſonne pour l'antiquité de la nobleſſe de ce globe ; eût-il vécu cent millions de ſiècles, ma vie ni la vôtre n'en durerait pas un jour de plus. Songeons à vivre et à vivre heureux. Pour moi,

> *Que les Dieux ne m'ôtent rien,*
> *C'eſt tout ce que je leur demande.*

D'ailleurs, quand les hommes feraient encore plus fots qu'ils ne font, je ne m'en mêlerai point.

Votre petit bafque a bien fait ; mais on avait fait affez mal ici de ne pas le faire venir d'abord. On ne doit jamais manquer l'acquiſition d'un homme de mérite.

J'ai l'infolence d'en chercher un pour mon ufage. Je voudrais quelque petit garçon philofophe qui fût adroit de la main, qui pût me faire mes expériences de phyfique ; je le ferais feigneur d'un cabinet de machines, et de quatre ou cinq cents livres de penfion, et il aurait le plaifir d'entendre *Emilie-Newton* qui, par parenthèfe, entend mieux l'optique de ce grand-homme qu'aucun profeſſeur et que M. *Coſte* qui l'a traduite.

Adieu, père *Merfenne.*

LETTRE XIII.

A M. THIRIOT.

Le 1 mai.

JE reçois votre lettre du 25, et bien des nouvelles qui me chagrinent. Premièrement, je fuis affez fâché que *Racine*, que je n'ai jamais offenfé, ait follicité la permiffion d'imprimer une fatire dévote de *Rouffeau* contre moi. Je fuis encore plus fâché qu'on m'attribue des épîtres fur la liberté. Je ne veux point me trouver dans les caquets de *Molina* ni de *Janfénius*. On m'envoie un morceau d'une autre pièce de vers où je trouve un portrait affez reffemblant à celui du prêtre de bicêtre; mais en vérité il faut être bien peu fin pour ne pas voir que cela eft de la main d'un acadé-micien ou de quelqu'un qui afpire à l'être. Je n'ai ni cet honneur ni cette faibleffe; et fi j'ai à reprocher quelque chofe à ce monftre d'abbé *Desfontaines*, ce n'eft pas de s'être moqué de quelques ouvrages des quarante.

Je fuis bien aife que vous ayez gagné un louis à gentil *Bernard*; je voudrais que vous en gagnaffiez cent mille à *Créfus-Bernard*. (*)

Je n'ai point vu l'épître fur la liberté; je vais la faire venir avec les autres brochures du mois. C'eft un amufement qui finit d'ordinaire par allumer mon feu.

Autre fujet d'affliction. On me mande que, malgré toutes mes prières, les libraires de Hollande débitent

(*) Voyez ci-après, page 63.

mes

mes Elémens de la philofophie de *Newton*, quoique
imparfaits ; or, *da mi configlio*. Les libraires hollandais
avaient le manufcrit depuis un an, à quelques chapitres près. J'ai cru qu'étant en France, je devais à
monfieur le chancelier le refpect de lui faire préfenter
le manufcrit entier. Il l'a lu, il l'a marginé de fa
main ; il a trouvé furtout le dernier chapitre peu
conforme aux opinions de ce pays-ci. Dès que j'ai
été infiruit par mes yeux des fentimens de monfieur
le chancelier, j'ai cefié fur le champ d'envoyer en
Hollande la fuite du manufcrit ; le dernier chapitre
furtout, qui regarde les fentimens théologiques de
M. *Newton*, n'eft pas forti de mes mains. Si donc il
arrive que cet ouvrage tronqué paraiffe en France
par la précipitation des libraires, et fi monfieur le
chancelier m'en favait mauvais gré, il ferait aifé, par
l'infpection feule du livre, de le convaincre de ma
foumiffion à fes volontés. Le manque des derniers
chapitres eft une démonftration que je me fuis con-
formé à fes idées dès que je les ai pu entrevoir ; je dis
entrevoir, car il ne m'a jamais fait dire qu'il trouvât
mauvais qu'on imprimât le livre en pays étranger.
En un mot, foit refpect pour monfieur le chancelier,
foit auffi amour de mon repos, je ne veux point de
querelle pour un livre ; je les brûlerais plutôt tous.
Voulez-vous lire ce petit endroit de ma lettre à
M. *d'Argenfon?* Eft-il à propos que je lui en écrive ?
Conduifez-moi. M. le bailli de *Froulai* eft venu ici,
et a été, je crois, auffi content de Cirey que vous le
ferez. Les *Denis* en font affez fatisfaits.

J'ai toujours Mérope fur le métier. *Vale, te amo.*

LETTRE XIV.

A M. LE COMTE D'ARGENTAL.

4 mai.

JE ne puis, mon cher et respectable ami, laisser partir la lettre de madame la marquise *du Châtelet*, sans mêler encore mes regrets aux siens. Nous imaginions vous posséder, parce qu'au moins vous êtes à Paris. C'est une consolation de vous savoir dans notre hémisphère; mais cette consolation va donc bientôt nous être ravie (*). Madame *du Châtelet*, que l'amitié conduit toujours, vous parle de nos craintes au sujet de ces Elémens de *Newton*; pour moi je n'ai d'autre crainte que d'être séparé d'elle, et d'autre malheur que d'être destiné à vivre loin de vous. Je ferai privé de la douceur de vous embrasser avant votre départ. Je ne pourrai pas dire à madame d'*Argental* tout ce que je pense de son cœur et du vôtre. Vous serez tous deux heureux à Saint-Domingue; il n'y aura que vos amis à plaindre. J'embrasse tendrement M. de *Pont-de-Vesle* à qui je suis attaché comme à vous.

(*) M. d'*Argental* était nommé à l'intendance de Saint-Domingue.

LETTRE XV.

A M. THIRIOT.

A Cirey, le 5 mai.

Mon cher ami, je vous ai envoyé un chiffon pour vous et monfieur votre frère, et un gros paquet pour le fils du roi des géans. Je ne fais fi je pourrai prendre le jeune homme qui a appartenu à madame *Dupin*. On m'a, je crois, arrêté un jeune mathématicien très - favant et très - aimable : en ce cas, ce ne fera pas lui qui fera auprès de moi, mais bien moi auprès de lui ; je lui appartiendrai et je le payerai.

Vraiment j'ai bien d'autres affaires que d'imprimer des épîtres en vers. *I nunc et tecum verfus meditare canoros.* Le débit précipité de mes Elémens de *Newton* m'occupe très-défagréablement. Le titre charlatan que d'imbécilles libraires ont mis à l'ouvrage, eft ce qui m'inquiéte le moins (*). Cependant je vous prie de détromper fur ce point ceux qui me foupçonneraient de cette affiche ridicule.

Je vous avoue que je ferais fort aife que l'ouvrage parût à Paris, purgé des fautes infinies que les éditeurs hollandais ont faites. Je fuis perfuadé que l'ouvrage peut être utile. Je ferai auprès de M. de *Maupertuis* ce qu'eft *Defpautère* auprès de *Cicéron ;* mais je ferai content fi j'apprends à la raifon humaine à bégayer les vérités que *Maupertuis* n'enfeigne qu'aux

(*) Ce titre était : *Mis à la portée de tout le monde, par M. de Voltaire.*

fages. Il fera le précepteur des hommes, et moi des enfans ; *Algarotti* le fera des dames, mais non pas de madame *du Châtelet* qui en fait au moins autant que lui, et qui a corrigé bien des chofes dans fon livre.

Je vous réponds qu'avec un peu d'attention, un efprit droit doit me comprendre. Tâchez de recueillir les fentimens, et d'informer le monde qu'on ne doit m'imputer ni le titre ni les fautes gliffées dans cette édition. On dit d'ailleurs qu'elle eft très-belle ; mais j'aime mieux une vérité que cent vignettes.

Je voudrais bien favoir quel eft le *Sofie* qui me fait honnir en vers, pendant qu'on m'inquiéte ainfi en profe. Ce *Sofie* m'a bien la mine d'être l'auteur de l'épître à *Roufeau*, fi longue et fi inégale. Je fais quel il eft, je connais fes manœuvres. Il doit haïr *Roufeau* et *Desfontaines*. Il veut fe fervir de moi pour tirer les marrons du feu. Je ne lui pardonnerai jamais d'avoir fait tomber fur moi le foupçon d'être l'auteur de cette miférable épître : qu'il jouiffe de fes fuccès paffagers, qu'il fe faffe de la réputation à force d'intrigues, mais qu'il ne me donne point fes enfans à élever.

Mon cher ami, on a bien de la peine dans ce monde. Ce monde méchant eft jaloux du repos des folitaires ; il leur envie la paix qu'il n'a point. Adieu ; je n'ai jamais moins regretté Paris.

LETTRE XVI. 1738.

A M. DE PONT-DE-VESLE.

10 mai.

JE fais mon très-humble compliment à l'honnête homme, quel qu'il foit, qui a fait cette jolie comédie du gafcon de *la Fontaine*, dont on m'a dit tant de bien.

Puifque vous êtes coadjuteur de M. d'*Argental* dans le pénible emploi de mon ange gardien, voici de quoi faire ufage de vos bontés.

Je vous envoie, ange gardien charmant, une petite addition à un mémoire que je fuis obligé de publier au fujet des Elémens de *Newton*, débités trop précipitamment, &c. Cette petite addition vous mettra au fait. Vous connaiffez mon caractère, vous favez combien je fuis vrai.

J'ai pouffé la vertu jufqu'à l'imprudence. Autre tracafferie : des épîtres nouvelles, dont je ne veux certainement pas être l'auteur, des imputations que vous favez que je ne mérite pas, un vers qu'on applique à la fille d'un miniftre ! Je fuis au défefpoir ! J'ai mille obligations à ce miniftre. Il y a vingt-cinq ans que je fuis attaché à la mère de la perfonne à qui l'on ofe faire cette application malheureufe. J'aime perfonnellement cette perfonne ; fon mari, que je pleure encore, eft mort dans mes bras ; par quelle rage, par quelle démence aurais-je pu l'offenfer ? fur quoi fonde-t-on cette interprétation fi maligne ? a-t-elle jamais fait des couplets contre quelqu'un ?

C 3

Si on perfifte à répandre un venin fi affreux fur des chofes fi innocentes, il faut renoncer aux vers, à la profe, à la vie.

J'ai fait la valeur de quatre nouveaux actes à Mérope, j'y travaille encore ; voilà pourquoi je ne l'ai point envoyée à madame de *Richelieu*. Si vous la voyez, dites-lui à l'oreille un mot de réponfe. Je me recommande à *Raphaël*, lorfque *Gabriel* s'en va au diable. Madame *du Châtelet*, qui vous aime infiniment, vous fait les plus tendres complimens. Je vous fuis attaché comme à monfieur votre frère : que puis-je dire de mieux ? Adieu, *Caftor* et *Pollux*, *mea fidera*, qui n'habiterez bientôt plus le même hémifphère.

Ordonnez ce qu'il faut faire pour réparer le malheur de cette horrible application. J'écris à *Prault* de tout fupprimer ; j'écris à monfieur votre frère en conféquence ; je vous demande en grâce le fecret fur les épîtres que je défavoue, et la plus vive protection fur l'abus qu'on en fait. Madame *du Châtelet* vous fait les plus tendres complimens, et partage ma reconnaiffance. Vous devriez bien nous faire avoir le Fat puni ; on dit qu'il eft charmant. (*)

(*) Comédie de M. de *Pont-de-Vefle*, repréfentée le 14 avril 1738. Elle eft tirée du *Gafcon puni*, conte de *la Fontaine*.

LETTRE XVII.

A M. BERGER.

A Cirey, le 14 mai.

Il y a long-temps, Monfieur, qu'on m'impute des ouvrages que je n'ai jamais vus ; je viens enfin de voir ces trois épîtres en queftion. Je puis vous affurer que je ne fuis point l'auteur de ces fermons. Je conçois fort bien que le portrait de l'abbé *Desfontaines* eft peint d'après nature ; mais, de bonne foi, fuis-je le feul qui connaiffe, qui détefte et qui puiffe peindre ce miférable ? Y a-t-il un homme de lettres qui ne penfe ainfi fur fon compte ? Je ne veux imputer ces épîtres à perfonne ; mais s'il était queftion d'en deviner l'auteur, je crois que je trouverais aifément le mot de cette énigme. Tout ce qui m'importe le plus, eft de ne pas paffer pour l'auteur des ouvrages que je n'ai pas faits. Le peu de connaiffance que j'ai depuis quatre ans dans le monde, fait que je ne peux deviner les allufions dont vous me parlez ; mais il fuffit qu'on faffe des applications malignes pour que je fois au défefpoir qu'on m'attribue un écrit qui a donné lieu à ces applications. J'ai toujours détefté la fatire, et fi j'ai de l'horreur pour *Rouffeau* et pour *Desfontaines*, c'eft parce qu'ils font fatiriques, l'un en vers très-fouvent durs et forcés, l'autre en profe fans efprit et fans génie. Je vous prie, au nom de la vérité et de l'amitié, de détromper ceux qui penferaient que j'aurais la moindre part à ces épîtres.

C 4

1738.

Il y a long-temps que je ne m'occupe uniquement que de phyfique. Je ne comptais pas que les Elémens de *Newton* paruffent fitôt. Je ne les ai point encore; mais ce que je peux dire, c'eft qu'il n'y a point d'exemple d'une audace et d'une impertinence pareilles de la part des libraires de Hollande. Ils n'ont pas attendu la fin de mon manufcrit; ils ofent donner le livre imparfait, non corrigé, fans table, fans *errata*; les quatre derniers chapitres manquent abfolument. Je ne conçois pas comment ils en peuvent vendre deux exemplaires; leur précipitation mériterait qu'ils fuffent ruinés. Ils fe font empreffés, grâces à l'*auri facra fames*, de vendre le livre; et le public curieux et ignorant l'achète comme on va en foule à une pièce nouvelle. L'affiche de ces libraires eft digne de leur fottife; leur titre n'eft point affurément celui que je deftinais à cet ouvrage; ce n'était pas même ainfi qu'était ce titre dans les premières feuilles imprimées que j'ai eues et que j'ai envoyées à monfieur le chancelier; il y avait fimplement : *Elémens de la philofophie de Newton*. Il faut être un vendeur d'or-viétan pour y ajouter : *A la portée de tout le monde;* et un imbécille pour penfer que la philofophie de *Newton* puiffe être à la portée de tout le monde. Je crois que quiconque aura fait des études paffables, et aura exercé fon efprit à réfléchir, comprendra aifément mon livre; mais fi l'on s'imagine que cela peut fe lire entre l'opéra et le fouper, comme un conte de *la Fontaine*, on fe trompe affez lourdement : c'eft un livre qu'il faut étudier. Quand M. *Algarotti* me lut fes Dialogues fur la lumière, je lui donnai l'éloge qu'il méritait, d'avoir répandu infiniment d'efprit et de

clarté fur cette belle partie de la phyfique ; mais
alors il avait peu approfondi cette matière. L'efprit
et les agrémens font bons pour des vérités qu'on
effleure ; les dialogues des Mondes, qui n'apprennent
pas grand'chofe, et qui d'ailleurs font trop remplis
de la miférable hypothèfe des tourbillons, font pourtant un livre charmant, par cela même que le livre
eft d'une phyfique peu recherchée, et que rien n'y
eft traité à fond ; mais fi M. *Algarotti* eft entré, depuis
notre dernière entrevue à Cirey, dans un plus grand
examen des principes de *Newton*, fon titre *per le dame*
ne convient point du tout, et fa marquife imaginaire
devient affez déplacée ; c'eft ce que je lui ai dit, et
voilà pourquoi j'ai commencé par ce trait qu'on me
reproche, en parlant à une philofophe plus réelle. Je
n'ai aucune intention de choquer l'auteur des Mondes,
que j'eftime comme un des hommes qui font le plus
d'honneur à ce monde-ci : c'eft ce que je déclare
publiquement dans les mémoires envoyés à tous
les journaux. Continuez, mon cher ami, à écrire à
Cirey à votre ami.

LETTRE XVIII.

A M. DE S'GRAVESENDE,

PROFESSEUR DE MATHEMATIQUES.

A Cirey, 1 juin.

JE vous remercie, Monfieur, de la figure que vous avez bien voulu m'envoyer de la machine dont vous vous fervez pour fixer l'image du foleil. J'en ferai faire une fur votre deffin, et je ferai délivré d'un grand embarras ; car moi qui fuis fort maladroit, j'ai toutes les peines du monde dans ma chambre obfcure avec mes miroirs. A mefure que le foleil avance, les couleurs s'en vont, et reffemblent aux affaires de ce monde, qui ne font pas un moment de fuite dans la même fituation. J'appelle votre machine un *fta fol*. Depuis *Jofué*, perfonne avant vous n'avait arrêté le foleil.

J'ai reçu dans le même paquet l'ouvrage que je vous avais demandé, dans lequel mon adverfaire, et celui de tous les philofophes, emploie environ trois cents pages au fujet de quelques penfées de *Pafcal*, que j'avais examinées dans moins d'une feuille. Je fuis toujours pour ce que j'ai dit. Le défaut de la plupart des livres eft d'être trop longs. Si on avait la raifon pour foi, on ferait court ; mais peu de raifon et beaucoup d'injures ont fait les trois cents pages.

J'ai toujours cru que *Pafcal* n'avait jeté fes idées fur le papier que pour les revoir et en rejeter une

partie. Le critique n'en veut rien croire. Il foutient
que *Pafcal* aimait toutes fes idées, et qu'il n'en eût   1738.
retranché aucune ; mais s'il favait que les éditeurs
eux-mêmes en fupprimèrent la moitié , il ferait bien
furpris. Il n'a qu'à voir celles que le père *des Mollets*
a recouvrées depuis quelques années , écrites de la
main de *Pafcal* même , il fera bien plus furpris.
Elles font imprimées dans le Recueil de littérature. (*)

Les hommes d'une imagination forte, comme
Pafcal, parlent avec une autorité defpotique ; les
ignorans et les faibles écoutent avec une admiration
fervile; les bons efprits examinent.

Pafcal croyait toujours, pendant les dernières années
de fa vie, voir un abyme à côté de fa chaife ; faudrait-il
pour cela que nous en imaginaffions autant ? Pour
moi je vois auffi un abyme , mais c'eft dans les chofes
qu'il a cru expliquer. Vous trouverez dans les
mélanges de *Leibnitz*, que la mélancolie égara fur la
fin la raifon de *Pafcal*; il le dit même un peu durement. Il n'eft pas étonnant, après tout , qu'un homme
d'un tempérament délicat, d'une imagination trifte ,
comme *Pafcal* , foit , à force de mauvais régime ,
parvenu à déranger les organes de fon cerveau. Cette
maladie n'eft ni plus furprenante, ni plus humiliante
que la fièvre et la migraine. Si le grand *Pafcal* en a
été attaqué, c'eft *Samfon* qui perd fa force. Je ne fais
de quelle maladie était affligé le docteur qui argumente fi amèrement contre moi ; mais il prend le
change en tout, et principalement fur l'état de la
queftion.

Le fond de mes petites remarques fur les Penfées

(*) Voyez les remarques fur les Penfées de *Pafcal*, Philofophie, T. I.

—— de *Pafcal*, c'eft qu'il faut croire fans doute au péché originel, puifque la foi l'ordonne; et qu'il faut y croire d'autant plus que la raifon eft abfolument impuiffante à nous montrer que la nature humaine eft déchue. La révélation feule peut nous l'apprendre. *Platon* s'y était jadis caffé le nez. Comment pouvait-il favoir que les hommes avaient été autrefois plus beaux, plus grands, plus forts, plus heureux? qu'ils avaient eu de belles ailes, et qu'ils avaient fait des enfans fans femmes?

Tous ceux qui fe font fervis de la phyfique pour prouver la décadence de ce petit globe de notre monde, n'ont pas eu meilleure fortune que *Platon*. Voyez-vous ces vilaines montagnes, difaient-ils, ces mers qui entrent dans les terres, ces lacs fans iffue? ce font des débris d'un globe maudit; mais quand on y a regardé de plus près, on a vu que ces montagnes étaient néceffaires pour nous donner des rivières et des mines, et que ce font les perfections d'un monde béni. De même mon cenfeur affure que notre vie eft fort raccourcie en comparaifon de celle des corbeaux et des cerfs; il a entendu dire à fa nourrice que les cerfs vivent trois cents ans, et les corbeaux neuf cents. La nourrice d'*Héfiode* lui avait fait auffi apparemment le même conte; mais mon docteur n'a qu'à interroger quelque chaffeur, il faura que les cerfs ne vont jamais à vingt ans. Il a beau faire, l'homme eft de tous les animaux celui à qui DIEU accorde la plus longue vie; et quand mon critique me montrera un corbeau qui aura cent deux ans, comme M. de *Saint-Aulaire* et madame de *Chanclos*, il me fera plaifir.

1738.

C'eſt une étrange rage que celle de quelques meſſieurs qui veulent abſolument que nous ſoyons miſérables. Je n'aime point un charlatan qui veut me faire accroire que je ſuis malade pour me vendre ſes pilules. Garde ta drogue, mon ami, et laiſſe-moi ma ſanté. Mais pourquoi me dis-tu des injures parce que je me porte bien, et que je ne veux point de ton orviétan? Cet homme m'en dit de très-groſſières, ſelon la louable coutume des gens pour qui les rieurs ne ſont pas. Il a été déterrer dans je ne ſais quel journal, je ne ſais quelles Lettres ſur la nature de l'ame que je n'ai jamais écrites, et qu'un libraire a toujours miſes ſous mon nom à bon compte, auſſi-bien que beaucoup d'autres choſes que je ne lis point. Mais puiſque cet homme les lit, il devait voir qu'il eſt évident que ces Lettres ſur la nature de l'ame ne ſont point de moi, et qu'il y a des pages entières copiées mot à mot de ce que j'ai autrefois écrit ſur *Locke*. Il eſt clair qu'elles ſont de quelqu'un qui m'a volé; mais je ne vole point ainſi, quelque pauvre que je puiſſe être.

Mon docteur ſe tue à prouver que l'ame eſt ſpirituelle. Je veux croire que la ſienne l'eſt; mais, en vérité, ſes raiſons le ſont fort peu. Il veut donner des ſoufflets à *Locke* ſur ma joue, parce que *Locke* a dit que DIEU était aſſez puiſſant pour faire penſer un élément de la matière. Plus je relis ce *Locke*, et plus je voudrais que tous ces meſſieurs l'étudiaſſent. Il me ſemble qu'il a fait comme *Auguſte*, qui donna un édit *de coërcendo intra fines imperio*. *Locke* a reſſerré l'empire de la ſcience pour l'affermir. Qu'eſt-ce que l'ame? je n'en ſais rien. Qu'eſt-ce que la matière? je n'en fais rien. Voilà *Joseph-Godefroy Leibnitz* qui a découvert que la matière eft un affemblage de monades. Soit ; je ne le comprends pas, ni lui non plus. Eh bien! mon ame fera une monade ; ne me voilà-t-il pas bien inftruit? Je vais vous prouver que vous êtes immortel, me dit mon docteur. Mais vraiment il me fera plaifir ; j'ai tout auffi grande envie que lui d'être immortel. Je n'ai fait la Henriade que pour cela ; mais mon homme fe croit bien plus sûr de l'immortalité par fes argumens, que moi par ma Henriade.

Vanitas vanitatum , et metaphyfica vanitas.

Nous fommes faits pour compter, mefurer, pefer ; voilà ce qu'a fait *Newton ;* voilà ce que vous faites avec M. *Muffchembroek* ; mais pour les premiers principes des chofes, nous n'en favons pas plus qu'*Epiftemon* et maître *Editue.*

Les philofophes, qui font des fyftêmes fur la fecrète conftruction de l'univers, font comme nos voyageurs qui vont à Conftantinople , et qui parlent du férail : ils n'en ont vu que les dehors, et ils prétendent favoir ce que fait le fultan avec fes favorites. Adieu, Monfieur ; fi quelqu'un voit un peu, c'eft vous ; mais je tiens mon cenfeur aveugle. J'ai l'honneur de l'être auffi ; mais je fuis un *quinze-vingt* de Paris, et lui un aveugle de province. Je ne fuis pas affez aveugle pourtant pour ne pas voir tout votre mérite, et vous favez combien mon cœur eft fenfible à votre amitié.

Je fuis , &c.

LETTRE XIX.

A M. L'ABBÉ MOUSSINOT.

Juin.

QUAND je demande, mon cher ami, des livres dont j'ai toujours un preffant befoin, il eft trifte d'attendre qu'on ait fait une caiffe complète. Quatre envois font auffi bons qu'un; il n'en coûte que trois caiffes de plus, et on eft promptement fervi; c'eft-là l'effentiel pour moi dont l'ignorance eft grande, et dont les études font continuelles et variées. Si *Prault* n'eft pas exact à fuivre mes intentions, je vous prierai d'en prendre un autre; je fuis las de n'avoir la moutarde qu'après dîner.

Je vous prie auffi de donner cent trente francs au chevalier de *Mouhi*; il m'eft impoffible de lui donner plus de deux cents livres par an. Si j'en croyais mes défirs et fon mérite, je lui en donnerais bien davantage. Dites-lui que je fuis charmé de l'avoir pour correfpondant littéraire; mais que je demande des nouvelles très-courtes, des faits fans réflexions, et plutôt rien que des faits hafardés.

M. d'*Eftaing* me doit et cherche des chicanes pour ne point me payer ou pour différer le payement. Il faut vîte conftituer un procureur et plaider. Les frais ne peuvent tomber que fur lui, et je fuis affez au fait de fon bien pour avoir mes recours certains. Ecrivez pour ma penfion; je compte fur M. *Clément*; ne laiffons rien languir, s'il eft poffible, entre les

mains des débiteurs. C'eſt veiller à leurs intérêts en
ſe montrant exact à demander. Vous voyez, mon
cher ami, quelles peines on a quand il faut arracher
des arrérages accumulés. Je vous embraſſe tendrement.

LETTRE XX.

A M. L'ABBÉ MOUSSINOT.

Juin.

DE l'argent, mon cher tréſorier, de l'argent! A qui?
à un homme d'un grand ſavoir, à M. *Nollet*. Cet
argent eſt un à compte pour des inſtrumens de phyſique qu'il fournira à votre ordre. Portez-lui donc
douze cents francs; s'il exige cent louis, n'héſitez
pas, donnez-les ſur le champ, et davantage s'il eſt
néceſſaire.

M. *Couſin* qui eſt à moi, et qui doit venir à Cirey,
eſcortera la cargaiſon de ces inſtrumens; mais je ne
les veux que dans un mois. Ma galerie n'eſt point
encore prête. L'aſtronomie eſt très-peu de choſe pour
M. *Couſin* qui eſt déjà géomètre; il l'apprendra bien
vîte.

Préſentez, je vous prie, au jeune d'*Arnaud* ce petit
avertiſſement tranſcrit de votre main. Vous aurez la
bonté de me renvoyer l'original. La petite beſogne
qu'on lui propoſe eſt l'affaire de trois minutes. Il
ſera bon qu'il ſigne ce petit écrit, afin qu'on ne me
puiſſe reprocher d'avoir fait moi-même cet avertiſſement néceſſaire. Quand il ſera tranſcrit, et s'il eſt

poſſible,

poffible, d'une manière lifible, vous donnerez cinquante francs à d'*Arnaud;* c'eft, je crois un bon
garçon. Je l'aurais pris auprès de moi s'il avait fu
écrire.

J'ai de fi prodigieufes dépenfes à faire, et j'ai fi
prodigieufement dépenfé, que je ne puis acheter un
tableau. Je vous réferve, mon cher abbé, ce plaifir
pour une autre circonftance.

LETTRE XXI.

A M. LE COMTE D'ARGENTAL.

12 juin.

MADAME de *Richelieu* a dû vous remettre, mon
cher ange gardien, une Mérope dont les quatre derniers actes font affez différens de ce que vous avez
vu. Si vous avez le temps d'en être amufé, jetez les
yeux fur ce rogaton comme fur le dernier des hommages de cette efpèce que nous vous rendons; et fi
vous aviez même le temps de nous dire ce que vous
penfez de cette pièce à la grecque, mandez-le-nous.

On nous flatte que vous ne partez pas fitôt; c'eft
ce qui nous enhardit à vous parler d'autre chofe que
de ce cruel départ. Le temps de notre condamnation
nous laiffe, en s'éloignant, la liberté de refpirer; mais
s'il arrive enfin que vous partiez, nous ferons au
défefpoir, et nous n'en relèverons point.

Sauriez-vous fi madame de *Rufec* eft apaifée, fi
cette tracafferie eft finie? Madame *du Châtelet* vous
fait les plus tendres amitiés.

Correfp. générale.   Tome II.   D

LETTRE XXII.

A M. DE MAUPERTUIS.

Cirey, 15 juin.

En vérité, M. le chevalier *Isaac*, quand on veut bien rassembler toutes les preuves contre les tourbillons, on doit être bien honteux d'être cartésien.

Comment ose-t-on l'être encore ? Je vous avoue que j'avais cru que vous rompriez le charme ; mais j'ai peur que nos Français n'en sachent pas assez pour être détrompés.

Vous avez bien raison de me dire que ce zodiaque nouveau, et cette hypothèse de *Fatio* et de *Cassini*, ne s'accorde pas avec mes principes : aussi ce morceau n'est point du tout de moi. (5)

Voici le fait : J'étais malade ; je voulais changer beaucoup mon ouvrage et gagner du temps ; les libraires impatiens ont fait achever les deux derniers chapitres par un mathématicien à gages, qui leur a donné tout cru de vieux mémoires académiques : cela produit nouvel embarras, nouvelles tracasseries, et la douceur de notre retraite en est troublée.

Autre anecdote. Il y a un an qu'ayant des doutes que j'ai encore sur l'exactitude des rapports des couleurs et des tons de la musique, ayant ouï dire que le P. *Castel* travaillait sur cette matière, et imaginant que ce jésuite était newtonien, je lui écrivis. Je lui demandai des éclaircissemens que je n'eus

(5) Il ne se trouve que dans la première édition des Elémens de la philosophie de *Newton*.

point. Nous fumes quelque temps en commerce ; il 1738.
me parla de fon *clavecin des couleurs ;* j'en dis un mot
dans mes Elémens d'optique ; je lui envoyai même
le morceau. Vous ferez peut-être furpris que, dans
la quinzaine, ce bon homme imprima contre moi,
dans le mercure de Trévoux, les chofes les plus inful-
tantes et les plus cruelles.

Cependant les libraires de Hollande, fans que je
le fuffe, ont imprimé mon ouvrage et fes louanges ;
et ce miférable fou fe trouve loué par moi après
m'avoir infulté. Quand on eft loin, qu'on imprime
en Hollande, et qu'on a affaire à Paris, il n'en peut
réfulter que des contre-temps. J'ai fu depuis que ce
fou de la géométrie eft votre ennemi déclaré.

Autre anecdote littéraire. Un abbé étant venu
demander à un des juges des nouvelles du Mémoire
fur le feu, n°. 7, ce juge fit entendre qu'il approu-
vait fort ce Mémoire, et que, fi on l'avait cru, il eût
été couronné ; cependant je fais très-bien que c'était
vous qui eûtes quelque bonté pour cet ouvrage. Je
dois quelque chofe aux difcours polis de ce juge ;
mais je dois tout à votre bonne volonté. Je vous
avoue que je fuis plus aife d'avoir eu votre fuffrage
que fi j'avais eu toutes les voix, hors la vôtre.

Madame *du Châtelet* veut bien confentir à fe découvrir à l'académie, pourvu que l'académie, en impri-
mant fon Effai, et en l'approuvant, n'en nomme
pas l'auteur. Pour moi je renonce à cette gloire ; je
ne connais que celle de votre amitié. Vous m'avouerez
que l'événement eft fingulier : il eft bien cruel que
de maudits tourbillons l'aient emporté fur votre
élève.

Nous nous flattons que vous informerez Cirey de votre fanté et de vos occupations. On ne peut fe porter plus mal que je ne fais ; je ferai bientôt obligé de renoncer à toute étude, mais je ne renoncerai qu'avec la vie à mon amitié, à ma reconnaiffance, à mon admiration pour vous.

LETTRE XXIII.

A M. L'ABBÉ PREVOST,

Sur les Elémens de Newton.

Juin.

Je viens, Monfieur, de recevoir par la pofte une de vos feuilles périodiques (*), dans laquelle vous rendez compte d'une nouvelle édition des Elémens de *Newton*. J'ai reçu auffi quelques imprimés fur le même fujet.

Comme je crois avoir, à propos de cet ouvrage, quelque chofe à dire qui ne fera pas inutile aux belles-lettres, fouffrez que je vous prie de vouloir bien inférer dans votre feuille les réflexions fuivantes.

Il eft vrai, comme vous le dites, Monfieur, que j'ai envoyé à plufieurs journaux des éclairciffemens en forme de préface, pour fervir de fupplément à l'édition de Hollande, et j'apprends même que les auteurs du journal de Trévoux ont eu la bonté d'inférer, il y a un mois, ces éclairciffemens dans

(*) Le Pour et Contre.

leur journal. Si les nouveaux éditeurs des Elémens
de *Newton* ont mis cette préface à la tête de leur 1738.
édition, ils ont en cela rempli mes vues.

Je vois par votre feuille que les éditeurs ont
imprimé, dans cette préface, cette phrafe fingulière,
qu'une maladie a éclairé la fin de mon ouvrage ; et vous
dites que vous ne concevez pas comment la fin de
mon ouvrage peut être *éclairé* par une maladie : c'eſt
ce que je ne conçois pas plus que vous; mais n'y
aurait-il pas dans le manuſcrit, *retardé*, au lieu
d'*éclairé* ? Ce qui peut-être eſt plus difficile à concevoir, c'eſt comment les imprimeurs font de pareilles
fautes, et comment ils ne les corrigent pas. Ceux
qui ont eu foin de cette feconde édition doivent
être d'autant plus exacts qu'ils reprochent beaucoup
d'erreurs aux éditeurs d'Amſterdam, qui ont occa-
fionné des méprifes plus fingulières.

Comme je n'ai nul intérêt, quel qu'il puiſſe être,
ni à aucune de ces éditions, ni à celle qui va, dit-
on, paraître en Hollande de ce qu'on a pu recueillir
de mes ouvrages, je fuis uniquement dans le cas des
autres lecteurs; j'achète mon livre comme les autres,
et je ne donne de préférence qu'à l'édition qui me
paraît la meilleure.

Je vois avec chagrin l'extrême négligence avec
laquelle beaucoup de livres nouveaux font imprimés.
Il y a, par exemple, peu de pièces de théâtre où il
n'y ait des vers entiers oubliés. J'en remarquais der-
nièrement quatre qui manquaient dans la comédie
du Glorieux, ce qui eſt d'autant plus défagréable
que peu de comédies méritent autant d'être bien
imprimées. Je crois, Monſieur, que vous rendrez

—————— un nouveau fervice à la littérature, en recommandant une exactitude fi néceffaire et fi négligée.

Je confeillerais en général à tous les éditeurs d'ouvrages inftructifs, de faire des cartons au lieu d'*errata :* car j'ai remarqué que peu de lecteurs vont confulter l'*errata;* et alors, ou ils reçoivent des erreurs pour des vérités, ou bien ils font des critiques précipitées et injuftes.

En voici un exemple récent et qui doit être public, afin que dorénavant les lecteurs qui veulent s'inftruire, et les critiques qui veulent nuire, foient d'autant plus fur leurs gardes.

Il vient de paraître une petite brochure fans nom d'auteur ni d'imprimeur, dans laquelle il paraît qu'on en veut beaucoup plus encore à ma perfonne qu'à la Philofophie de *Newton.* Elle eft intitulée, *Lettre d'un phyficien fur la Philofophie de Newton mife à la portée de tout le monde.*

L'auteur, qui probablement eft mon ennemi fans me connaître, ce qui n'eft que trop commun dans la république des lettres, s'explique ainfi fur mon compte, page 13 : *Il ferait inutile de faire des réflexions fur une méprife fi confidérable ; tout le monde les aperçoit, et elles feraient trop humiliantes pour M. de Voltaire.*

Il fera curieux de voir ce que c'eft que cette méprife confidérable qui entraîne des réflexions fi humiliantes. Voici ce que j'ai dit dans mon livre :
,, Il fe forme dans l'œil un angle une fois plus
,, grand, quand je vois un homme à deux pieds
,, de moi, que quand je le vois à quatre pieds ;
,, cependant je vois toujours cet homme de la même
,, grandeur. Comment mon fentiment contredit-il
,, ainfi le mécanifme de mes organes ? ,,

Soit inattention de copifte, foit erreur de chiffres,
foit inadvertance d'imprimeur , il fe trouve que
l'éditeur d'Amfterdam a mis deux où il fallait quatre,
et quatre où il fallait deux. Le révifeur hollandais
qui a vu la faute, n'a pas manqué de la corriger
dans l'*errata* à la fin du livre. Le cenfeur ne fe donne
pas la peine de confulter cet *errata*. Il ne me rend
pas la juftice de croire que je puis au moins favoir
les premiers principes de l'optique : il aime mieux
abufer d'une petite faute d'impreffion aifée à corriger,
et fe donner le trifte plaifir de dire des injures. La
fureur de vouloir outrager un homme, à qui l'on n'a
rien à reprocher que la peine extrême qu'il a prife
pour être utile, eft donc une maladie bien incurable ?

Je voudrais bien favoir, par exemple, à quel
propos un homme qui s'annonce phyficien , qui
écrit, dit-il, fur la Philofophie de *Newton* , commence par dire que j'ai fait l'apologie du meurtre
de *Charles I.* Quel rapport, s'il vous plaît, de la fin
tragique autant qu'injufte de ce roi, avec la réfran-
gibilité et le carré des diftances ? Mais où aurais-je
donc fait l'apologie de cette injuftice exécrable ? eft-
ce dans un livre que ce critique me reproche , livre
où j'ai démontré qu'on a inféré vingt pages entières
qui n'étaient point de moi, et où tout le refte eft
altéré et tronqué ? Mais en quel endroit fait-on donc
l'apologie prétendue de ce meurtre ? Je viens de confulter le livre où l'on parle de cet affaffinat, d'autant
plus affreux qu'on emprunta le glaive de la légifla-
ture pour le commettre. Je trouve qu'on y compare
cet attentat avec celui de *Ravaillac*, avec celui du
jacobin *Clément*, avec le crime, plus énorme encore ,

—— du prêtre qui fe fervit du corps de JESUS-CHRIST même dans la communion, pour empoifonner l'empereur *Henri VII*? Eft-ce-là juftifier le meurtre de *Charles I*? N'eft-ce pas au contraire le trop comparer à de plus grands crimes?

C'eft avec la même juftice que ce critique m'attaquant toujours au lieu de mon ouvrage, prétend que j'ai dit autrefois : ,, *Mallebranche* non-feulement admit ,, les idées innées, mais il prétendit que nous voyons ,, tout en DIEU. ,,

Je ne me fouviens pas d'avoir jamais écrit cela; mais j'ai l'équité de croire que celui à qui on le fait dire a eu fans doute une intention toute contraire, et qu'il avait dit : *Mallebranche non-feulement n'admit point les idées innées, mais il prétendit que nous voyons tout en* DIEU. En effet, qui peut avoir lu la Recherche de la vérité, fans avoir principalement remarqué le chapitre IV du livre III, *de l'efprit pur*, feconde partie. J'en ai fous les yeux un exemplaire marginé de ma main, il y a près de quinze ans. Ce n'eft pas ici le lieu d'examiner cette queftion : mon unique but eft de faire voir l'injuftice des critiques précipitées, de faire rentrer en lui-même un homme qui, fans doute, fe repentira de fes torts quand il les connaîtra, et enfin de faire reffouvenir tous les critiques d'une ancienne vérité qu'ils oublient toujours, c'eft qu'une injure n'eft pas une raifon.

Je n'ai jamais répondu à ceux qui ont voulu, ce qui eft très-aifé, rabaiffer les ouvrages de poëfie que j'ai faits dans ma jeuneffe. Qu'un lecteur critique Zaïre, ou Alzire, ou la Henriade, je ne prendrai pas la plume pour lui prouver qu'il a tort de n'avoir

1738.

pas eu de plaifir. On ne doit pas garder le même
filence fur un ouvrage de philofophie ; tantôt on
a des objections fpécieufes à détruire, tantôt des
vérités à éclaircir, fouvent des erreurs à rétracter. Je
puis me trouver ici à la fois dans ces trois circonftances ; cependant je ne crois pas devoir répondre
en détail à la brochure dont il eft queftion.

Si on me fait des objections plus raifonnables, j'y
répondrai, foit en me corrigeant, foit en demandant
de nouveaux éclairciffemens ; car je n'ai et ne puis
avoir d'autre but que la vérité. Je ne crois pas
qu'excepté quatre ou cinq argumens, il y ait rien de
mon propre fonds dans les Elémens de la philofophie
nouvelle. Elle m'a paru vraie, et j'ai voulu la mettre
fous les yeux d'une nation ingénieufe, qui, ce me
femble, ne la connaiffait pas affez. Les noms de
Galilée, de *Kepler*, de *Defcartes*, de *Newton*, de *Huygens*
me font indifférens. J'ai examiné paifiblement les
idées de ces grands-hommes que j'ai pu entrevoir. Je
les ai expofées felon ma manière de concevoir les
chofes, prêt à me rétracter quand on me fera apercevoir d'une erreur.

Il faut feulement qu'on fache que la plupart des
opinions qu'on me reproche fe trouvent ou dans
Newton, ou dans les livres de meffieurs *Keil*, *Grégori*,
Pemberton, *s'Gravefende*, *Muffchembroek*, &c., et que ce
n'eft pas dans une fimple brochure faite avec précipitation, qu'il faut combattre ce qu'ils ont cru
prouver dans des livres qui font le fruit de tant de
réflexions et de tant d'années.

Je vois que ce qui fait toujours le plus de peine
à mes compatriotes, c'eft ce mot de *gravitation*,

d'*attraction*. Je répète encore qu'on n'a qu'à lire attentivement la differtation de M. de *Maupertuis* fur ce
fujet, dans fon livre de la Figure des aftres, et on
verra fi on a plus d'idée de l'impulfion qu'on croit
connaître, que de l'attraction qu'on veut combattre.
Après avoir lu ce livre, il faut examiner le quinzième,
le feizième et le dix-feptième chapitre des Elémens
de *Newton*, et voir fi les preuves qu'on y a raffemblées
contre le plein et contre les tourbillons, paraiffent
affez fortes. Il faut que chacun en cherche encore de
nouvelles. Les phyficiens géomètres font invités, par
exemple, à confidérer fi quinze pieds étant le finus
verfe de l'arc que parcourt la terre en une feconde,
il eft poffible qu'un fluide quelconque pût caufer la
chute de quinze pieds dans une feconde.

Je les prie d'examiner fi les longueurs de pendules
étant entre elles comme les carrés de leurs ofcilla-
tions, un pendule de la longueur du rayon de la
terre étant comparé avec notre pendule à fecondes,
la pefanteur qui fait feule les vibrations des pendules,
peut être l'effet d'un tourbillon circulant autour de
la terre, &c. Quand on aura bien balancé, d'un côté,
toutes ces incompatibilités mathématiques, qui femblent anéantir fans retour les tourbillons, et de l'autre,
la feule hypothèfe douteufe qui les admet, on verra
mieux alors ce que l'on doit penfer.

De très-grands philofophes qui m'ont fait l'honneur de m'écrire, fur ce fujet, des lettres un peu plus
polies que celle de l'anonyme, veulent s'en tenir au
mécanifme que *Defcartes* a introduit dans la phyfique. J'ai du refpect pour la mémoire de *Defcartes*,
ainfi que pour eux. Il faut fans doute rejeter les

qualités occultes ; il faut examiner l'univers comme une horloge. Quand le mécanifme connu manque, quand toute la nature confpire à nous découvrir une nouvelle propriété de la matière, devons-nous la rejeter parce qu'elle ne s'explique pas par le mécanifme ordinaire ? Où eft donc la grande difficulté que DIEU ait donné la gravitation à la matière, comme il lui a donné l'inertie, la mobilité, l'impénétrabilité ? Je crois que plus on y fera réflexion, plus on fera porté à croire que la pefanteur eft, comme le mouvement, un attribut donné de DIEU feul à la matière. Il ne pouvait pas la créer fans étendue, mais il pouvait la créer fans pefanteur. Pour moi je ne reconnais, dans cette propriété des corps, d'autre caufe que la main toute-puiffante de l'Etre fuprême. J'ai ofé dire, et je le dis encore, que s'il fe pouvait que les tourbillons exiftaffent, il faudrait encore que la gravitation entrât pour beaucoup dans les forces qui les feraient circuler ; il faudrait même, en fuppofant ces tourbillons, reconnaître cette gravitation comme une force primordiale réfidente à leur centre.

On me reproche de regarder, après tant de grands-hommes, la gravitation comme une qualité de la matière ; et moi je me reproche, non pas de l'avoir regardée fous cet afpect, mais d'avoir été en cela plus loin que *Newton*, et d'avoir affirmé, ce qu'il n'a jamais fait, que la lumière, par exemple, ait cette qualité. *Elle eft matière*, ai-je dit ; *donc elle pèfe*. J'aurais dû dire feulement, *donc il eft très-vraifemblable qu'elle pèfe*. M. *Newton*, dans fes Principes, femble croire que la lumière n'a point cette propriété que DIEU a donnée aux autres corps de tendre vers un centre.

—— J'ai pouffé la hardieffe au point d'expofer un fentiment contraire : on voit au moins par là que je ne
fuis point efclave de *Newton*, quoiqu'il fût bien
pardonnable de l'être. Je finis, parce que j'ai trop de
chofes à dire ; c'eft à ceux qui en favent plus que
moi, à rendre fenfibles des vérités admirables dont
je n'ai été que le faible interprète.

J'ai l'honneur d'être , &c.

LETTRE XXIV.

A M. THIRIOT.

A Cirey , juin.

PERE *Merfenne*, je reçois votre lettre du 9. Il faut
d'abord parler de notre grande nièce, car fon bonheur
doit marcher avant toutes les difcuffions littéraires,
et l'homme doit aller avant le philofophe et le poëte.
Ce fera donc du meilleur de mon cœur que je con-
tribuerai à fon établiffement, et je vais lui affurer les
vingt-cinq mille livres que vous demandez, bien
fâché que vous ne vous appeliez pas M. de *Fontaine*,
car en ce cas je lui affurerais bien davantage.

Sans doute je vais travailler à une édition correcte
des Elémens de *Newton*, qui ne feront ni pour les
dames ni pour *tout le monde*, mais où l'on trouvera
de la vérité et de la méthode. Ce n'eft point là un
livre à parcourir comme un recueil de vers nouveaux ;
c'eft un livre à méditer, et dont un *Rouffeau* ou un
Desfontaines ne font pas plus juges que d'une action

d'homme de bien. Voici la vraie table, telle que je
l'ai pu faire pour ajuſter les idées de *Newton* aux
règles de la muſique. Montrez cela à *Orphée-Euclide.*
Si à quelques comma près cela n'eſt pas juſte, c'eſt
Newton qui a tort. Et pourquoi non ? Il était homme;
il s'eſt trompé quelquefois.

Vous êtes un père *Merſenne* qu'on ne ſaurait trop
aimer. Je vous ai bien des obligations, mais vous
n'êtes pas au bout.

On vient de déballer l'Algarotti. Il eſt gravé au-
devant de ſon livre avec madame *du Châtelet.* Elle
eſt la véritable marquiſe. Il n'y en a point en Italie
qui eût donné à l'auteur d'auſſi bons conſeils qu'elle.
Le peu que je lis de ſon livre, en courant, me confirme
dans mon opinion. C'eſt preſque en italien ce que
les Mondes ſont en français. L'air de copie domine
trop ; et le grand mal, c'eſt qu'il y a beaucoup
d'eſprit inutile. L'ouvrage n'eſt pas plus profond que
celui des Mondes. *Nota bene* que, *quæ legat ipſa Lycoris*
eſt très-joli ; mais ce n'eſt pas *pauca meo gallo* , c'eſt
plurima Bernardo. Je crois qu'il y a plus de vérités
dans dix pages de mon ouvrage que dans tout ſon
livre : et voilà peut-être ce qui me coulera à fond,
et ce qui fera ſa fortune. Il a pris les fleurs pour
lui, et m'a laiſſé les épines. Voici encore un autre
livre que je vais dévorer ; c'eſt la réponſe à feu
Melon (*). Comment nommez-vous l'auteur ? Je veux
ſavoir ſon nom, car vous l'eſtimez.

Montrez donc ma table et mon mémoire à *Pollion,*
puiſqu'il lit mon livre, afin qu'il rectifie une partie
des erreurs qu'il trouvera en ſon chemin. Je vois

_____
(*) Auteur de l'Eſſai politique ſur le commerce.

1738.

que mon mémoire fera tomber le prix du livre, les libraires le méritent bien ; mais je ne veux pas me déshonorer pour les enrichir.

Adieu, mon cher ami ; foyez donc de la noce de ma nièce au moins.

J'oubliais de vous dire combien je fuis fenfible à la juftice que me rendent ceux qui ne m'imputent point ces trois fermons rimés auxquels je n'ai jamais penfé. Encore un mot : je fuis charmé que vous foyez en avance avec le prince ; il eft bon qu'il vous ait obligation. Ce n'eft point un illuftre ingrat ; il n'eft à préfent qu'un illuftre indigent.

Je vous embraffe tendrement. Embraffez *Serizi*.

LETTRE XXV.

A M. THIRIOT.

Le 23 juin.

Mon cher ami, je fuis depuis quinze jours fi occupé d'un cabinet de phyfique que je prépare, fi plongé dans le carré des diftances et dans l'optique, que le Parnaffe eft un peu oublié. Je crois bien que les gens aimables ne parlent plus des Elémens de *Newton*. On ne s'entretient point à fouper deux fois de fuite de la même chofe, et on a raifon, quand le fujet de la converfation eft un peu abftrait. Cela n'empêche pas qu'à la fourdine les gens qui veulent s'inftruire ne lifent des ouvrages qu'il faut méditer ; et il faut bien qu'il y ait un peu de ces gens-là,

puifqu'on réimprime les Elémens de *Newton* en deux
endroits. M. de *Maupertuis*, qui eft fans contredit
l'homme de France qui entend le mieux ces matières,
en eft content ; et vous m'avouerez que fon fuffrage
eft quelque chofe. Je fais bien que, malgré la foule
des démonftrations que j'ai raffemblées contre les
chimères des tourbillons, ce roman philofophique
fubfiftera encore quelque temps dans les vieilles têtes :

Quæ juvenes didicere nolunt perdenda fateri.

Je fuis, après tout, le premier en France qui ai
débrouillé ces matières, et j'ofe dire le premier en
Europe ; car *s'Gravefende* n'a parlé qu'aux mathé-
maticiens, et *Pemberton* a obfcurci fouvent *Newton*.
Je ne fuis point étonné qu'on s'entretienne à Paris
plus volontiers de médifance, de calomnie, de vers
fatiriques, que d'un ouvrage utile ; cela doit être
ainfi : ce font les bouteilles de favon du peuple d'enfans malins qui habitent votre grande ville.

Bernard aurait grand tort de prendre votre louis
d'or, et de ne pas vous en donner un. Aucune des
épîtres en queftion n'eft de moi ; et fi quelque libraire
les a mifes fous mon nom pour les accréditer, ce
libraire eft un fcélérat. Il eft impoffible que M.
d'*Argenfon*, plein de probité et de bonté, et qui m'a
toujours honoré d'une bienveillance pleine de tendreffe, ait cru une telle calomnie ; il eft impoffible
qu'il ait fait ufage contre moi d'une lettre fuppofée,
puifque affurément il n'en eût pas fait d'ufage fi elle
eût été vraie. Je compte trop fur fes bontés, je lui
fuis trop tendrement attaché depuis mon enfance. Je

—— vous demande en grâce de lui montrer cette lettre,
1738. et de réchauffer dans fon cœur des bontés qui me
font fi chères.

Vous devez connaître les fureurs jaloufes et les
artifices infames des gens de lettres. Je fais furtout
de quoi ils font capables, depuis que l'auteur clan-
deftin de l'épître diffufe et richement rimée contre
Rouffeau, eut la baffeffe de répandre qu'elle venait de
l'hôtel Richelieu. J'en connais très - certainement
l'auteur. Cet auteur eft un homme laborieux, exact
et fans génie; je n'en dis pas davantage. Si un fcélérat comme l'abbé *Desfontaines*, a engagé M. *Racine*
dans fa querelle, fi *Launay* qui vous hait parce que
vous lui avez reproché une mauvaife action, fi un
nommé *Guiot de Merville* qui ne ceffe de m'outrager
parce qu'il a eu la même maîtreffe que moi, il y
à vingt ans; fi *Roi, Lelio*, enfin des fripons féduifent
d'honnêtes gens, s'il en réfulte des fottifes rimées
et de petites fcélérateffes d'auteur, j'oublie tout cela
dans le fein de l'amitié. Mais comme la rage des *Zoïle*
porte fouvent la calomnie aux oreilles de ceux qui
peuvent nuire, je vous prie de m'avertir de tout. Je
vous embraffe, mon cher ami.

LETTRE

LETTRE XXVI.

A M. L'ABBÉ MOUSSINOT.

Juillet.

Venons à *Jore*, mon cher abbé; c'eft un libraire qui s'eft ruiné en fefant fon commerce très-mal-adroitement. Il a publié contre moi, fous le titre de *Factum*, un mémoire infame, ou plutôt un libelle diffamatoire. Il faut que le fieur *Begon*, procureur, demande et obtienne la fuppreffion de ce mémoire menfonger et calomnieux; cela fera d'autant plus aifé, que je ne crois pas que le miférable *Jore* s'y oppofe. Je foupçonne furieufement que ce *Jore* eft mis en jeu par quelqu'un de ces malheureux qui ne cherchent qu'à me tourmenter, malgré la profonde obfcurité où je fuis enfeveli. Ce mémoire n'eft point l'ouvrage d'un avocat; on le fent au ftyle; il eft certainement de quelque impudent infigne, exercé dès long-temps à barbouiller du papier. C'eft à M. *Hérault* que le procureur doit s'adreffer pour la fuppreffion de ce libelle. Envoyez, je vous prie, à ce magiftrat, avec la lettre ci-jointe; un Newton proprement habillé.

Prault doit faire porter chez vous cent cinquante exemplaires des Elémens de *Newton;* je les ai achetés; ils doivent être bien reliés. M. *Coufin* fe donnera la peine de voir s'ils font en bon état, s'ils font tous conformes à mes intentions, c'eft-à-dire, avec les

quatre mots de corrections que j'ai envoyés. Ces
mots font indifpenfables dans un ouvrage qui veut
de l'exactitude. Voyez vous-même, mon cher abbé,
fi *Prault* a fait fon devoir. Vous prendrez le nombre
des exemplaires que vous jugerez à propos ; et fi
vous avez des amis qui entendent ces matières philofophiques , je vous prie de leur en faire part, et de
me croire pour la vie votre bon et fincère ami.

LETTRE XXVII.

A M. LE COMTE D'ARGENTAL.

14 juillet.

LA route de Paris à Pont-de-Vefle eft par Dijon ;
la route de Dijon eft par Bar-fur-Aube, Chaumont,
Langres, &c. De Bar-fur-Aube à Cirey il n'y a que
quatre lieues ; et fi vous ne voulez pas faire quatre
lieues pour voir vos amis, vous n'êtes plus d'*Argental*,
vous n'êtes plus ange gardien ; vous êtes digne
d'aller en Amérique.

Ah ! charmant et refpectable ami, vous ne vous
démentirez pas à ce point , et vous ne nous donnerez
pas pour excufe qu'il ne faut pas aller à Cirey en
paffant ; il faut y aller , ne fût-ce que pour un jour
ou pour une heure. Quoi, vous fefiez dix-huit cents
lieues pour quitter vos amis, et vous n'en feriez pas
quatre pour les voir ! Je vous avertis que fi vous
prenez une autre route que celle de Bar-fur-Aube ,
Chaumont, Langres, fi vous paffez par Auxerre , nous

irons à Auxerre, nous vous ferons rougir, et nous aurons le bonheur de vous voir.

Vos réflexions fur les Epîtres et fur Mérope me paraiffent fort juftes ; et puifque j'ai pris tant de liberté avec le marquis *Maffei*, dans les quatre premiers actes, je pourrai bien encore changer fon cinquième. En ce cas, la Mérope m'appartiendra toute entière.

Si on ne permet pas de fe moquer des convulfions, il ne fera donc plus permis de rire.

Si le public, devenu plus dégoûté que délicat à force d'avoir du bon en tout genre, ne fouffre pas qu'on égaye des fujets férieux, fi le goût d'*Horace* et de *Defpréaux* font profcrits, il ne faut donc plus écrire.

Mais fi vous ne venez pas à Cirey, il ne faut plus rien aimer.

Madame *du Châtelet* vous perfuadera ; et moi je ne veux point perdre l'efpérance de voir M. et madame d'*Argental*, et de les affurer qu'ils n'auront jamais un ferviteur plus tendre, plus dévoué que *Voltaire*, et plus affligé de la barbare idée que vous avez de vous détourner de votre chemin pour ne nous point voir.

LETTRE XXVIII.

A M. BERGER.

A Cirey, . . . juillet.

JE ferais fort aife que vous fuffiez auprès de M. *Pallu*, et je crois que cette place vaudrait mieux que la demi-place que vous avez. Un intendant eft plus utile qu'un prince. Je perdrais un aimable correfpondant à Paris, mais j'aime mieux votre fortune que des nouvelles.

Madame *du Châtelet* ne peut s'avilir en fouffrant qu'on imprime un écrit qu'elle a daigné compofer, qui honore fon fexe et l'académie, et qui fait peut-être honte aux juges qui ne lui ont pas donné le prix.

Je me donnerai bien de garde de demander à aucun miniftre la communication des recueils dont vous me parlez. Je ne leur demande jamais rien; mais j'aurais été fort aife que mon ami, en lifant, eût remarqué quelques faits finguliers et intéreffans, s'il y en a, et m'en eût fait part. C'eft là ce qui eft très-aifé, et ce dont je vous prie encore.

Vous n'envoyez jamais les nouveautés. Nous n'en avons pas un extrême befoin, mais elles amuferaient un moment; et c'eft beaucoup, me femble, de plaire un moment à la divinité de Cirey.

Rouffeau m'a envoyé l'ode apoplectique dont vous me faites mention. Il m'a fait dire que c'était par humilité chrétienne; qu'il m'avait toujours eftimé, et

que j'aurais été fon ami fi j'avais voulu, &c. Je lui ai
fait dire qu'il y avait en effet de l'humilité à avoir
compofé cette ode, et beaucoup à me l'envoyer; que
fi c'etait de l'humilité *chrétienne*, je n'en favais rien,
que je ne m'y connaiffais pas, mais que je me
connaiffais fort en probité; qu'il fallait être jufte avant
d'être humble; que, puifqu'il m'eftimait, il n'avait
pas dû me calomnier, et que, puifqu'il m'avait
calomnié, il devait fe retracter, et que je ne pouvais
pardonner qu'à ce prix. Voilà mes fentimens qui
valent bien fon ode.

Je n'ai jamais eu la vanité d'être gravé; mais puifque *Odieuvre* et les autres ont défiguré l'ouvrage de
M. de *la Tour*, il y faut remédier : la planche doit
être in-8°, parce que telle eft la forme des livres où
l'on imprime mes rêveries. L'abbé *Mouffinot* s'était
chargé d'un nouveau graveur; je lui écrirai; je connais le mérite de celui que l'on propofe. Un grand
cabinet de phyfique et quelques achats de chevaux
m'ont un peu épuifé, et m'ont rendu indigne de la
pierre qui repréfente *Newton*. Je me contente de fes
ouvrages pour une piftole. J'aimerais mieux, il eft
yrai, acheter cette tête, que de faire graver la mienne,
et je fuis honteux de la préférence que je me donne;
mais on m'y force. Mes amis qui admirent *Newton*,
mais qui m'aiment, veulent m'avoir; ayez donc la
bonté d'aller trouver M. *Barier* avec M. de *la Tour*.
Je m'en rapporte à lui et à vous. Vous cachetterez, s'il
vous plaît, vos lettres avec mon vifage. Il faut que la
pierre foit un peu plus grande qu'à l'ordinaire, mais
moindre que ce *Newton*, qui eft une efpèce de médaillon.
On ne veut point envoyer mon portrait en paftel;

mais M. de *la Tour* en a un double; il n'y a qu'à y faire mettre une bordure et une glace. Je mande à M. l'abbé *Mouffinot* qu'il en faffe les frais. Adieu, mon cher ami; je vous embraffe.

LETTRE XXIX.

A M. PITOT,

DE L'ACADEMIE DES SCIENCES.

Juillet.

En vous remerciant, mon très-cher et très-éclairé philofophe, de toutes les nouvelles que vous me mandez de l'académie et de Quito. En vérité, voilà un nouveau monde découvert par les nouveaux *Colomb* de votre académie; mais je ne penfe pas que ces arcs-en-ciel, dont vous me parlez, foient de vrais arcs-en-ciel : ce font, je crois, plutôt des phéno-mènes femblables à ceux des anneaux concentriques découverts par *Newton*, et formés entre deux verres. C'eft de cette nature que font les *hallo* et les couronnes; et il y en a depuis dix degrés jufqu'à quatre-vingt-dix. Nous ne voyons ces couronnes que dans un air calme et épais; ce qui reffemble affez aux brouillards des montagnes de Quito, car je gagerais qu'il ne fefait point de vent quand ces meffieurs voyaient dans les nues leur image entourée d'une auréole de faint.

Les Efpagnols qui auront vu cela prendront vos académiciens pour des gens à miracle.

A l'égard de notre Europe, je vous fupplie de bien

remercier l'illuftre M. de *Réaumur* de fes politeffes. 1738.
S'il avait fu de quoi il était queftion, n'aurait-il pas
pouffé fa politeffe jufqu'à donner le prix à madame
du Châtelet? En vérité, la philofophie n'eût eu rien à
reprocher à la galanterie. Le mémoire de cette dame
fingulière ne vaut-il pas bien des tourbillons? Elle
lui a écrit, et lui a fait fa confeffion.

Quant à mon mémoire, ayez la bonté d'être bien
perfuadé que fi j'ai eu le malheur de m'exprimer
affez obfcurément pour faire croire que j'accordais
au feu un mouvement effentiel non imprimé, je fuis
bien loin de penfer ainfi. Perfonne n'eft plus convaincu que moi que le mouvement eft donné à la
matière par celui qui l'a créée.

Si meffieurs de l'académie jugent qu'il faille imprimer mon mémoire, pour conftater que madame *du
Châtelet* a fait le fien fans aucun fecours, cette feule
raifon peut me déterminer à le faire imprimer. On y
verra (par la différence des fentimens) que madame
du Châtelet n'a pu rien prendre de moi. Je remets
tout cela entre les mains de M. de *Réaumur*.

J'ai fait tenir à bon compte vingt piftoles à M. *Coufin*.
Je lui ai recommandé d'aller un peu à l'obfervatoire
apprendre à opérer. Il ne fait point, dit-on, d'aftronomie; qu'il ne s'en effarouche pas. L'aftronomie eft
un jeu pour un mathématicien, et on peut tracer une
méridienne fans être un *Caffini*. Le grand point eft
de fe familiarifer avec les inftrumens; il faut inftruire
fes mains: les livres inftruiront fon efprit.

A propos, j'oubliais la terrible expérience du mercure baiffant fi prodigieufement à la montagne de
Quito. De combien baiffe-t-il au Pic de Teneriffe? J'ai

bien peur que nous n'ayons pas, à beaucoup près, les quinze lieues d'atmofphère qu'on donnait libéralement à notre chétif globe.

Comptez, Monfieur, que vous êtes fur ce globe un des hommes que j'eftime et que j'aime le plus. Mille amitiés à la compagne aimable du philofophe.

P. S. Vous avez reçu une lettre d'une dame qui entend affez la philofophie newtonienne pour fouhaiter que la gravitation pût rendre raifon du mouvement journalier des planètes ; mais les dames font comme les rois, elles veulent quelquefois l'impoffible.

LETTRE XXX.

A M. THIRIOT.

A Cirey, le 2 augufte.

JE vous remercie bien tendrement, mon cher ami, de tant de bons paffe - ports que vous avez donnés à cette philofophie de *Newton*. Vous êtes accoutumé à faire valoir plus d'une vérité venue d'Angleterre. M. *Coufin* vous donnera tant d'exemplaires que vous voudrez. Voulez-vous vous charger d'un pour M. *Pallu*, d'un pour M. de *Chauvelin*, intendant d'Amiens ? ou voulez-vous que je m'en charge ?

Je fuis bien étonné que cette lettre, imprimée contre mes Elémens, foit du père *Regnault* ; elle n'eft pas digne d'un écolier. Je crois que j'y réponds de

façon à forcer l'auteur à être fâché contre lui-même
et non contre moi.

Nous avons ici un fermier général qui me paraît avoir
la paffion des belles-lettres, c'eft le jeune *Helvétius* qui
fera digne du temple de Cirey s'il continue. Voilà
Minerve réconciliée avec *Plutus*. M. de *la Popliniere*
avait déjà commencé cette grande négociation. Je
doute qu'on y réuffiffe mieux que lui.

Ce qui me fait le plus de plaifir, dans la copie de
la lettre trop flatteufe pour moi que vous a écrite notre
prince, c'eft qu'il vous parle avec confiance. Plus il
vous connaîtra, et plus fon cœur s'ouvrira pour vous.
Apparemment que cette lettre, où il prend mon parti
avec tant de bonté, eft en réponfe à la fatire injurieufe
et abfurde du père *Regnault*, et à d'autres ouvrages
contre moi que vous lui avez envoyés. Si je ne craignais d'oppofer trop d'amour propre à ces injures,
je vous dirais de lui envoyer les témoignages honorables, auffi-bien que ceux qui peuvent me décrier; je
pourrais faire voir que je ne fuis ni fi haï ni fi méprifé
qu'on le fait accroire à ce prince, dont le goût et les
bontés s'affermiffent par ces infâmes injures.

Mon cher ami, voici bientôt le temps où l'on vous
poffédera à Cirey. J'ai beaucoup de chofes à vous
dire qui font pour vous d'une extrême importance.
Je vous embraffe tendrement.

LETTRE XXXI.

A M. HELVETIUS.

10 augufte.

JE reçois dans ce moment, mon aimable petit-fils d'*Apollon*, une lettre de monfieur votre père, et une de vous; le père ne veut que me guérir, mais le fils veut faire mes plaifirs. Je fuis pour le fils; que je languiffe, que je fouffre, j'y confens, pourvu que vos vers foient beaux. Cultivez votre génie, mon cher enfant. Je vous y exhorte hardiment, parce que je fais que jamais vos goûts ne vous feront oublier vos devoirs, et que chez vous l'homme, le poëte et le philofophe feront également eftimables. Je vous aime trop pour vous tromper.

Macte animo, generofe puer, fic itur ad aftra.

En allant *ad aftra*, n'oubliez pas Cirey. Grâce au génie de madame *du Châtelet*, Cirey eft fur la route; elle fait grand cas de vous, et en conçoit beaucoup d'efpérances. Elle vous fait fes complimens; et moi, je vous affure, fans complimens et fans formule, de l'amitié la plus tendre et de la plus fincère eftime. Ces fentimens fi vrais ne fouffrent point du très-humble et très-, &c.

LETTRE XXXII.

A M. DE MAIRAN.

A Cirey, 11 feptembre.

MONSIEUR,

LE livre que j'ai eu l'honneur de vous préfenter m'a attiré de vous une lettre qui vaut bien mieux que tous mes livres. Elle eft remplie de ces inftructions et de ces agrémens que j'aimais tant dans votre aimable converfation : auffi nous ne parlons ici de vous que fous le nom du philofophe aimable.

Vous me reprochez, avec votre politeffe charmante, des chofes que je me reproche plus durement. Je conviens que j'ai trop peu ménagé *Defcartes* et *Mallebranche*, et que j'ai parlé trop affirmativement là où il ne fallait que mettre modeftement le lecteur fur la voie. Peut-être fe jetterait-il plus volontiers dans le pays de l'attraction, fi je ne voulais pas le contraindre d'entrer. Je ne m'excuferai point à l'égard de *Defcartes* et de *Mallebranche* fur ce que je n'ai guère étudié la philofophie que dans des pays où l'on traite très-mal ces philofophes, et où les dix tomes de *Defcartes* font vendus trois florins. Je ne vous dirai point que les lettres de l'alphabet, qui compofent les noms de *Defcartes* et de *Mallebranche*, ne méritent aucun refpect, que la réputation des hommes ne leur appartient point après leur mort, qu'il faut pefer les efprits et non les hommes, &c. Quoique tout cela foit vrai, il eſt tout auſſi vrai qu'il faut reſpecter les idées de ſa nation.

Si j'avais été le maître de l'édition précipitée que les libraires ou corſaires hollandais ont faite, on n'aurait certainement pas ces reproches à me faire, et mon livre en vaudrait mieux de toutes façons ; mais il vaut aſſez, puiſqu'il m'a attiré vos ſages inſtructions. Quant à l'attraction, voici très-naïvement ce qui m'a déterminé à en parler avec tant d'outrecuidance.

Il y a trente ans que tous les philoſophes, forcés d'admettre les faits de la gravitation, ſe tuent à en chercher la cauſe ſans pouvoir rien trouver ; *Newton* était bien perſuadé que cette cauſe était dans le ſein de D I E U ; et quand le docteur *Clarke* dit à *Leibnitz* : Nous aurons grande obligation à celui qui pourra expliquer tout cela par l'impulſion ; *Clarke* parlait ironiquement, et ſe croyait ſûr de n'avoir jamais de pareils remercîmens à faire. C'eſt ce que je lui ai entendu dire ; et le docteur *Déſagulliers*, *Pemberton*, *Saunderſon*, *Stone*, *Bradley*, rient quand on parle de tourbillons : autant en font MM. *s'Graveſende* et *Muſſchembroek* ; et ce *Muſſchembroek*, qui eſt la naïveté même, et qui aime la vérité avec une candeur d'enfant, dit rondement qu'il croit démontré que l'impulſion ne peut cauſer la peſanteur.

Je demande maintenant ſi, depuis le temps que tous ceux dont je vous parle ont écrit, on a rien imaginé qui pût réhabiliter ces pauvres tourbillons ? Quelqu'un a-t-il répondu ſeulement à ce ſimple argument-ci ? *La même force d'impulſion n'agit point également ſur les corps en mouvement et ſur les corps en repos ; mais la*

gravitation agit également fur les corps en mouvement
et fur les corps en repos. A-t-on répondu à une des
objections preffantes que j'ai raffemblées dans mon
feizième et dans mon dix-feptième chapitre ? Une
feule de ces objections, fi elle demeure victorieufe ,
n'anéantit-elle pas les tourbillons, et toutes enfemble
ne fe prêtent-elles pas une force invincible ?

Vous avez très-grande raifon de me dire qu'autrefois on fe trompait fort de croire *l'horreur du vide*,
et qu'il fallait au moins attendre, pour imaginer
l'horreur du vide , qu'on fût bien pofitivement
que l'air ne fefait point monter l'eau dans les pom-
pes , &c.

J'aurai l'honneur de vous répondre que fi on avait
eu des preuves que l'air ne pèfe point , et qu'aucun
fluide ne pouvait faire monter l'eau , on aurait eu très-
grande raifon alors de dire que l'eau montait par une
loi primitive de la nature.

Or voilà le cas où nous fommes. Nous voyons
que l'impulfion , telle que nous la connaiffons , ne
peut agir fur la nature interne des corps; qu'elle
n'agit point en raifon des maffes , mais des fuperfi-
cies ; qu'un fluide quelconque qui emporterait les
planètes , ne pourrait faire marcher une comète plus
rapidement que les planètes qui fe trouveraient dans
la même couche du fluide, &c. Tout nous prouve ,
il le faut avouer, que les planètes qui pèfent fur le
foleil, n'y pèfent point par l'impulfion d'un tourbillon.

Où eft donc le mal de recourir, comme en bien
d'autres chofes, à la volonté libre, à la puiffance
infinie du maître qui a daigné donner à la matière

une qualité fans laquelle ce bel ordre de l'univers ne pourrait fubfifter ?

Si *Newton* avait dit feulement : Les pierres tombent fur la terre parce qu'elles ont une tendance au centre, et la terre tourne autour du foleil parce qu'elle a une tendance vers le foleil ; fi, dis-je, il n'avait donné que de telles explications fans preuve , on aurait raifon de crier aux qualités occultes.

Mais après avoir démontré que la lune eft retenue dans fon orbite par la même loi que tous les corps pèfent ici-bas, et que la terre et Saturne tendent vers le foleil par cette loi même; après avoir, fans obfer-vation, calculé par ces feuls principes le chemin d'une comète , et l'avoir trouvée au même point où les obfervations la trouvaient ; après avoir enfin prouvé en tant de façons que les corps céleftes fe meuvent dans un efpace non réfiftant ; après que la progreffion de la lumière, démontrée par *Bradley*, eft venue con-firmer tout cela , et dire aux hommes qu'elle n'était retardée en fon cours par aucune matière, comment peut-on ne pas fe rendre? comment peut-on, contre tant d'obfervations, contre tant de faits, contre tant de raifons , foutenir une hypothèfe des Mille et une nuits, que *Defcartes* a imaginée, dont on n'a et dont on ne peut avoir la plus légère preuve ?

L'impulfion en général eft une idée claire , je l'avoue ; mais l'impulfion dans le cas de la gravitation eft l'idée la plus obfcure, la plus incompatible que je connaiffe. Quel eft donc le blafphème philofophi-que d'attribuer à la matière une propriété de plus? Quand cette propriété n'exifterait que comme l'effet d'une caufe inconnue , ne faudrait-il pas toujours l'admettre comme un principe dont on doit partir, en attendant qu'il plaife à DIEU nous découvrir le premier principe? Ne faut-il pas bien, dans une montre, reconnaître le reffort pour la caufe de tout le méca-nifme, fans que nous fachions ce qui produit le reffort?

L'univers eft cette montre, l'attraction eft ce ref-fort. C'eft le grand agent de la nature, agent abfo-lument inconnu avant *Newton*, agent dont il a décou-vert l'exiftence, dont il a calculé les phénomènes, agent qui a bien l'air d'être tout autre chofe que l'élaf-ticité, l'électricité, &c.; car l'électricité, la force du reffort d'une montre, &c., font fans doute des effets des lois ordinaires du mouvement; mais cette gra-vitation reffemble fort à une qualité primordiale de la matière.

Je viens de lire les beaux mémoires de 1722 et 1723, dont vous me parlez, fur la réflexion et la réfraction des corps; certainement vous êtes digne de croire, et vous n'êtes pas fi loin du royaume de l'at-traction.

Une petite réflexion, s'il vous plaît, fur votre excellent mémoire : ni *Defcartes*, ni *Fermat*, ni le marquis de l'*Hofpital*, ni *Leibnitz* n'ont touché au but.

Vous réfutez, comme de raifon, ce tournoiement chimérique, cette tendance au tournoiement de *Defcartes* qui, par parenthèfe, n'a guère fait en phyfique que des romans : vous réfutez cet autre grand philofophe *Leibnitz*, mais auffi grand fefeur d'hypothèfes phyfiques et mathématiques, et vous faites très-bien voir l'inconféquence qu'il y aurait à

———— fuppofer que les corps réfractés s'approcheraient du côté où ils trouveraient le plus de réfiftance.

Il eft indubitable, et en cela *Defcartes* mérite un coup d'encenfoir, que le finus d'incidence et celui de réfraction font en raifon réciproque de leurs vîteffes dans les milieux qu'ils parcourent. Mais je demande maintenant à tout homme qui cherche la vérité de bonne foi, par quel mécanifme, par quelle loi connue du choc des corps, ce rayon de lumière *A B* doit s'approcher, dans ce criftal, de la perpendiculaire; par quelle loi il doit arriver de *B* en *F* plutôt qu'il n'eft venu de *A* en *B*?

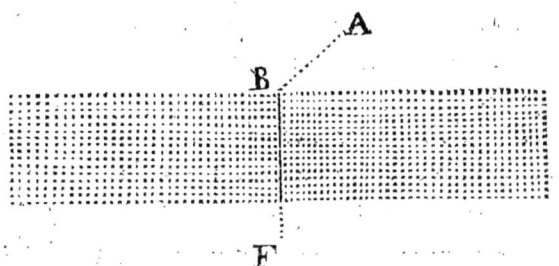

1°. Ce rayon peut-il être confidéré dans ce verre comme un folide plongé dans un fluide qui lui fert de véhicule à travers le criftal?

Si cela était, ne faudrait-il pas que le fluide lui réfiftât proportionnellement au carré de la vîteffe? cette vîteffe ne ferait-elle pas confidérablement retardée? Et cependant les découvertes de M. *Bradley* prouvent que la lumière ne fouffre point de retardement, et fe propage d'un mouvement uniforme des étoiles à nous.

2°. Si nous confidérons ce rayon paffant de l'air

dans

dans l'eau, le voilà plongé d'un fluide dans un autre.
Il eſt certain qu'il entre moins de traits de ce rayon 1738.
dans l'eau qu'il n'y en avait dans l'air ; il eſt certain
que l'eau eſt moins perméable, moins tranſparente
que l'air : or le milieu moins perméable peut - il
donner un paſſage plus facile à la lumière ? La maiſon
dont la porte eſt la moins ouverte eſt-elle la plus
acceſſible à la foule qui ſe preſſe pour entrer ?

3º. La vîteſſe de ce rayon eſt augmentée dans l'eau.
Mais ſi le rayon ſemblable aux autres ſolides pénètre
l'eau en choquant, en dérangeant les parties de l'eau dans
leſquelles il ſe plonge, cette eau, cédant comme à un
corps ſolide, doit lui réſiſter huit cents ou neuf cents
fois plus que l'air, bien loin d'accroître ſa vîteſſe.
L'eau en ce cas, loin de favoriſer la direction verti-
cale, s'y oppoſera neuf cents fois plus que l'air. Quelle
différence prodigieuſe entre cet effet et celui d'approcher ce rayon du perpendicule ! Quelle diſtance
énorme entre ce qui eſt, et ce qui, ſuivant cette hypo-
thèſe, ſemblerait devoir être !

Reſte donc que le rayon paſſe dans un pore, dans
une eſpèce de tuyau non réſiſtant : or, en ce cas,
pourquoi s'approchera-t-il du perpendicule ? Je le
conſidère alors comme un cylindre ſolide que je vois
avancer plus rapidement dans un milieu que dans
un autre. Mais quelle puiſſance briſe ce cylindre ? eſt-
ce le plan ſolide réfringent ? Mais les parties ſolides
de ce plan ne touchent pas à ce cylindre : dès qu'elles
y touchent, il n'y a plus de tranſparence.

N'eſt-on pas forcé de conclure qu'il y a un pouvoir, juſqu'ici inconnu, qui agit entre les corps et la
lumière ? Et que direz-vous à cette expérience par

—— laquelle on voit rejaillir la lumière de la furface ultérieure d'un prifme, au lieu d'échapper dans l'air? Et fi vous mettez de l'eau à cette furface ultérieure, la lumière entre dans cette eau, et ne rejaillit plus. Que direz-vous à l'inflexion de la lumière auprès des corps?

Vous avez déjà été affez touché de DIEU pour accorder que la lumière ne rejaillit pas des furfaces folides; c'eft un grand point.

Oferez-vous faire encore quelques actes de foi à la face des incrédules? Vous voyez le ciel et la terre pleins de tendances, de gravitations réciproques; je n'ai plus qu'un mot à vous dire fur cela. Ou vous admettez le plein, et en ce cas je fais dire des meffes; ou vous admettez le vide fans lequel il n'y a point de mouvement, et en ce cas il faut bien que Jupiter et Saturne agiffent l'un fur l'autre, et à *diftance*, tout au travers du vide.

Pardon, deux paroles encore. Le magnétifme, l'électricité peuvent-ils nuire à l'attraction? Ne font-ce pas des chofes très-différentes? Toutes les apparences font que l'électricité et le magnétifme agiffent par des écoulemens de matière. Voilà ce qui eft dans le royaume de l'impulfion; mais l'empire de l'attraction *non eft hinc*. Une vague qui frappe contre un rivage, peut ramener à foi mille corps qu'elle touche, et le foleil peut graviter vers nous fans nous toucher. L'attraction ne reffemble à rien, de même qu'un de nos cinq fens ne reffemble point aux quatre autres. L'attraction eft un nouveau fens que *Newton* a découvert dans la nature.

Mais, Monfieur, je m'aperçois que je joue le rôle

d'un nouveau converti, très-mal inſtruit, qui s'avi-
ſerait de prêcher *Claude* ou *Dumoulin*, ou plutôt d'un   1738.
diſciple qui ſe révolte contre un maître. Je vous
demande très-humblement pardon de ma ſottiſe. La
bonté extrême de votre caractère m'a fait oublier un
moment mon reſpect pour vous. Je rentre maintenant dans ma coquille, et je me borne à attendre avec
impatience le Mémoire que vous nous promettez à
la ſuite de celui de 1723. Je ne connais perſonne qui
approfondiſſe plus, et qui expoſe mieux.

Permettez-moi de vous dire que j'aime l'homme
en vous, autant que j'eſtime le philoſophe. Vous êtes
ſi perſuaſif que vous me faites trembler pour le
newtoniſme ſi vous le combattez. Heureux le parti que
vous embraſſerez ; plus heureuſes les perſonnes qui
vous voient et qui vous entendent. Il n'y en a point
qui s'intéreſſe plus que moi à tout ce qui vous touche,
aux hommages qu'on rend à votre mérite, aux récom-
penſes que le gouvernement doit à vos talens et à vos
travaux. J'ai reſpecté vos occupations ; je ne les ai
point interrompues par mes lettres ; mais je n'en ai
pas moins entretenu dans mon cœur tous les ſentimens que je vous ai voués. Il n'y a guère de maiſon
au monde où l'on parle de vous plus que dans la
ſolitude de Cirey. Madame *du Châtelet* penſe ſur vous
comme moi ; elle me charge de vous aſſurer de ſon
eſtime parfaite et de ſon amitié.

J'aurais répondu plutôt à l'honneur de votre lettre,
mais j'ai été tout près d'aller ſavoir qui a raiſon de
Newton ou de ſes adverſaires, ſi pourtant on en peut
apprendre quelque choſe là-bas ou là - haut. Ma
ſanté eſt bien miſérable, et c'eſt un terrible obſtacle à

—— la paffion que j'ai pour l'étude, &c. Je fuis, Monfieur,
1738. avec les fentimens, &c.

P. S. M. d'*Argental* m'ayant fait l'honneur de me
mander, Monfieur, que vous vouliez favoir en quel
endroit *Newton* parle de la réflexion dans le vide; je
lui ai mandé que c'eft à la page 3, propofition 8ᵉ,
partie III, livre II; j'étais trop malade pour en dire
davantage.

Voici comme on fait l'expérience dans une chambre obfcure : on prend un récipient fait exprès, percé
en haut, et laiffant une ouverture d'environ trois
pouces de diamètre. On garnit cette ouverture d'une
gorge en rainure de métal; on garnit encore cette
rainure d'un cuir doux et onctueux; on fait paffer un
prifme dans cette rainure, on l'affujettit bien. Enfuite
on pompe l'air, et on expofe le prifme à la lumière
qui tombe de l'ouverture de la quatrième partie
d'un pouce. On lui ménage un angle de quarante-
deux degrés. Alors on a le plaifir de voir le récipient
noir comme un four, et toute la lumière rejaillir au
plancher.

LETTRE XXXIII.

A M. L'ABBÉ MOUSSINOT.

Octobre.

Vous aimez volontiers, mon cher ami, à courir chez les gens quand il faut rendre service. Volez donc chez M. *Pitot*, puisque je trouve l'occasion de l'obliger. Je ne sais ce dont il peut avoir besoin ; mais je ne peux guère lui prêter que huit cents francs, à cause des dépenses que je fais ; car, outre les quatre mille livres que vous m'avez envoyées, il faut encore que vous donniez promptement cent pistoles à M. *Cousin*, qui doit être bientôt mon compagnon de retraite et d'étude. Prêtez donc ces huit cents francs à M. et à madame *Pitot*. Ils me les rendront dans l'espace de cinq années ; rien la première, deux cents francs la seconde, autant la troisième, ainsi du reste. Leur billet suffira sans contrat. Il ne faut point, me semble, de notaires avec un philosophe. Si dans la suite le philosophe ne pouvait remplir les conditions du prêt, je n'exigerais pas le payement ; au contraire ma bourse lui sera toujours ouverte. Donnez un Newton bien relié à M. *Pitot*, en lui remettant les huit cents francs ; vous en donnerez aussi un exemplaire à M. de *Bremont*, et m'enverrez ses Transactions philosophiques aussitôt qu'elles paraîtront.

LETTRE XXXIV.

A M. L'ABBÉ MOUSSINOT.

Octobre.

Un paquet plat, contenant une pièce peut-être fort plate, partit hier par le carroffe de Joinville ; je l'adreffe à M. l'abbé *Mouffinot*, mon ami ; mais comme les janféniftes n'aiment point les pièces de théâtre, elle eft deftinée à un honnête jéfuite, nommé le père *Brumoi*. Il faut, s'il vous plaît, que ce manufcrit foit rendu en main propre au jéfuite, avec ferment, fans reftriction mentale, qu'il n'en prendra point copie. Après le père *Brumoi*, on en fera part au père *Porée*, mon ancien régent, à qui je dois cette déférence ; et le manufcrit, en fortant du collége de Louis le grand, fera remis au greffe janfénifte de Saint-Méri.

J'avertis mon chanoine qu'il peut à toute force lire la tragédie ; premièrement, parce qu'elle eft fans amour ; la nature feule et fans aucun mélange de galanterie, peut remuer un cœur dévot ;

Car pour être dévot, on n'en eft pas moins homme.

Secondement, cette Mérope étant probablement ennuyeufe, pourra paffer pour le huitième des pfaumes pénitentiaux. Lifez-le donc ce huitième pfaume ; il vous ennuiera peut-être, mais il vous édifiera ; c'eft la nature de beaucoup de bonnes chofes.

Troifièmement, mon cher janfénifte, fi Mérope vous plaît, j'en ferai plus flatté que du fuffrage des

jéfuites : le jugement de ces meſſieurs, trop accou- 1738.
tumés aux pièces de collége, m'eſt toujours un peu
fufpect.

LETTRE XXXV.

A M. THIRIOT.

Le 24 octobre.

Je ne vous écris fouvent que trois lignes , père
Merſenne, parce que j'en griffonne trois ou quatre
cents , et en rature cinq cents pour mériter un jour
votre fuffrage. La correction de la Henriade entrait
dans mes travaux, lorſque vous m'apprenez le deſſein
des libraires ; il faut m'y conformer ; il faut rendre
cet ouvrage digne de mes amis et de la poſtérité.
Mais *Prault* fe difpofait à en faire une édition ; il me
fefait graver : il faudrait l'engager à entrer dans le
projet des *Gandouin*. Dites-lui donc de ne plus m'envoyer, ou plutôt de ne me plus faire attendre inutilement les livres de phyſique, et que vous avez la
bonté de vous en charger. Le s'Gravefende , deux
volumes in-4° , eſt ce que je demande avec le plus
d'inſtance. Je ne peux vivre fans ce s'Gravefende et
fans Defagulliers , voilà l'effentiel.

Je vous enverrai ma réponfe à M. *le Franc;* vous
êtes le lien des cœurs.

Je vous enverrai une lettre pour *Pline-Dubos;* dites-
lui que ma reconnaiſſance eſt égale à mon eſtime.

Un petit mot touchant les Epîtres (*). L'objection,

(*) Voyez Difcours fur l'homme , volume de Poëmes.

F 4

qu'on fe fait interroger comme fi on était *Dieu* ou *ange*, eft, ce me femble, bien injufte. On interroge non un Dieu, mais un philofophe fur des fujets traités par *Platon*, *Leibnitz* et *Pope*. Dire que l'épître ne conclut rien, c'eft ne la vouloir pas entendre. Elle ne conclut que trop que *non funt omnia facta pro hominibus*; et s'il y a quelque mérite à cette épître, c'eft d'avoir tourné cette conclufion d'une manière qui n'attire pas les conclufions du procureur général, et d'avoir traité très-fagement une matière très-délicate.

Autre petit mot. Où diable prend-on que ces épîtres ne vont pas au fait? Il n'y a pas un vers dans la première qui ne montre l'égalité des conditions, pas un dans la feconde qui ne prouve la liberté, pas un dans la troifième où il foit queftion d'autre chofe que de l'envie; ainfi des autres.

Ces impertinentes objections qu'on vous fait méritent à peine que vous y répondiez, et encore moins que vous vous laiffiez féduire.

Je reçois votre lettre du 12, avec une lettre du Prince qui me comble de joie; il peut arriver très-bien que je le voye en 1739, et que vous ayez un établiffement auffi affuré qu'agréable. Gardez un profond fecret.

Je vous embraffe, mon cher ami, et madame la Marquife vous fait les plus fincères complimens. Elle vous écrit; elle a pour vous autant d'amitié que moi.

P. S. Envoyez-moi le coup de fouet qu'a donné l'abbé *le Blanc* à cet âne incorrigible, nommé *Giot Desfontaines*.

LETTRE XXXVI.

A M. DE BURIGNY,

DE L'ACADEMIE DES INSCRIPTIONS.

A Cirey, 19 octobre.

Je n'ai point reçu votre lettre, Monsieur, comme un compliment; je sais trop combien vous aimez la vérité. Si vous n'aviez pas trouvé quelques morceaux dignes de votre attention dans les Elémens de *Newton*, vous ne les auriez pas loués.

Cette philosophie a plus d'un droit sur vous : elle est la seule vraie, et M. votre frère de *Pouilli* est le premier en France qui l'ait connue. Je n'ai que le mérite d'avoir osé effleurer le premier en public ce qu'il eût approfondi, s'il eût voulu.

Je ne sais si ma santé me permettra dorénavant de suivre ces études avec l'ardeur qu'elles méritent ; mais il s'en faut bien qu'elles soient les seules qui doivent fixer un être pensant. Il y a des livres sur les droits les plus sacrés des hommes, des livres écrits par des citoyens aussi hardis que vertueux, où l'on apprend à donner des limites aux abus, et où l'on distingue continuellement la justice et l'usurpation, la religion et le fanatisme. Je lis ces livres avec un plaisir inexprimable; je les étudie, et j'en remercie l'auteur quel qu'il soit. (6)

_____

(6) M. de *Burigny* avait publié, mais sans y mettre son nom, un traité sur l'autorité des papes.

1738.

Il y a quelques années, Monfieur, que j'ai commencé une efpèce d'hiftoire philofophique du fiècle de *Louis XIV* : tout ce qui peut paraître important à la poftérité doit y trouver fa place ; tout ce qui n'a été important qu'en paffant y fera omis. Les progrès des arts et de l'efprit humain tiendront dans cet ouvrage la place la plus honorable. Tout ce qui regarde la religion y fera traité fans controverfe ; et ce que le droit public a de plus intéreffant pour la fociété s'y trouvera. Une loi utile y fera préférée à des villes prifes et rendues, à des batailles qui n'ont décidé de rien. On verra dans tout l'ouvrage le caractère d'un homme qui fait plus de cas d'un miniftre qui fait croître deux épis de blé là où la terre n'en portait qu'un, que d'un roi qui achète ou qui faccage une province.

Si vous aviez, Monfieur, fur le règne de *Louis XIV* quelques anecdotes dignes des lecteurs philofophes, je vous fupplierais de m'en faire part. Quand on travaille pour la vérité, on doit hardiment s'adreffer à vous, et compter fur vos fecours.

Je fuis, Monfieur, avec les fentimens, &c.

LETTRE XXXVII.

A M. LE FRANC.

A Cirey, 30 octobre.

Tous les hommes ont de l'ambition, Monfieur, et la mienne eft de vous plaire, d'obtenir quelquefois vos fuffrages, et toujours votre amitié. Je n'ai guère vu jufqu'ici que des gens de lettres occupés de flatter les idoles du monde, d'être protégés par les ignorans, d'éviter les connaiffeurs, de chercher à perdre leurs rivaux, et non à les furpaffer. Toutes les académies font infectées de brigues et de haines perfonnelles : quiconque montre du talent, a fur le champ pour ennemis ceux-là même qui pourraient rendre juftice à fes talens, et qui devraient être fes amis.

M. *Thiriot*, dont vous connaiffez l'efprit de juftice et de candeur, et qui a lu dans le fond de mon cœur pendant vingt-cinq années, fait à quel point je détefte ce poifon répandu fur la littérature. Il fait furtout quelle eftime j'ai conçue pour vous dès que j'ai pu voir quelques uns de vos ouvrages ; il peut vous dire que même à Cirey, auprès d'une perfonne qui fait tout l'honneur des fciences et tout celui de ma vie, je regrettais infiniment de n'être pas lié avec vous.

Avec quel homme de lettres aurais-je donc voulu être uni, finon avec vous, Monfieur, qui joignez un goût fi pur à un talent fi marqué ? Je fais que vous êtes non-feulement homme de lettres, mais un excellent citoyen , un ami tendre. Il manque à mon bonheur d'être aimé d'un homme comme vous.

J'ai lu, avec une fatisfaction très-grande , votre differtation fur le *Pervigilium veneris :* c'eft-là ce qui s'appelle traiter la littérature. Madame la marquife *du Châtelet* , qui entend *Virgile* comme *Milton* , a été vivement frappée de la finesse avec laquelle vous avez trouvé dans les Géorgiques l'original du *Pervigilium.* Vous êtes comme ces connaiffeurs nouvellement venus d'Italie , tout remplis de leur *Raphaël* , de leur *Carache* , de leur *Paul Veronéfe* , et qui démêlent tout d'un coup les paftiches de *Boulogne.*

Vous avez donné un bel effai de traduction dans vos vers,

C'eft l'aimable printemps dont l'heureufe influence , &c.

Votre dernier vers ,

Et le jour qu'il naquit fut au moins un beau jour ,

me paraît beaucoup plus beau que

Ferrea progenies duris caput extulit arvis.

Le fens de votre vers était , comme vous le dites très-bien , renfermé dans celui de *Virgile.* Souffrez que je dife qu'il y était renfermé comme une perle dans des écailles.

Je voudrais feulement que ce beau vers pût s'accorder avec ceux-ci qui le précèdent ;

De l'univers naiffant le printemps eft l'image ;
Il ne cessa jamais durant le premier âge.

J'ai peur que ce ne foient-là deux mérites incompati-
bles : fi le printemps ne ceffa point dans l'âge d'or, il
y eut plus d'un beau jour. Vous pourriez donc facrifier ces *il ne ceffa jamais* &c. à ce beau vers,

Et le jour qu'il naquit, &c.

Ce dernier vers mérite le facrifice que j'ofe vous
demander.

Vous voyez, Monfieur, que je compte déjà fur
votre amitié, et vous pardonnez fans doute à ma
franchife. J'entre avec vous dans ces détails parce
qu'on m'a dit que vous traduifez toutes les Géorgiques. L'entreprife eft grande. Il eft plus difficile
de traduire cet ouvrage en vers français, qu'il ne l'a
été de le faire en latin; mais je vous exhorte à continuer cette traduction, par une raifon qui me paraît
fans réplique, c'eft que vous êtes le feul capable d'y
réuffir.

J'ai été votre partifan dans ce que vous avez dit
de l'Enéide. Il n'appartient qu'à ceux qui fentent
comme vous les beautés, d'ofer parler des défauts;
mais je demanderais grâce pour la fageffe avec laquelle
Virgile a évité de reffembler à *Homère* dans cette foule
de grands caractères qui embelliffent l'Iliade. *Homère*
avait vingt rois à peindre, et *Virgile* n'avait qu'*Enée*
et *Turnus*.

Si vous avez trouvé des défauts dans *Virgile*, j'ai
ofé relever bien des bévues dans *Defcartes*. Il eft vrai
que je n'ai pas parlé en mon propre et privé nom :
je me fuis mis fous le bouclier de *Newton*. Je fuis tout
au plus le *Patrocle* couvert des armes d'*Achille*.

1738.

Je ne doute pas qu'un efprit jufte, éclairé comme le vôtre, ne compte la philofophie au rang de fes connaiffances. La France eft jufqu'à préfent le feul pays où les théories de *Newton* en phyfique, et de *Boërhaave* en médecine, foient combattues. Nous n'avons pas encore de bons élémens de phyfique; nous avons pour toute aftronomie le livre de *Bion*, qui n'eft qu'un ramas informe de quelques mémoires de l'académie. On eft obligé, quand on veut s'inftruire de ces fciences, de recourir aux étrangers, à *Keill*, à *Wolf*, à *s'Gravefende*. On va imprimer enfin des Inftitutions phyfiques, dont M. *Pitot* eft l'examinateur, et dont il dit beaucoup de bien. Je n'ai eu que le mérite d'être le premier qui ait ofé bégayer la vérité; mais, avant qu'il foit dix ans, vous verrez une révolution dans la phyfique, *et fe mirabitur Gallia neutonianam.*

Et nous dirons avec vos Géorgiques:

Miraturque novas frondes et non fua poma.

Il eft vrai que la phyfique d'aujourd'hui eft un peu contraire aux fables des Géorgiques, à la renaiffance des abeilles, aux influences de la lune, &c.; mais vous faurez, en maître de l'art, conferver les beautés de ces fictions, et fauver l'abfurde de la phyfique.

Voilà à quoi vous fervira l'efprit philofophique qui eft aujourd'hui le maître de tous les arts.

Si vous avez quelque objection à faire fur *Newton*, quelque inftruction à donner fur la littérature, ou quelque ouvrage à communiquer, fongez, Monfieur, je vous en prie, à un folitaire plein d'eftime pour

vous, et qui cherchera toute fa vie à être digne de
votre commerce. C'eſt dans ces ſentimens que je
ferai, &c.

LETTRE XXXVIII.

A M. L'ABBÉ DUBOS.

A Cirey, 3o octpbre.

IL y a déjà long-temps, Monſieur, que je vous fuis
attaché par la plus forte eſtime; je vais l'être par la
reconnaiſſance. Je ne vous répèterai point ici que vos
livres doivent être le bréviaire des gens de lettres,
que vous êtes l'écrivain le plus utile et le plus judicieux que je connaiſſe; je ſuis ſi charmé de voir que
vous êtes le plus obligeant, que ſuis tout occupé de
cette dernière idée.

Il y a long-temps que j'ai aſſemblé quelques matériaux pour faire l'hiſtoire du Siècle de *Louis XIV*:
ce n'eſt point ſimplement la vie de ce prince que
j'écris, ce ne ſont point les annales de ſon règne, c'eſt
plutôt l'hiſtoire de l'eſprit humain, puiſée dans le ſiècle
le plus glorieux à l'eſprit humain.

Cet ouvrage eſt diviſé en chapitres; il y en a vingt
environ deſtinés à l'hiſtoire générale : ce ſont vingt
tableaux des grands événemens du temps. Les principaux perſonnages ſont ſur le devant de la toile; la
foule eſt dans l'enfoncement. Malheur aux détails:
la poſtérité les néglige tous; c'eſt une vermine qui
tue les grands ouvrages. Ce qui caractériſe le ſiècle, ce
qui a cauſé des révolutions, ce qui ſera important

——— dans cent années ; c'eſt-là ce que je veux écrire aujourd'hui.

Il y a un chapitre pour la vie privée de *Louis XIV;* deux pour les grands changemens faits dans la police du royaume, dans le commerce, dans les finances : deux pour le gouvernement eccléſiaſtique , dans lequel la révocation de l'édit de Nantes et l'affaire de la Régale ſont compriſes ; cinq ou ſix pour l'hiſtoire des arts, à commencer par *Deſcartes* et à finir par *Rameau.*

Je n'ai d'autreſ mémoires pour l'hiſtoire générale qu'environ deux cents volumes de mémoires impri-més que tout le monde connaît ; il ne s'agit que de former un corps bien proportionné de tous ces mem-bres épars , et de peindre avec des couleurs vraies, mais d'un trait , ce que *Larrey , Limiers , Lamberti , Rouſſel,* &c. &c. falſifient et délayent dans des volumes.

J'ai pour la vie privée de *Louis XIV* les mémoires du marquis de *Dangeau,* en quarante volumes, dont j'ai extrait quarante pages ; j'ai ce que j'ai entendu dire à de vieux courtiſans , valets , grands ſeigneurs et autres, et je rapporte les faits dans leſquels ils s'accordent. J'abandonne le reſte aux feſeurs de converſations et d'anecdotes. J'ai un extrait de la fameuſe lettre du roi au ſujet de M. de *Barbéſieux,* dont il marque tous les défauts auxquels il pardonne en faveur des ſervices du père ; ce qui caractériſe *Louis XIV* bien mieux que les flatteries de *Péliſſon.*

Je ſuis aſſez inſtruit de l'aventure de *l'homme au maſque de fer ,* mort à la baſtille. J'ai parlé à des gens qui l'ont ſervi.

Il y a une eſpèce de mémorial écrit de la main de
Louis XIV,

Louis XIV, qui doit être dans le cabinet de *Louis XV.*
M. *Hardion* le connaît sans doute ; mais je n'ose en
demander communication.

Sur les affaires de l'Eglise, j'ai tout le fatras des
injures de parti ; et je tâcherai d'extraire une once
de miel de l'absinthe des *Jurieu* , des *Quesnel* , des
Doucin , &c.

Pour le dedans du royaume, j'examine les mémoires des intendans, et les bons livres qu'on a sur cette
matière. M. l'abbé de *Saint-Pierre* a fait un journal
politique de *Louis XIV*, que je voudrais bien qu'il
me confiât. Je ne sais s'il fera cet acte de *bienfesance*
pour gagner le paradis.

A l'égard des arts et des sciences, il n'est question,
je crois, que de tracer la marche de l'esprit humain
en philosophie, en éloquence, en poësie, en critique ;
de marquer les progrès de la peinture, de la sculp-
ture , de la musique, de l'orfévrerie , des manufactures de tapisserie, de glaces, d'étoffes d'or, de l'hor-
logerie. Je ne veux que peindre, chemin fesant , les
génies qui ont excellé dans ces parties. Dieu me
préserve d'employer trois cents pages à l'histoire de
Gassendi! La vie est trop courte, le temps trop précieux pour dire des choses inutiles.

En un mot, Monsieur, vous voyez mon plan
mieux que je ne pourrais vous le dessiner. Je ne me
presse point d'élever mon bâtiment. *Pendent opera
interrupta , minæque murorum ingentes.* Si vous daigniez
me conduire , je pourrais dire alors : *æquataque
machina cœlo.* Voyez ce que vous pouvez faire pour
moi , pour la vérité , pour un siècle qui vous compte
parmi les ornemens.

A qui daignerez-vous communiquer vos lumières, fi ce n'eſt à un homme qui aime ſa patrie et la vérité, et qui ne cherche à écrire l'hiſtoire ni en flatteur, ni en panégyriſte, ni en gazetier, mais en philoſophe. Celui qui a ſi bien débrouillé le chaos de l'origine des Français m'aidera ſans doute à répandre la lumière fur les plus beaux jours de la France. Songez, Monſieur, que vous rendrez ſervice à votre diſciple et à votre admirateur.

Je ſerai toute ma vie avec autant de reconnaiſſance que d'eſtime, &c.

LETTRE XXXIX.

A M. LE COMTE D'ARGENTAL.

A Cirey, 3 novembre.

AIMABLE ange gardien, il faut que vous le ſoyez non-ſeulement de Cirey, mais de tout le canton.

Protégez, je vous en conjure, de la manière la plus efficace, M. l'abbé de *Valdruche* qui vous rendra cette lettre. C'eſt le fils de mon médecin, d'un de mes meilleurs amis. Vous vous ſentirez bien diſpoſé en ſa faveur, quand vous ſaurez qu'il a pour tout bien un petit canonicat de Joinville, que le chapitre lui a conféré légitimement, et que notre ſaint-père le pape veut lui ôter. N'eſt-il pas bien odieux qu'un évêque étranger puiſſe diſpoſer d'un bien qui eſt en France? qu'on ait des maîtres à trois cents lieues de chez ſoi? et qu'on mette en queſtion, qui doit l'emporter des droits les plus ſacrés des hommes, ou d'un

refcrit du pape ? Tout eft fubreptice, tout eft abufif
dans les procédés de l'eccléfiaftique qui difpute le
bénéfice à l'abbé de *Valdruche;* mais il a pour lui le
pape et les capucins de Chaumont. Figurez-vous que
les juges de Chaumont ont ofé donner la provifion
au papimane, et qu'à l'audience on a cité des jurif-
confultes italiens qui difent : *Papa omnia poteft.* Que
votre zèle de bon citoyen s'allume. C'eft un chaînon
des fers ultramontains qu'il s'agit de brifer. Vous êtes
à portée de procurer au fils de mon ami une audience
prompte ; c'eft tout ce qu'il lui faut. Je crois que fa
caufe eft celle de nos libertés, et la caufe même du
parlement. Dites-lui, mon cher ami, comment il faut
qu'il fe conduife ; adreffez-le aux bons fefeurs ; c'eft
mon procès que vous me faites gagner. Je crois que
je vous en aimerais davantage, fi la chofe était
poffible. Adieu ; vous n'aurez jamais mieux récompenfé le tendre et refpectueux attachement que
j'aurai pour vous toute ma vie.

1738,

LETTRE XL.

A M. DE CIDEVILLE.

Cirey, ce 10 novembre.

Mon cher ami, je vous dois une Mérope, et je
ne vous envoie qu'une épître. Je ne vous paye rien
de ce que je vous dois : *Tam rarò fcribimus, ut toto
non quater in anno.*

Vous m'avez envoyé une ode charmante. Je rougis
de ma mifère, quand je fonge que je n'y ai répondu

—— que par des applaudiffemens. Vos richeffes, en me comblant de joie, me font fentir ma pauvreté. Ne croyez pas, mon cher ami, qu'en vous envoyant une épître, je prétende éluder la promeffe de la Mérope. A qui donc donnerai-je les prémices de mes ouvrages, fi cé n'eft à mon cher *Cideville* ? à celui qui joint le don de bien juger au talent d'écrire avec tant de facilité et de grâce ? Quel cœur dois-je fonger à émouvoir, fi ce n'eft le vôtre ? Je compte que mes ouvrages feront au moins reçus comme les tributs de l'amitié. Ils vous parleront de moi; ils vous peindront mon ame.

Ma retraite heureufe ne m'offre point de nouvelles à vous apprendre. Elle laiffe un peu languir le commerce; mais l'amitié ne languit point. Je ne m'occupe à aucune forte de travail que je ne me dife à moi-même : Mon ami fera-t-il content ? cette penfée fera-t-elle de fon goût ? Enfin, fans vous écrire, je paffe mes jours dans l'envie de vous plaire et dans le plaifir d'écrire pour vous.

Madame *du Châtelet*, qui vous aime comme fi elle vous avait vu, vous fait les plus fincères complimens. Nous avons entendu parler ici confufément d'une épître de *Formont*, *contre les philofophes qui ont le malheur de n'être que philofophes*. Dieu merci, l'épître n'eft pas contre nous.

Rouffeau, après avoir long-temps offenfé DIEU, s'eft mis à l'ennuyer. Il fera damné pour fes fermons et pour fes couplets.

Je vous embraffe tendrement, mon aimable*Cideville*.

LETTRE XLI.

A M. THIRIOT.

Le 13 novembre.

VOUS me voyez, mon cher ami, dans un point de vue, et moi je me vois dans un autre. Vous vous imaginez, à table avec madame de *la Poplinière* et M. *Defalleurs*, que les calomnies de *Roufseau* ne me font point de tort, parce qu'elles ne gâtent point votre vin de Champagne; mais moi qui fais qu'il a employé pendant dix ans la plume de *Roufset* et de *Varenne* à Amfterdam, pour me noircir dans toute l'Europe; moi qui, par l'indignation du Prince royal même contre tant de traits, reconnais très-bien que ces traits portent coup, j'en penfe tout différemment. Je ne fais pourquoi vous me citez l'exemple des grands auteurs du fiècle de *Louis XIV*, qui ont eu des ennemis. En premier lieu, ils ont confondu ces ennemis, autant qu'ils l'ont pu; en fecond lieu, ils ont eu des protections qui me manquent; et enfin, ils avaient un mérite fupérieur qui pouvait les confoler. Ce qui m'eft arrivé à la fin de 1736 doit me faire tenir fur mes gardes. Je fais très-bien que les journaux peuvent faire de très-mauvaifes impreffions; je fais qu'un homme qu'on outrage impunément eft avili; et je ne veux accoutumer perfonne à parler de moi d'une manière qui ne me convienne pas. Ma fenfibilité doit vous plaire. Un ami s'intéreffe à la réputation de fon ami, comme à la fienne propre.

G 3

Je vois que vous vous y intéreffez efficacement, puifque vous m'envoyez des critiques fur les épîtres. Je vous en remercie de tout mon cœur. Soyez sûr que j'en profiterai. Continuez ; mais fongez que ce *frappant et ce vif* que vous cherchez, ceffe d'être tel quand il revient trop fouvent. *Non fumum ex fulgore, fed ex fumo dare lucem cogitat.* Je ne fuis pas de votre avis en tout. La cenfure de la boîte de *Pandore* me paraît très-injufte (*). Je prétends prouver que fi tous les hommes étaient également heureux dans l'âge d'or, ils ont actuellement une égale portion de biens et de maux, et qu'ainfi l'égalité fubfifte toujours. Au refte, qu'un hémiftiche ou deux déplaifent, cela rend-il une pièce entière infupportable ? Vous me reprochiez d'imiter *Defpréaux*, à préfent vous voulez que je lui reffemble. Trouvez-vous donc dans fes épîtres tant de vivacité et tant de traits ? Il me femble que leur grand mérite eft d'être naturelles, correctes et raifonnables ; mais de la fublimité, des grâces, du fentiment, eft-ce là qu'il les faut chercher ?

Vous profcrivez la *barque* des rois ; cependant il ne s'agit ici que de la barque légère, de la barque du bonheur, de la petite barque que chaque individu gouverne, roi ou garçon de café. Mais, comme le vulgaire ne veut voir un roi que dans un vaiffeau de cent pièces de canon, et qu'il faut s'accommoder aux idées reçues, je facrifie la barque.

J'ôte le *Bernard*, et le *bien* qu'il fait, et le *bien* qu'il a. Ce mot de *bien* pris en deux fens différens, eft peut-être un jeu de mots : qu'en penfez-vous ?

(*) Voyez le premier Difcours fur l'homme, de l'égalité des conditions, volume de Poëmes.

Fertilifent la terre en déchirant fon fein.

eft, ne vous déplaife, un très-beau vers.

J'aime *Perrette*. C'eft dans fon ennui précifément, et feulement dans fon ennui qu'on fouhaite le deftin d'autrui ; car, quand on fe fent bien, ce n'eft pas là le moment où l'on fouhaite autre chofe.

Je donne des coups de pinceau à mefure que je vois des taches ; mais aidez-moi à les remarquer, car la multiplicité de mes occupations et le maudit amour propre font voir bien trouble. *Vale , te amo.*

LETTRE XLII.

A M. THIRIOT.

Le 24 novembre.

Ami , dont la vertu toujours égale et pure , &c. (*)

CELA vous plaît-il mieux que le cœur tout neuf d'*Hermotime*? Au moins, cette épître aura un mérite, c'eft d'être adreffée à mon ami et non à un écolier fuppofé. Je vous en envoie une que je deftine à l'héritier d'un trône ; mais la première fera pour vous. Je les corrige toutes, et avec opiniâtreté. Je veux qu'elles foient bonnes et dignes du lieu où elles ont été faites, et du deffein que j'ai eu en les fefant.

Mais comment raboter à la fois la Henriade, mes tragédies et toutes mes pièces ? *Col tempo e col arte tutto fi fara.* Tâchez qu'on imprime l'Epître fur la

(*) Voyez les variantes du Difcours fur l'égalité des conditions.

nature du plaifir, afin que je puiffe donner le recueil de mes fix fermons bien réformé : ce fera mon carême, prêché par le père *Voltaire*.

La lettre de M. *Defalleurs* eft d'un homme très-fupérieur. S'il y avait à Paris bien des gens de cette trempe, il faudrait acheter vîte le palais Lambert. Auffi achèterons-nous, je crois, et nous pardonnerons à la multitude des fots, en faveur de quelques juftes, c'eft-à-dire, de quelques gens d'efprit.

Dès que j'aurai un entr'acte (car je fuis entouré de mes tragédies que je relime), j'écris à l'ame de *Bayle*, laquelle demeure à Paris dans le corps de M. le comte *Defalleurs*, et qui eft très-bien logée.

Vous ferez comme il vous plaira à l'égard de ce monftre d'abbé *Desfontaines ;* mais vous pouvez affurer que je n'ai d'autre part au livre très-fort qui vient de paraître contre lui, que d'avoir écrit, il y a deux ans, à M. *Maffei*, la lettre qu'on vient d'imprimer. Affurez-le d'ailleurs que j'ai en main de quoi le confondre et le faire mourir de honte, et que je fuis un ennemi plus redoutable qu'il ne penfe.

Je vous embraffe. Envoyez-moi des plumes d'or, fi vous avez de la monnaie. Je fuis las de ne vous écrire qu'avec une plume d'oifon.

LETTRE XLIII.

A M. LE COMTE DESALLEURS.

A Cirey, 26 novembre.

Si vous n'aviez point figné, Monfieur, la lettre ingénieufe et folide dont vous m'avez honoré, je vous aurais très-bien deviné. Je fais que vous êtes le feul homme de votre efpèce, capable de faire un pareil honneur à la philofophie. J'ai reconnu cette ame de *Bayle* à qui le ciel, pour fa récompenfe, a permis de loger dans votre corps. Il appartient à un génie, cultivé comme le vôtre, d'être fceptique. Beaucoup d'efprits légers et inappliqués décorent leur ignorance d'un air de pyrrhonifme ; mais vous ne doutez beaucoup que parce que vous penfez beaucoup.

Je marcherai fous vos drapeaux une très-grande partie du chemin, et je vous prierai de me donner la main pour le refte de la journée.

Je crois qu'en métaphyfique vous ne me trouverez guère hors des rangs que vous aurez marqués. Il y a deux points dans cette métaphyfique ; le premier eft compofé de trois ou quatre petites lueurs que tout le monde aperçoit également ; le fecond eft un abyme immenfe où perfonne ne voit goutte. Quand, par exemple, nous ferons convenus qu'une penfée n'eft ni ronde ni carrée, que les fenfations ne font que dans nous et non dans les objets, que nos idées nous viennent toutes par les fens (quoi qu'en difent

_____ *Defcartes* et *Mallebranche*), que l'ame, &c. ; fi nous
1738. voulons aller un pas plus avant, nous voilà dans
le vafte royaume des chofes poffibles.

Depuis l'éloquent *Platon* jufqu'au profond *Leibnitz*,
tous les métaphyficiens reffemblent, à mon gré, à
des voyageurs curieux qui feraient entrés dans les
antichambres du férail du grand-turc, et qui, ayant
vu de loin paffer un eunuque, prétendraient conjec-
turer de là combien de fois fa Hauteffe a careffé cette
nuit fon odalique. Un voyageur dit trois, un autre
dit quatre, &c. ; le fait eft que le grand-fultan a
dormi toute la nuit.

Vous avez affurément grande raifon d'être révolté
de ce ton décifif avec lequel *Defcartes* donne fes
mauvais contes de fée ; mais, je vous prie, ne lui
reprochez pas l'algèbre et le calcul géométrique ; il
ne l'a que trop abandonné dans tous fes ouvrages.
Il a bâti fon château enchanté fans daigner feulement
prendre la moindre mefure. Il était un des plus grands
géomètres de fon temps, mais il abandonna fa géométrie, et même fon efprit géométrique, pour l'efprit
d'invention, de fyftême et de roman. C'eft-là ce qui
devait le décrier, et c'eft, à notre honte, ce qui a fait fon
fuccès. Il faut l'avouer, toute fa phyfique n'eft qu'un
tiffu d'erreurs : lois du mouvement fauffes, tourbillons
imaginaires démontrés impoffibles dans fon fyftême,
et raccommodés en vain par *Huygens ;* notions fauffes
de l'anatomie, théorie erronée de la lumière, matière
magnétique cannelée impoffible, trois élémens à
mettre dans les Mille et une nuits, nulle obfervation
de la nature, nulle découverte : voilà pourtant ce
que c'eft que *Defcartes.*

Il y avait de fon temps un *Galilée* qui était un
véritable inventeur, qui combattait *Ariſlote* par la 1738.
géométrie et par des expériences, tandis que *Deſcartes*
n'oppoſait que de nouvelles chimères à d'anciennes
rêveries ; mais ce *Galilée* ne s'était point aviſé de
créer un univers comme *Deſcartes* ; il ſe contentait
de l'examiner. Il n'y avait pas là de quoi en impoſer
au vulgaire grand et petit. *Deſcartes* fut un heureux
charlatan ; mais *Galilée* était un grand philoſophe.

Que je ſuis bien de votre avis, Monſieur, ſur
Gaſſendi ! Il relâche, comme vous dites énergique-
ment, la force de toutes ſes raiſons ; mais un plus
grand malheur encore, c'eſt que les raiſons lui
manquent. Il a deviné bien des choſes qu'on a
prouvées après lui.

Ce n'eſt pas aſſez, par exemple, de combattre le
plein par des argumens plauſibles ; il fallait qu'un
Newton, en examinant le cours des comètes, démontrât de quelle quantité elles vont néceſſairement plus
vîte à la hauteur de nos planètes, et que par conſé-
quent elles ne peuvent être portées par un prétendu
tourbillon de matière, qui ne peut aller à la fois
lentement avec une planète, et rapidement avec
une comète, dans la même couche. Il a fallu que
M. *Bradley* découvrît la progreſſion de la lumière,
et démontrât qu'elle n'eſt point retardée dans ſon
chemin d'une étoile à nous, et que par conféquent
il n'y a point là de matière. Voilà ce qui s'appelle
être phyſicien. *Gaſſendi* eſt un homme qui vous dit
en gros qu'il y a quelque part une mine d'or, et
les autres vous apportent cet or qu'ils ont fouillé,
épuré et travaillé.

1738.

Ce ne fera donc point, Monfieur, fur la phyfique que je ferai entièrement pyrrhonien : car comment douter de ce que l'expérience découvre, et de ce que la géométrie confirme ? Parce qu'*Anaxagore*, *Leucippe*, *Arifote* et tous les grecs babillards ont dit longuement des abfurdités, cela empêche-t-il que *Galilée*, *Caffini*, *Huygens* n'aient découvert de nouveaux cieux? La théorie des forces mouvantes en fera-t-elle moins vraie? Nous avons la longitude et la latitude de deux mille étoiles dont les anciens ne fuppofaient pas feulement l'exiftence, et nous avons découvert plus de vérités phyfiques fur la terre, que *Flamfééd* ne compte d'étoiles dans fon catalogue.

Tout cela eft peu de chofe pour l'immenfité de la nature, j'en conviens; mais c'eft beaucoup pour la faibleffe de l'homme. Le peu que nous favons, étend réellement les forces de l'ame : l'efprit y trouve autant de plaifirs que le corps en éprouve dans d'autres jouiffances qui ne font pas à méprifer.

Je m'en rapporte à vous fur tout cela. Si le don de penfer rend heureux, je vous tiens, Monfieur, pour le plus fortuné des hommes. Vous favez jouir, vous favez douter, vous favez affirmer quand il le faut.

Vous me donnez très-poliment un confeil très-fage, c'eft de paraître douter des chofes que je veux perfuader, et de préfenter comme probable ce qui eft démontré.

> *Cofi alegro franciull' purgiamo afperfi*
> *Di foave licor gli orli del vafo.*

Je vous réponds bien que fi j'avais fait quelque

découverte, quand je la croirais inébranlable, je la
donnerais fous les livrées modeftes du doute. Il fied 1738.
bien d'être un peu honteux quand on fait boire aux
gens le vin du cru ; mais permettez-moi de m'excufer
fi j'ai un peu trop vanté *Newton*; j'étais plein de ma
divinité. Je ne fuis pas fujet à l'enthoufiafme, au
moins en profe. Vous favez qu'en écrivant l'Hiftoire
de *Charles XII*, je n'ai trouvé qu'un homme où les
autres voyaient un héros ; mais *Newton* m'a paru
d'une tout autre efpèce. Tout ce qu'il a dit, m'a
femblé fi vrai que je n'ai pas eu le courage de faire
la petite bouche. D'ailleurs, vous connaiffez les
Français : parlez avec défiance de ce que vous leur
donnez, ils vous prendront au mot.

Enfin, les ménagemens ne feront point paffer la
fauffe monnaie pour la bonne chez la poftérité : et
fi *Newton* a trouvé la vérité, elle et lui méritent qu'on
les préfente avec affurance à fon fiècle.

Je paffe, Monfieur, à un article de votre lettre
qui n'eft pas le moins effentiel : c'eft le goût épuré
que vous y faites paraître. Vous voulez qu'on ne
donne à la philofophie que les ornemens qui lui
font propres, et qu'on n'affecte point de faire le
plaifant ni l'homme de bonne compagnie, quand il
ne s'agit que de méthode et de clarté.

Ornari res ipfa negat, contenta doceri.

A la bonne heure que M. de *Fontenelle* ait égayé
fes Mondes. Ce fujet riant pouvait admettre des
fleurs et des pompons; mais des vérités plus appro-
fondies font de ces beautés mâles auxquelles il faut

les draperies du *Pouffin.* Vous me paraiffez un dès meilleurs fefeurs de draperies que j'aye jamais vu. Madame *du Châtelet* eft entièrement de votre avis. Elle a un efprit qui , comme le dit *la Fontaine* de madame de *la Sablière,*

> *A beauté d'homme avec grâces de femme.*

Elle a lu et relu votre lettre avec une forte de plaifir qu'elle goûte rarement. Elle avait déjà été bien contente d'une lance que vous avez rompue fur le nez de *Croufaz* en faveur de *Bayle.* Elle voudrait bien voir un bâillon de votre façon, mis dans la bouche bavarde de ce profeffeur dogmatique.

Continuez, Monfieur, à faire voir que les perfonnes d'un certain ordre en France ne paffent point leur vie à ramper chez un miniftre, ou traîner leur ennui de maifon en maifon. Empêchez la prefcription de la barbarie, et faites honneur à la France.

Permettez-moi de préfenter mes très-humbles complimens à un autre philofophe mondain qu'on dit aujourd'hui beaucoup plus joufflu que vous. Il lit moins que vous *Bayle* et *Cicéron ;* mais il vit avec vous, et cela vaut bien de bonnes lectures. Madame *du Châtelet* fera auffi tranfportée que moi fi vous lui faites part de vos idées. Elle en eft bien plus digne, quoique je fente tout leur prix.

Je fuis, &c.

LETTRE XLIV.

A M. THIRIOT.

Le 29 novembre.

Je viens de répondre un livre au beau volume de M. *Defalleurs*. Voici encore une lettre que je devais à M. *Clément*.

Votre paquet arrive dans l'inftant que je finis toutes ces befognes. Me voici avec vous comme un homme qui s'eft épuifé avec fes maîtreffes, mais qui revient à fa femme.

Je n'ai point encore reçu le paquet du Prince; mais grand merci de l'épître de M. *Formont*. Je fuis bien aife de lui avoir envoyé la réponfe (*) avant d'avoir lu fa pièce, et de m'être juftifié d'avance de ne plus aimer les vers; mais dites-lui poliment que fi je ne les avais jamais aimés, je commencerais par les fiens. Il eft vrai qu'il m'enveloppe dans fes plaintes générales contre les déferteurs d'*Apollon* : je ne fuis point déferteur, mais je dirai toujours : *Multæ funt manfiones in domo patris mei;* ou bien avec *Arlequin : Ognuno faccia fecondo il fuo cervello.*

Je vous avoue que je fuis enchanté de l'action de M. de *la Poplinière*. Il y a là un caractère fi vrai, quelque chofe de fi naturel, de fi bon, à prendre intérêt à l'ouvrage d'un autre, à l'examiner, à le

(*) Voyez dans le volume des Lettres en vers,

A mon très-cher ami Formont, &c.

—— corriger, qu'il mérite plus que jamais le nom de *Pollion.*

> *Vir bonus et prudens verfus reprehendet inertes ;*
> *Culpabit duros, &c.*

Il eſt l'homme d'*Horace*, et je crois qu'il a le mérite de l'être fans le favoir ; car, entre nous, je penfe qu'il ne lit guère, et qu'il doit fon goût à la manière dont il a plu à DIEU de le former. Je ferai à mon tour difficile. Vous allez croire que c'eſt fur mes vers ; point, c'eſt fur ceux de *Pollion* : qu'il life et qu'il juge.

> (*) *La modération eſt le tréfor du fage,*

me paraît bien meilleur que l'*attribut*, 1°. parce que le *tréfor* eſt oppofé à *modération*, et parce que *attribut* eſt un terme profaïque...., &c. &c. En fefant ces critiques, qui me paraiſſent juſtes, je fuis effrayé de la difficulté de faire des vers français, et je ne m'étonne plus que *Defpréaux* employât deux ans à compofer une épître.

Je m'en vais raboter plus que jamais, et être auſſi inflexible pour moi que je le fuis pour *Pollion.*

Votre grande critique que je ne parle pas toujours à *Hermotime*, me paraît la plus mauvaife de toutes. Parler toujours à la même perfonne eſt d'un ennui de prône. On s'adreſſe d'abord à fon homme, et enfuite à toute la nature ; ainfi en ufe *Horace*, mille fois plus découfu que moi. Mais nous n'aurons plus de querelle fur cela ; *Hermotime* eſt devenu *Thiriot*, et chaque épître eſt détachée.

(*) Difcours fur l'homme.

Ah,

Ah, en voici d'une bonne! vous trouvez mauvais
ce vers,

Moins ce qu'on a pensé, que ce qu'il faut savoir.

et vous osez dire que c'est du galimatias pour un bon
dialecticien! Eh bien, mon cher dialecticien, je vous
dirai qu'un homme qui étudie la nature, qui fait des
expériences, qui calcule, un *Newton*, un *Mariote*, un
Huygens, un *Bradley*, un *Maupertuis*, savent *ce qu'il
faut savoir*, et que M. *le Gendre*, marquis de *Saint-
Aubin*, dans son Traité de l'opinion, fait *ce qu'on a pensé*.
Je vous dirai que *savoir* ce qu'ont mal pensé les
autres, c'est très-mal *savoir*, et qu'un homme qui
étudie la géométrie fait, non des opinions, mais des
choses, et des choses indépendantes des hommes.
Voilà le point. Je n'exclus pas l'histoire de l'esprit
humain, mais je veux qu'on sache que l'eau pèse neuf
cents fois plus que l'air, et non pas qu'on s'en tienne
à savoir qu'*Aristote* a cru que l'eau ne pesait que dix
fois davantage.

Ce vers, ne vous en déplaise, est vrai et précis;
et il restera. Continuez cependant, dites-moi *tout ce
que l'on pensera* et *tout ce qu'il faudra savoir*. Je suis
comme la flèche, je fais mon profit de tout.

Adieu, mon cher *Mersenne*. *Dimitte nobis peccata
nostra, sicut dimittimus criticis nostris*.

Je fais tant de cas de l'esprit et de l'amitié de
Pollion, que je lui dis mon sentiment sans aucun
ménagement. Son caractère est au-dessus des sima-
grées des complimens. Une vérité vaut mieux chez
lui que cent fadeurs. Je vous embrasse, j'ai la tête
cuite.

A propos, j'oubliais encore une correction *fans appel*, dont j'appelle au bon fens, au bon goût et à vous.

> *D'où vient qu'avec cent pieds qui lui font inutiles,*

vous voudriez *qu'on croirait inutiles*. Eh, ventre-faint-gris, ils font très-inutiles, car

> *Il traîne fes pas débiles.*

Il y a des efpèces de reptiles qui ont une trentaine de pattes et qui n'en vont pas plus vîte, comme les autruches ont des ailes pour ne point voler. DIEU eft le maître.

LETTRE XLV.

A M. THIRIOT.

Le 1 décembre.

Nous venons de recevoir le paquet du Prince, lequel Prince un jour doit vous acheter cent mille écus, s'il en donne fept mille pour un être non penfant, haut de fix pieds. J'étais bien preffé avant-hier en vous écrivant toutes mes contre-critiques ; pardonnez ,

> *Mais je lèche, en criant, la main qui me cenfure.*

A propos, nous avons demandé aux valets de chiens, fi les chiens peuvent crier quand ils lèchent ;

ils difent que cela eft auffi impoffible que de fiffler la
bouche pleine (*).

Comment va l'Enfant prodigue ? Vos amis font-ils
revenus de la critique de *Fierenfat* ? Un nom doit-il
choquer ? et ignore-t-on que dans *Ménandre*, *Plaute*
et *Térence*, tous les noms annoncent les caractères,
et qu'*Harpagon* fignifie *qui ferre* ? Madame *Croupillac*
n'eft-elle pas néceffaire à l'intrigue, puifque c'eft elle
qui apprend à l'enfant prodigue toutes les nouvelles ?
et n'eft-il pas plaifant et intéreffant tout enfemble
que cette *Croupillac* lui dife bonnement du mal de
lui-même.

Meffieurs les critiques, j'en appelle au parterre.
Adieu ; laiffez-moi le droit de regimber, mais donnez-
moi toujours cent coups d'aiguillon. *Vale, te amo*,

L E T T R E X L V I.

A M. T H I R I O T.

Le 6 décembre.

Mon très-cher ami, mitonnez-moi le manipu-
lateur ; vous aurez dans peu notre décifion.

Comme on imprimait en Hollande les quatre épîtres,

(*) M. de *la Poplinière* avait propofé de fubftituer,

Le chien lèche, en criant, le maître qui le bat,

à celui de M. de *Voltaire*,

Le chien meurt en léchant le maître qu'il chérit.

—— je viens de les envoyer corrigées, très-corrigées, surtout la première, et mon cher *Thiriot* eſt à la place d'*Hermotime*.

1738.

Vous me faites tourner la tête de me dire qu'il ne faut point de tours familiers. Ah, mon ami, ce ſont les reſſorts de ce ſtyle. Quelque ton ſublime qu'on prenne, ſi on ne mêle pas quelque repos à ces écarts, on eſt perdu. L'uniformité de ſublime dégoûte. On ne doit pas couvrir ſon cu de diamans comme ſa tête. Mon cher ami, ſans variété, jamais de beauté. Etre toujours admirable, c'eſt ennuyer. Qu'on me critique, mais qu'on me liſe.

Paſſons du grave au doux, du plaiſant au ſévère.

Gare que le père *Voltaire* ne ſoit père *Savonarole*.

Envoyez le s'Gravefende chez l'abbé : il ne faut jamais attendre d'occaſion pour un bon livre; l'abbé le mettra au coche ſur le champ.

Il me faut le Boërhaave françaois; je le crois traduit. Il y a une infinité de drogues dont je ne ſais pas le nom en latin.

Ai-je ſouſcrit pour le livre de M. *Brémont*? Aurai-je quelque choſe ſur les marées par quelque tête angloiſe?

Je crois que je verrai demain Wallis et l'Algarotti françois (*). J'avais propoſé à M. *Algarotti* que la traduction ſe fît ſous mes yeux; je vous réponds qu'il eût été content de mon zèle.

Je ne ſache pas qu'on ait imprimé rien de mes lettres à *Maffei;* mais ce que j'ai écrit, ſoit à lui,

(*) Traduit par *du Perron de Caſtera*.

foit à d'autres, fur l'abbé *Desfontaines*, a beaucoup
couru. Si on m'avait cru, on aurait plus étendu, plus
poli et plus aiguifé cette critique. Il était fans doute
néceffaire de réprimer l'infolente abfurdité avec
laquelle ce gazetier attaque tout ce qu'il n'entend
point ; mais je ne peux être par-tout, et je ne peux
tout faire.

Au refte, je ne crois pas que vous balanciez entre
votre ami et un homme qui vous a traité avec le
mépris le plus infultant dans le Dictionnaire néologique, dans un ouvrage fouvent imprimé, ce qui
redouble l'outrage. Il ne m'a jamais ni écrit ni parlé
de vous que pour nous brouiller ; jamais il n'a
employé fur votre compte un terme honnête. Si vous
aviez la faibleffe honteufe de vous mettre entre un
tel fcélérat et votre ami, vous trahiriez également ma
tendreffe et votre honneur. Il y a des occafions où il
faut de la fermeté. C'eft s'avilir de ménager un coquin.
Il a trouvé en moi un homme qui le fera repentir
jufqu'au dernier moment de fa vie ; j'ai de quoi le
perdre : vous pouvez l'en affurer. Adieu, je fuis
fâché que la colère finiffe une lettre dictée par
l'amitié.

LETTRE XLVII.

A M. LE COMTE D'ARGENTAL.

Ce 6 décembre.

LE coche de Joinville part aujourd'hui chargé de quatre petites bouteilles de liqueurs qui, Dieu merci, feront bues en France (7). Elles font adreffées à M. d'*Argental*, à la Grange-batelière. Recevez, mon cher ange gardien, ces petites libations que vous fait le mortel dont vous prenez foin.

Voici une autre forte d'hommage ; c'eft une cinquième épître, en attendant que les autres foient dûment corrigées. Lifez-la, ne la donnez point ; dites ce qu'il faut réformer. Je voudrais qu'elle fût catholique et raifonnable ; c'eft un carré rond, mais en égrugeant les angles, on peut l'arrondir. Je corrige actuellement la Henriade, Brutus, Oedipe, l'Hiftoire du roi de Suède. Puifque j'ai tant fait que d'être auteur, et que vous avez tant fait que de m'aimer, il faut au moins que vous aimiez en moi un auteur paffable.

Je crois que le mieux eft que mademoifelle *Quinault* donne l'Envieux fans le mettre fous le nom de *Lamare*. La pièce eft un peu férieufe, mais on dit que les honnêtes gens réuffiffent à préfent à la comédie mieux que les bouffons. C'eft à vous à me le dire. J'ai peur que *Thiriot* n'ait vu l'Envieux autrefois,

(7) M. le comte d'*Argental*, à la follicitation de fes amis, s'était enfin déterminé à ne point accepter l'intendance de Saint-Domingue.

mais il eſt devenu diſcret ; nous avons étoupé ſa
trompette.

J'ai écrit deux fois à M. *Hérault* pour avoir le
déſaveu de *Jore* : il m'eſt eſſentiel ; comment faire
pour l'obtenir ? Qu'il eſt aiſé de nuire ! que le mal ſe
fait promptement ! qu'on eſt lent à faire le bien ! Chez
vous, c'eſt tout le contraire. Non, je ne ſais ce que
je dis, car vous ne pouvez faire le mal, vous êtes le
bon principe, vous êtes *Oroſmade*.

Madame *du Châtelet* vous fait mille amitiés. Nous
pourrions bien acheter l'hôtel Lambert à Paris, non
comme palais, mais comme ſolitude, et ſolitude qui
nous rapprocherait du plus aimable des hommes.
Mes reſpects à votre adorable femme. Etes-vous
toujours ſénateur de Paris ?

LETTRE XLVIII.

A M. HELVETIUS.

A Cirey, ce 4 décembre.

Mon très-cher enfant, pardonnez l'expreſſion, la
langue du cœur n'entend pas le cérémonial ; jamais
vous n'éprouverez tant d'amitié et tant de ſévérité :
je vous renvoie votre épître apoſtillée, comme vous
l'avez ordonné. Vous et votre ouvrage vous méritez
d'être parfaits. Qui peut ne pas s'intéreſſer à l'un et à
l'autre ? Madame la marquiſe *du Châtelet* penſe comme
moi ; elle aime la vérité et la candeur de votre caractère ; elle fait un cas infini de votre eſprit ; elle vous

H 4

1738.

———— trouve une imagination féconde ; votre ouvrage lui paraît plein de diamans brillans , mais qu'il y a loin de tant de talens et de tant de grâces à un ouvrage correct! La nature a tout fait pour vous, ne lui demandez plus rien ; demandez tout à l'art ; il ne vous manque plus que de travailler avec difficulté. Vingt bons vers en quinze jours font mal-aifés à faire, et depuis nos grands maîtres , dites-moi, qui a fait vingt bons vers alexandrins de fuite? Je ne connais perfonne dont on puiffe en citer un pareil nombre. Et voilà pourquoi tout le monde s'eft jeté dans ce miférable ftyle marotique, dans ce ftyle bigarré et grimaçant , où l'on allie monftrueufement le trivial et le fublime , le férieux et le comique , le langage de *Rabelais* , celui de *Villon* , et celui de nos jours ; à la bonne heure qu'un laid vifage fe couvre de ce mafque. Rien n'eft fi rare que le beau naturel : c'eft un don que vous avez ; tirez-en donc, mon cher ami,, tout le parti que vous pouvez, il ne tient qu'à vous. Je vous jure que vous ferez fupérieur en tout ce que vous entreprendrez ; mais ne négligez rien. Je vous donne un bon confeil , après vous avoir donné de bien mauvais exemples. Je me fuis mis trop tard à corriger mes ouvrages ; je paffe actuellement les jours et les nuits à réformer la Henriade, Oedipe, Brutus, et tout ce que j'ai jamais fait ; n'attendez pas comme moi ; *fi non vis fanus , curres hydropicus.* Je fonge à guérir mes maladies ; mais vous , prévenez celles qui peuvent vous attaquer. Puifque vous chantez l'étude avec tant d'efprit et de courage , ayez auffi le courage de limer cette production vingt fois ; renvoyez-la-moi, et que je vous la renvoye encore. La gloire, en ce métier-ci,

eſt comme le royaume des cieux, *et violenti rapiunt* ———
illud. Que je ſois donc votre directeur, pour ce **1738.**
royaume des belles-lettres ; vous êtes une belle ame
à diriger. Continuez dans le bon chemin, travaillez,
je veux que vous faſſiez aux belles-lettres et à la
France un honneur immortel. *Plutus* ne doit être que
le valet de chambre d'*Apollon;* le tarif eſt bientôt
connu, mais une épître en vers eſt un terrible ouvrage.
Je défie vos quarante fermiers généraux de le faire.
Adieu, je vous embraſſe tendrement ; je vous aime
comme on aime ſon fils. Madame *du Châtelet* vous
fait les complimens les plus vrais ; elle vous écrira,
elle vous remercie.

Allons, qu'un ouvrage qui lui eſt adreſſé ſoit digne
de vous et d'elle. Vous m'avez fait trop d'honneur
dans cet ouvrage, et cependant je vous rends la vie
bien dure. Adieu, je vous ſouhaite la bonne année.
Aimez toujours les arts et Cirey.

LETTRE XLIX.

A M. THIRIOT.

A Cirey, 10 décembre.

J E me venge de vos critiques ſur notre ami M. de
la Bruère. Vous me donnez le fouet, et je le lui rends.
Il eſt vrai que j'y vais plus doucement que vous,
mais c'eſt que je ſuis du métier, et je ne ſais que
douter quand vous ſavez affirmer. Je ſuis peut-être
auſſi exact que vous, mais je ne ſuis pas ſi ſévère.
Voici donc, mon cher ami, ſon opéra que je lui

—— renvoie avec mes apoftilles. et une petite lettre, le tout adreffé à père *Merfenne*.

Je me rends fur quelques-unes de vos cenfures. L'épître fur l'homme eft toute changée ; enfin, je corrige tout avec foin. L'objet de ces fix difcours en vers eft peut-être plus grand que celui des fatires et des épîtres de *Boileau*. Je fuis bien loin de croire les perfonnes qui prétendent que mes vers font d'un ton fupérieur au fien. Je me contenterai d'aller immédiatement après lui. Comment ne vous êtes-vous pas aperçu que l'épître fur la nature du plaifir, eft précifément celle dont la fin eft adreffée au Prince royal ? comment n'avez-vous pas vu que le plaifir eft le fujet de tout ce poëme ? comment enfin n'avez-vous pas reconnu les vers que je vous demandais ? Grâce à *Apollon*, je les ai retrouvés et refaits pour vous épargner la peine de me les envoyer.

Je ne crois pas que *Pollion* foit fâché de mes contre-critiques ; mais je crois que vous voyez tous deux combien l'art des vers et l'art de juger font difficiles. Plus on connaît l'art, plus on en fent les épines.

Ne vous hâtez pas de juger M. *du Fay ;* cela eft trop français ; attendez du moins que vous ayez lu fon *factum*. Je dois fouhaiter qu'il ait tort, mais je fuis bien loin de le condamner. (8)

Je ne me rends point fur le *Desfontaines*, et je vous foutiens que le pied plat dont vous me parlez, qui vous a fi indignement accoutré dans fon libelle néologique, c'eft lui-même ; mais je ne vous dis que ce que vous favez. Vous cherchez à ménager un monftre

---

(8) Trompé par des expériences peu concluantes, il avait cru trouver quelques erreurs dans l'optique de *Newton*.

que vous déteſtez et que vous craignez. J'ai moins
de prudence; je le hais, je le mépriſe, je ne le crains
pas, et je ne perdrai aucune occaſion de le punir.
Je fais haïr parce que je fais aimer. Sa lâche ingratitude, le plus grand de tous les vices, m'a rendu
irréconciliable.

Je vous enverrai bientôt la tragédie de Brutus
entièrement réformée, et défaite heureuſement des
églogues de *Tullie*.

Je vous enverrai Oedipe tout corrigé, et vous
aurez encore bien autre choſe. Que Dieu me donne
vie, et vous ferez content de moi. Je brûle de vous
faire voir les corrections fans fin de la Henriade. Si
le royaume des cieux eſt pour les gens qui s'amendent,
j'y aurai part; s'il eſt pour ceux qui aiment tendrement leurs amis, je ferai un faint. *Platon* mettait dans
le ciel les amis à la première place; j'y ferais encore
en cette qualité.

Adieu, mon cher ami; je vous embraſſe tendrement.

L'élu Voltaire.

LETTRE L.

A M. PRAULT, *libraire.*

A Cirey, ce 13 décembre.

J'AI reçu votre lettre, mon cher *Prault;* fi vous
étiez toujours auſſi exact, je vous aimerais beaucoup.
Vous avez donc donné cent vingt livres à M. de
Lamare, et vous avez plus fait que je n'avais oſé vous
demander. Je me charge du payement, s'il ne vous
paye pas.

1738.

Je vais vous rembourfer et les cinquante livres que vous avez données à M. *Linant*, et quelque argent que je vous dois. Prenez, à bon compte, ces quatre cents livres que je vous envoie en un billet fur mon ami l'abbé *Mouffinot*. Vous m'enverrez vôtre mémoire dans le courant de janvier.

Sitôt la préfente reçue, faites un ballot d'un Bayle entier, bien complet, et envoyez-le à M. l'abbé de *Breteuil*, grand-vicaire à Sens, avec une feuille de papier, où vous mettrez : *A M. l'abbé de Breteuil, de la part de fon très-humble et très-obéiffant ferviteur Voltaire;* le tout bien beau et bien emballé : c'eft un petit préfent d'étrennes.

Voici les vôtres ci-incluses. Tâchez d'imprimer avec permiffion cette nouvelle épître morale, en attendant que je vous envoye le recueil complet et corrigé. La Henriade eft bientôt prête. Vous prendrez votre parti : je ne veux que vous faire plaifir.

Je vous embraffe de tout mon cœur.

LETTRE LI.

A M. DE FORMONT.

À Cirey, ce 20 décembre.

J'AI lu, Monfieur, la belle épître que vous avez bien voulu m'envoyer, avec autant de plaifir que fi elle ne m'humiliait pas. Mon amitié pour vous l'emporte fur mon amour propre. Vous faites des vers alexandrins comme on en fefait il y a cinquante ans,

et comme j'en voudrais faire. Il eſt vrai que vos derniers vers me font triſtement ſentir que je ne peux
me flatter que la Henriade ait jamais une place à côté
des bons ouvrages du ſiècle paſſé; mais il faut bien
que chacun ſoit à ſa place. Je tâche au moins de
rendre la mienne moins mépriſable, en corrigeant
chaque jour tous mes ouvrages. Je n'épargne aucune
peine pour mériter un ſuffrage tel que le vôtre, et je
viens encore d'ajouter et de réformer plus de deux
cents vers pour la nouvelle édition de la Henriade
qu'on prépare.

Je me flatte du moins que le compas des mathématiques ne ſera jamais la meſure de mes vers; et ſi
vous avez verſé quelques larmes à Zaïre ou à Alzire,
vous n'avez point trouvé, parmi les défauts de ces
pièces-là, l'eſprit d'analyſe, qui n'eſt bon que dans
un traité de philoſophie, et la ſéchereſſe qui n'eſt
bonne nulle part.

Il a couru quelques épîtres très-informes, ſous
mon nom. Quand je les trouverai plus dignes de vous
être préſentées, je vous les enverrai. En attendant,
voici un de mes ſermons (9) que je vous envoie,
avant qu'il ſoit prêché publiquement. Je vous prie,
comme théologien du monde, et comme connaiſſeur,
et comme poëte, de m'en dire votre avis. Vous y
verrez un peu le ſyſtême de *Pope*, mais vous verrez
auſſi que c'eſt aux Anglais plutôt qu'à nous qu'il
faut reprocher le ton éternellement didactique, et les
raiſonnemens abſtraits, ſoutenus de comparaiſons
forcées.

(9) Le Diſcours en vers ſur la nature de l'homme. Voyez le volume
des Poëmes.

Je vous fupplie que l'ouvrage ne forte point de vos mains. Je compte fur votre critique autant que fur votre difcrétion. J'ai également befoin de l'une et de l'autre. Le fond du fujet eft délicat, et pourrait être pris de travers ; je voudrais ne déplaire ni aux honnêtes gens ni aux fuperftitieux ; enfeignez-moi ce fecret-là.

Vous ne me dites rien de madame *du Deffant*, ni de M. l'abbé de *Rothelin*. Si pourtant vous voulez leur faire ma cour d'une lecture de mon ouvrage, vous me ferez un vrai plaifir. Avec vos critiques et les leurs, il faudra qu'il devienne très-bon ou que je le brûle.

Je m'imagine que vous allez quelquefois chez madame de *Berenger*, et que c'eft là que vous voyez le plus fouvent M. l'abbé de *Rothelin*, qui m'a un peu renié devant les hommes ; mais je le forcerai à m'aimer et à m'eftimer. Mandez-moi tout naïvement comment aura réuffi mon chinois chez madame de *Berenger*, à qui je vous prie de préfenter mes refpects, fi elle s'en foucie.

Pour vous, mon cher *Formont* (et non *Fourmont*, Dieu merci) aimez-moi hardiment, parlez-moi de même. Madame *du Châtelet*, pleine d'eftime pour vous et pour vos vers, vous fait les plus fincères complimens. Je fuis à vous pour jamais.

LETTRE LII.

A M. THIRIOT.

A Cirey, le 29 décembre.

MON cher *Thiriot*, vous avez dû recevoir une lettre pour le Prince royal. En voici une affez fingulière pour M. de *Maupertuis*. Je vous prie de la lui donner avec cent cinquante livres, qu'il mettra dans le tronc des lapones, et de lire les petits verficulets qui fe trouvent dans cette lettre à *fir Ifaac*; c'eft une petite formule de quête pour les lapones (*), fuivant les rites de l'abbé de *Saint-Pierre* d'Utopie, qui appellera cela, s'il veut, *bienfefance*; mais c'eft une réparation que la France doit. Nous ne fommes point *publick fpirited* en France, nous n'en avons pas même le mot. Nation légère et dure ! L'abbé *Mouffinot* a cent écus tout prêts. Me voilà à fec pour quelque temps, mais mon cœur n'y eft jamais.

Je n'ai nul empreffement pour le palais Lambert, car il eft à Paris. Si madame *du Châtelet* veut l'acheter, il lui coûtera moins que vous ne dites. Je vivrai avec elle là comme à Cirey; et dans un louvre ou dans une cabane, tout eft égal. Je ne crois pas que cette acquifition dérange trop fa fortune, et je crois que je pourrai toujours la voir jouir d'un état très-honorable avec une fage économie qu'il faut recommander à fa générofité.

Dites au très-aimable M. *Helvétius* que je l'aime

(*) Voyez Lettres en vers et en profe, lett. 62.

—— infiniment, et que je dis toujours, en parlant de
1738. lui :

Macte animo, generofe puer, fic itur ad aftra.

Apparemment que le petit *Lamare* efpère beaucoup de vous et peu de moi ; car depuis que je lui
ai donné cent livres d'une part, et cent vingt de
l'autre, je n'entends pas parler de lui. Il ne m'en
a pas feulement accufé la réception. Comme j'en ai
ufé de même avec *Linant*, et que vous m'avez mandé,
il y a quelque temps, qu'il avait tenu des difcours fort
infolens de Cirey, je vous prie de me mander quels
font ces difcours. Rien n'eft fi trifte qu'un foupçon
vague. Il faut favoir fur quoi compter. Demi-confi-
dence eft torture. Il faut tout ou rien, en cela comme
en amitié.

Je vous fouhaite la bonne année, et vous embraffe
tendrement.

LETTRE LIII.

A MADAME DEMOULIN.

Cirey, décembre.

JE vous rends à l'un et à l'autre mon amitié : je
vois, par vos démarches, qu'en effet vous ne m'avez
point trahi, et que, quand vous m'avez diffipé vingt-
quatre mille livres d'argent, il y a eu feulement du
malheur, et non de mauvaife volonté. Je vous pardonne donc, et fans qu'il me refte la moindre amertume fur le cœur.

Tout

Tout mon regret eſt de me voir moins en état
d'affiſter les gens de lettres, comme je le feſais. Je n'ai
plus d'argent ; et quand il a fallu, en dernier lieu,
faire de petits préſens à M. *Linant* et à M. *Lamare*,
j'ai été obligé de faire avancer les deniers par le ſieur
Prault, jeune libraire fort au-deſſus de ſa profeſſion.

Je me flatte que M. *Linant* aura enfin heureuſement fini cette tragédie dont je lui ai dònné le plan
il y a ſi long-temps. Je lui ſouhaite un ſuccès qui
lui donne un peu de fortune et beaucoup de gloire.
Ce ſerait avec bien du plaiſir que je lui écrirais,
mais vous ſavez que de malheureuſes plaintes domeſ-
tiques, et une juſte indignation de madame la marquiſe *du Châtelet* contre ſa ſœur, me lient les mains.
J'ai donné ma parole d'honneur de ne point lui écrire,
et je ne lui écrirai point ; mais je ne l'ai point donnée
de ne le point ſecourir, et je le ſecoure. Paſſez donc
chez M. *Prault* fils , et priez-le de donner encore
cinquante livres à M. *Linant*. Surtout que M. *Linant*
donne ſa tragédie à imprimer à M. *Prault ;* c'eſt une
juſtice que ce libraire aimable mérite. Faites le marché
vous-même ; quand je dis vous , je dis votre mari,
cela eſt égal.

Vous devriez engager M. *Linant* à écrire , ſans
griffonner , une lettre reſpectueuſe, pleine d'onction
et d'attachement à M. le marquis *du Châtelet*, et
autant à madame. Ce devoir bien rempli pourrait
opérer une réconciliation peut-être néceſſaire à la
fortune de M. *Linant*.

Je voudrais qu'il pût dédier ſa pièce à madame la
marquiſe *du Châtelet*. Je me ferais fort de l'en faire
récompenſer. L'aimable *Prault* a encore donné cent

vingt livres pour moi au fieur *Lamare*. Je n'ai point de nouvelles de ce petit hanneton ; il eft alle fucer quelques fleurs à Verfailles.

LETTRE LIV.

A M. LE MARQUIS D'ARGENS.

Le 2 janvier.

JE reçois votre paquet, mon cher ami, et je vous félicite de deux chofes qui me paraiffent importantes au bonheur de votre vie : de votre raccommodement avec votre famille, et de votre ardeur pour l'étude. Mais fongez à votre fanté ; modérez-vous, et n'étudiez dorénavant que pour votre plaifir. Tout ce qui fort de votre plume me fait grand plaifir, mais je fais plus de cas encore d'une bonne fanté que d'une grande réputation.

Je ne défefpère pas que vous ne reveniez un jour en France. Vous verrez qu'à la fin on aime à revoir fa patrie, fes proches, fes amis. Votre féjour dans les pays étrangers aura fervi à vous orner l'efprit : vous auriez peut-être été en France un officier débauché ; vous ferez un favant, et il ne tiendra qu'à vous d'être un favant refpecté. Le temps fait oublier les fautes de jeuneffe, et le mérite demeure.

Ecrivez-moi, je vous en prie, ce que vous favez des *Ledet*. Son excellence M. *Van-Hoy*, ambaffadeur des Etats, leur a écrit vivement. Si vous avez quelques lumières à me donner, je n'en abuferai pas.

L'abbé *Desfontaines*, votre ennemi, le mien, et celui de tout le monde, vient de faire contre moi un libelle diffamatoire fi horrible, qu'il a excité l'indignation publique contre l'auteur, et la bienveillance pour l'offenfé, peine ordinaire de la calomnie.

Rouffeau eft à Paris, fous le nom de *Richer*, caché chez le comte *du Luc*. Le dévot *Rouffeau* a débuté à Paris par des épigrammes qui fentent le vieillard apoplectique, mais non le dévot. Il a fait une Ode à la poftérité, mais la poftérité n'en faura rien ; le fiècle préfent l'a déjà oubliée. Il n'en fera pas de même de vos lettres.

Je vous embraffe, je fuis à vous pour jamais.

LETTRE LV.

A M. THIRIOT.

Le 2 janvier.

Il y a vingt ans, mon cher ami, que je fuis devenu homme public par mes ouvrages, et que, par une conféquence néceffaire, je dois repouffer les calomnies publiques.

Il y a vingt ans que je fuis votre ami, et que tous les liens qui peuvent refferrer l'amitié nous uniffent l'un à l'autre. Votre réputation m'intéreffe, comme je fuis perfuadé que la mienne vous touche ; et mes lettres à fon Alteffe royale font foi, fi j'ai bien rempli ce devoir facré de l'amitié, de donner de la confidération à fes amis.

Aujourd'hui un homme détefté univerfellement par fes méchancetés, un homme à qui on a juftement reproché fon ingratitude envers moi, ofe me traiter de menteur impudent, quand on lui dit que, pour prix de mes fervices, il a fait un libelle contre moi. Il cite votre témoignage, il imprime que vous défavouez votre ami, et que vous êtes honteux de l'être encore.

Je ne fais que de vous feul qu'en effet l'abbé *Desfontaines*, dans le temps de bicêtre, fit contre moi un libelle, je ne fais que de vous feul que ce libelle était une ironie fanglante, intitulée Apologie du fieur *Voltaire*; non-feulement vous nous en avez parlé dans votre voyage à Cirey, en préfence de madame la marquife *du Châtelet* qui l'attefte; mais, en raffemblant vos lettres, voici ce que je trouve dans celle du 6 augufte 1726 :

,, Ce fcélérat d'abbé *Desfontaines* veut toujours me
,, brouiller avec vous; il dit que vous ne lui avez
,, jamais parlé de moi qu'en termes outrageans, &c.

,, Il n'a pas quatre cents livres de rente de chez
,, lui, et il gagne par an plus de mille écus par fes
,, infidélités et par fes baffeffes. Il avait fait contre
,, vous un ouvrage fatirique, dans le temps de bicêtre,
,, que je lui fis jeter dans le feu, et c'eft lui qui a fait
,, faire une édition du poëme de la Ligue, dans lequel
,, il a inféré des vers fatiriques de fa façon, &c. ,,

J'ai plufieurs lettres de vous, où vous me parlez de lui d'une manière auffi forte.

Comment donc fe peut-il faire qu'il ait l'impudence de dire que vous défavouez ce que vous m'avez dit, ce que vous m'avez écrit tant de fois?

Qu'il démente une perfidie qu'il m'a avouée lui-
même, dont il m'a demandé pardon, et dans laquelle
il eſt retombé enſuite, cela eſt dans ſon caractère ;
mais qu'il atteſte contre moi le témoignage authentique de mon ami, qu'il me faſſe paſſer pour un
calomniateur, qu'il me déshonore par votre bouche ;
le pouvez-vous ſouffrir ?

Ceci eſt un procès où il s'agit de l'honneur : vous
y intervenez comme témoin, comme partie, comme
moitié de moi-même. Le public eſt juge, et il faut
produire les pièces. Vous ne direz pas, ſans doute :
*Je n'ai que faire de cette querelle, je ſuis un particulier
qui veux vivre paiſiblement et dans des plaiſirs tranquilles ;
je ne me commettrai pas pour un ami.* Ceux qui vous
donneraient de tels conſeils, voudraient vous faire
commettre une action dont votre ame eſt incapable.
Non, il ne ſera pas dit que vous me trahirez, que
vous déſavouerez votre parole, votre ſeing et la
notoriété publique ; que vous abandonnerez l'honneur d'un ami de vingt ans, lié ſi étroitement avec
le vôtre : et pour qui ? pour un ſcélérat qui eſt
chargé de l'horreur publique, pour votre ennemi
même, pour celui qui vous a outragé cent fois, et
dont les injures les plus aviliſſantes ſubſiſtent imprimées contre vous dans ſon Dictionnaire néologique.
Quelle ſerait la ſurpriſe et l'indignation du Prince
royal qui m'honore d'une bonté ſi exceſſive, et qui
m'a lui-même daigné témoigner par écrit l'horreur
que l'abbé *Desfontaines* lui inſpire ? quels ſeraient les
ſentimens de madame la marquiſe *du Châtelet*, de
tous mes amis, j'oſe dire, de tout le monde ? Conſultez
M. d'*Argental.* Demandez enfin à votre ſiècle, et

voyez peut-être (fi on le peut), dans la poſtérité, voyez, dis-je, s'il ferait glorieux pour vous d'avoir abandonné votre ami intime et la vérité, pour *Desfontaines* , et d'avoir plus craint de nouvelles injures de ce miſérable, que la honte d'être publiquement infidelle à l'amitié, à la vérité, aux liens de la ſociété les plus ſacrés ? non, ſans doute, vous n'aurez jamais ce reproche à vous faire. Vous montrerez la fermeté et la nobleſſe d'ame que je dois attendre de vous ; l'honneur même de prendre publiquement le parti de l'amitié n'entrera pas dans vos motifs. L'amitié ſeule vous fera agir, j'en ſuis ſûr, et mon cœur me le dit : il me répond du vôtre. L'amitié ſeule, ſans d'autre conſidération, l'emportera. Il faut que l'amitié et la vérité triomphent de la haine et de la perfidie. C'eſt dans ces ſentimens et dans ces juſtes eſpérances que je vous embraſſe avec plus de tendreſſe que jamais.

LETTRE LVI.

A M. L'ABBÉ MOUSSINOT.

Cirey, 2 janvier.

UNE compote de marrons glacés, de cachou, de paſtilles et de louis d'or, eſt arrivée avec tant de mélange, de bruit et de faſſement continuels, que la boîte a crevé. Tout ce qui n'eſt pas or eſt en cannelle, et cinq louis ſe ſont échappés dans les batailles ; ils ont fui ſi loin qu'on ne ſait où ils ſont. Bon voyage à ces meſſieurs. Quand vous m'enverrez les cinquante ſuivans, mon cher ami, mettez - les à part bien cachetés, à l'abri des culbutes.

Je vous recommande toujours les *Lezeau*, les d'*Auneuil*, *Villars*, d'*Eſlaing*, *Clément*, *Arouet*, et autres ; il eſt bon de les accoutumer à un payement exact, et de ne pas leur laiſſer contracter de mauvaiſes habitudes. — Je vous demande pardon, mon cher ami ; mais ma délégation eſt un droit, et ce ſerait l'infirmer que de la ſoumettre au prince de *Guiſe*. Point de politeſſes dangereuſes, même envers les alteſſes.

Au chevalier de *Mouhi*, encore cent francs et mille excuſes ; encore deux cents et deux mille excuſes à *Prault* fils. Un louis d'or à d'*Arnaud*, ſur le champ.

J'ai pardonné à *Demoulin*, je pardonne encore à *Jore* ; le premier eſt repentant, le ſecond a donné ſon déſiſtement à M. *Herault* ; il a avoué ce que j'avais deviné. Il eſt pauvre, je ferai quelque choſe pour lui. Je ſuis un peu malade, mais je vous aime comme ſi je me portais bien.

LETTRE LVII.

A M. LE COMTE D'ARGENTAL.

Cirey, 7 janvier.

MON cher ange gardien, faites tout ce qu'il vous plaira de l'Envieux (10); mais tâchez que *Prault* présente à l'examen avec adresse l'épître sur l'homme. Pourquoi ne sera-t-il pas permis à un français de dire d'une manière gaie, et sous l'enveloppe d'une fable, ce qu'un anglais a dit tristement et sèchement dans des vers métaphysiques traduits lâchement?

Je ne suis point fâché que feu *Rousseau* soit à Paris, mais il est un peu étrange qu'il ose y être après ce qu'il a fait contre le parlement. Il n'y a qu'heur et malheur en ce monde.

Enfin vous l'avez emporté; je fais une tragédie (*), et il n'y a que vous qui le sachiez. C'est un père trahi par une fille dont il est l'idole, et qui en est idolâtrée. C'est une fille malheureuse, sacrifiant tout à un amour effréné, sauvant la vie à son amant, quittant tout pour lui, et abandonnée par lui; c'est un combat perpétuel de passions. C'est un père massacré par l'amant qui abandonne cette fille infortunée; ce sont des crimes presque involontaires, et des passions insurmontables. Figurez-vous un peu

(10) Comédie en trois actes, en vers, de M. de *Voltaire*. Il en avait donné le manuscrit à l'abbé de *Lamare*, l'un des jeunes gens de lettres qu'il encourageait. On a recouvré cette pièce, et une autre intitulée les Originaux, mais trop tard pour avoir pu les insérer dans cette édition.

(*) Zulime.

de *Chimène*, de *Roxane* et d'*Ariane*; ces trois situations s'y trouvent; la même personne les éprouve. Il y a de l'action théâtrale, et nul embarras. Je ne réponds pas du reste, mais j'ai une envie démesurée de vous faire pleurer. Je fais les vers. Adieu pour trois mois, *Euclide;* adieu, physique. Revenez, sentimens tendres, vers harmonieux ; revenez faire ma cour à M. et madame d'*Argental*, à qui je suis dévoué pour toute ma vie avec la tendresse la plus respectueuse.

Madame *du Châtelet* reçoit dans le moment une nouvelle lettre de vous. Je suis touché aux larmes de vos bontés. Vous êtes le plus respectable, le plus charmant ami que j'aye jamais connu.

Soit, plus d'Envieux. Pour la tragédie, je veux la travailler si bien que vous ne l'aurez de long-temps ; mais je vous en tracerai, si vous l'ordonnez, un petit plan. On dit qu'on va donner Médus (*) ; je souhaite qu'il ait du succès, et que ma pièce en ait aussi.

Il est certain que c'est une chose bien cruelle qu'après vingt-cinq ans d'amitié, *Thiriot* désavoue ce qu'il m'a dit cent fois en présence de témoins, et, en dernier lieu, en présence de madame *du Châtelet*. Je vous jure que je n'ai jamais su que de lui que l'abbé *Desfontaines*, pour prix de mes services, avait fait un libelle ironique et sanglant, intitulé l'Apologie de *Voltaire*. Tout ce que je crains, c'est que *Thiriot* n'ait envoyé le nouveau libelle au Prince royal pour se donner de la considération. Si cela est vrai (comme on me le mande), il hasarde plus qu'il ne pense. Madame *du Châtelet* peut vous dire que l'amitié dont

(*) Tragédie de *Deschamps*.

—— ce prince honore Cirey, est quelque chose de si vif et de si singulier, que *Thiriot* serait à jamais perdu dans son esprit. Au reste, je crois encore que l'amitié et l'humanité l'ont empêché de faire à son Altesse royale un présent si infame.

En souhaitant la bonne année à M. de *Maurepas*, je lui demande en passant justice contre l'abbé *Desfontaines* qui, après avoir avoué pendant trois ans la traduction de mon Essai anglais, que j'ai eu la bonté de lui corriger, ose la mettre aujourd'hui sur le compte de feu M. de *Plelo*.

Il sera nécessaire de faire une espèce de réponse au libelle diffamatoire; il le faut pour les pays étrangers, et même pour beaucoup de français. Je vous réponds que la réponse sera sage, attendrissante, appuyée sur des faits, sans autre injure que celle qui résulte de la conviction de la calomnie; je vous la soumettrai. Je suis trop heureux qu'enfin tout ayant été vomi, il puisse s'en suivre une guérison parfaite.

LETTRE LVIII.

A M. THIRIOT.

7 janvier.

POURQUOI avez vous écrit une lettre sèche et peu convenable à madame *du Châtelet*, dans les circonstances présentes? Au nom de notre amitié, écrivez-lui quelque chose de plus fait pour son cœur. Vous connaissez la fermeté et la hauteur de son caractère; elle regarde l'amitié comme un nœud si sacré, que

la moindre ombre de politique en amitié lui paraît
un crime.

Comment lui dites-vous que vous haïffez les
libelles autant que vous aimez la critique, après lui
avoir envoyé la lettre manufcrite contre *Moncrif*, les
vers contre *Bernard*, contre mademoifelle *Sallé* ? Que
voulez-vous qu'elle penfe ?

Encore une fois mandez-lui que vous ne balancez
pas un moment entre *Desfontaines* et votre ami ; rendez
gloire à la vérité. Non, vous n'avez point oublié le
titre du libelle de *Desfontaines;* il était intitulé
Apologie du fieur *Voltaire.* Elle en a ici la preuve dans
deux de vos lettres ; nous en avons parlé dans votre
dernier voyage. Paraître reculer, paraître fe rétracter
avec elle, c'eft un outrage. Hélas ! c'en ferait un de
ne pas engager le combat pour fon ami. Que fera-ce
de fuir dans la bataille ?

Des amis de deux jours brûlent de prendre ma
défenfe, et vous m'abandonnerez, tendre ami de
vingt-cinq ans ! vous donnerez à M. de *Richelieu* le
fujet de dire encore que je fuis décrié par vous-
même ! Que dira le Prince royal? que diront ceux qui
favent aimer ?

> Peut-être qu'à fouper chez Laïs ou Catulle,
> Cet examen profond paffe pour ridicule.

Mais, mon ami, n'eft-on fait que pour fouper? ne
vit-on que pour foi ? n'eft-il pas beau de juftifier
fon goût et fon cœur en juftifiant fon ami ?

Dites-moi tout naturellement fi vous avez envoyé
le libelle au Prince royal. Cela eft d'une importance

extrême. Parlez à M. d'*Argenson*, dites-lui les chofes les plus tendres pour moi. Voyez M. d'*Argental.* Ecrivez au Prince que je fuis malade, et comptez fur votre ami pour jamais.

LETTRE LIX.

A M. BERGER.

A Cirey, le 9 janvier.

Mon cher ami une nièce que j'ai mariée, a paffé fept mois fans m'écrire, et au bout de ce temps elle me demande pardon. Je lui réponds en termes honnêtes, en l'envoyant faire . . . avec fes pardons; car je ne fuis point tyran, et fi je fuis aimé, je crois tous les devoirs remplis. Venons à l'application; il eft vrai que vous ne m'avez point marié; mais il y a long-temps que je ne vous ai écrit. Envoyez-moi faire . . . . , et aimez-moi.

Grand merci de vos anecdotes. Raffemblez tout ce que vous pourrez, et fi vous voulez un jour con-duire l'impreffion du beau Siècle de *Louis XIV*, ce fera pour vous fortune et gloire.

Je remercie l'abbé *Desfontaines* de s'être fi bien démafqué, et d'avoir auffi démafqué *Rouffeau;* quand je l'aurais payé pour me fervir, il n'aurait pu mieux faire.

Mais il y a un trait qui demande une très-grande attention, et qui me ferait un tort irréparable, fi je laiffais fur cela le moindre doute; car le doute, en ce

cas, eft une honte certaine. Il ofe avancer que mon
ami *Thiriot* me défavoue fur l'article du libelle fait
contre moi, dans le temps de bicêtre. M. *Thiriot* eft,
je ne dis pas trop mon ami, je dis trop homme de
bien, pour défavouer fes paroles et fa fignature, pour
démentir ce qu'il m'a écrit vingt fois, ce que j'ai
entre les mains, et que je fuis forcé de produire. La
crainte que lui peut infpirer l'abbé *Desfontaines* ne
fera pas affez forte pour qu'il abandonne la vérité et
l'amitié, pour qu'il fe déshonore, et pour qui? pour
un fcélérat qui a fait à M. *Thiriot* même les plus
fanglans outrages dans fon Dictionnaire néologique.

Je vous prie d'aller voir les jéfuites, le père *Brumoi*
furtout. Il vous recevra bien, et comme vous le
méritez ; qu'il vous montre Mérope. Affurez-le de
mon eftime, et de mon amitié, et de ma reconnaiffance. Dites-lui que je lui écrirai inceffamment. Il
aime *Rouffeau*, mais il aime encore plus la vérité et
la paix. Il me paraît un homme d'un grand mérité.
Mettez au net en fa préfence les procédés de *Rouffeau*
et les miens ; faites-lui fentir que, depuis cinquante
ans, *Rouffeau* a déchiré maîtres, bienfaiteurs, amis,
tous les gens de lettres, et que je fuis le dernier à
qui il a fait la guerre. Je fais me venger, mais je fais
pardonner. J'ai eu des occafions d'exercer ma jufte
vengeance ; qu'on m'en donne de montrer que je
peux oublier l'injure. Affurez furtout les jéfuites d'une
vérité qu'ils doivent favoir, c'eft qu'il n'eft pas dans
ma manière d'être d'oublier mes maîtres et ceux qui
m'ont élevé.

Dites, je vous prie, à M. *Ortolani*, qu'il paffe par
Bar-fur-Aube en allant à Turin ; nous l'enverrons

1739.

chercher. Il faut qu'il ait vu madame la marquife *du Châtelet*. Il faut qu'il puiffe dire qu'il a vu à Cirey l'honneur de fon fexe et l'admiration du nôtre. Ecrivez-moi tout ce que vous favez, tout ce que je dois favoir, et comptez fur une difcrétion égale à mon amitié et à ma pareffe.

Adieu.

LETTRE LX.

A M. THIRIOT.

A Cirey, le 9 janvier.

MON cher ami, depuis ma dernière lettre écrite, vingt paquets arrivant à Cirey augmentent ma douleur et celle de madame *du Châtelet*. Encore une fois, n'écoutez point quiconque vous donnera pour confeil de boire votre vin de Champagne gaiement, et d'oublier tout le refte. Buvez, mais rempliffez les devoirs facrés et intéreffans de l'amitié. Il n'y a pas de milieu, je fuis déshonoré fi l'écrit de *Desfontaines* fubfifte fans réponfe, fi l'infame calomnie n'eft pas confondue. Ouvrez les quarante tomes de *Nicéron*, la Vie des gens de lettres eft écrite fur de pareils mémoires. Je ferais indigne de la vie préfente, fi je ne fongeais à la vie à venir, c'eft-à-dire au jugement que la poftérité fera de moi. Faudra-t-il que la crainte que vous infpire un fcélérat vous force à un filence auffi cruel que fon libelle? et n'aurez-vous pas le courage d'avouer publiquement ce que vous m'avez tant de

1739.

fois écrit, tant de fois dit devant tant de témoins?
Songez-vous que j'ai quatre lettres de vous dans
lesquelles vous m'avouez que ce misérable *Desfontaines*
avait fait un libelle sanglant, intitulé Apologie du
sieur de *Voltaire*, l'avait imprimé à Rouen, vous
l'avait montré à la Rivière-Bourdet? Mon honneur,
l'intérêt public, votre honneur enfin vous pressent
d'éclater. Que ne ferais-je point en votre place? quel
zèle ne m'inspirerait pas l'amitié? quelle gloire j'ac-
querrais à défendre mon ami calomnié! que je serais
loin d'écouter quiconque me donnerait l'abominable
conseil de me taire! Ah, mon ami, mon cher ami de
vingt-cinq années, qu'avez-vous fait? quelle malheureuse lettre dictée par la politique avez-vous
écrite à madame *du Châtelet*, à cette ame magnanime
qui n'a pour politique que la vérité, l'amitié et le
courage? Réparez tout, il en est temps encore;
écrivez-lui ce que votre cœur et non d'indignes
conseils vous auront dicté. Ne sacrifiez pas votre ami
à un scélérat que vous abhorrez et qui vous a
outragé. Je n'écris point au Prince royal. Je veux
savoir auparavant si vous lui avez envoyé ce malheureux libelle; c'est un point essentiel. Dites-nous
franchement la vérité, et mettez le repos dans un
cœur qui s'est donné à vous.

Les larmes me coulent des yeux en vous écrivant.
Au nom de Dieu, courez chez le père *Brumoi;* voyez
quelques-uns de ces pères mes anciens maîtres, qui
ne doivent jamais être mes ennemis. Parlez avec
tendresse, avec force. Père *Brumoi* a lu Mérope, il
en est content; père *Tournemine* en est enthousiasmé.
Plût à Dieu que je méritasse leurs éloges! Assurez-les

de mon attachement inviolable pour eux ; je le leur dois, ils m'ont élevé : c'eft être un monftre que de ne pas aimer ceux qui ont cultivé notre ame.

Parlez de *Rouffeau* et de nos procédés , avec la fageffe que vous mettez dans vos difcours , et qui fera d'autant plus d'impreffion qu'elle fera appuyée par des faits inconteftables. Ecrivez-moi , et comptez que mon cœur eft encore plus rempli d'amitié pour vous que de douleur.

Voici une lettre pour le protecteur véritable de plufieurs beaux arts, pour M. de *Caylus ;* donnez-la-lui ; accompagnez-la de ce zèle tendre qui donne l'ame à tout, et qui répand dans les cœurs le plus divin des fentimens, l'envie de rendre fervice.

Je vous embraffe.

LETTRE LXI.

A M. LE COMTE D'ARGENTAL.

9 janvier.

Mon cher et refpectable ami , je demanderais pardon à un autre cœur que le vôtre de mes impor-tunités.

Madame *du Châtelet* reçoit votre lettre du 28 ; vous n'aviez point reçu la pièce, cependant elle était partie le 23 à minuit. Apparemment que meffieurs des poftes ont voulu fe donner le plaifir de la lecture.

L'effort fingulier et peut-être malheureux que j'ai fait de la compofer en huit jours, n'eft dû qu'aux confeils que vous me donniez de confondre tant de

calomnies

calomnies par quelque ouvrage intéreſſant. Je ſuis très-aiſe d'avoir du temps juſqu'à Pâques. Dites-moi vos avis, et je corrigerai en huit ſemaines les fautes de huit jours.

Il y a une reſſemblance avec Bajazet, je le ſais bien; mais ſans cela point de pièce. Je n'ai rien pris, j'ai trouvé ma ſituation dans mon ſujet, j'ai été inſpiré, je ne ſuis point plagiaire.

Je conçois bien que le libelle n'excite que le mépris et l'indignation des honnêtes gens, et ſurtout de ceux qui ſont au fait de ces calomnies; mais il y a mille gens de lettres, il y a des étrangers ſur qui ce libelle fait impreſſion. Il eſt plein de faits, et ces faits feront crus s'ils ne ſont pas réfutés. Je ſuppoſe que je vouluſſe être d'une académie, fût-ce de celle de Pétersbourg, il eſt ſûr que ce libelle laiſſé ſans réponſe m'en fermerait l'entrée. Il eſt clair que le ſieur *Guyot de Merville* et les autres partiſans de *Rouſſeau* ſont et feront valoir ces impoſtures. On imprime actuellement en Hollande le libelle de ce miſérable; il s'en eſt vendu deux mille exemplaires en quinze jours. Encore un coup, il ne me déshonorera pas dans votre eſprit, mais joint à vingt autres libelles de cette eſpèce, il me flétrira dans la poſtérité, et fera une tache dans ma famille.

J'ai appris, par un ami que j'ai en Hollande, que *Desfontaines* et *Jore* ſont ceux qui ſuſcitent mes libraires contre moi. Il arrivera que mes libraires même imprimeront ce libelle à la tête de mes œuvres, pour ſe venger de ce que je leur ai retiré mes bienfaits : ainſi, tandis que je reſterai tranquille, mes ennemis me diffameront dans l'Europe. N'eſt-ce

—— donc pas pour moi le devoir le plus sacré de
repouffer et de confondre , quand je le peux, des
calomnies fi flétriffantes , et qui feraient accréditées
par mon filence ?

Non - feulement j'ai befoin d'un mémoire fage ,
démonftratif et touchant , auprès des trois quarts des
gens de lettres , mais il me faut outre cela un nombre
confidérable d'atteftations par écrit , qui démentent
toutes ces impoftures. Je les tiendrai prêtes comme
une défenfe sûre en cas d'attaque , et même comme
des pièces qui peuvent fervir au procès.

Le procès criminel , indépendant de ce mémoire et
de ces atteftations qui peuvent y fervir, et ne peuvent
y nuire , m'eft d'une néceffité abfolue, et je veux et je
dois m'y prendre par tous les fens pour atterrer cette
hydre une bonne fois pour toutes. En un mot, il eft
toujours bon de commencer par mettre en caufe ceux
qui ont vendu le libelle, et c'eft ce qu'on va faire.

J'apprends que MM. *Andry* , *Procope* , *Pitaval*, &c.
préfentent requête au chancelier. Il ne faut pas que
ma famille fe taife quand les indifférens éclatent. Il
faut, je crois , que mon neveu envoye ou donne fon
placet qui ne peut que difpofer favorablement , et
qui n'empêche point les procédures juridiques que
je vous fupplie de lui confeiller fortement ; car c'eft
un crime qui intéreffe la fociété. *Pone inimicos meos
fcabellum pedum tuorum, donec faciam tragœdiam.*

Madame *du Châtelet* fe moque de moi avec fes
générofités d'ame et fes bienfaits cachés. Elle m'a
enfin avoué et lu ce qu'elle vous avait envoyé. Plût
à Dieu, que cela fût auffi montrable qu'admirable!

Quand je vous envoyai copie d'une de mes lettres

à *Thiriot*, l'original était parti. Lavez la tête à
Thiriot, faites-lui préfent pour fes étrennes du livre
De officiis et de amicitia. Refpects à l'autre ange.

Adieu ; je baife vos ailes et me mets deffous.

LETTRE LXII.

A M. THIRIOT.

A Cirey, le 10 janvier.

Je fuis bien étonné, mon cher ami, de ne point
recevoir de vos nouvelles. Je voulais aller à Paris ;
M. et madame *du Châtelet* m'en empêchent. Ecrivez
donc ; mandez-moi tout naturellement fi vous avez
envoyé au Prince cet infame libelle. Je ne peux le
croire ; mais enfin fi cela était, il faut le dire, afin
que nous luï écrivions en conféquence, et fans
commettre perfonne.

Le libelle de ce monftre eft une affaire du reffort
du lieutenant criminel, plutôt que des gens de lettres,
et on prend toutes les mefures néceffaires pour avoir
juftice. Vingt perfonnes me mandent que ce fcélérat
et fon libelle font en exécration : je n'en fuis point
furpris, je ne le fuis que de votre filence ; mais je
ne doute pas que vous ne rempliffiez tous les devoirs
de l'amitié. Mon cœur ne peut jamais être mécontent
du vôtre. Je ne me perfuaderai jamais que vous
craigniez plus de déplaire à un coquin qui vous a
tant outragé, qu'à votre ami qui vous a toujours
été fi tendrement et fi effentiellement uni. Aucune
fuite de cette affaire ne m'embarraffe. La vérité,

1739.

K 2

l'innocence, la générofité font de mon côté; la calomnie, le crime et l'ingratitude font de l'autre. Si je ne fonge qu'à mes amis, je fuis le plus heureux des hommes; fi je jette les yeux fur le public et fur la poftérité, l'honneur qui eft dans mon cœur, et qui préfide à mes écrits, m'affure que le public de tous les temps fera pour moi, fi pourtant mes ouvrages que je travaille nuit et jour peuvent jamais me furvivre.

M. le marquis *du Châtelet* juftement indigné, et qui prend en main ma caufe avec les fentimens dignes de fa naiffance et de fon cœur, vous écrit et à M. de *la Poplinière*. Il ne faut pas qu'il foit dit que vous m'ayez démenti pour un fcélérat, et que les foufcriptions de la Henriade, dont vous favez que je n'ai jamais reçu l'argent, n'aient pas été rembourfées de mon argent. S'il reftait une feule foufcription dans Paris, s'il y avait un homme qui, ayant eu la négligence de ne pas envoyer fa fouf-cription en Angleterre, ait encore eu celle de ne pas envoyer chez moi ou chez les libraires prépofés, je vous prie inftamment de le rembourfer de mon argent, quoique, par toutes les règles, foufcription non réclamée à temps ne foit jamais payable. Ces règles ne font point faites pour moi, et voilà le feul cas où je fuis au-deffus des règles.

Madame *du Châtelet*, par parenthèfe, a eu très-grand tort de m'avoir caché tout cela pendant huit jours. C'eft retarder de huit jours mon triomphe, quoique ce foit un triomphe bien trifte qu'une victoire remportée fur le plus méprifable ennemi. La juftification la plus ample eft d'une néceffité indifpenfable, et je peux vous répondre que vous approuverez la modération extrême et la vérité de mon mémoire. Il doit toucher et convaincre. Encore une fois, et encore mille fois, vous vous imaginez que je dois penfer comme M. de *la Poplinière* qui, étant à la tête d'une famille, d'une grande maifon, ayant un emploi férieux, et pouvant prétendre à des places, ne doit répondre que par le filence à un libelle intitulé le Mentor cavalier, ou aux vers impertinens de ce malheureux *Rouffeau* qui outrage tous les hommes en demandant pardon à DIEU, et qui s'avife d'offenfer en lui un homme eftimable qu'il n'a jamais connu. Ce filence convient très-bien à *Pollion*, mais il me déshonorerait. Je fuis un homme de lettres, et l'envie a les yeux continuellement ouverts fur moi; je dois compte de tout au public éclairé, et me taire c'eft trahir ma caufe. J'ai tout lieu d'efpérer que ce fera pour la dernière fois, et que le refte de mes jours ne fera confacré qu'aux douceurs de l'amitié.

J'aurais fouhaité que vous n'euffiez point envoyé tous ces libelles au Prince royal, et furtout que vous euffiez écrit une autre lettre à madame *du Châtelet*. C'eft une ame fi intrépide et fi grande, qu'elle prend pour le plus cruel de tous les affronts ce que mon cœur pardonne aifément. Comptez que mon intérêt a moins de part à tout ce que j'écris que mon amitié pour vous.

LETTRE LXIII.

A M. LE DUC DE RICHELIEU.

A Cirey, ce 12 janvier.

Il a mille vertus, et n'a point eu de vices,
Il était fous Louis de toutes fes délices,
Et la feptimanie a vu ce même Othon
Gouverner en Céfar et juger en Caton ;
Courtifan dans Verfaille et monarque en province,
De parfait courtifan il s'eft montré grand prince,
Et goûtant le préfent, prévoyant l'avenir,
Sut faire également fa cour et la tenir.

Il y a peu de chofes, monfieur le Duc, à changer
dans les vers de *Corneille* pour faire votre caractère ; et
c'était à fon pinceau qu'il appartenait de vous peindre,
j'entends pour l'élévation de votre ame ; car pour
tout le refte prenez, s'il vous plaît, *la Fontaine* et
quelquefois même l'*Aretin*. Pour moi chétif, je prends
la liberté de vous envoyer pour vos étrennes un
petit catéchifme qui convient fort à votre honnête
façon de penfer. La Dévotion aifée du père *Lemoine*
m'a donné le fujet, et toute votre vie en fait l'application. L'ouvrage a été fait pour un grand prince qui
penfe comme vous fur tout, et qui règnera un jour,
comme vous règneriez fi la fortune avait été pour
vous auffi loin que la nature. La feule différence
préfente entre ce prince et vous, c'eft qu'il m'écrit
fouvent, et cette différence eft accablante ; mais point

1739.

de reproches; ne penfez pas, monfieur le Duc, que je me plaigne, ni même que je veuille que, dans la rapidité des affaires, des devoirs et des plaifirs, vous perdiez du temps à m'écrire. Dites-moi une fois par an, *je vous aime et je vous aimerai* ; cela fuffira. Un mot de vous me refte dans le cœur une année pour le moins.

Non, encore une fois, ne m'écrivez point, mais continuez à être *Othon*. Votre gloire m'enchante, et mon cœur fe joint à tous ceux que vous charmez.

Je vous en dis autant, Princeffe adorable (*), née pour plaire aux grands comme aux petits, vous dont la paffion dominante, après l'amour de votre mari, eft celle de faire du bien.

Il y a dans le paradis terreftre de Cirey une per-fonne qui eft un grand exemple des malheurs de ce monde, et de la générofité de votre ame ; c'eft madame de *Grafigni*. Son fort m ferait verfer des larmes fi elle n'était pas aimée de vous. Mais avec cela qu'a-t-elle déformais à craindre ? Elle ira, dit-on, à Paris ; elle fera à portée de vous faire fa cour ; et après Cirey, il n'y a que ce bonheur-là. Régnez en Lan-guedoc, régnez par-tout, Madame, et daignez dire, en lifant cette lettre : J'ai outré mes fujets un efclave idolâtre qui s'appelle *Voltaire*.

(*) Madame de *Richelieu* , princeffe de *Guife*.

LETTRE LXIV.

A M. HELVETÍUS.

Janvier.

MON cher ami, toutes lettres écrites, tous mémoires brochés, toute réflexion faite, voici à quoi je m'arrête : je vous prends pour avocat et pour juge.

Thiriot avait oublié que l'abbé *Desfontaines* l'avait traité de *colporteur* et de *faquin*, dans son Dictionnaire néologique ; il avait peut-être aussi oublié un peu les marques de mon amitié ; il avait surtout oublié que j'avais dix lettres de lui, par lesquelles il me mandait autrefois que *Desfontaines* est un *monstre;* qu'à peine sauvé de bicêtre par mon secours, il fit un libelle contre moi, intitulé Apologie ; qu'il le *lui montra,* &c. *Thiriot* ayant donc oublié tant de chofes, et le vin de Champagne de *la Poplinière* lui ayant servi de fleuve Léthé, il se tenait coi et tranquille, fefait le petit important, le petit ministre avec madame *du Châtelet,* s'avisait d'écrire des lettres *équivoques*, *oftensibles,* qu'on ne lui demandait pas ; et au lieu de venger son ami et foi-même, de foutenir la vérité, de publier par écrit que la Voltairomanie est un tissu de calomnies ; enfin, au lieu de remplir les devoirs les plus facrés, il buvait, se taisait et ne m'écrivait point. Madame de *Bernières,* mon ancienne amie, outrée du libelle, m'écrit, il y a huit jours, une lettre pleine de cette amitié vigoureuse dont votre

cœur eft fi capable, une lettre où elle avoue hautement tout ce que j'ai fait, tout ce que j'ai payé
entre fes mains par *Thiriot* même, tous les fervices
que j'ai rendus à *Desfontaines*. La lettre eft fi forte, fi
terrible, que je la lui ai renvoyée, ne voulant pas la
commettre ; j'en attends une plus modérée, plus
fimple, un petit mot qui ne fervira qu'à détruire,
par fon témoignage, les calomnies du libelle, fans
nommer et fans offenfer perfonne.

Que *Thiriot* en faffe autant ; qu'il ait feulement le
courage d'écrire dix lignes par lefquelles il avoue
que, depuis vingt ans qu'il me connaît, il ne m'a
connu qu'honnête homme et bienfefant ; que tout
ce qui eft dans le libelle, et en particulier ce qui le
regarde, eft faux et calomnieux ; qu'il eft très-loin
d'avoir pu défavouer ce que j'ai jamais avancé, &c.

Voilà tout ce que je veux ; je vous prie de l'engager à envoyer cet écrit à peu-près dans cette forme.
Quand même cela ne fervirait pas, au moins cela
ne pourrait nuire ; et en vérité, dans ces circonftances,
Thiriot me doit dix lignes au moins ; s'il veut faire
mieux, à lui permis. C'eft une chofe honteufe que
fon filence. Vous devriez en parler fortement à M. de
la Poplinière qui a du pouvoir fur cette ame molle,
et qui a quelque intérêt que la molleffe n'aille point
jufqu'à l'ingratitude.

De quoi *Thiriot* s'avife-t-il de négocier, de
tergiverfer, de parler du Préfervatif ; il n'eft pas
queftion de cela. Il eft queftion de favoir fi je fuis
un impofteur ou non ; fi *Thiriot* m'a écrit ou non, en
1726, que l'abbé *Desfontaines* avait fait, pour récompenfe de mes bienfaits, un libelle contre moi ; fi M. et

madame de *Bernières* m'ont logé par charité ; fi je ne leur ai pas payé ma penfion et celle de *Thiriot*, &c. Voilà des faits ; il faut les avouer, ou l'on eft indigne de vivre.

Belle ame, je vous embraffe.

Gratior et pulchro veniens in corpore virtus.

Je fuis à vous pour ma vie.

LETTRE LXV.

AU PERE PORÉE, *jéfuite.*

A Cirey, ce 15 janvier.

MON TRÈS-CHER ET TRÈS-RÉVÉREND PERE,

JE n'avais pas befoin de tant de bontés, et j'avais prévenu par mes lettres l'ample juftification que vous faites, je ne dis pas de vous, mais de moi ; car fi vous aviez pu dire un mot qui n'eût pas été en ma faveur, je l'aurais mérité. J'ai toujours tâché de me rendre digne de votre amitié, et je n'ai jamais douté de vos bontés.

Le morceau que vous voulez bien m'envoyer me donne bien de l'envie de voir le refte. Le *non plane cæcus* eft, à la vérité, un bien mince falaire pour un homme qui a créé une nouvelle optique, toute fondée fur l'expérience et fur le calcul, et qui feule fuffirait pour mettre *Newton* à la tête des phyficiens.

Je vous fupplie de vouloir bien préfenter mes

hommages fincères à votre courageux confrère qui
a fait foutenir les rayons colorés. Il eft bien étrange
qu'il y ait quelqu'un qui foutienne autre chofe.

Je vous devais Mérope , mon très-cher père ,
comme un hommage à votre amour pour l'antiquité et pour la pureté du théâtre. Il s'en faut bien
que l'ouvrage foit d'ailleurs digne de vous être préfenté ; je ne vous l'ai fait lire que pour le corriger.

Mefsène n'eft point une faute de copifte. Vous
favez bien que le Péloponéfe , aujourd'hui la Morée,
fe divifait en plufieurs provinces, l'Achaïe ou Argolide
où était Micène , la Meffénie dont la capitale était
Mefsène., la Laconie , &c.

Il faudra fans difficulté retrancher tout ce qui vous
choque dans le fuïcide , mais fongez au quatrième
livre de *Virgile* et à tous les poëtes de l'antiquité.

Je ne peux m'empêcher de vous dire ici ce que je
penfe fur ces fcènes d'attendriffement réciproque que
vous demandez entre Mérope et fon fils. C'eft précifément ces fortes de fcènes qu'il faut éviter avec un
foin extrême ; car, comme vous favez mieux que
moi, jamais une paffion réciproque n'émeut le fpec-
tateur ; il n'y a que les paffions contredites qui
plaifent. Ce qu'on s'imagine dans fon cabinet devoir
toucher entre une mère et un fils, devient de la plus
grande infipidité aux fpectacles. Toute fcène doit
être un combat; une fcène où deux perfonnages
craignent, défirent, aiment la même chofe, ferait le
dernier période de l'affadiffement ; le grand art doit
être d'éviter ces lieux communs , et il n'y a que l'ufage
du monde et du théâtre qui puiffe rendre fenfible
cette vérité.

Le marquis *Maffei* en est si pénétré, qu'il a poussé l'art jusqu'à ne jamais produire sur la scène la mère avec le fils que quand elle le veut tuer, ou pour le reconnaître à la dernière scène du cinquième acte; et je l'aurais imité, si je n'avais trouvé la ressource de faire reconnaître le fils par la mère en présence du tyran même, ressource qui ne serait qu'un défaut si elle ne produisait un nouveau danger.

En un mot, le plus grand écueil des arts dans le monde, c'est ce qu'on appelle les lieux communs. Je n'entre pas dans un plus long détail. Songez seulement, mon cher père, que ce n'est pas un lieu commun que la tendre vénération que j'aurai pour vous toute ma vie. Je vous supplie de conserver votre santé, d'être long-temps utile au monde, de former long-temps des esprits justes et des cœurs vertueux.

Je vous conjure de dire à vos amis combien je suis attaché à votre société. Personne ne me la rend plus chère que vous. Je suis avec la plus tendre estime et avec une éternelle reconnaissance,

Mon très-cher et révérend père,

votre, &c.

LETTRE LXVI.

A M. LE COMTE D'ARGENTAL.

Cirey, ce 18 janvier.

Mon cher ange gardien, pourquoi faut-il que le chevalier de *Mouhi*, qui ne me connaît pas, agisse comme mon frère, et que *Thiriot*, qui me doit tout, se tienne les bras croisés dans sa lâche ingratitude! Quoi, *Mouhi* court déposer chez M. *Hérault*, et *Thiriot* se tait! lui qui a été traité avec tant de mépris par *Desfontaines*, lui qui m'a écrit cette lettre de 1726, et tant d'autres, où il avoue que *Desfontaines* fit un libelle contre moi au sortir de bicêtre. Il a aujourd'hui l'insolence et la bassesse d'écrire, de publier une lettre à madame *du Châtelet*, dans laquelle il désavoue ses anciennes lettres; il l'envoie au Prince royal; et pour se justifier, il dit tranquillement que les Lettres philosophiques ne lui ont valu que cinquante guinées, et qu'il ne m'a mangé que quatre-vingts souscriptions. Y a-t-il une ame de boue aussi lâche, aussi méprisable? Ce malheureux dit froidement qu'il ne fera rien que vous ne lui ordonniez. Eh bien, ordonnez-lui donc sur le champ de courir chez M. *Hérault*, et de confirmer sa lettre du 16 auguste 1726, et les autres dont voici copie. Cela m'est de la dernière importance, mon cher ami; il y va du repos de ma vie.

LETTRE LXVII.

A M. THIRIOT.

Le 18 janvier.

Mon cher *Thiriot* , je reçois votre lettre du 14. Votre négligence à répondre, trois ou quatre ordinaires, a fait penser à madame *du Châtelet* et à madame de *Champbonin* que vous aviez envoyé à son Alteſſe royale le libelle affreux d'un ſcélérat ; et madame de *Champbonin* en était d'autant plus perſuadée, que vous lui aviez avoué à Paris que vous régaliez ce prince de tout ce qui ſe fait contre moi, qu'elle vous l'avait reproché , et qu'elle en était encore émue.

Votre ſilence, pendant que tout le monde m'écrivait, ne m'a point ſurpris , moi qui ſuis accoutumé à des négligences ſouvent cauſées par votre peu de ſanté; mais il a indigné au dernier point tout ce petit coin de la Champagne , et vous devez à madame *du Châtelet* la réparation la plus tendre des idées cruelles que vous lui aviez données. Il eſt très - ſûr qu'un mot de vous dans le Pour et Contre , ſi vous n'êtes point brouillé avec *Prévoſt*, vous eût fait et vous ferait un honneur infini; car rien n'en fait plus qu'une amitié courageuſe.

Je ne ſais pourquoi vous m'appelez *malheureux* et *homme à plaindre*. Je ne le ſuis aſſurément point , ſi vous êtes un ami auſſi fidelle et auſſi tendre que je le crois. Je ſuis au contraire très-heureux qu'un ſcélérat

que j'ai fauvé, me mette en état de prouver, papiers
originaux en main, mes bienfaits et fes crimes; et
je le remercie de m'avoir donné l'occafion de me
faire connaître fans qu'on puiffe m'imputer de la
vanité. L'exemple de l'abbé *Prévoft* n'eft fait pour
moi d'aucune forte. Je fouhaite que ceux qui répon-
dront jamais à des libelles, fuivent mon exemple, et
foient en état de me reffembler.

Madame *du Châtelet* et tous ceux, fans exception,
qui ont vu ici votre lettre, en font fi mécontens
qu'elle vous la renvoie. C'eft à elle feule à qui elle
s'adreffe, à favoir fi elle doit être contente; et non
à ceux qui l'ont, dites-vous, approuvée fans qu'ils
fuffent ce que madame *du Châtelet*, qui eft au fait
de toutes les branches d'une affaire qu'ils ignorent,
avait droit d'exiger de vous. Il n'y a que deux
perfonnes à confulter en telles affaires, foi-même et
la perfonne à qui l'on écrit.

Quant à l'article des foufcriptions que j'ai payées
de mon argent, quoique la valeur ne foit jamais
venue entre mes mains (comme vous favez), c'eft
une chofe dont vous pouvez et devez très-bien vous
charger; car je ne crois pas qu'il y ait deux foufcripteurs qui n'aient eu ou le livre ou l'argent, et
vous pouvez les payer de celui que vous avez à moi;
cela eft tout fimple; tout le refte eft inutile.

Vos anciennes lettres où vous dites *que Desfontaines
eft un monftre, qu'il a fait contre moi un libelle intitulé
Apologie du fieur de Voltaire, qu'il a fait imprimer la
Henriade à Evreux, avec des vers contre la Motte;* celles
où vous dites *que c'eft un enragé qui, &c.;* tout cela
a été vu, lu, relu ici, figné par vingt perfonnes,

dépofé chez un notaire : ainfi, nul befoin d'éclair-
ciffement ; mais j'avais befoin moi d'un témoignage
de votre amitié, de votre diligence, d'un zèlé
honorable pour tous deux, égal à celui que madame
de *Bernières* a fait paraître. Je l'attendais non-feulement de votre tendreffe, mais de votre honneur
outragé par un malheureux qui vous a toujours
traité avec le dernier mépris, et dont les outrages
font imprimés. Je n'ai jamais foupçonné que vous
balançaffiez entre l'ami tendre et folide de vingt-cinq
années, et le fcélérat dont vous ne m'avez jamais
parlé qu'avec horreur.

Encore une fois, il ne s'agit que de vous et non
de moi. Ecrivez à madame *du Châtelet* et au Prince
en termes qui leur perfuadent votre amitié, autant
que j'en fuis perfuadé ; c'eft tout ce que je veux.
J'ai fait affez de bien à des ingrats ; j'ai fait d'affez
bons ouvrages, et je les retouche avec affez d'affiduité pour ne rien craindre de la poftérité, ni pour
mon cœur ni pour mon efprit, qu'on n'appellera ni
l'un ni l'autre pareffeux. J'ai affez d'amis et de fortune
pour vivre heureux dans le temps préfent. J'ai affez
d'orgueil pour méprifer d'un mépris fouverain les
difcours de ceux qui ne me connaiffent pas. En un
mot, loin d'avoir eu un inftant de chagrin de
l'abfurde et fot libelle de *Desfontaines*, j'en ai été
peut-être trop aife. Votre feul article m'a défefpéré.
Entendre dire par tout Paris que vous démentez
votre ami qui a preuve en main, en faveur de votre
ennemi ; entendre dire que vous ménagez *Desfontaines*,
c'était un coup de poignard pour un cœur auffi
fenfible que le mien. Je n'ai donc plus qu'à remercier

mon

mon bon ange de deux chofes, de la fermeté
intrépide de votre amitié qui ne doit pas être
négligente, et de l'occafion admirable qu'on me
donne de confondre mes ennemis.

Ecrivez, vous dis-je, à madame *du Châtelet*.
Point de politique, point de ces lâches misères;
allez vous faire.... avec *vos gens de cour qui voient votre
lettre*. Il eft queftion de votre cœur; il eft queftion
de vous attacher pour le refte de votre vie l'ame la
plus noble qui exifte au monde, et que vous adore-
riez fi vous faviez de quoi elle eft capable.

Madame de *Champbonin* vous a écrit une lettre
trempée dans l'amertume de fes larmes. Elle m'aime
fi vivement qu'il faut que vous lui pardonniez.
Mais, croyez-moi, parlez à madame *du Châtelet*
du ton qui convient à fa fenfibilité. Je vous embraffe,
j'oublie tout, hors votre amitié.

Songez qu'en de telles circonftances ne pas écrire
à fon ami fur le champ, c'eft le trahir. Négligence
eft crime.

LETTRE LXVIII.

A M. THIRIOT.

Le 19 janvier.

Je fuis malade, je ne peux vous écrire moi-même.
Je n'avais pas le temps hier de vous dire tout, mais
je ne dois vous laiffer rien ignorer, et un ami a bien
des droits. Croyez-moi, mon cher *Thiriot*, croyez-
moi, je vous aime et je ne vous trompe point. Madame

Correfp. générale.   Tome II.   L

———— *du Châtelet* ne peut qu'être irritée tant que vous ne réparerez point, par des chofes qui partent du cœur, la politique, l'inutile, l'outrageante lettre que je vous ai renvoyée par fon ordre. Tout ce que vous m'avez écrit du 14 pour mal juftifier cette lettre *oſtenſible* et ce long et injurieux ſilence qui l'avait ſuivie, l'a indignée bien davantage; on n'écrit qu'à ſes ennemis de ces lettres *oſtenſibles* où l'on craint de s'expliquer, où l'on parle à demi, où l'on élude, où l'on eſt froid.

Examinez vous-même la chofe, je vous en conjure, et voyez combien il eſt indécent que vous paraiſſiez faire le politique avec madame *du Châtelet*, quand elle vous écrit ſimplement et avec amitié. Vous me mettez en preſſe; vous me réduiſez à la néceſſité de combattre ici pour vous contre ſes reſſentimens. Elle croit que vous me trahiſſez; il faut que je lui jure le contraire. Elle ſe fâche, ſes amis prennent ſon parti; tout cela me rend malade, et un mot de vous eût prévenu tous ces combats.

Eſt-il poſſible, encore une fois, que quand nous avons ici dix lettres anciennes de vous qui expliquent, qui détaillent tout le fait, toute l'horreur connue de l'abbé *Desfontaines*, vous affectiez aujourd'hui du myſtère? Où diable avez-vous pris d'écrire une lettre oſtenſible à madame *du Châtelet?* une lettre publique? la compromettre à ce point! montrer, dites-vous, votre lettre à deux cents perſonnes! à des gens de cour! vous faire dire qu'il y a de la dignité dans cette lettre! Vous, de la dignité! à madame *du Châtelet!* Sentez-vous bien la force de ce terme? Je vous parle vrai, parce que je ſuis votre ami. Votre lettre oſtenſible dont on ne voulait point, votre long

filence, vos excufes font autant d'outrages à la bienféance, à l'amitié et à madame *du Châtelet*. Eft-il
poffible que, dans cette occafion, vous ayez pu confulter autre chofe que votre cœur? Voyez que dè
mal-entendus votre filence a caufés! Enfin tout ceci
était bien fimple. Vous avez été cité avec raifon, et
comme j'en ai droit, dans une lettre publique; vous
vous trouvez entre votre ami et un monftre qui
vous a mordu. Voudrez-vous fuir à la fois votre ami
et ce monftre, de peur d'être mordu encore? Je fuis
un homme de lettres, et vous un amateur; j'ai de la
réputation par mes travaux, et vous par votre goût ;
l'abbé *Desfontaines* nous a fouvent attaqués l'un et
l'autre : il eft clair qu'il y aurait la plus extrême
lâcheté à l'un de nous deux d'abandonner l'autre, de
tergiverfer, de craindre un fcélérat qui offenfe un
ami : il eft clair qu'un filence de feize jours, en pareille
occafion, eft un outrage plus grand, de la part d'un
ami, qu'un libelle n'eft offenfant de la part d'un coquin
méprifé.

Voilà le point effentiel, voilà toute l'affaire, voilà
ce qui a penfé faire prendre des réfolutions extrêmes; et enfin, quand au bout de feize jours vous
m'écrivez, que voulez-vous qu'on penfe, finon que
vous avez attendu que l'exécration publique contre
Desfontaines vous forçât enfin de revenir à l'amitié.
C'eft ce que je ne peux ôter de la tête de tout ce qui
eft ici, et il y a beaucoup de monde; mais c'eft ce que
je ne penfe point. Je vous l'ai dit, je vous l'ai redit, je
vous aime et je compte fur vous; et c'eft parce que je
vous aime tendrement que je vous gronde très-févè-
rement, et que je vous prie d'écrire comme par le

—— paſſé, rèndre compte des petites commiſſions, parler avec naïveté à madame *du Châtelet* qui peut vous ſervir infiniment auprès du Prince. L'affaire des ſouſcriptions, ſi elle dure encore, eſt eſſentielle ; et votre honneur, votre devoir, je dis le devoir le plus ſacré, eſt de les payer de mon argent, s'il s'en trouve (11). Cela a paru ſi eſſentiel à M. et à madame *du Châtelet*, que vous les outrageriez en feſant ſur cela la moindre repréſentation. Il ne faut rougir ni de faire ſon devoir, ni de promettre de le faire, ſurtout quand ce devoir eſt ſi aiſé.

A l'égard de la lettre que M. *du Châtelet* exige de vous, il ſera très-piqué ſi vous ne l'écrivez pas : il la faut écrire ; pour moi, je la trouve inutile. Je vous la renverrai, et n'en ferai point uſage ; mais il faut contenter M. et madame *du Châtelet*.

Tout le monde eſt indigné ici de l'exemple de dom *Prévoſt*, que vous citez toujours. Quand quelque dom *Prévoſt* aura refuſé dix mille livres de penſion d'un prince ſouverain, quand il aura donné quelquefois et partagé ſouvent le profit de ſes ouvrages, quand il aura donné des penſions à pluſieurs gens de lettres, quand il aura fait des ingrats et la Henriade ; alors vous pourrez me citer dom *Prévoſt*. N'en parlons plus. Une lettre d'attachement à madame *du Châtelet*, de la vigueur et des lettres fréquentes à votre intime ami *Voltaire*, et tout eſt effacé, tout eſt oublié. Mais plus de politique ; elle n'eſt faite ni pour vous ni pour moi, et je ne connais et n'aime que la franchiſe. Voilà tout ce que je veux, et comptez que mon cœur

(11) On a vu ci-devant que l'argent de ces ſouſcriptions avait été employé par *Thiriot*.

eſt à vous pour jamais. Il eſt vrai, il eſt tendre, vous le connaiſſez ; adieu.

(*) J'ai dicté tout cela bien à la hâte ; j'ajoute qu'on nous écrit, dans le moment, que votre malheureuſe lettre à madame *du Châtelet* va être publique dans le Pour et Contre. Ah! mon ami, ſerait-il vrai ? Ce ſerait le plus cruel outrage à madame *du Châtelet* et à toute ſa famille. De quoi vous êtes-vous aviſé ? quelle malheureuſe lettre! qui vous la demandait ? pourquoi l'écrire ? pourquoi la montrer ?

S'il en eſt temps, volez chez le Pour et Contre, brûlez la feuille, payez les frais ; mais je ne crois pas que cela ſoit vrai. Voilà ce que c'eſt que de garder le ſilence dans de telles occaſions. Il fallait écrire toutes les poſtes. Je vous embraſſe.

LETTRE LXIX.

A M. LE COMTE D'ARGENTAL.

20 janvier.

Mon cher ange, vous avez été bien étonné du dernier paquet de Zulime ; mais qui emploie ſa journée fait bien des choſes. Je travaille, mais guidez-moi.

Je perſiſte dans l'idée de faire un procès criminel à l'abbé *Desfontaines*. Mon cher ange gardien, vous me connaiſſez. Les gens à *Poëme épique* et à *Elémens de Newton* ſont des gens opiniâtres. Je demanderai juſtice

(*) Ces dernières lignes ſont de la main de M. de *Voltaire*.

L 3

des calomnies de *Desfontaines* jusqu'au dernier soupir; et ce même caractère d'esprit vous affure, je crois, de ma tendre et éternelle reconnaissance.

J'ai envoyé mon dernier Mémoire à M. d'*Argenson;* mais je ne compte le faire imprimer qu'avec permiffion tacite, dans un recueil de quelques autres pièces. Il me femble qu'il fera alors très-convenable de laisser dans mon Mémoire juftificatif tout ce qui eft littéraire; car fi l'avidité du public malin ne défire actuellement que du perfonnel, les amateurs un jour préfèreront beaucoup le littéraire. J'ai fait cet ouvrage dans le goût de *Péliffon*, et peut-être de *Cicéron*. Je ferais confondu fi ce ftyle était mauvais.

N'ayant rien à craindre d'aucune récrimination, cependant j'infifte qu'on commence le procès par une requête préfentée au nom des gens de lettres, qu'enfuite mes parens en préfentent une au nom de ma famille outragée, fauf à moi à m'y joindre s'il eft nécessaire.

J'efpérais que, fans forme de procès et indépendamment du châtiment que le magiftrat de la police peut et doit infliger à l'abbé *Desfontaines*, je pourrais obtenir un défaveu des calomnies de ce fcélérat, défaveu qui m'eft nécessaire, défaveu qu'on ne peut refufer aux preuves que j'ai rapportées.

Enfin, j'en reviens toujours là; point de preuves contre moi, finon que j'ai écrit la lettre qui eft dans le Préfervatif. Or cette lettre, que dit-elle? que *Desfontaines* a été tiré de bicêtre par moi, et qu'il m'a payé d'ingratitude. Encore une fois, cette lettre doit être regardée comme ma première requête contre *Desfontaines*. D'ailleurs rien de prouvé contre moi, et tout démontré contre lui. Enfin, j'infifte fur le défaveu de fes calomnies, et j'attends tout des bontés de mon cher ange gardien.

Je ferais bien honteux de tant d'importunités fi, vous n'étiez pas M. d'*Argental*. Adieu ; mon cœur ne peut fuffire à mes fentimens pour vous et à ma tendre reconnaiffance.

LETTRE LXX.

A M. THIRIOT.

A Cirey, ce 20 janvier.

Enfin, madame de *Champbonin* eft partie pour Paris. Elle vous rendra compte de toutes les inquiétudes que votre long filence et votre conduite avaient caufées à Cirey ; mais tout eft oublié fi vous favez aimer.

Voici un paquet pour l'abbé d'*Olivet*. C'eft une efpèce d'apologie que j'ai adreffée à M. d'*Argenfon*. Il y a du littéraire ; mais j'ai voulu faire un ouvrage pour la poftérité, non un fimple factum (*). Je ne fais abandonner ni mes amis ni mon honneur. Ainfi je refte à Cirey, je fais pourfuivre l'abbé *Desfontaines*, et je ne quitterai jamais cette affaire de vue. Il y aurait trop de lâcheté à fouffrir ce que l'on doit repouffer. J'apprends que ce monftre fe rend fous main dénonciateur contre les Lettres philofophiques. Cela m'eft confié dans le plus grand fecret ; mais je n'en fuis point alarmé. Je me flatte que,

_____
(*) Le Mémoire fur la fatire, Mélanges littéraires, tome I.

L 4

ni dans cette occafion ni dans aucune autre, vous ne direz : *Eh mordieu, qu'on me laiffe fouper, digérer et ne rien faire.* Je demande à votre amitié de la mémoire et de la vivacité. Soyez la dixième partie auffi vif pour moi que vous l'avez été pour mademoifelle *Sallé*, qui vous aimait dix fois moins que moi. Soyez très - perfuadé que des amis comme madame *du Châtelet* et moi en valent peut-être d'autres ; que tout change dans la vie, mais que vous nous retrouverez toujours.

Je puis vous envoyer faire faire auffi, car je vous aime plus que vous ne m'aimez, et j'ai la fièvre auffi ferré que vous. Prenez du quinquina pour vous, et de la fermeté pour moi, et tout ira bien.

LETTRE LXXI.

A M. HELVETIUS.

A Cirey, ce 21 janvier.

CE que j'apprends eft-il poffible ? Belle ame née pour faire plaifir, et qui agiffez comme vous penfez, vous êtes allé, et vous avez encore retourné chez ce *Saint-Hyacinthe* ! *Generofe puer*, ne profanez pas votre vertu avec ce monftre. C'en eft trop, mon cœur eft pénétré de vos foins. Si vous faviez ce que c'eft que *Saint-Hyacinthe*, vous auriez eu horreur de lui parler. Je ne l'ai connu qu'en Angleterre, où je lui ai fait l'aumône ; il la recevait de qui voulait ; il prenait jufqu'à un écu. Il s'était échappé de la Hollande où il avait volé le libraire *Catuffe*, fon beau-frère ; et il

n'avait auprès de moi d'autre recommandation que
de m'avoir déchiré dans plusieurs libelles. Il avait eu
part au Journal littéraire où il m'avait maltraité ; mais
je l'ignorais, et il se donnait pour l'auteur de Matanasius ; ce qui fesait que je lui pardonnais ses anciens
péchés. Se faire honneur du Matanasius, qui était de
MM. de *Sallengre* et *s'Gravesende*, &c., était la moindre
de ses fourberies. Il se servit à Londres de l'argent de
mes charités, et de celui que je lui avais procuré,
pour imprimer un libelle contre la Henriade ; enfin,
mon laquais le surprit me volant des livres, et le
chassa de chez moi avec quelques bourrades. Je ne
l'ai jamais revu, jamais je n'ai proféré son nom. Je
sais seulement qu'il a volé en dernier lieu feu madame
de *Lambert*, et que ses héritiers en savent des nouvelles. Enfin, voilà l'homme qui, dans un libelle
impertinent et digne de la plus vile canaille, ose
m'insulter avec tant d'horreur. C'est trop s'abaisser,
mon cher ami, d'exiger une satisfaction d'un scélérat
qui ne doit me satisfaire qu'une torche à la main, ou
sous le bâton. Evitez ce malheureux qui souillerait
l'air que vous respirez.

Je vous avoue que mon cœur est saisi quand je
vois les belles-lettres déshonorées à ce point ; mais
aussi que vous me consolez ! Venez donc à Cirey avant
que nous partions pour la Flandre ; j'espère qu'un
jour nous nous reverrons tous dans le beau palais
digne d'*Emilie*. Il est voisin de votre bureau des
fermes, mais nos cœurs seront bien plus près de
vous. Dites donc quand vous viendrez, aimable
enfant ?

LETTRE LXXII.

A M. LE COMTE D'ARGENTAL.

25 janvier.

Mon cher ami, je travaille le jour à Zulime, et le foir je revois mon procès avec l'honnête homme *Desfontaines*.

Vous favez de quoi il eft queftion à préfent, vous avez vu ma lettre à M. *Hérault*. Il n'y a plus qu'un mot qui ferve. M. de *Meynières* peut-il vous dire tout net ce que j'ai à efpérer de M. *Hérault?* Un outrage pareil, toléré par la magiftrature, eft un affront éternel aux belles-lettres ; une réparation convenable ferait honneur au miniftère.

Suivant vos fages avis, je réforme tout le Mémoire qui eft d'une néceffité indifpenfable. Point de numéro, de peur de reffembler au Préfervatif ; plus de modération, encore plus d'ordre et de méthode : c'eft ce qu'il faut tâcher de faire. Puiffé-je dire au public :

Et mea facundia, fi qua eft,
Quæ nunc pro Domino, pro vobis
Sæpe locuta eft.

J'y ajoute un extrait de la lettre d'un prince deftiné à gouverner une grande monarchie. Si cela pouvait faire quelque effet, à la bonne heure, finon brûlez-la. Mais, après tout, point d'entreprife fans faveur, point de fuccès fans protection, et je crois qu'il faut avoir raifon de ce fcélérat. Je demande que M. *Hérault*

faffe une petite réponfe, ou la faffe faire en marge de
mes queftions.

J'imagine qu'il ferait bon que madame de *Bernières* m'écrivît un mot qui atteftât en général l'horreur des calomnies du libelle. Je vous fupplie d'en
exiger autant de *Thiriot*. Sa conduite eft infupportable ; il négocie avec Cirey ; il s'avife de faire le politique. Il doit favoir qu'en pareil cas la politique eft
un crime. Il a paffé près d'un mois fans m'écrire ;
enfin, il a fait foupçonner qu'il me trahiffait. S'il veut
réparer tout cela par un écrit plein de tendreffe et de
force dans le Pour et Contre, à la bonne heure ; mais
qu'il ne s'avife pas de parler du Préfervatif ; on ne lui
demande pas fon avis ; et s'il parle de moi, il faut
qu'il en parle avec reconnaiffance, attachement, eftime,
ou qu'il fe taife, et furtout qu'il ne commette point
madame *du Châtelet*. Qu'il imprime ou non cette
lettre dans le Pour et Contre, il eft effentiel qu'il m'envoye un mot conçu à peu-près en ces termes : ,, Le
,, fieur *T*., ayant lu un libelle intitulé la Voltairomanie,
,, dans lequel on avance qu'il défavoue M. de *V*.,
,, et dans lequel on trouve un tiffu de calomnies
,, atroces, eft obligé de déclarer fur fon honneur que
,, tout ce qui y eft avancé fur le compte de M. de *V*.
,, et fur le fien eft la plus puniffable impofture, qu'il
,, a été témoin oculaire de tout le contraire pendant
,, vingt-cinq ans, et qu'il rend ce témoignage à
,, l'eftime, à l'amitié et à la reconnaiffance qu'il doit
,, à . . . . fait à . . *Thiriot*. ,,

S'il refufe cela, indigne de vivre ; s'il le fait, je
pardonne. Je vous prie de recommander à mon neveu
de faire un bon procès verbal, fi faire fe peut. Cela

peut fervir et ne peut me nuire ; cela tient le crime en refpect, prévient la ripofte, finit tout.

Ah, ma tragédie, ma tragédie, quand te commen-cerai-je !

Pardon de tant de mifères, mais il y va du bonheur de ma vie et d'une vie qui vous eft dévouée. Mon ange, *eripe me à fece ;* je n'ai recours qu'à vous.

LETTRE LXXIII.

A M. LE COMTE D'ARGENTAL.

27 janvier.

JE vous envoie, mon cher ange gardien qui *liberas nos à malo*, la correction pour l'épître fur l'Envie. Je vous facrifie le plus plaifant de tous mes vers :

Tout fuit jufqu'aux enfans, et l'on fait trop pourquoi.

Je ne fuis pas né fort plaifant, et ce vers me fefait rire quelquefois ; mais qu'il périffe, puifque vous ne croyez pas que je puiffe rendre, comme dit *Rabelais*, *fèves pour pois et pain blanc pour fouace.*

L'endroit du charlatan eft un peu lourd chez notre cher d'*Olivet*, et fon petit *Scazon eft horridus.* Figurez-vous ce que c'eft qu'une indigeftion de *Cerbère*, et c'eft du réfultat de cette indigeftion qu'on a formé le cœur de *Desfontaines.*

On me mande que ce monftre eft par-tout en exécration, et cependant, quoi qu'en dife d'*Olivet*, le traître a des amis. M. de *Lezonet* m'écrit qu'il veut faire un accommodement entre *Desfontaines* et moi,

et les jéfuites auffi. Hélas! qu'ai-je fait à M. de ——
Lezonet pour me propofer quelque chofe de fi infame? 1739.
Il a lu, je le fais, fa Voltairomanie chez M. de
Locmaria, en préfence de MM. de *la Chevaleraye*,
Algarotti, l'abbé *Prévoft*. J'ai écrit à M. de *Locmaria*,
et je n'ai point eu de réponfe. Il y a encore un
avocat du confeil qui eft fon confident, mais j'ai
oublié fon nom.

Ce que je n'oublie pas, c'eft vos bontés. Cet ardent
chevalier de *Mouhi* a vîte imprimé mon Mémoire,
quitte à le fupprimer; il faudra que j'en paye les
frais. Je me confole fi on me fait quelque réparation.

Je voulais faire imprimer ce Mémoire avec les
épîtres, au commencement de l'hiftoire du fiècle de
Louis XIV, &c. Il y a près d'un mois que *Thiriot* ou
l'abbé d'*Olivet* avaient dû vous remettre ce commencement d'hiftoire, mais *Thiriot* ne fe preffe pas
de remplir fes devoirs. Je fuis, je vous l'avoue, très-
affligé de fa conduite. Il devait affurément prendre
l'occafion du libelle de *Desfontaines* pour réparer, par
les démonftrations d'amitié les plus courageufes, tous
les tours qu'il m'a joués, et que je lui ai pardonnés
avec une bonté que vous pouvez appeler faibleffe.
Non-feulement il avait mangé tout l'argent des foufcriptions qu'il avait en dépôt, non-feulement j'avais
payé du mien et rembourfé tous les foufcripteurs petit
à petit; mais il me laiffait tranquillement accufer
d'infidélité fur cet article, et il jouiffait du fruit de fa
lâcheté et de mon filence. Le comble à cette infame
conduite eft d'avoir ménagé *Desfontaines*, dont il avait
été outragé et qu'il craignait, afin de me laiffer accabler, moi qu'il ne craignait pas. Ce que j'ai éprouvé

des hommes me met au défefpoir, et j'en ai pleuré vingt fois, même en préfence de celle qui doit arrêter toutes mes larmes. Mais enfin, mon refpectable ami, vous qui me raccommodez avec la nature humaine, je cède au confeil fage que vous me donnez fur *Thiriot*. Il faut ne me plaindre qu'à vous, lui retirer infenfiblement ma confiance, et ne jamais rompre avec éclat.

Mais, mon cher ami, qu'y a-t-il donc encore dans ce morceau de Rome, et dans le commencement de cet Effai qui ne foit pas plus mefuré mille fois que Fra-Paolo, que le Traité du droit eccléfiaftique, que Mézerai, que tant d'autres écrits? S'il y a encore quelques amputations à faire, vous n'avez qu'à dire: ce morceau-là a déjà été bien tailladé, et le fera encore quand vous voudrez.

Je ne perds pas Zulime de vue, et mon refpectable et judicieux confeil aura bientôt les écrits de fon client.

Emilie vous regarde toujours comme notre fauveur.

LETTRE LXXIV.

A M. HELVETIUS.

A Cirey, ce 28 janvier.

MON cher ami, tandis que vous faites tant d'honneur aux belles-lettres, il faut auffi que vous leur faffiez du bien; permettez-moi de recommander à vos bontés un jeune homme d'une bonne famille, d'une grande efpérance, très-bien né, capable d'attachement et de la plus tendre reconnaiffance, qui eft plein d'ardeur pour la poëfie et pour les fciences, et à qui il ne manque peut-être que de vous connaître pour être heureux. Il eft fils d'un homme que des affaires où d'autres s'enrichiffent, ont ruiné; il fe nomme d'*Arnaud*; beaucoup de mérite et de malheur font fa recommandation auprès d'un cœur comme le vôtre; fi vous pouviez lui procurer quelque petite place, foit par vous, foit par M. de *la Poplinière*, vous le mettriez en état de cultiver fes talens, et vous rempliriez votre vocation qui eft de faire du bien. Vous m'en faites à moi, car vous avez réchauffé un ami tiède; jamais votre illuftre père n'a fait de fi belle cure.

Je lui ai envoyé un autre Mémoire, où je facrifie enfin le littéraire au perfonnel; mais M. d'*Argental* penfe que c'eft une néceffité, vous le penfez auffi, et je me rends. Ma préfence ferait néceffaire à Paris, mais je ne peux quitter mes amis pour mes propres affaires. Madame *du Châtelet* vous fait bien des complimens; on ne peut avoir plus d'eftime et d'amitié qu'elle en a pour vous. Nous attendons de vous des chofes qui feront l'agrément de notre retraite, et qui nous confoleront, fi cela fe peut, de votre abfence.

Je vous embraffe avec les tranfports les plus vifs d'amitié, d'eftime et de reconnaiffance.

LETTRE LXXV.

A M. LE COMTE D'ARGENTAL.

A Cirey, 5 février.

Mon refpectable ami, je rougis, mais il faut que je vous importune. Les lettres fe croifent, on prend des partis que l'événement imprévu fait changer ; on donne un ordre à Paris, il eft mal exécuté; on ne s'entend point, tout fe confond. Deux jours de ma préfence mettraient tout en règle ; mais enfin je fuis à Cirey. *Te rogamus, audi nos.*

Premièrement, vous faurez que M. *Deniau*, bâtonnier des avocats, a fait courir des billets dans tous les bancs des avocats, et eft prêt de donner une efpèce de certificat par lettres, qu'aucun avocat n'eft affez lâche et affez coquin pour avoir fait un tel libelle. Je vous prie de faire encourager ce M. *Deniau*.

2°. J'infifte fortement fur le commencement d'un procès criminel, qu'on pourfuivra fi on a beau jeu. Qu'on n'intente d'abord que contre les diftributeurs. J'ai des preuves affez fortes pour le commencer. Je ne crains rien d'aucune récrimination. On pourrait fous main réveiller l'affaire des Lettres philofophiques, mais il n'y a nulle preuve ; et fi *Thiriot*, qui connaît un fubftitut du procureur général, veut faire une procédure en l'air par *Balot*, le décret fera purgé en quinze jours.

3°. Indépendamment de tout cela, j'ai donc envoyé mon Mémoire manufcrit à monfieur le chancelier; je

lui

lui fais préfenter , et le placet figné par cinq gens de
lettres, et celui de mon neveu, et la lettre de madame
de *Bernières*.

4°. Comme il faut fe fervir de tous les moyens
qui peuvent s'entr'aider fans pouvoir s'entre-nuire , fi
monfieur le premier préfident pouvait , fur la requête
à lui préfentée, et fur le certificat du bâtonnier, faire
brûler le libelle , ce ferait une chofe bien favorable.

5°. Je ne fais fi je dois faire paraître mon Mémoire
ou ifolé ou accompagné de quelques ouvrages fugi-
tifs , mais je crois qu'il faut qu'il paraiffe ; car je ne
peux fortir de ce principe , que fi l'on doit laiffer
tomber les injures, il faut relever les faits. Je voudrais
le mettre à la fuite de la préface et du premier chapitre de l'hiftoire de *Louis XIV*, fi cet ouvrage vous
paraît fage. J'y ajouterais les épîtres bien corrigées, une
lettre à M. de *Maupertuis* , une differtation fur les
journaux ; je tâcherais que le recueil fe fît lire.

6°. Ce que j'ai infiniment à cœur, c'eft le défaveu
le plus authentique et le plus favorable de la part de
Saint-Hyacinthe ; je crois qu'il ne fera pas difficile
à obtenir.

7°. Madame *du Châtelet* vous prie très-inflamment
de parler ferme à *Thiriot*. Votre douceur et votre
bonté le gâtent. Il s'imagine que vous l'approuvez , et
il a l'infolence d'écrire qu'il n'a rien fait que de
votre aveu. Comptez que c'eft une ame de boue, et
que vous la tournerez en preffant fort. Madame *du*
Châtelet ne lui pardonnera jamais d'avoir fait courir
cette malheureufe lettre *oftenfible* qu'elle n'avait jamais
demandée, lettre ridicule en tout point, dans laquelle il
dit qu'il ne fe fouvient pas *du temps où l'abbé Desfontaines*

—————— *lui montra le libelle ancien intitulé Apologie.* Il devait
1739. pourtant fe fouvenir que c'était en 1725, et qu'il me
l'avait écrit vingt fois dans les termes les plus forts.

Ce n'eft pas tout, il fait entendre que j'ai part au
Préfervatif, il fait le petit médiateur, le petit miniftre,
lui qui, m'ayant tant d'obligations, et attaché par
mes bienfaits et par fes fautes, aurait dû s'élever
contre *Desfontaines* avec plus de force que moi-
même. Il garde avec moi le filence; on lui écrit
vingt lettres de Cirey, point de réponfe; on lui
demande fi, felon fa louable coutume d'envoyer au
prince de Pruffe tout ce qui fe fait contre moi, il
ne lui a point envoyé le Mémoire, il ne répond rien;
enfin, il mande qu'il a envoyé au Prince fa belle lettre
à madame *du Châtelet.* Je vous avoue que ce procédé
lâche m'eft plus fenfible que celui de *Desfontaines.*
Encore une fois, madame *du Châtelet* vous demande en
grâce de repréfenter à *Thiriot* fes torts; car, après tout,
il peut fervir dans cette affaire. Nous le connaiffons
bien; fi on lui laiffe entendre qu'il a raifon, il demeurera dans fon indolence; fi on le convainc de fes
fautes, il les réparera, et furement il fera ce que vous
voudrez; mais, encore une fois, nous vous fupplions
de lui parler ferme.

Je fuis bien affurément de cet avis; nous n'avons
de recours qu'en vous, mon cher ami; donnez-nous
vos confeils comme à *Thiriot.* J'efpère que votre amitié
m'épargnera une féparation qui me coûterait bien
des larmes. Rangez *Thiriot* à fon devoir, aimez-nous
toujours, et épargnez-nous le chagrin de nous quitter;
votre amitié peut tout.

LETTRE LXXVI.

A M. LE COMTE D'ARGENTAL.

6 février.

PARDON de tant d'importunités. Je reçois votre lettre, mon respectable ami. Vous me liez les mains. Je suspends les procédures, je ne veux rien faire sans vos conseils ; mais souffrez au moins que je sois toujours à portée de suivre ce procès. En quoi peut me nuire une plainte contre les distributeurs du libelle, par laquelle on pourra, quand on voudra, remonter à la source? Tout sera suspendu.

Mon généreux ami, il est certain qu'il me faut une réparation, ou que je meure déshonoré. Il s'agit de faits ; il s'agit des plus horribles impostures. Vous ne savez pas à quel point l'abbé *Desfontaines* est l'oracle des provinces.

On me crie à Paris que mon ennemi est méprisé, et moi je vois que ses observations se vendent mieux qu'aucun livre. Mon silence le désespère, dites-vous : ah, que vous êtes loin de le connaître! il prendra mon silence pour un aveu de sa supériorité, et, encore une fois, je resterai flétri par le plus méprisable des hommes, sans en pouvoir tirer la moindre vengeance, sans me justifier. Je suis bien loin de demander le certificat de madame de *Bernières*, pour en faire usage en justice ; mais je voulais l'avoir par devers moi, comme j'en ai déjà sept ou huit autres, pour avoir en

M 2

—— main de quoi oppofer à tant de calomnies, un jour à venir.

J'efpère furtout avoir un défaveu authentique au nom des avocats. Le bâtonnier l'a promis. La lettre de madame de *Bernières* me fervira de certificat, et je la ferai lire à tous les honnêtes gens. A l'égard de mon Mémoire, je le refondrai encore, je le ferai imprimer dans un recueil intéreffant de pièces de profe et de vers dans lequel feront les épîtres que je crois enfin corrigées felon votre goût.

De grâce, ne me citez point M. de *Fontenelle*. Il n'a jamais été attaqué comme moi, et il s'eft affez bien vengé de *Rouffeau* en follicitant plus que perfonne contre lui.

Encore une fois, j'arrête mon procès; mais en le pourfuivant qu'ai-je à craindre? Quand il ferait prouvé que j'ai reproché à l'abbé *Desfontaines* des crimes pour lefquels il a été repris de juftice, n'eft-il pas de droit que c'eft une chofe permife, furtout quand ce reproche eft néceffaire à la réputation de l'offenfé? Je lui reproche, quoi? des libelles; il a été condamné pour en avoir fait. Je lui reproche fon ingratitude. Je ne l'ai point calomnié; je prouve, papiers en main, tout ce que j'avance. J'ai fait confulter des avocats, ils font de mon avis; mais enfin tout cède au vôtre. Je ne veux me conduire que par vos ordres.

A l'égard de *Saint - Hyacinthe*, je veux réparation; je ne fouffrirai pas tant d'outrages à la fois. Où eft donc la difficulté qu'on exige un défaveu d'un coquin tel que lui? Pourrait-on dire que cela n'eft rien? Je fuis donc un homme bien méprifable, je fuis donc dans un état bien humiliant, s'il faut qu'on ne me confidère que comme un bouffon du public, qui doit, déshonoré ou non, amufer le monde à bon compte, et fe montrer fur le théâtre avec fes bleffures. La mort eft préférable à un état fi ignominieux. Voilà une récompenfe bien horrible de tant de travail! et cependant *Desfontaines* jouira tranquillement du privilége de médire; et on infultera à ma douleur. Au nom de Dieu, que j'obtienne quelque fatisfaction. Ne pourrais-je pas du moins obtenir qu'on brûlât le libelle? Ne pourrai-je pas préfenter ma requête contre *Chaubert*, et obtenir qu'en attendant des preuves, juftice foit faite de ce libelle infame fans nom d'auteur?

Je vous réitère mes inftantes prières fur *Saint-Hyacinthe*, fi vous voulez que je refte en France.

Je fuis honteux de vous faire voir tant de douleur, et défefpéré de vous donner tant de foins; mais vous me tenez lieu de tout à Paris.

J'ai encore affez de liberté dans l'efprit pour corriger *Zulime*, puifqu'elle vous plaît. J'attends vos ordres. J'ai quelque chofe de beau dans la tête; mais j'ai befoin de tranquillité, et mes ennemis me l'ôtent.

LETTRE LXXVII.

A M. LE COMTE D'ARGENTAL.

12 février.

Au nom de Dieu, mon respectable, mon cher
ami, rendez-moi à mes études, à *Emilie* et à Zulime.
J'ai le cœur pénétré de douleur. *Desfontaines* m'a
prévenu, et a obtenu du lieutenant criminel permis-
fion d'informer contre moi ; il m'a dénoncé comme
auteur de l'Epître à *Uranie* et des Lettres philofophiques ; il a écrit au cardinal ; il remue ciel et terre ;
et moi je n'ai pas feulement la lettre de madame de
Bernières ni celle de M. *du Lyon*, qui prouveraient au
moins fon ingratitude, et qui difpoferaient le public
et les magiftrats en ma faveur : et j'apprends, pour
comble de malheur et d'humiliation, que le procureur
du roi, auquel il s'eft adreffé, eft mon ennemi déclaré,
et cherche par-tout de quoi me perdre. Quelle protection puis-je avoir auprès de lui ? Hélas ! faudrait-il de
la protection contre un *Desfontaines* ?

J'ai fufpendu mes procédures, puifque vous me
l'avez ordonné, mais j'ai bien peur d'être obligé de
me voir mis en juftice par le fcélérat même qui me
perfécute et que j'épargne.

Saint-Hyacinthe m'a donné un défaveu dont je ne
fuis pas encore content. Engagez, je vous en conjure,
par un mot de lettre, le chevalier d'*Aidie* à arracher
de lui le défaveu le plus authentique. Je demande
auffi à mademoifelle *Quinault* un certificat des comédiens qui détruife la calomnie de *Saint-Hyacinthe*

rapportée dans le libelle de *Desfontaines*. Tout cela eſt important à mon honneur.

Je ſonge que l'abbé *Desfontaines*, qui a toute l'activité des ſcélérats et toute la chicane des Normands, a fait entendre à M. *Hérault* que ma lettre rapportée dans le Préſervatif, eſt un libelle. M. *Hérault* ne ſongera peut-être pas que c'eſt au contraire une très-juſte plainte contre un libelle.

Je n'ai point le temps de vous parler de Zulime. Je ſuis tout entier à mon affaire; j'ai le cœur percé. Quelle récompenſe! Quoi! ne pouvoir obtenir juſtice d'un *Desfontaines! Regnum meum non eſt hinc.*

Enfin, je n'ai d'eſpérance qu'en vous, mon cher ange gardien; *ſub umbrâ alarum tuarum.*

LETTRE LXXVIII.

A M. THIRIOT.

A Cirey, le 12 février.

M. de *Maupertuis* m'envoie aujourd'hui de Baſle votre lettre que vous lui aviez donnée. Apparemment que, voyant à Cirey la douleur exceſſive et l'indignation de madame *du Châtelet*, jointe à l'effet que feſait la lettre de madame de *Bernières*, il n'oſa donner la vôtre; cependant elle m'aurait fait grand plaiſir, et ſachant alors de quoi il était queſtion, je vous aurais empêché de faire la malheureuſe démarche de rendre publique et d'envoyer au Prince royal cette lettre dont madame *du Châtelet* eſt ſi cruellement outrée.

M 4

Ce qui lui a fait plus de peine , c'eſt que vous avez cherché à faire valoir cette lettre qui la compromet. Vous avez voulu vous vanter auprès d'elle des ſuffrages de perſonnes qui , n'étant point au fait, ne pouvaient ſavoir ſi cette lettre était convenable.

Ne ſentiez-vous pas qu'elle n'était qu'une eſpèce de factum contre madame *du Châtelet ;* que vous eſſayez de perſuader que l'abbé *Desfontaines* ne vous avait point outragé ; que j'étais auteur du Préſervatif ; que vous ne vous reſſouveniez pas d'un fait important ? enfin, vous démentiez par ce malheureux écrit vos anciennes lettres , et certainement ceux que vous prétendez qui approuvaient cette lettre politique , n'avaient pas vu ces anciennes lettres ſincères où vous parliez ſi diffé- remment. Que diraient-ils , s'ils les avaient vues ? et pourquoi mettre madame *du Châtelet* dans la néceſſité douloureuſe de montrer, papier ſur table , que vous vous démentez vous-même pour l'outrager ? A quoi bon vous faire de gaieté de cœur une ennemie reſpec- table ? pourquoi me forcer à me jeter à ſes pieds pour l'apaiſer ? et comment l'apaiſer quand elle apprend que vous vous vantez d'avoir écrit A MADAME LA MARQUISE DU CHATELET *avec dignité*, et qu'enfin vous envoyez un factum contre elle au Prince ? A quoi me réduiſez-vous ? pourquoi me mettre ainſi en preſſe entre elle et vous ? Je me ſoucie bien de l'abbé *Desfontaines ;* voilà un plaiſant ſcélérat pour troubler mon repos ! Si vous ſaviez à quel point les hommes de Paris les plus reſpectables preſſent la ven- geance publique contre ce monſtre , vous ſeriez bien honteux d'avoir balancé, d'avoir cru des perſonnes qui vous ont inſpiré la neutralité et la *décence.* Non, l'abbé

Desfontaines n'eft rien pour moi ; mais j'avais le cœur
percé que mon ami de vingt-cinq ans, mon ami
outragé par ce monftre, ne fît pas au moins ce qu'a
fait madame de *Bernières*.

Il ne s'agit entre nous que de faits, et le fait eft
que vous avez alarmé tous mes amis. Madame de
Champbonin qui a beaucoup d'efprit, qui écrit mieux
que moi, et que vous connaiffez bien peu, madame
de *Champbonin* vous écrivit avec effufion de cœur, et
fans me confulter. M. *du Châtelet* vous écrivit à ma
prière au fujet des foufcriptions, non pas des foufcriptions dont vous diffipâtes l'argent, chofe que je
n'ai jamais dite à perfonne, et que madame *du Châtelet*
a avouée à un feul homme, dans fa douleur, mais
au fujet de quelques foufcriptions à rembourfer ; je
vous ai parlé fur cela affez à cœur ouvert. Jamais
en ma vie, encore une fois, je n'ai parlé à qui que
ce foit des foufcriptions mangées. Il ne s'agiffait que
de rembourfer une ou deux perfonnes que vous
pourriez rencontrer. Voyez que de mal-entendus ! et
tout cela pour avoir été un mois fans m'écrire, quand
tout le monde m'écrivait ; tout cela pour avoir fait le
politique quand il fallait être ami ; pour avoir mis
un art qui vous eft étranger où il ne fallait mettre
que votre naturel qui eft bon et vrai. Ne laiffez
point ainfi frelater votre cœur, et donnez-le-moi tel
qu'il eft.

Vous me parlez d'une difgrâce auprès du Prince,
que vous craignez que je ne vous attire. Eh, morbleu,
ne voyez-vous pas que je ne lui écris point fur tout
cela, parce que je ne fais que lui mander après votre
malheureufe lettre ? Encore une fois, et cent fois, vous

—— me mettez entre madame *du Châtelet* et vous. Si vous me difiez : Voici ce que j'ai écrit au Prince ; je faurais alors que lui mander ; mais vous me liez les mains.

Vous m'écrivez mille chofes vagues ; il faut des faits. Vous avez fait une faute prefque irréparable dans tout ceci. Vous auriez tout prévenu d'un feul mot. Vous vous feriez fait un honneur infini en vous joignant à mes amis, en parlant vous-même à monfieur le chancelier, en confirmant vos lettres qui dépofent le fait de l'Apologie de *Voltaire*, en 1725, en ne craignant point un coquin qui vous a infulté publiquement : voilà ce qu'il fallait faire. Il eft temps encore. Monfieur le chancelier décidera feul de tout cela. Mais que faut-il faire à préfent ? ce que M. *d'Argenfon* l'aîné ou le cadet, ce que madame de *Champbonin*, ce que M. *d'Argental* vous diront, ou plutôt ce que votre cœur vous dira. En un mot, il faut ne pas réduire votre ami à la néceffité de vous dire : Rendez-moi le fervice que des indifférens me rendent. Tout va très-bien, malgré les dénonciations contre les Lettres philofophiques et contre l'Epître à *Uranie*, par lefquelles *Desfontaines* a confommé fes crimes. J'aurai, je crois, juftice par monfieur le chancelier ; je l'ai déjà par le public. J'euffe été heureux fi vous aviez paru le premier ; mais je fuis confolé fi vous revenez de bonne foi, et fi vous reprenez votre véritable caractère.

Mon Mémoire eft infiniment approuvé ; mais je ne veux point qu'il paraiffe fitôt. Je ne ferai rien fans l'aveu de monfieur le chancelier, et fans les ordres fecrets de M. *d'Argenfon*.

LETTRE LXXIX.

A M. L'ABBÉ MOUSSINOT.

Cirey, février.

JE ne m'endors pas, mon cher abbé, fur les outrages d'un gueux .tel qu'un *Desfontaines*, et j'agis auffi vivement que fi j'étais à Paris. Il en eft de la juftice comme du ciel, *et violenti rapiunt illud.* Je ne vous parlerai donc de mon temporel que quand toute cette affaire, dont j'aurai certainement raifon, fera entièrement finie. Ne perdez donc pas un inftant. Dites et redites à mon neveu que cet abbé *Desfontaines* fe plaint en vain de la lettre qu'on a imprimée dans le Préfervatif; c'eft comme fi *Cartouche* fe plaignait qu'on l'eût accufé d'avoir volé. Voilà ce qu'il faut que mon neveu fache, et qu'il le repréfente fortement à monfieur le chancelier; n'en démordez pas.

Si madame de *Champbonin* a befoin d'argent, dites-lui que nous en avons à fon fervice, tout pauvres que nous fommes. Je compte toujours, mon cher abbé, fur l'activité de votre zèle; allez donc, courez, écrafez un monftre, fervez votre ami.

LETTRE LXXX.

A M. BERGER.

A Cirey, le 16 février.

JE vous supplie, Monsieur, sitôt la présente reçue, d'aller chez M. d'*Argental*. C'est l'ami le plus respectable et le plus tendre que j'aye jamais eu. Il fait toute ma consolation et toute mon espérance dans cette affaire, et sa vertu prend le parti de l'innocence contre l'homme le plus scélérat, le plus décrié, mais le plus dangereux qui soit dans Paris. Comme il n'a pas toujours le temps de m'écrire, et que j'ai un besoin pressant d'être instruit à temps, de peur de faire de fausses démarches, et que d'ailleurs il demeure trop loin de la grande poste, il pourra vous instruire des choses qu'il faudra que je sache. Il connaît votre probité; parlez-lui, écrivez-moi, et tout ira bien.

Il s'en faut bien que je sois content de *Saint-Hyacinthe*. Il n'a pas plus réparé l'infame outrage qu'il m'a fait, qu'il n'est l'auteur du Matanasius. N'avez-vous pas vu l'un et l'autre ouvrage? n'y reconnaissez-vous pas la différence des styles? C'est *Sallengre* et *s'Gravesende* qui ont fait le Matanasius; *Saint - Hyacinthe* n'y a fourni que la chanson. Il est bien loin, ce misérable, de faire de bonnes plaisanteries. Il a excroqué la réputation d'auteur de ce petit livre, comme il a volé madame *Lambert*. Infame escroc, et sot plagiaire, voilà l'histoire de ses mœurs et de son

efprit. Il a été moine, foldat, libraire, marchand de
café, et vit aujourd'hui du profit du biribi. Il y a
vingt ans qu'il écrit contre moi des libelles, et depuis
Oedipe il m'a toujours fuivi comme un roquet qui
aboie après un homme qui paffe fans le regarder. Je
ne lui ai jamais donné le moindre coup de fouet ;
mais enfin je fuis las de tant d'horreurs, et je me ferai
juftice d'une façon qui le mettra hors d'état d'écrire.

Si vous voulez prévenir les fuites funeftes d'une
affaire très-férieufe, parlez-lui de façon à obtenir
qu'il figne au moins un défaveu parlequel il protefte
qu'il ne m'a jamais eu en vue, et que ce qui eft rap-
porté dans l'abbé *Desfontaines* eft une calomnie horrible ; je ne l'ai jamais offenfé, je le défie de citer un
mot que j'aye jamais dit de lui. Faites-lui parler par
M. *Remond de Saint-Mard*. Il y a à Paris une madame
de *Champbonin*, qui demeure à l'hôtel de Modène ; c'eft
une femme ferviable, active, capable de tout faire
réuffir ; voudriez-vous l'aller trouver, et agir de concert ? Comptez fur moi, mon cher *Berger*, comme
fur votre meilleur ami.

LETTRE LXXXI.

A M. * *.

Sur le Mémoire de Desfontaines.

(Ecrite fous le nom de M. *Malicourt.*)

Février.

LE hafard m'a fait tomber entre les mains un des fcandales ridicules de ce fiècle : c'eft le Mémoire de *Guyot Desfontaines.* Je l'ai brûlé, en attendant mieux. Ce ferait bien la chofe la plus plaifante, fi ce n'était la plus révoltante, qu'un *Guyot Desfontaines* fe plaigne qu'on lui a dit des injures.

Quis tulerit Gracchos de feditione querentes ?

J'admire la modeftie de ce bon homme : il fe compare à *Defpréaux*, parce qu'il a fait un livre en vers et les Seconds voyages de *Gulliver*, et l'Hiftoire de Pologne, et des obfervations fur les écrits modernes; enfin, parce qu'il a écrit autant que l'abbé *Bordelin.* Il fe dit homme de qualité, parce qu'il a un frère auditeur des comptes à Rouen. Il s'intitule homme de bonnes mœurs, parce qu'il n'a été, dit-il, que peu de jours au châtelet et à bicêtre. Il dit qu'il va toujours avec un laquais, mais il n'articule point fi ce laquais hardi eft devant ou derrière, et ce n'eft pas le cas de prétendre qu'il n'importe guère.

Enfin, il pouffe l'effronterie jufqu'à dire qu'il a
des amis : c'eft attaquer cruellement l'efpèce humaine
à laquelle il a toujours joué de fi vilains tours. Il fe
défend d'avoir jamais reçu de l'argent pour dire du
bien ou du mal ; et moi je fais de fcience certaine qu'il a
reçu une tabatière de trois louis du fieur *Lavau*, pour
loüer un petit poëme peu louable que ce *Lavau* avait
malheureufement mis en lumière ; et ce *Lavau* me
l'a dit en préfence de quatre perfonnes. Qui ne fait
d'ailleurs que dans fon bureau de médifance on
vendait l'éloge et la fatire à tant la phrafe. Enfin,
Desfontaines, pour avoir le plaifir de dire des chofes
uniques, loue l'abbé *Desfontaines* et la traduction de
Virgile ; fur quoi il faudrait le renvoyer à cette petite
épigramme qui a couru (et qui eft, dit-on, d'un
homme très-célèbre), d'un aigle qui s'eft amufé à
donner des coups de bec à un hibou :

1739.

> Pour Corydon et pour Virgile
> Il fit des efforts affidus ;
> Je ne fais s'il eft fort habile :
> Il les a tous deux corrompus.

Il faudrait encore qu'il fe fouvînt de cette infcription pour mettre au bas de fon effigie ; elle eft de
Piron, qui réuffit mieux en infcriptions qu'en tragédies.

> Il fut auteur, et fodomite, et prêtre,
> De ridicule et d'opprobre chargé.
> Au châtelet, au Parnaffe, à bicêtre
> Bien feffé fut, et jamais corrigé.

Il prétend qu'il fe raccommodera avec le chancelier : cela fera long. Mais comment fe raccommodera-t-il avec le public dont il eft le mépris et l'exécration ? Il doit bien fervir d'exemple aux petits efprits qui ont un vilain cœur. Adieu.

MALICOURT.

LETTRE LXXXII.

A M. HELVETIUS.

Ce 19 février.

Mon cher ami, fi vous faites des lettres métaphyfiques, vous faites auffi de belles actions de morale. Madame *du Châtelet* vous regarde comme quelqu'un qui fera bien de l'honneur à l'humanité, fi vous allez de ce train-là. Je fuis pénétré de reconnaiffance et enchanté de vous. Il eft bien trifte que les miférables libelles viennent troubler le repos de ma vie et le cours de mes études. Je fuis au défefpoir, mais c'eft de perdre trois ou quatre jours de ma vie ; je les aurais confacrés à apprendre et peut-être à faire des chofes utiles.

L'auteur du Préfervatif (*), piqué dès long-temps contre *Desfontaines*, a fait imprimer plufieurs chofes que j'ai écrites il y a plus d'un an à diverfes perfonnes, encore une fois, j'en ai la preuve démonftrative ; et

(*) Le chevalier de *Mouhy* l'avait publié fous fon nom.

fur

fur cela ce monftre vomit ce que la calomnie a de
plus noir ;

> Et là-deffus on voit Oronte qui murmure,
> Qui tâche fourdement d'appuyer cette injure,
> Lui qui d'un honnête homme ofe chercher le rang ;
> Tête-bleu, ce me font de mortelles bleffures
> De voir qu'avec le vice on garde des mefures.

Mais je ne veux pas me fâcher contre les hommes ;
et tant qu'il y aura des cœurs comme le vôtre, comme
celui de M. d'*Argental*, de madame *du Châtelet*, j'imi-
terai le bon DIEU qui allait pardonner à Sodôme
en faveur de quelques juftes ; je fuis prefque tenté
de pardonner à un fodomite en votre faveur. A
propos de cœurs juftes et tendres, je me flatte que
mon ancien ami *Thiriot* eft du nombre ; il a un peu
une ame de cire, mais le cachet de l'amitié y eft fi
bien gravé, que je ne crains rien des autres impreffions, et d'ailleurs vous le remouleriez.

Adieu ; je vous embraffe tendrement, et je vous
quitte pour travailler.

Non, je ne vous quitte pas, madame *du Châtelet*
reçoit votre charmante lettre. Pour réponfe, je vous
envoie le Mémoire corrigé ; il eft indifpenfablement
néceffaire ; la calomnie laiffe toujours des cicatrices
quand on n'écrafe pas le fcorpion fur la plaie. Laiffez-
moi la lettre au père de *Tournemine*. Il la faut plus courte,
mais il faut qu'elle paraiffe ; vous ne favez pas l'état
où je fuis. Il n'eft pas queftion ici d'une intrépidité
anglaife, je fuis français et français perfécuté. Je veux
vivre et mourir dans ma patrie avec mes amis, et je

jetterai plutôt dans le feu les Lettres philofophiques que de faire encore un voyage à Amſterdam, au mois de janvier, avec un flux de fang, dans l'incertitude de retourner auprès de mes amis. Il faut, une bonne fois pour toutes, me procurer du repos, et mes amis devraient me forcer à tenir cette conduite, ſi je m'en écartais; *primùm vivere*.

Comptez, belle ame, efprit charmant, comptez que c'eſt en partie pour vivre avec vous que je facrifie à la bienféance. Je vous embraſſe avec tranſport, et fuis à vous pour jamais. Envoyez fur le champ, je vous en prie, mémoire et lettre à M. d'*Argental*; ranimez le tiède *Thiriot* du beau feu que vous avez; qu'il foit ferme, ardent, imperturbable dans l'amitié, et qu'il ne fe mêle jamais de faire le politique, et de négocier quand il faut combattre. Adieu, encore une fois.

LETTRE LXXXIII.

A M. LE COMTE D'ARGENTAL.

Ce 20 février.

CHER ange, voici une troiſième fournée : j'ai prefque prévenu ou fuivi tous vos avis; je vous demande en grâce de fouffrir le Mémoire à peu-près tel qu'il eſt; je n'ai plus de temps; je fuis au défefpoir de le confumer à ces horreurs néceſſaires. Au nom de Dieu, préfentez-le bien tranfcrit à monſieur l'avocat général; je vais en envoyer un double à M. de *Frefne*, un à M. d'*Argenſon*, un à M. de *Maurepas*, un à

Thiriot, même à M. *Hérault*. S'il y a quelque chofe — à corriger pour l'impreffion , je le corrigerai.

La lettre au père *Tournemine* eft effentielle. *Helvétius* raifonne en jeune philofophe hardi, qui n'a point tâté du malheur , et moi en homme qui ai tout à craindre. Les efprits forts me protégeront à fouper, mais les dévots me feront brûler.

Mon cher et refpectable ami , faites faire des copies du Mémoire. Je vous en conjure , n'épargnez aucun frais, l'abbé *Mouffinot* a l'argent tout prêt, mon neveu eft à vos ordres. Trouvez-vous des longueurs ? élaguez , difpofez ; mais préfenter le Mémoire eft une chofe indifpenfable.

Que j'ai d'envie de me mettre tout de bon à ma tragédie, et de noyer dans les larmes du parterre le fouvenir des crimes de *Desfontaines!* Faites un peu fentir à monfieur l'avocat général l'allégorie de *Pluton* et *du juge Sizame* , et *du procureur général des enfers*.

> Adieu ; je baife vos deux ailes ,
> Et me mets à l'ombre d'icelles.

LETTRE LXXXIV.

A M. DE CIDEVILLE.

25 février.

Mon cher ami, eh quoi, malgré votre fageffe , vous tâtez auffi de l'amertume de cette vie ! Ne pourrai-je verfer une goutte de miel dans ce calice ? Nous fommes bien éloignés, mais l'amitié rapproche tout.

M. de *Lezeau* me doit environ mille écus, accommo-
dez-vous-en sans façon; je vous ferai le transport;
envoyez-moi le modèle. Si j'avais plus, je vous offrirais
plus.

Mérope est trop heureuse. Puisse-t-elle vous amuser!
J'aime mieux qu'un ami en ait les prémices, que de les
donner au parterre.

Je suis accablé de maladies, de calomnies, de
chagrins; mais enfin je vis dans le sein de l'amitié,
loin des hommes cruels, envieux et trompeurs.
Cideville, mon cher *Cideville* m'aime toujours; je
suis consolé.

Pardon de vous dire si peu de choses; mon cœur
est plein, et je voudrais le répandre avec vous; je
voudrais passer un jour entier à vous écrire, mais
les affaires, les travaux m'emportent; je n'ai pas un
moment; et l'homme du monde qui vous aime le
mieux est celui qui vous écrit le moins. L'adorable
Emilie vous fait mille complimens.

LETTRE LXXXV.

A M. L'ABBÉ MOUSSINOT.

Cirey, février.

M. de *Maurepas* m'écrit, M. d'*Argenson* m'écrit,
M. l'avocat général, fils de M. d'*Aguesseau*, m'écrit
et s'intéresse pour moi auprès de son père; ce père,
monsieur le chancelier, a déjà commencé d'agir. Ils
me protégent tous ouvertement; ils prétendent qu'il
faut assigner *Guyot Desfontaines* au tribunal de la
commission de M. *Hérault*. J'ai répondu qu'en mon

particulier je ne fouhaitais qu'un défaveu, mais en même temps qu'il fallait que fon défaveu fût auffi authentique que fes calomnies ; que je n'empêchais pas qu'une requête, fignée de plufieurs gens de lettres, fût préfentée juridiquement ; que, fur cette requête, M. *Hérault* déploierait fa juftice, foit comme lieutenant général de police, foit comme chef de la commiffion de l'arfenal.

Le tribunal de M. *Hérault* m'eft plus avantageux que celui du châtelet : il eft plus expéditif ; il n'y a point d'appel ; il n'y aura point de factums ; je n'y aurai point à craindre de dénonciation étrangère au fujet ; il n'y a aucune preuve contre moi, et les preuves fourmillent contre *Desfontaines*, appuyées de l'horreur publique.

Raffurez, je vous prie, M. d'*Argental* fur cette récrimination dont il a peur et que je ne crains pas ; repréfentez-lui auffi bien fortement qu'on ne peut ni qu'on ne doit agir par lettre de cachet, voie toujours infiniment odieufe, et que moi-même je détefte. Je fortirai certainement victorieux de cet odieux combat ; mais, pour cela, j'ai befoin de votre zèle et de celui de tous mes amis.

LETTRE LXXXVI.

A M. HELVETIUS.

A Cirey, 25 février.

Mon cher ami, l'ami des Mufes et de la vérité, votre épître eft pleine d'une hardieffe de raifon bien au-deffus de votre âge, et plus encore de nos lâches et timides écrivains qui riment pour leurs libraires, qui fe refferrent fous le compas d'un cenfeur royal envieux ou plus timide qu'eux. Miférables oifeaux à qui on rogne les ailes, qui veulent s'élever, et qui retombent en fe caffant les jambes! Vous avez un génie mâle, et votre ouvrage étincelle d'imagination. J'aime mieux quelques-unes de vos fublimes fautes que les médiocres beautés dont on nous veut affadir. Si vous me permettez de vous dire en général ce que je penfe pour les progrès qu'un fi bel art peut faire entre vos mains, je vous dirai : Craignez, en atteignant le grand, de fauter au gigantefque ; n'offrez que des images vraies, et fervez-vous toujours du mot propre. Voulez-vous une petite règle infaillible pour les vers, la voici. Quand une penfée eft jufte et noble, il n'y a encore rien de fait ; il faut voir fi la manière dont vous l'exprimez en vers ferait belle en profe ; et fi votre vers, dépouillé de la rime et de la céfure, vous paraît alors chargé d'un mot fuperflu ; s'il y a dans la conftruction le moindre défaut ; fi une conjonction eft oubliée ; enfin, fi le mot le plus propre

n'eſt pas employé, ou s'il n'eſt pas à ſa place, concluez
alors que l'or de cette penſée n'eſt pas bien enchâſſé.
Soyez ſûr que des vers qui auront l'un de ces défauts
ne ſe retiendront jamais par cœur, ne ſe feront point
relire; et il n'y a de bons vers que ceux qu'on relit
et qu'on retient malgré ſoi. Il y en a beaucoup de
cette eſpèce dans votre épître, tels que perſonne n'en
peut faire à votre âge, et tels qu'on en feſait il y a
cinquante ans. Ne craignez donc point d'honorer le
Parnaſſe de vos talens; ils vous honoreront ſans
doute, parce que vous ne négligerez jamais vos
devoirs; et puis voilà de plaiſans devoirs! Les fonc-
tions de votre état ne ſont-elles pas quelque choſe
de bien difficile pour une ame comme la vôtre? Cette
beſogne ſe fait comme on règle la dépenſe de ſa
maiſon et le livre de ſon maître d'hôtel. Quoi, pour
être fermier général, on n'aurait pas la liberté de
penſer! Eh, morbleu, *Atticus* était fermier général,
les chevaliers romains étaient fermiers généraux, et
penſaient en romains. Continuez donc, *Atticus.*

Je vous remercie tendrement de ce que vous avez
fait pour d'*Arnaud.* J'oſe vous recommander ce jeune
homme comme mon fils; il a du mérite, il eſt pauvre
et vertueux, il ſent tout ce que vous valez, il vous
ſera attaché toute ſa vie. Le plus beau partage de
l'humanité, c'eſt de pouvoir faire du bien; c'eſt ce
que vous ſavez et ce que vous pratiquez mieux que
moi. Madame *du Châtelet* vous remerciera des éloges
qu'elle mérite, et moi je paſſerai ma vie à me rendre
moins indigne de ceux que vous m'adreſſez. Pardon
de vous écrire en vile proſe, mais je n'ai pas un
inſtant à moi. Les jours ſont trop courts. Adieu;

quand pourrai-je en paffer quelques-uns avec vous! Buvez à ma fanté avec x x *Montigny*. Eft-il vrai que la Philofophie de *Newton* gagne un peu?

LETTRE LXXXVII.

A M. DE POUILLY.

A Cirey, 27 février.

Mon cher *Pouilly*, je n'ai aucun droit fur monfieur votre frère que celui de l'eftime que je ne puis lui refufer ; mais j'en ai peut-être fur vous, parce que je vous aime tendrement depuis vingt années.

Les affaires deviennent quelquefois plus férieufes et plus cruelles qu'on ne penfe. M. de *Saint-Hyacinthe* m'outrage depuis vingt ans, fans que jamais je lui en aye donné le moindre fujet, ni même que j'aye proféré la moindre plainte. Depuis la fatire qu'il fit contre moi au fujet d'Oedipe, il n'a ceffé de m'accabler d'injures dans le Journal littéraire et dans tous ceux où il a eu part. Etant à Londres, il publia une brochure contre moi. Je fais que tout cela eft ignoré du public ; mais un outrage fanglant imprimé à la fuite de la plaifanterie du Matanafius (que s'*Gravefende*, *Sallengre* et autres ont fait de concert, avec tant de fuccès), un outrage, dis-je, de cette nature, attribué au fieur de *Saint-Hyacinthe*, eft une injure d'autant plus cruelle qu'elle eft plus durable.

Encore une fois, je défie M. de *Saint-Hyacinthe* de citer un mot que j'aye jamais prononcé contre lui.

On m'a envoyé d'Hollande et d'Angleterre des
mémoires auffi terribles qu'authentiques, dont je n'ai
fait ni ne ferai aucun ufage. Pour peu que vous foyez
inftruit de fes procédés publics dans ces pays, vous
fentirez que j'ai en main ma vengeance. Les héritiers
de madame *Lambert* ne fe font pas tus, et j'ai des
lettres des perfonnes les plus refpectables et de la
plus haute confidération qui, après avoir affifté fouvent M. de *Saint-Hyacinthe*, l'ont reconnu et ont fait
fuccéder la plus violente indignation à leurs bontés.
J'oppofe donc, Monfieur, la plus longue et la plus
difcrète patience aux affronts les plus répétés et les
plus impardonnables. Malheureufement j'ai des
parens qui prennent cette affaire à cœur, et je ne
cherche qu'à prévenir un éclat ; c'eft dans ce principe
que je vous ai déjà écrit, et à monfieur votre frère, et
même à M. de *Saint-Hyacinthe*. Je n'ai point obtenu,
il s'en faut beaucoup, la fatisfaction néceffaire à un
honnête homme. Il eft bien étrange et bien cruel que
M. de *Saint-Hyacinthe* veuille partager l'opprobre et les
fureurs de l'abbé *Desfontaines* contre lequel la juftice
procède actuellement. Que lui coûterait-il de réparer
tant d'injuftices par un mot ? Je ne lui demande qu'un
défaveu. Je fuis content s'il dit qu'il ne m'a point
eu *en vue*, que tout ce qu'avance l'abbé *Desfontaines*
eft calomnieux, qu'il penfe de moi *tout le contraire de*
ce qui eft avancé dans le libelle en queftion ; en un mot,
je me tiens outragé de la manière la plus cruelle
par *Saint-Hyacinthe* que je n'ai jamais offenfé, et je
demande une jufte réparation. Je vous conjure,
Monfieur, de lui procurer comme à moi un repos
dont nous avons befoin l'un et l'autre. Je vous fupplie

inſtamment d'envoyer ma lettre à monſieur votre frère ; j'en vais faire une copie que j'enverrai à pluſieurs perſonnes, afin que, s'il arrivait un malheur que je veux prévenir, on rende juſtice à ma conduite, et que rien ne puiſſe m'être imputé.

Je connais trop, mon cher ami, la bonté et la généroſité de votre cœur, pour ne pas compter que vous ferez finir une affaire qui peut-être perdra deux hommes dont l'un a ſubſiſté quelque temps de vos bienfaits, et dont l'autre vous eſt attaché par tant d'amitié. Je ſuis, &c.

LETTRE LXXXVIII.

A M. THIRIOT.

Le 28 février.

JE compte recevoir bientôt les livres pour madame *du Châtelet*, et celui que M. le prince *Cantimir* veut bien me prêter. Je vous renverrai exactement les Epîtres de *Pope*, le s'Gravesende de la bibliothéque du roi, la petite bague que madame *du Châtelet* a voulu garder quelque temps, et je ſouhaite qu'elle vous rappelle le ſouvenir d'un ancien ami qui vous a toujours aimé.

Si vous ſavez à Paris des choſes que j'ignore, j'en ſais peut-être à Cirey qui vous ſont encore inconnues. Eclairciſſez - les, et voyez ſi je ſuis bien informé. Il y a environ douze jours que *Desfontaines* rencontra *Jore* dans un café borgne, et qu'il l'excita à vous faire un procès ſur une prétendue dette. Il

lui donna le projet d'un factum contre vous, dont
ce procès ferait le prétexte. Huit pages entières
contenaient ce projet de factum. Ils riaient en le
lifant, et mon nom, comme vous croyez bien, n'y
était pas épargné. Ils nommèrent le procureur qui
devait agir contre vous. Depuis ce temps *Jore* a revu
deux fois *Desfontaines*, et probablement vous avez
reçu une affignation devant le lieutenant civil. Je
n'en fais pas davantage; c'eft à vous à m'apprendre
la fuite de cette affaire. *Desfontaines*, qui n'eft capable
que de crimes, fe fervit, il y a quelques années,
contre moi d'un auffi lâche artifice, et *Jore* eut
l'impudence de dire à M. d'*Argental* : ,, Je fais bien
,, que M. de *Voltaire* ne me doit rien; mais j'aurai
,, le plaifir de regagner, par un factum contre lui,
,, l'argent qu'il devait me faire gagner d'ailleurs. ,,
M. d'*Argental* me confeilla de n'être pas affez faible
pour acheter le filence d'un fcélérat, et je vous
confeille aujourd'hui la même chofe. Il y a trop de
honte à céder aux méchans.

Vous n'êtes point furpris, fans doute, de la conduite
de *Desfontaines*, et vous devez vous apercevoir
qu'on ne peut réprimer fes iniquités que par l'autorité. Tous vos ménagemens n'ont jamais fervi
qu'à nourrir fes poifons et fon infolence. Vous
favez que depuis douze ans il a mis au nombre de
fes perfidies celle de vouloir nous divifer; et ce qu'il
y a eu d'horrible, c'eft qu'il a réuffi à le faire croire à
quelques perfonnes, et prefque à me le faire craindre.

Je comptais vivre heureux. L'amitié inaltérable
de la femme du monde la plus refpectable et la plus
éclairée, m'affurait mon bonheur à Cirey; et la

fureté d'avoir en vous un ami intime à Paris, un correfpondant fait pour mon efprit et pour mon cœur, me confolait de la rage de l'envie et des taches dont l'impofture noircit toujours les talens. J'avoue que j'eus le cœur percé quand vous me mandâtes que les injures infames dont l'abbé *Desfontaines* vous avait autrefois harcelé, n'étaient pas de lui ; moi qui fais auffi-bien que vous qu'il en était l'auteur, je fus au défefpoir de voir que vous ménagiez ce monftre. Je fus d'ailleurs qu'il vous avait montré fes mauvaifes remarques contre l'abbé d'*Olivet*, et que vous l'aviez propofé à *Algarotti* pour traduire le Newtonifme des dames. Vous voilà bien payé. Vous auriez bien dû fentir qu'il y a certaines ames féroces, incapables du moindre bien, et dont il faut s'éloigner pour jamais avec horreur ; mais auffi il y en a d'autres qui méritent un attachement fans variation et fans faibleffe.

Je vous prie de me mander comment vous vous portez, et de compter toujours fur des fentimens inébranlables de ma part. Le même caractère qui m'a rendu inflexible pour les cœurs mal faits, me rend tendre pour les ames fenfibles auxquelles il ne manque qu'un peu de fermeté.

Avez-vous enfin donné le commencement de mon effai à M. d'*Argental* ?

Qu'eft-ce que Mahomet (*) ? *Quid novi* ?

(*) Mahomet II, tragédie de *la Noue*.

LETTRE LXXXIX.

A M. LE MARQUIS D'ARGENSON.

A Cirey, 7 mars.

QUE direz-vous de moi, Monfieur? Vous me faites fentir vos bontés de la manière la plus bien-fefante ; vous ne femblez me laiffer de fentimens que ceux de la reconnaiffance, et il faut avec cela que je vous importune encore. Non, ne me croyez pas affez hardi ; mais voici le fait. Un grand garçon bien fait, aimant les vers, ayant de l'efprit, ne fachant que faire, s'avife de fe faire préfenter, je ne fais comment, à Cirey. Il m'entend parler de vous comme de mon ange gardien. Oh, oh, dit-il, s'il vous fait du bien, il m'en fera donc : écrivez-lui en ma faveur. — Mais, Monfieur, confidérez que j'abuferais . . . . — Eh bien, abufez, dit-il ; je voudrais être à lui, s'il va en ambaffade : je ne demande rien, je le fervirai à tout ce qu'il voudra ; je fuis diligent, je fuis bon garçon, je fuis de fatigue ; enfin, donnez - moi une lettre pour lui. Moi qui fuis bon homme, je lui donne la lettre. Dès qu'il la tient, il fe croit trop heureux. — Je verrai M. d'Argenfon ! — Et voilà mon grand garçon qui vole à Paris.

J'ai donc, Monfieur, l'honneur de vous en avertir. Il fe préfentera à vous avec une belle mine et une chétive recommandation. Pardonnez-moi, je vous en conjure, cette importunité ; ce n'eft pas ma faute. Je n'ai pu réfifter au plaifir de me vanter de vos bontés, et un paffant a dit : J'en retiens part.

S'il arrivait en effet que ce jeune homme fût fage, ferviable, inftruit, et qu'allant en ambaffade vous euffiez par hafard befoin de lui, informez-vous en au noviciat des jéfuites. Il a été deux ans novice malgré lui. Son père, congréganifte de la congrégation des *meffieurs* (12) (vous connaiffez cela), voulait en faire un faint de la compagnie de *Jéfus*; mais il vaut mieux vivre à votre fuite que dans cette compagnie.

Pour moi je vivrai pour vous être à jamais attaché avec la plus refpectueufe et la plus tendre reconnaiffance.

LETTRE XC.

A M. HELVETIUS, à Paris.

A Cirey, ce 14 mars.

Vous êtes une bien aimable créature; voilà tout ce que je peux vous dire, mon cher ami. On me mande que vous venez bientôt à Cirey. Je remets à ce temps-là à vous parler des deux leçons de votre belle Epître fur l'étude. Vous pouvez de ces deux deffins faire un excellent tableau, avec peu de peine. Continuez à remplir votre belle ame de toutes les vertus et de tous les arts. Les femmes penfent que vous vous devez tout à l'amour, la poëfie vous revendique, la géométrie vous offre des xx, l'amitié veut tout votre cœur, et meffieurs des fermes voudraient auffi que vous ne fuffiez qu'à

____

(12) Les jéfuites avaient deux congrégations dans leurs collèges; celle des écoliers, et celle des fots du quartier, qu'on appelait congrégation des Méffieurs.

eux ; mais vous pouvez les fatisfaire tous à la fois. ——
Mettez-moi toujours, mon cher ami, au nombre 1739.
des chofes que vous aimez ; et dans votre immenfité,
n'oubliez point Cirey qui ne vous oubliera jamais.
Eft-il poffible que vous ayez daigné aller chez *Saint-Hyacinthe* ? Vous profanez vos bontés. Je ne fais
comment vous remercier.

LETTRE XCI.

A M. LE MARQUIS D'ARGENSON.

Le 24 mars.

J'E N V O I E, Monfieur, fous le couvert de monfieur
votre frère, le commencement de l'hiftoire du fiècle
de *Louis XIV.* Elle ne fera pas plus honorée de la
cire d'un privilége que les deux épîtres ; mais fi elle
vous plaît, c'eft là le plus beau des priviléges. Or,
j'ai grande envie de vous plaire ; et vous verrez que
fi je n'en viens pas à bout, ce ne fera pas faute de
travailler dans les genres que vous aimez. Laiffez-
moi faire, et vous ferez au moins content de mes
efforts.

Hélas ! Monfieur, eft-il poffible que le prix de
tant de travaux foit la perfécution ? Eh, quelle perfécution encore ! la plus acharnée et la plus longue.
Il paraît que mon affaire contre *Desfontaines* prend
un fort méchant train. N'importe, j'ai la gloire que
vous avez daigné vous y intéreffer : c'eft la plus belle

des réparations. Vous m'aimez, *Desfontaines* eft affez puni.

Voilà comme la vengeance eft douce. Mon cœur eft pénétré de vos bontés pour jamais.

LETTRE XCII.

A M. THIRIOT.

Le 24 mars.

UN des meilleurs géomètres de l'univers (*), et fans contredit auffi un des plus aimables hommes, quitte Cirey pour Paris; et *c'eft la feule faute où tomba ce grand-homme*. Il vous rapporte le s'Gravefende en maroquin, appartenant à *Louis XV*, les Satires de *Pope* qui perfécute fes ennemis autant que je fuis perfécuté des miens, et le portrait d'un homme fort malheureux à Paris, mais fort heureux dans fa folitude, et qui compte toujours fur votre amitié, malgré les injuftices qu'il effuie. Nous avons reçu tous les livres. Nous vous prions d'envoyer le Langage des bêtes (**). Je ne fais fi c'eft un bon livre; mais c'eft un fujet charmant. J'envie aux bêtes deux chofes, leur ignorance du mal à venir, et de celui qu'on dit d'elles. Elles ont de plus de fort bonnes chofes; elles ont même des amis, et par là je me confole avec elles, car j'en ai auffi, et je compte fur vous.

(*) M. *Clairaut.*

(**) Du père *Bougeant*, jéfuite; fa compagnie, pour le punir d'avoir publié cet ouvrage, le condamna à ne plus faire que des catéchifmes.

LETTRE

LETTRE XCIII.

A M. LE COMTE D'ARGENTAL.

2 avril.

Mon refpectable ami, j'aime mieux encore fuccomber fous le libelle de *Desfontaines*, que de figner un compromis qui me couvrirait de honte. Je fuis plus indigné de la propofition que du libelle.

Tout ce mal-entendu vient de ce que M. *Hérault*, qui a tant d'autres affaires plus importantes, n'a pas eu le temps de voir ce que c'eft que ce Préfervatif qu'on veut que je défavoue comme un libelle, purement et fimplement.

Ce Préfervatif, publié par le chevalier de *Mouhi*, contient une lettre de moi, qui fait l'unique fondement de tout le procès. Cette lettre authentique articule tous les faits qui démontrent mes fervices et l'ingratitude du fcélérat qui me perfécute. Défavouer un écrit qui contient cette lettre, c'eft figner mon déshonneur, c'eft mentir lâchement et inutilement. L'affaire, ce me femble, confifte à favoir fi *Desfontaines* m'a calomnié ou non. Si je défavoue ma lettre dans laquelle je l'accufe, c'eft moi qui me déclare calomniateur. Tout ceci ne peut-il finir qu'en me chargeant de l'infamie de ce malheureux ? Comment veut-on que je défavoue, que je condamne la feule chofe qui me juftifie, et que je mente pour me déshonorer ?

M. de *Meynières* ne pourrait-il pas faire à M. *Hérault* ces justes représentations ? Qu'il promette une obéissance entière à ses ordres, mais qu'il obtienne des ordres plus doux ; qu'il ait la bonté de faire considérer à M. *Hérault* que pendant dix années l'abbé *Desfontaines* m'a persécuté moi et tant de gens de lettres par mille libelles ; que j'ai été plus sensible qu'un autre, parce qu'il a joint la plus noire ingratitude aux plus atroces calomnies envers moi. Il a fait entendre à M. *Hérault* que j'ai rendu outrage pour outrage, que j'ai fait graver une estampe, dans laquelle il est représenté à bicêtre ; mais l'estampe a été dessinée à Vérone, gravée à Paris, et l'inscription est à peine française : m'en accuser, c'est une nouvelle calomnie.

Enfin, mon cher ange gardien, je suis persuadé qu'une représentation forte de M. de *Meynières*, jointe à la vivacité de M. d'*Argenson* qui ne démord pas, emportera la place. C'est une réparation authentique, non un compromis.

Si vous pouviez faire dire un petit mot à M. *Hérault* par M. de *Maurepas*, l'affaire n'en irait pas plus mal. Ah, mon cher et respectable ami, que de persécutions, que de temps perdu ! *Eripe me à dentibus eorum.*

Mon autre ange, celui de Cirey vous écrit ; ainsi je quitte la plume ; je m'en rapporte à tout ce qu'elle vous dit. L'auteur de Mahomet II m'a envoyé sa pièce ; elle est pleine de vers étincelans ; le sujet était bien difficile à traiter. Que diriez-vous si je vous envoyais bientôt Mahomet I ? Paresseux que vous êtes ! j'ai plutôt fait une tragédie que vous n'avez critiqué Zulime.

Ah ! mettez mon ame en repos , et que tous mes travaux vous foient confacrés.

Faites lire à vos amis l'Effai fur *Louis XIV*; je voudrais favoir fi on le goûtera, s'il paraîtra vrai et fage.

Adieu, mon cher ange gardien ; mille refpects à madame d'*Argental*.

LETTRE XCIV.

A M. HELVETIUS.

Ce 2 avril.

MON cher confrère en *Apollon*, mon maître en tout le refte, quand viendrez-vous voir la nymphe de Cirey et votre tendre ami ? Ne manquez pas , je vous prie , d'apporter votre dernière épître. Madame *du Châtelet* dit que c'eft moi qui l'ai perdue ; moi je dis que c'eft elle. Nous cherchons depuis huit jours. Il faut que *Bernoulli* l'ait emportée pour en faire une équation. Je fuis défefpéré , mais vous en avez fans doute une copie. Je fuis très-sûr de ne l'avoir confiée à perfonne. Nous la retrouverons , mais confolez-nous. Ce grand garçon d'*Arnaud* veut vous fuivre dans vos royaumes de Champagne ; il veut venir à Cirey. J'en ai demandé la permiffion à madame la Marquife , elle le veut bien ; préfenté par vous , il ne peut être que bien venu.

Je ferai charmé qu'il s'attache à vous. Je fuis le plus trompé du monde , s'il n'eft né avec du génie et des mœurs aimables. Vous êtes un enfant bien charmant de cultiver les lettres à votre âge avec tant d'ardeur, et d'encourager encore les autres. On ne peut trop vous aimer. Amenez donc ce grand garçon. Madame *du Châtelet* et madame de *Champbonin* vous font mille complimens.

Adieu, jufqu'au plaifir de vous embraffer.

LETTRE XCV.

A M. THIRIOT.

A Cirey, le 3 avril.

PLUS de Langage des bêtes, je vous prie; je viens de le lire : c'eft un ouvrage dont le fond chimérique n'eft pas affez orné par les détails. Il n'y a rien de ce qu'il fallait à un tel ouvrage, ni efprit ni bonne plaifanterie. Si un autre qu'un jéfuite en était l'auteur, on n'en parlerait pas.

Au lieu de cela, Cirey vous demande un Démofthènes grec et latin, un Euclide grec et latin, et le Démofthènes de *Toureil*.

Je vous prie de me déterrer quelque ouvrage d'un vieil académicien nommé *Silhon* (*). J'ai envie d'avoir quelque chofe de ce bavard qui a eu part, dit-on, au teftament prétendu du cardinal de *Richelieu*.

Comment vous portez-vous ? Je travaille toujours, mais je me meurs.

(*) Confeiller d'Etat ordinaire, l'un des premiers académiciens de l'académie françaife, et auteur d'un Traité de l'immortalité de l'ame.

LETTRE XCVI.

A M. DE CIDEVILLE.

A Cirey, le 3 avril.

Mon cher ami, je vous remercie d'un des plus grands plaifirs que j'aye goûtés depuis long-temps. Je viens de lire des morceaux admirables dans une tragédie pleine de génie, et où les reffources font auffi grandes que le fujet était ingrat. Mon cher *Pollion*, ami des arts, qui vous connaiffez fi bien en vers, qui en faites de fi aimables, je vous adreffe mes fincères remercîmens pour M. de *la Noue*. Si vous trouviez que mes petites idées valuffent la peine de paraître à la queue de fa pièce, je m'en tiendrais honoré. Dites, je vous prie, à l'auteur que je fuis à jamais fon partifan et fon ami. Vous favez, mon cher *Cideville*, fi mon cœur eft capable de jaloufie, fi les arts ne me font pas plus chers que mes vers. Je reffens vivement les injures, mais je fuis encore plus fenfible à tout ce qui eft bon. Les gens de lettres devraient être tous frères; et ils ne font prefque tous que des faux frères. J'efpère de la pièce de *Linant*. Elle n'eft pas au point où je la voudrais, mais il y a des beautés. Elle peut être jouée, et il en a befoin.

Adieu, mon très-cher ami. Madame *du Châtelet* vous fait mille complimens; vous lui êtes préfent quoiqu'elle ne vous ait jamais vu. Adieu.

O 3

LETTRE XCVII.

A M. DE LA NOUE,

Auteur de la tragédie de Mahomet II.

3 avril.

VOTRE tragédie, Monfieur, eft arrivée à Cirey, comme les *Koënig*, les *Bernoulli* en partaient. Les grandes vérités nous quittent ; mais à leur place les grands fentimens et de beaux vers, qui valent bien des vérités, nous arrivent. Je crois que vous êtes le premier parmi les modernes qui ayez été à la fois acteur et auteur tragique ; car *Latuillerie*, qui donna Hercule et Soliman fous fon nom, n'en était pas l'auteur ; et d'ailleurs ces deux pièces font comme fi elles n'avaient point été. Connaiffez-vous l'épitaphe de ce *Latuillerie*?

> Ci gît un Fiacre nommé Jean,
> Qui croyait avoir fait Hercule et Soliman.

Le double mérite d'être (fi on ofe le dire) peintre et tableau à la fois, n'a été en honneur que chez les anciens Grecs, chez cette nation heureufe de qui nous tenons tous les arts, qui favait récompenfer et honorer tous les talens, que nous n'eftimons et n'imitons pas affez. Votre ouvrage étincelle de vers de génie et de traits d'imagination : c'eft prefque un nouveau genre. Il ne faut fans doute rien de trop hardi dans les vers d'une tragédie ; mais auffi les

Français n'ont-ils pas souvent été un peu trop timides?
A la bonne heure qu'un courtisan poli, qu'une jeune
princesse ne mettent dans leurs discours que de la sim-
plicité et de la grâce; mais il me semble que certains
héros étrangers, des asiatiques, des américains, des
turcs peuvent parler sur un ton plus fier, plus sublime :
major è longinquo. J'aime un langage hardi, méta-
phorique, plein d'images, dans la bouche de *MahometII*,
comme dans *Mahomet le prophète.* Ces idées superbes
sont faites pour leurs caractères : c'est ainsi qu'ils s'ex-
primaient eux-mêmes. On prétend que le conquérant
de Constantinople, en entrant dans Sainte-Sophie
qu'il venait de changer en mosquée, récita deux vers
sublimes du persan *Sadi : Le palais impérial est tombé ;
les oiseaux qui annoncent le carnage ont fait entendre leurs
cris sur les tours de Constantin.*

On a beau dire que ces beautés de diction sont des
beautés épiques, ceux qui parlent ainsi ne savent pas
que *Sophocle* et *Euripide* ont imité le style d'*Homère.*
Ces morceaux épiques, entremêlés avec art parmi
des beautés plus simples, sont comme des éclairs
qu'on voit quelquefois enflammer l'horizon et se mêler
à la lumière douce et égale d'une belle soirée. Toutes
les autres nations aiment, ce me semble, ces figures
frappantes. Grecs, Latins, Arabes, Italiens, Anglais,
Espagnols, tous nous reprochent une poësie un peu
trop prosaïque. Je ne demande pas qu'on outre la
nature, je veux qu'on la fortifie et qu'on l'embellisse.
Qui aime mieux que moi les pièces de l'illustre *Racine*?
qui les fait plus par cœur? Mais serais-je fâché que
Bajazet, par exemple, eût quelquefois un peu plus de
sublime ?

Elle veut, Acomat, que je l'époufe. — Eh bien.

. . . .

Tout cela finirait par une perfidie.
J'épouferais ! et qui, s'il faut que je le die?
Une efclave attachée à fes feuls intérêts. —
Si votre cœur était moins plein de fon amour.....
Je vous verrais, fans doute, en rougir la première;
Et pour vous épargner une injufte prière,
Adieu; je vais trouver Roxane de ce pas,
Et je vous quitte. — Et moi je ne vous quitte pas.
Que parlez-vous, Madame, et d'époux et d'amant?
O ciel! de ce difcours quel eft le fondement?
Qui peut vous avoir fait ce récit infidelle?....
Je vois enfin, je vois qu'en ce même moment
Tout ce que je vous dis vous touche faiblement.
Madame, finiffons et mon trouble et le vôtre;
Ne nous affligeons point vainement l'un et l'autre.
Roxane n'eft pas loin, &c.

Je vous demande, Monfieur, fi à ce ftyle, dans
lequel tout le rôle de ce turc eft écrit, vous recon-
naiffez autre chofe qu'un français qui appelle fa turque
Madame, et qui s'exprime avec élégance et avec
douceur? Ne défirez-vous rien de plus mâle, de plus
fier, de plus animé dans les expreffions de ce jeune
ottoman qui fe voit entre *Roxane* et l'empire, entre
Atalide et la mort? C'eft à peu-près ce que *Pierre*
Corneille difait à la première repréfentation de Bajazet
à un vieillard qui me l'a raconté : Cela eft tendre,
touchant, bien écrit; mais c'eft toujours un français
qui parle. Vous fentez bien, Monfieur, que cette
petite réflexion ne dérobe rien au refpect que tout

homme qui aime la langue françaife doit au nom de
Racine. Ceux qui défirent un peu plus de coloris à
Raphaël et au *Pouffin* ne les admirent pas moins.
Peut-être qu'en général cette maigreur, ordinaire à la
verfification françaife, ce vide de grandes idées, eft
un peu la fuite de la gêne de nos phrafes et de notre
rime. Nous avons befoin de hardieffe, et nous ne
devrions rimer que pour les oreilles. Il y a vingt ans
que j'ofe le dire. Si un vers finit par le mot *terre*,
vous êtes fûr de voir *la guerre* à la fin de l'autre :
cependant prononce-t-on *terre* autrement que *père* et
mère ? prononce-t-on *fang* autrement que *camp* ? Pourquoi donc craindre de faire rimer aux yeux ce qui
rime aux oreilles ? On doit fonger, ce me femble, que
l'oreille n'eft juge que des fons et non de la figure
des caractères. Il ne faut point multiplier les obftacles
fans néceffité, car alors c'eft diminuer les beautés. Il
faut des lois févères et non un vil efclavage. Les Anglais
penfent ainfi. Mais de peur d'être trop long je ne vous
en dirai pas davantage fur le ftyle ; j'ai d'ailleurs trop
de chofes à vous dire fur le fujet de votre pièce. Je
n'en fais point qui fût plus difficile à manier ; il n'était
conforme ni à l'hiftoire ni à la nature.

Un moine nommé *Bandelli* s'eft avifé de défigurer
l'hiftoire du grand *Mahomet II* par plufieurs contes
incroyables ; il y a mêlé la fable de la mort d'*Irène*, et
vingt écrivains l'ont copié. Cependant il eft fûr que
jamais *Mahomet* n'eut de maîtreffe connue des chrétiens fous ce nom d'*Irène ;* que jamais les janiffaires
ne fe révoltèrent contre lui, ni pour fa femme, ni
pour aucun autre fujet ; et que ce prince, auffi prudent,
auffi favant et auffi politique qu'il était intrépide, était

incapable de commettre cette action d'un imbécille forcené que nos hiftoires lui reprochent fi ridiculement. Il faut mettre ce conte avec celui des quatorze icoglans auxquels on prétend qu'il fit ouvrir le ventre pour favoir qui d'eux avait mangé fes figues ou fes melons. Les nations fubjuguées imputent toujours des chofes horribles et abfurdes à leurs vainqueurs : c'eft la vengeance des fots et des efclaves.

L'Hiftoire de *Charles XII* m'a mis dans la néceffité de lire quelques ouvrages hiftoriques concernant les Turcs. J'ai lu entre autres depuis peu l'Hiftoire ottomane du prince *Cantimir*, vaivode de Moldavie, écrite à Conftantinople. Il ne daigne ni lui, ni aucun auteur turc ou arabe, parler feulement de la fable d'*Irène* : il fe contente de repréfenter *Mahomet* comme le plus grand homme et le plus fage de fon temps. Il fait voir que *Mahomet*, ayant pris d'affaut par un mal-entendu la moitié de Conftantinople, et ayant reçu l'autre à compofition, obferva religieufement le traité, et conferva même la plupart des églifes de cette autre partie de la ville, lefquelles fubfiftèrent trois générations après lui.

Mais qu'il eût voulu époufer une chrétienne, qu'il l'eût égorgée, &c., voilà ce qui n'a jamais été imaginé de fon temps. Ce que je dis ici, je le dis en hiftorien, non en poëte. Je fuis très-loin de vous condamner. Vous avez fuivi le préjugé reçu, et un préjugé fuffit pour un peintre et pour un poëte. Où en feraient *Virgile* et *Homère*, fi on les avait chicanés fur les faits ? Une fauffeté qui produit au théâtre une belle fituation, eft préférable en ce cas à toutes les archives de l'univers, &c.

LETTRE XCVIII.

A M. THIRIOT.

A Cirey, le 13 avril.

MA fanté eft toujours bien mauvaife, quoi qu'en dife madame *du Châtelet;* mais ce n'eft que demi-mal, puifque la vôtre va mieux. Madame la Marquife vous a demandé le Coup d'Etat, que je crois de *Bourzéis,* et l'Homme du pape et du roi, que je crois du bavard *Silhon.* Nous attendons auffi le Démofthènes grec et l'Euclide. Il eft trifte de quitter ces lectures et Cirey pour des procès et pour les Pays-Bas. Je vous demande inftamment de remercier pour moi *Varron-Dubos;* je voudrais être à portée de le confulter. Cet homme-là a tous les petits événemens préfens à l'efprit comme les plus grands. Il faut avoir une mémoire bien vafte et bien exacte pour fe fouvenir que M. de *Charnaffé* commandait un régiment français au fervice des Etats. La mémoire n'eft pas fon feul partage. Il y a long-temps que je le regarde comme un des écrivains les plus judicieux que la France ait produits.

J'ai écrit à M. *le Franc.* Il y a de très-belles chofes dans fon épître, et il paraît qu'il y en a de fort bonnes dans fon cœur. Je vous prie de m'envoyer une lettre qui paraît fur l'ouvrage du père *Bougeant,* et une lettre fur le vide, dont vous m'avez déjà parlé.

Mille refpects, je vous prie, à tous ceux qui veulent bien fe fouvenir de moi. *Vale.*

LETTRE XCIX.

A M. LE FRANC.

A Cirey, le 14 avril.

VOUS me fefiez des faveurs, Monfieur, quand je
vous payais des tributs. Votre épître fur les gens
qu'on refpecte trop dans ce monde, venait à Cirey
quand mes rêveries fur l'homme et fur le monde
allaient vous trouver à Montauban. J'avoue fans peine
que mon petit tribut ne vaut pas vos préfens.

Quid verum atque decens curas, atque omnis in hoc es.

Vous montrez avec plus de liberté encore qu'*Horace*

Quo pacto tandem deceat majoribus uti ;

et c'eft à vous, Monfieur, qu'il faut dire :

Si bene te novi, metuis, liberrime le Franc,
Scurrantis fpeciem præbere, profeffus amicum.

J'ignore quel eft le duc affez heureux pour mériter
de fi belles épîtres. Quel qu'il foit, je le félicite de ce
qu'on lui adreffe ce vers admirable :

Vertueux fans effort, et fage fans fyftéme.

Votre épître, écrite d'un ftyle élégant et facile, a
beaucoup de ces vers frappés fans lefquels l'élégance
ne ferait plus que de l'uniformité.

Que je fuis bien de votre avis, furtout quand vous
dites :   1739.

> *Malheureux les Etats où les honneurs des pères*
> *Sont de leurs lâches fils les biens héréditaires.*

J'ai été infpiré un peu de votre génie, il y a quelque temps, en corrigeant une vieille tragédie de
Brutus, qu'on s'avife de réimprimer; car je paffe
actuellement ma vie à corriger. Il faut que je cède à
la vanité de vous dire que j'ai employé à peu-près la
même penfée que vous. Je fais parler le vieux préfident *Brutus* comme vous l'allez voir :

> *Non, non, le confulat n'eft point fait pour fon âge*, &c. (*)

Plût à Dieu, Monfieur, qu'on penfât comme *Brutus*
et comme vous ! Il y a un pays, dit l'abbé de *Saint-
Pierre*, où l'on achète le droit d'entrer au confeil, et
ce pays c'eft la France. Il y a un pays où certains
honneurs font héréditaires, et ce pays c'eft encore la
France. Vous voyez bien que nous réuniffons les
extrêmes.

Que refte-t-il donc à ceux qui n'ont pas cent mille
francs d'argent comptant pour être maîtres des
requêtes, ou qui n'ont pas l'honneur d'avoir un manteau ducal à leurs armes ? Il leur refte d'être heureux,
et de ne pas s'imaginer feulement que cent mille francs
et un manteau d'hermine foient quelque chofe.

Vous dites en beaux vers, Monfieur :

> *Ce qu'on appelle un grand, pour le bien définir,*
> *Ne cherche, ne connaît, n'aime que le plaifir.*

(*) Voyez la tragédie de Brutus, acte II, fcène II.

—— Mais, fauf votre refpect, je connais force petits qui en ufent ainfi. Ce ferait alors, ma foi, que les grands auraient un terrible avantage s'ils avaient ce privilége exclufif.

Je vous le dis du fond de mon cœur, Monfieur, votre profe et vos vers m'attachent à vous pour jamais. Ce n'eft pas des écuffons de trois fleurs de lis qu'il me faut, ni des maffes de chanceliers, mais un homme comme vous à qui je puiffe dire:

> *Le Franc, noftrarum nugarum candide judex,*
> *Quid voveat dulci nutricula majus alumno*
> *Quàm fapere, et fari ut poffit quæ fentiat, et cui*
> *Gratia, fama, valetudo contingat abundè.*

Je me flatte que nous ne ferons pas toujours à fix ou fept degrés l'un de l'autre, et qu'enfin je pourrai jouir d'une fociété que vos lettres me rendent déjà chère. J'efpère aller dans quelques années à Paris. Madame la marquife *du Châtelet* vient de s'affurer une autre retraite délicieufe, c'eft la maifon du préfident *Lambert*. Il faudra être philofophe pour venir là. Nos petits-maîtres ne font point gens à fouper à la pointe de l'île, mais M. *le Franc* y viendra.

J'entends dire que Paris a befoin plus que jamais de votre préfence. Le bon goût n'y eft prefque plus connu; la mauvaife plaifanterie a pris fa place. Il y a pourtant de bien beaux vers dans la tragédie de Mahomet II. L'auteur a du génie; il y a des étincelles d'imagination; mais cela n'eft pas écrit avec l'élégance continue de votre Didon. Il corrige à préfent le ftyle. Je m'intéreffe fort à fon fuccès, car en vérité tout

homme de lettres qui n'eſt pas un fripon eſt mon
frère. J'ai la paſſion des beaux arts, j'en ſuis fou. Voilà
pourquoi j'ai été ſi affligé quand des gens de lettres
m'ont perſécuté; c'eſt que je ſuis un citoyen qui déteſte
la guerre civile, et qui ne la fais qu'à mon corps
défendant.

Adieu, Monſieur; madame *du Châtelet* vous fait les
plus ſincères complimens. Elle penſe comme moi ſur
vous, et c'eſt une dame d'un mérite unique. Les
Bernoulli et les *Maupertuis*, qui ſont venus à Cirey,
en ſont bien ſurpris. Si vous la connaiſſiez, vous
verriez que je n'ai rien dit de trop dans ma préface
d'Alzire. C'eſt dans de tels lieux qu'il faudrait que
des philoſophes comme vous vécuſſent; pourquoi
ſommes-nous ſi éloignés?

1739.

LETTRE C.

A M. LE MARQUIS D'ARGENSON.

Le 16 d'avril.

J'APPRENDS avec bien du chagrin que le meilleur
protecteur que j'aye à Paris, celui qui m'encourage
davantage, et à qui je ſuis le plus redevable, va faire
les affaires du roi très-chrétien dans la triſte cour du
Portugal, et contre-miner les Anglais au lieu de me
défendre contre l'abbé *Desfontaines*. Mon protecteur,
mon ancien camarade de collége, monſieur l'ambaſſadeur, je ſuis au déſeſpoir que vous partiez. Ma lettre,
pour un homme dont je n'ai nul ſujet de me louer,

———— vous a donc paru bien; et vous me croyez fi politique que vous me propofez tout d'un coup pour aller amufer le futur roi de Pruffe. Si j'étais homme à prétendre à l'une de ces places-là, ce ferait furement auprès de ce prince que j'en briguerais une.

Vous avez lu, Monfieur, une de fes lettres; vous avez été fenfiblement touché d'un mérite fi rare. Connaiffez-le donc encore plus à fond : en voici une autre que j'ai l'honneur de vous confier; vous verrez à quel point ce prince eft homme. Mais malgré l'excès de fes bontés et de fon mérite, je ne quitterais pas un moment les perfonnes à qui je fuis attaché, pour l'aller trouver. J'aime bien mieux dire : *Emilie* ma fouveraine, que le roi mon maître.

Si jamais il eft roi, et que M. *du Châtelet* puiffe être envoyé auprès de lui avec un titre honorable et convenable, à la bonne heure. En ce cas, je verrai le modèle des rois; mais, en attendant, je refterai avec le modèle des femmes.

Je n'ofais vous envoyer le Mémoire que j'ai compofé depuis peu, parce que je craignais de vous commettre; mais il me paraît fi mefuré, que je crois que je vous l'enverrais, fuffiez-vous M. *Hérault*. Enfin, vous me l'ordonnez par votre lettre à M. *du Châtelet*, et j'obéis. Daignez en juger : *quidquid ligaveris et ego ligabo*.

Maintenant, Monfieur, prenez, s'il vous plaît, des arrangemens pour que je puiffe vous amufer un peu à Lisbonne. Je veux payer vos bontés de ma petite monnaie. Je vous enverrai des chapitres de *Louis XIV*, des tragédies, &c. Je fuis à vous en vers et en profe, et c'eft à vous que je dois dire :

O

O toi, mon fupport et ma gloire
Que j'aime à nourrir ma mémoire
Des biens que ta vertu m'a faits,
Lorfqu'en tous lieux l'ingratitude
Se fait une farouche étude
De l'oubli honteux des bienfaits !

C'eft le commencement d'une ode ; mais peut-être
n'aimez-vous pas les odes.

Aimez du moins les fentimens de reconnaiffance
qui m'attachent à vous depuis fi long-temps, et dites
à ce chancelier, qui devrait être le feul chancelier,
qu'il doit bien m'aimer auffi un peu, quoiqu'il n'écrive
guère, et qu'il n'aime pas tant les belles - lettres que
fon aîné.

Madame *du Châtelet* vous fait les plus tendres
complimens ; elle a brûlé les cartes géographiques qui
lui ont prouvé que votre chemin n'eft pas par Cirey.

Adieu, Monfieur ; ne doutez pas de ma tendre et
refpectueufe reconnaiffance.

LETTRE CI.

A M. THIRIOT.

A Cirey, le 23 avril.

JE reçois le 21 une lettre de vous du 12 ; cela n'eft
pas extraordinaire fi vous êtes négligent à envoyer
à la pofte, ou bien s'il y a des gens à la pofte très-
diligens à s'informer des fecrets de leurs chers con-
citoyens.

Je vous prie de faire une petite réflexion avec moi: qui pourrait faire des épigrammes contre *Danchet* et contre l'abbé d'*Olivet*, ſi ce n'eſt l'abbé *Desfontaines*? Croyez-vous que s'il y en a contre vous, elles partent d'une autre ſource? L'abbé *Desfontaines* fait plus de vers qu'on ne penſe; il en a fait *incognito* toute ſa vie, et je ſais qu'il eſt l'auteur de l'épigramme ancienne contre le cardinal de *Fleuri*, dans laquelle il y a un bon vers qu'on m'a fait le cruel honneur de m'imputer.

Fourbe dans le petit et dupe dans le grand.

C'eſt un monſtre comme le ſphinx; il joint la fureur à l'adreſſe, mais il pourra enfin ſuccomber ſous ſes méchancetés.

Envoyez à l'abbé *Mouſſinot* l'Euclide ſeulement et le Brémont; mais envoyez vîte, car nous partons. Jamais madame d'*Aiguillon* n'a eu l'Epître ſur l'homme, dont je ne ſuis pas encore content.

Pour celle du *plaiſir*, je l'avais envoyée en Languedoc, mais M. le duc de *Richelieu* l'avait trouvée extrêmement mauvaiſe. Au reſte, vous me ferez plaiſir de me dire ce qu'on reprend dans celle de *l'homme*. Je crois ſavoir diſtinguer les bonnes critiques des mauvaiſes. Surtout dites-moi ſi l'on n'a pas tâché d'empoiſonner ces ouvrages innocens. Je crains toujours, comme le lièvre, qu'on ne prenne mes oreilles pour des cornes.

A l'égard d'un opéra, il n'y a pas d'apparence qu'après l'enfant mort-né de Samſon, je veuille en faire un autre. Les premières couches m'ont trop bleſſé.

LETTRE CII.

A M. L'ABBÉ MOUSSINOT.

Cirey, 25 avril.

NE parlons plus de *Desfontaines* ; je suis mal vengé, mais je le suis (13) : je regrette le temps que j'ai perdu à obtenir justice. Je dois oublier cet homme-là, et songer à réparer le temps perdu. Madame la marquise *du Châtelet* et moi irons bientôt en Flandre. Il nous faudra beaucoup d'argent ; en avons-nous beaucoup ? Je vous prie de donner deux cents francs à madame de *Champbonin*, et cela, avec la meilleure grâce du monde. Plus, cent francs au chevalier de *Mouhi*, en lui disant que vous n'en avez pas davantage. Plus, cent francs à ce même chevalier, pour une planche d'estampe qu'il promettra livrer, et qu'il ne livrera peut-être pas. Plus, au même, dix écus pour les nouvelles par lui envoyées. Veut-il deux cents francs par an ? Volontiers, promettez-les-lui de nouveau ; mais à condition d'être un correspondant véridique et

(13) L'abbé *Desfontaines* avait donné à M. *Hérault*, lieutenant général de police, ce désaveu : » Je déclare que je ne suis point l'auteur d'un » libelle imprimé qui a pour titre la Voltairomanie, et que je le défavoue » en son entier, regardant comme calomnieux tous les faits qui sont » imputés à M. de *Voltaire* dans ce libelle ; et que je me croirais dés- » honoré si j'avais eu la moindre part à cet écrit, ayant pour lui tous » les sentimens d'estime dûs à ses talens, et que le public lui accorde si » justement. Fait à Paris, ce 4 avril 1739. Signé, *Desfontaines* ». Cette déclaration fut imprimée dans les papiers publics, à l'insçu de M. de *Voltaire*. Voyez la lettre au marquis d'*Argenson*, du 4 juin 1739.

—— infiniment fecret. J'aurais mieux aimé mon d'*Arnaud*,
1739. mais il n'a pas voulu feulement apprendre à former
fes lettres; donnez-lui vingt-quatre livres ou dix écus,
et nos ama.

LETTRE CIII.

A M. HELVETIUS.

Ce 29 avril.

Mon cher ami, j'ai reçu de vous une lettre fans
date, qui me vient par Bar-fur-Aube, au lieu qu'elle
devait arriver par Vaffy. Vous m'y parlez d'une
nouvelle épître. Vraiment vous me donnez de violens
défirs; mais fongez à la correction, aux liaifons, à
l'élégance continue; en un mot, évitez tous mes
défauts. Vous me parlez de *Milton;* votre imagination fera peut-être auffi féconde que la fienne; je n'en
doute même pas; mais elle fera auffi plus agréable et
plus réglée. Je fuis fâché que vous n'ayez lu ce que j'en
dis que dans la malheureufe traduction de mon effai
anglais. La dernière édition de la Henriade, qu'on
trouve chez *Prault*, vaut bien mieux; et je ferais fort
aife d'avoir votre avis fur ce que je dis de *Milton*
dans l'effai qui eft à la fuite du poëme.

*You learn english : for ought j know. Go on; your lot
is to be éloquent in every language, and mafter of every
fcience; j love, j efteem you, j am your's for ever.*

Je vous ai écrit en faveur d'un jeune homme qui
me paraît avoir envie de s'attacher à vous. J'ai mille

remercîmens à vous faire ; vous avez remis dans mon paradis les tièdes que j'avais de la peine à vomir de ma bouche . . . . Cette tièdeur m'était cent fois plus fenfible que tout le refte. Il faut à un cœur comme le mien des fentimens vifs, ou rien du tout.

Tout Cirey eft à vous.

LETTRE CIV.

A M. LE MARQUIS D'ARGENSON.

Le 2 de mai.

Je ne fais pas pourquoi j'ai toujours manqué, Monfieur, à vous appeler *excellence*, car vous êtes affurément et un excellent négociateur, et un excellent confolateur des affligés, et un excellent juge ; mais j'étais fi plein des chofes que vous avez bien voulu faire pour moi, que j'ai oublié les titres, comme vous les oubliez vous-même. Quand j'ai parlé de chanceliers, je n'ai fait que jouer fur le mot (*), car vous avez chez moi tous les droits d'aîneffe.

Vous êtes un homme admirable (chargé d'affaires comme vous l'êtes) de vouloir bien encore vous charger de mes misères. Vous êtes donc *magnus in magnis et in minimis.*

Vous pouvez garder le manufcrit que j'ai eu l'honneur de vous faire tenir, et de foumettre à votre jugement ; car, fi vous en êtes un peu content, il faut qu'il ait place au moins dans le fottifier. Je garde

(*) Lettre du 16 avril.

—— copie de tout; et s'il eſt imprimable, il paraîtra avec quelques autres guenilles littéraires.

Vous aimez donc auſſi les odes, Monſieur. Eh bien, en voici une qui me paraît convenable à un miniſtre de paix tel que vous êtes.

A l'égard de M. de *Valori*, cet autre miniſtre fait pour dîner avec le roi de Pruſſe, et pour ſouper avec le Prince royal, je vous prie de me recommander à lui auprès de cet aimable prince ; et moi je me vanterai auprès de ſon Alteſſe royale de devoir les bontés de M. de *Valori* à celles dont vous m'honorez. Ainſi toute juſtice ſera accomplie.

Il y a près d'un an que j'ai dit en vers au Prince royal ce que vous me dites en proſe, et que je lui ai cité *la reine Jacques* (*regina Jacobus*), qui dédiait ſes ouvrages à *l'enfant Jéſus*, et qui n'oſait ſecourir le Palatin, ſon gendre. Mon prince me paraît d'une autre eſpèce : il ne tremble point à la vue d'une épée, comme *Jacques*, et il penſe comme il le doit ſur la théologie. Il eſt capable d'imiter *Trajan* dans ſes conquêtes, comme il l'imite dans ſes vertus. Si j'étais plus jeune, je lui conſeillerais de ſonger à l'Empire, et à le rendre au moins alternatif entre les proteſtans et les catholiques. Il ſe trouvera, à la mort de ſon père, le plus riche monarque de la chrétienté, en argent comptant ; mais je ſuis trop vieux, ou trop raiſonnable, pour lui conſeiller de mettre ſon argent à autre choſe qu'à rendre ſes ſujets et lui les plus heureux qu'il pourra, et à faire fleurir les arts. C'eſt, ce me ſemble, ſa façon de penſer. Il me paraît qu'il n'a point l'ambition d'être le roi le plus puiſſant, mais le plus humain et le plus aimé.

Adieu, Monfieur; quand vous voudrez quelques
amufemens en profe ou en vers, j'ai un gros porte-
feuille à votre fervice. Je voudrais vous témoigner
autrement ma refpectueufe reconnaiffance, mais
parvi, *parva damus*.

A jamais à vous *ex toto corde meo*, &c.

1739.

LETTRE CV.

A M. THIRIOT.

A Cirey, le 7 mai.

JE pars demain ou après demain pour les Pays-Bas,
et je ne fais quand je reviendrai dans ma charmante
folitude. Je pars malade, et ne reviendrai peut-être
point : je compte fur votre amitié, quand je ferais
encore plus éloigné et plus malade. Je renvoie à
M. *Mouffinot* les livres de la bibliothéque du roi. Je
vous prie de vouloir bien préfenter mes remercîmens
à l'abbé *Salier*.

Le Démofthènes grec eft venu, et je l'emporte,
quoique je ne l'entende guère. J'entends Euclide
plus couramment, parce qu'il n'y a guère que des
préfens et des participes, et que d'ailleurs le fens de
la propofition eft toujours un dictionnaire infaillible.

Pour égayer la trifteffe de ces études (fi cependant
il y a quelque étude trifte), je vous prie, mon cher
ami, de m'envoyer le Janus de M. *le Franc* : il m'a
donné avis qu'il doit arriver par votre canal.

Je vous prie de me conferver dans les bonnes
grâces de MM. *Defalleurs*, *Dubos*, *Mairan*, et du

petit nombre d'êtres penfans qui ne blafphèment point contre la philofophie, et qui veulent bien penfer à moi.

LETTRE CVI.

A M. LE MARQUIS D'ARGENSON.

A Circy, ce 8 mai, *en partant.*

LA Providence m'a fait refter, Monfieur, un jour de plus que nous ne penfions, pour me faire recevoir la plus agréable lettre que j'aye reçue depuis que madame *du Châtelet* ne m'écrit plus. Je viens de lui lire l'extrait que vous voulez bien nous faire d'un ouvrage dont on doit dire, à plus jufte titre que de Télémaque, que le bonheur du genre-humain naîtrait de ce livre, fi un livre pouvait le faire naître.

En mon particulier, jugez où vous pouffez ma vanité : je trouve toutes mes idées dans votre ouvrage (*). Ce ne font point ici feulement les rêves d'un homme de bien, comme les chimériques projets du bon abbé de *Saint-Pierre* qui croit qu'on lui doit des ftatues, parce qu'il a propofé que l'empereur gardât Naples, et qu'on lui ôtât le Mantouan, tandis qu'on lui a laiffé le Mantouan, et qu'on lui a ôté Naples. Ce n'eft pas ici un projet de paix perpétuelle qu'*Henri IV* n'a jamais eu ; ce n'eft point un fermon contre *Jules-Céfar* qui, felon le bon abbé, n'était qu'un fot, parce qu'il n'entendait

(*) Confidérations fur les vrais principes du gouvernement.

pas affez _la méthode de perfectionner le fcrutin ;_ ce
n'eft pas non plus la colonie de Salente, où M. de
Fénélon veut qu'il n'y ait point de pâtiffiers, et qu'il
y ait fept façons de s'habiller : c'eft ici quelque chofe
de plus réel, et que l'expérience prouve de la
manière la plus éclatante. Car, fi vous en exceptez
le pouvoir monarchique, auquel un homme de votre
nom et de votre état ne peut fouhaiter qu'un pouvoir
immenfe, aux bornes près, dis-je, de ce pouvoir
monarchique aimé et refpecté par nous, l'Angleterre
n'eft-elle pas un témoignage fubfiftant de la fageffe
de vos idées ? Le roi avec fon parlement eft légifla-
teur, comme il l'eft ici avec fon confeil. Tout le
refte de la nation fe gouverne felon des lois munici-
pales, auffi facrées que celles du parlement même.
L'amour de la loi eft devenu une paffion dans le
peuple, parce que chacun eft intéreffé à l'obfervation de cette loi. Tous les grands chemins font
réparés, les hôpitaux fondés et entretenus, le commerce floriffant, fans qu'il faille un arrêt du confeil.
Cette idée eft d'autant plus admirable dans vous,
que vous êtes vous-même de ce confeil, et que
l'amour du bien public l'emporte dans votre ame
fur l'amour de votre autorité.

Madame _du Châtelet_ qui, en vérité, eft la femme
en qui j'ai vu l'efprit le plus univerfel et la plus
belle ame, eft enchantée de votre plan. Vous devriez
nous le faire tenir à Bruxelles. Je vous avertis que
nous fommes les plus honnêtes gens du monde, et
que nous le renverrons inceffamment à l'adreffe que
vous ordonnerez, fans en avoir copié un mot. Je
vous étais attaché par les liens d'un dévouement de

—— trente années, et par ceux de la reconnaiſſance ; voici l'admiration qui s'y joint.

Je reçois, cet ordinaire, une lettre d'un prince dont vous feriez le premier miniſtre, ſi vous étiez né dans ſon pays : il a pris tant de pitié des vexations que j'eſſuie, qu'il a écrit à M. de *la Chétardie* en ma faveur. Il l'a prié de parler fortement ; mais il ne me mande point à qui il le prie de parler. J'ignore donc les détails du bienfait, et je connais ſeulement qu'il y a des cœurs généreux. Vous êtes du nombre, *et in capite libri.* Je vous ſupplie donc de vouloir bien parler à M. de *la Chétardie*, et de lui dire ce qui conviendra, car vous le ſavez mieux que moi.

A l'égard de M. *Hérault*, c'eſt M. de *Meynières*, ſon beau-frère, qui avait depuis long-temps la bonté de le preſſer pour moi, et il y était engagé par M. d'*Argental*, mon ancien ami de collége : car j'ai de nouveaux ennemis et d'anciens amis. Depuis dix jours je n'ai point de leurs nouvelles ; mais depuis votre dernière lettre, je n'ai plus beſoin d'en recevoir de perſonne.

M. et madame *du Châtelet* vous font les plus tendres complimens. Je ſuis à vous pour jamais, avec la reconnaiſſance la plus reſpectueuſe, avec tous les ſentimens d'eſtime et d'amitié.

LETTRE CVII.

A M. LE MARQUIS D'ARGENSON.

A Béringhen, ce 4 juin.

JE reçois la lettre dont votre excellence m'honore, du 28 mai. Je ne favais pas un mot de ce que vous avez vu dans la gazette d'Amſterdam (*). Nous fommes ici, Monſieur, dans un pays barbare, ou du moins qui l'a toujours été juſqu'à ce qu'*Emilie* en ſoit devenue la ſouveraine. La gazette de Hollande n'y eſt pas même connue.

Si vous pouviez donc, Monſieur, faire entendre à M. *Hérault* que je n'ai aucune part à la publication du déſaveu, que je m'en ſuis toujours tenu à ſes bontés, que j'ai ſupprimé même tout ce que j'avais fait en ma défenſe, et que j'eſpère encore plus que jamais qu'il forcera l'abbé *Desfontaines* à publier ſon déſaveu dans ſes Obſervations, vous achèveriez bien dignement cette négociation.

Il eſt vrai que *Rouſſeau* ayant fait le 10 mai un voyage à Amſterdam, exprès pour y faire imprimer le libelle de *Desfontaines*, le gazetier de Hollande m'a rendu un très-grand ſervice en donnant ce contre-poiſon ; mais, encore une fois, je n'ai appris ce ſervice que par vous.

Puiſque vous aimez les odes, ô *et præſidium et dulce decus meum !* vous en aurez donc. Mandez-moi

(*) Le déſaveu de l'abbé *Desfontaines*. Voyez la lettre à l'abbé *Mouſſinot*, du 25 avril 1739.

feulement fi vous avez l'ode fur la fuperftition, celle fur l'ingratitude, celle fur le voyage des académiciens. Mais, je vous en prie, n'allez pas préférer une déclamation vague d'une centaine de vers, à une tragédie dans laquelle il faut créer, conduire, intriguer et dénouer une action intéreffante : ouvrage d'autant plus difficile que les fujets font plus rares, et qu'il demande une plus grande connaiffance du cœur humain. Il eft vrai que, puifque ce fpectacle eft repréfenté et vu par des hommes et par des femmes, il faut abfolument de l'amour. On peut s'en fauver triftement une ou deux fois, mais *naturam expellas furcâ, tamen ipfa redibit.* Que diront de jeunes actrices, qu'entendront de jeunes femmes, s'il n'eft pas queftion d'amour ? On joue fouvent Zaïre, parce qu'elle eft tendre ; on ne joue point Brutus, parce que cette pièce n'eft que forte.

Ne croyez pas que ce foit *Racine* qui ait introduit cette paffion au théâtre : c'eft lui qui l'a le mieux traitée, mais c'eft *Corneille* qui en a toujours défiguré fes ouvrages. Il n'a prefque jamais parlé d'amour qu'en déclamateur, et *Racine* en a parlé en homme.

Promettez-moi un fecret de miniftre, et j'aurai l'honneur d'envoyer à Lisbonne plus d'une tragédie, à condition que vous leur donnerez la préférence fur les odes.

Nous n'avons point encore reçu l'Effai politique dont vous nous favorifez. Il faut le faire adreffer à Bruxelles, et il nous fera fidellement rendu chez nos algonquins.

Vous avez grande raifon, Monfieur, fur notre récitatif. On peut faire de la fymphonie italienne, on le doit même ; mais on ne doit déclamer à Paris qu'en français , et le récitatif eſt une déclamation. C'eſt preſque toujours , au reſte , la faute du poëte, quand le récitatif ne vaut rien : car peut-on bien déclamer de mauvaiſes paroles ?

J'avais fait, il y a quelques années, des paroles pour *Rameau ;* qui probablement n'étaient pas trop bonnes, et qui d'ailleurs parurent à de grands miniſ-tres avoir le défaut de mêler le ſacré avec le profane : j'oſe croire encore que , malgré le faible des-paroles , cet opéra était le chef-d'œuvre de *Rameau.* Il y avait ſurtout un certain contraſte de guerriers qui venaient préſenter des armes à *Samſon ,* et de p... qui le rete-naient , lequel feſait un effet fort profane et fort agréable. Si vous voulez, je vous enverrai encore cette guenille. Quant aux autres misères que vous avez vues dans le porte-feuille d'un de vos amis, je puis vous aſſurer qu'il n'y en a peut-être pas une qui ſoit de bon aloi ; et ſi vous voulez m'en envoyer copie, je les corrigerai, et j'y mettrai ce qui vous manque , afin que vous ayez mes impertinences complètes.

Il y a trois mois que l'auteur de Mahomet II m'envoya ſon manuſcrit : je trouve qu'il faut beau-coup de génie pour faire porter une tragédie à un terrain ſi aride et ſi ingrat. La prétendue barbarie de *Mahomet II,* accuſé d'avoir tué ſa maîtreſſe pour plaire à ſes janiſſaires , eſt un conte des plus abſurdes et des plus ridicules que les chrétiens aient inventés. Cette ſottiſe, et toutes celles qu'on a débitées ſur *Mahomet II,* font le fruit de la cervelle d'un moine nommé *Bandelli.* Ces gens-là ne ſont bons qu'à tout gâter.

Adieu, Monfieur, bon voyage : puiffé-je avoir l'honneur de vous faire ma cour à votre retour. N'allez pas vieillir en Portugal. Madame *du Châtelet*, entourée de barbares, va bientôt avoir la confolation de vous écrire , et moi je ne cefferai en aucun inftant de ma vie de vous être attaché avec la plus tendre et la plus refpectueufe reconnaiffance.

LETTRE CVIII.

A M. LE MARQUIS D'ARGENS.

A Bruxelles, 21 juin.

JE reçois, mon cher ami, dans une ville voifine de votre habitation , une de vos très-aimables et très-rares lettres , adreffée à Cirey. J'efpère que je conver-ferai avec vous inceffamment, autrement que par lettres.

En attendant, voici, mon cher ami, de quoi vous confirmer dans la bonne opinion que vous avez de madame *du Châtelet*. Vous pouvez inférer fous mon nom ce petit mémoire que je vous envoie ; je n'y parle que de fa differtation. Il faut que ma petite planète difparaiffe entièrement devant fon foleil.

Nous avions travaillé tous deux pour les prix de l'académie des fciences : les juges nous ont fait l'hon-neur au moins d'imprimer nos pièces ; celle de madame *du Châtelet* eft le n° VI , et la mienne était le n° VII. M. de *Maupertuis*, fi fameux par fa mefure de la terre , et par fon voyage au cercle polaire, était un des juges. Il adjugea le prix au n° VII ; mais les autres

académiciens, qui malheureufement ne font pas du
fentiment de *s'Gravefende* et de *Boërhaave*, ne furent
pas de fon avis. Au refte, on ne foupçonna jamais
que le nº VI fût d'une dame. Sans l'opinion trop
hardie que le feu n'eft point matière, cette dame
méritait le prix. Mais le prix véritable, qui eft l'eftime
de l'Europe favante, eft bien dû à une perfonne de
fon fexe, de fon âge et de fon rang, qui a le courage,
et la force, et le temps de faire de fi bons et de fi
pénibles ouvrages, au milieu des plaifirs et des
affaires.

Savez-vous bien que pendant quelques jours nous
avons féjourné dans une terre qui n'eft qu'à huit lieues
de Maëftricht? mais la multitude prodigieufe des
affaires qui accablait notre héroïne, nous a empêché
de profiter du voifinage. Son intention était bien de
vous prier de la venir voir; mais ce qui eft différé
eft-il perdu?

Parmi les fauffes nouvelles dont on eft inondé, il
faut ranger la prétendue impreffion de ma prétendue
hiftoire littéraire du fiècle de *Louis XIV*. La vérité
eft que j'ai commencé, il y a plufieurs années, une
hiftoire de ce fiècle, qui doit être le modèle des âges
fuivans. Mais mon projet embraffe tout ce qui s'eft
fait de grand et d'utile : c'eft un tableau de tout le
fiècle, et non pas d'une partie.

Je vous enverrai le commencement, et vous jugerez
du plan de mon ouvrage; mais il faut des années
pour qu'il foit en état de paraître. Ne croyez pas que
dans cette hiftoire, ni dans aucun autre ouvrage, je
marque du mépris pour *Bayle* et *Defcartes*; je ferais
trop méprifable.

J'avoue, à la vérité, avec tous les vrais phyficiens, fans exception, avec les *Newton*, les *Halley*, les *Keil*, les *s'Gravefende*, les *Muffchembroëck*, les *Boërhaave*, &c. que la véritable philofophie expérimentale et celle de calcul, ont abfolument manqué à *Defcartes*. Lifez fur cela une petite lettre que j'ai écrite à M. de *Maupertuis*, et que du *Sauzet* a imprimée. Il y a une grande différence entre le mérite d'un homme et celui de fes ouvrages. *Defcartes* était infiniment fupérieur à fon fiècle, j'entends au fiècle de France; car il n'était pas fupérieur aux *Galilée*, aux *Kepler*. Ce fiècle-ci, enrichi des plus belles découvertes inconnues à *Defcartes*, laiffe la faible aurore de ce grand-homme abforbée dans le jour que les *Newton* et d'autres ont fait luire. En un mot, eftimons la perfonne de *Defcartes*, cela eft jufte, mais ne le lifons point; il nous égarerait en tout. Tous fes calculs font faux, tout eft faux chez lui, hors la fublime application qu'il a faite le premier de l'algèbre à la géométrie.

A l'égard de *Bayle*, ce ferait une grande erreur de penfer que je vouluffe le rabaiffer. On fait affez en France comment je penfe fur ce génie facile, fur ce favant univerfel, fur ce dialecticien auffi profond qu'ingénieux.

Par le fougueux Jurieu, Bayle perfécuté
Sera des bons efprits à jamais refpecté :
Et le nom de Jurieu, fon rival fanatique,
N'eft aujourd'hui connu que par l'horreur publique.

Voilà ce que j'en ai dit dans une épître fur l'Envie, que je vous enverrai fi vous voulez.

Quel

Quel a donc été mon but, en réduifant en un feul tome le bel efprit de *Bayle* ? De faire fentir ce qu'il penfait lui-même, ce qu'il a dit et écrit à monfieur *Desmaifeaux*, ce que j'ai vu de fa main : qu'il aurait écrit moins s'il eût été le maître de fon temps. En effet, quand il s'agit fimplement de goût, il faut écarter tout ce qui eft inutile, écrit lâchement et d'une manière vague.

Il ne s'agit pas d'examiner fi les articles de deux cents profeffeurs plaifent aux gens du monde ou non, mais de voir que *Bayle*, écrivant fi rapidement fur tant d'objets différens, n'a jamais châtié fon ftyle. Il faut qu'un écrivain tel que lui fe garde du ftyle étudié et trop peigné ; mais une négligence continuelle n'eft pas tolérable dans des ouvrages férieux. Il faut écrire dans le goût de *Cicéron*, qui n'aurait jamais dit qu'*Abélard s'amufait à tâtonner Héloïfe en lui apprenant le latin.* De pareilles chofes font du reffort du goût, et *Bayle* eft trop fouvent répréhenfible en cela, quoiqu'admirable d'ailleurs. Nul homme n'eft fans défaut ; le dieu du goût remarque jufqu'aux petites fautes échappées à *Racine*, et c'eft cette attention même à les remarquer qui fait le plus d'honneur à ces grands-hommes. Ce ne font pas les grandes fautes des *Boyer*, des *Danchet*, des *Pellegrin*, ces fautes ignorées, qu'il faut relever, mais les petites fautes des grands écrivains ; car ils font nos modèles, et il faut craindre de ne leur reffembler que par leurs mauvais côtés.

Je vais chercher ici vos Mémoires de la république des lettres, et tous vos ouvrages. Les cérémonies par lefquelles on paffe en France avant de pouvoir avoir dans fa bibliothéque un livre de Hollande, font terribles : il eft auffi difficile de faire venir certains bons livres, que d'arrêter l'inondation des mauvais qu'on imprime à Paris avec approbation et privilége.

On m'a mandé qu'un jéfuite, nommé *Brumoi*, a fait imprimer un certain Tamerlan, d'un certain jéfuite nommé *Marga*. L'auteur eft mort, et l'éditeur exilé, à ce qu'on dit, parce que ce Tamerlan eft, dit-on, plein des plus horribles calomnies qu'on ait jamais vomies contre feu monfieur le duc d'*Orléans*, régent du royaume.

Je connais l'ouvrage fanatique du petit jéfuite (le père *le Fèvre*) contre *Bayle*. Vous faites très-bien de le réfuter, et de confondre les bavards fyllogifmes d'un autre vieux pédant. Il eft bon de faire voir que les honnêtes gens ne font pas gouvernés par ces pédagogues raifonneurs, éternels ennemis de la raifon. Mais je vous prie de bien diftinguer entre les difciples d'un grand-homme qui trouvent des fautes dans celui qu'ils aiment, et des ennemis jurés qui voudraient ruiner à la fois la réputation du philofophe et la bonne philofophie. Ne confondez donc pas celui qui trouve que *Raphaël* manque de coloris, et celui qui brûle fes tableaux.

Ce mot *brûler* me rappelle toujours *Desfontaines*. Vous favez peut-être que, par furcroît de reconnaiffance, il avait fait contre moi, ou plutôt contre lui, un libelle affreux, il y a quelques mois. Il niait dans ce libelle jufqu'à l'obligation qu'il m'a de n'avoir pas été brûlé vif, et il y ajoutait les plus infames calomnies. Tout le public, révolté contre ce miférable, voulait que je le pourfuiviffe en juftice; mais je n'ai

pas voulu perdre mon repos, et quitter mes amis pour
faire punir un coquin. M. *Hérault* a pris ma défenſe 1739.
que j'abandonnais, l'a fait comparaître à la police,
et, après l'avoir menacé du cachot, lui a fait ſigner la
rétractation que vous avez pu voir dans les papiers
publics.

Adieu, mon cher ami; je vous embraſſe avec le
plaiſir d'un homme qui voit d'auſſi beaux talens que
les vôtres conſacrés aux belles-lettres, et avec l'eſpérance que les petites fautes de la jeuneſſe ne vous
empêcheront point de jouir du ſort heureux que vous
méritez.

LETTRE CIX.

A M. LE MARQUIS D'ARGENSON.

A Bruxelles, ce 21 juin.

Je viens, Monſieur, de lire un ouvrage qui m'a
conſolé de la foule des mauvais dont on nous inonde.
Vous m'avez fait bien des plaiſirs; mais voici le plus
grand de vos bienfaits. Il ne s'agit pas ici de vous
louer, je ſuis trop pénétré pour y ſonger. Je ne crains
que d'être trop prévenu en faveur d'un ouvrage où je
retrouve la plupart de mes idées. Vous m'avez
défendu de vous donner des louanges, mais vous
ne m'avez pas défendu de m'en donner. Je vais donc
me donner, à moi, de grands coups d'encenſoir;
je vais me féliciter d'avoir toujours penſé que le

gouvernement féodal était un gouvernement de barbares et de fauvages un peu à leur aife : encore les
fauvages aiment-ils l'égalité.

Il ne faut que des yeux pour voir que les villes
gouvernées municipalement font riches, et que la
Pologne n'a que des bourgades pauvres. Je fuis fâché
de ne pouvoir me louer fur les penfionnaires perpé-
tuels ; mais, en vérité, cette idée m'a charmé, comme
fi elle était de moi. Il me femble que vous avez
éclairci, dans un fyftême très-bien fuivi, les idées
confufes et les fouhaits fincères de tout bon citoyen.
En mon particulier, je vous remercie des belles chofes
que vous dites fur la vénalité des charges. Malheureufe invention qui a ôté l'émulation aux citoyens,
et qui a privé les rois de la plus belle prérogative du
trône !

Comme j'avais peu de bien quand j'entrai dans le
monde, j'eus l'infolence de penfer que j'aurais eu
une charge comme un autre, s'il avait fallu l'acquérir
par le travail et par la bonne volonté : je me jetai
du côté des beaux arts, qui portent toujours avec
eux un certain air d'aviliffement, attendu qu'ils ne
donnent point d'exemptions, et qu'ils ne font point
un homme confeiller du roi en fes confeils. On eft
maître des requêtes avec de l'argent, mais avec de
l'argent on ne fait pas un poëme épique ; et j'en
fis un.

Grand merci encore de ce que l'indigne éloge
donné à cette vénalité, dans le Teftament politique
attribué au cardinal de *Richelieu*, vous a fait penfer
que ce teftament n'était point de ce miniftre. Je crois,
en dépit de toute l'académie françaife, que cet

ouvrage fut fait par l'abbé de *Bourzéis*, dont j'ai cru reconnaître le ftyle.

Il y a de plus des contradictions évidentes dans ce livre, lefquelles ne peuvent être attribuées au cardinal de *Richelieu*, des idées, des projets, des expreffions indignes, ce me femble, d'un miniftre. Croira-t-on que le cardinal de *Richelieu* ait appelé la dame d'honneur de la reine, *la Dufargis*, en parlant au roi? qu'il ait appelé le duc de Savoie, *ce pauvre prince*? qu'il ait, dans un tel ouvrage, parlé à un roi de quarante-deux ans, comme on apprend le caté-chifme à un enfant? qu'un miniftre ait nommé les rentes à fept pour cent, *les rentes au denier fept*?

Tout l'écrit fourmille de ces manques de bien-féance, ou de fautes groffières. On trouve, dans un chapitre, que le roi n'avait que trente-trois millions de revenu; on trouve tout autre chofe dans un autre. Je devais remarquer d'abord qu'il eft queftion, dès le commencement, d'une paix générale qui n'a jamais été faite, et que le cardinal n'avait nulle envie ni nul intérêt de faire. C'eft une preuve affez forte, à mon fens, que tout cela fut écrit par un homme favant et oifif, qui comptait qu'on allait faire la paix. Songeons encore que ce teftament, autant qu'il m'en fouvient, commence par faire reffouvenir le roi que le cardinal, *en entrant au confeil*, promet à *Louis XIII* d'abaiffer les grands, les huguenots et la maifon d'Autriche : je foutiens, moi, qu'un tel projet, en entrant au confeil, eft d'un fanfaron, peu fait pour l'exécuter. Et j'ajoute qu'en 1624, quand *Richelieu* entra au confeil par la faveur de la reine-mère, il était fort loin encore d'être premier miniftre.

Q 3

1739.

Je me suis un peu étendu fur cet article : le temps qui preffe m'empêche de fuivre en détail votre ouvrage d'*Ariflide*; madame *du Châtelet* le lit à préfent. Nous vous en parlerons plus au long., fi vous le permettez ; mais tout fe réduira à regarder l'auteur comme un excellent ferviteur du roi, et comme l'ami de tous les citoyens.

Comment avez-vous eu le courage, vous qui êtes d'une auffi ancienne maifon que monfieur de *Boulainvilliers*, de vous déclarer fi généreufement contre lui et contre fes fiefs ? J'en reviens toujours là : vous vous êtes dépouillé du préjugé le plus cher aux hommes, en faveur du bien public.

Nous réfiftons à l'envie la plus forte de faire une copie de ce bel ouvrage ; nous fommes auffi honnêtes gens que vous, dignes de votre confiance ; et nous ne ferons pas tranfcrire un mot fans votre permiffion. Nous vous demanderions celle d'envoyer l'ouvrage au Prince royal de Pruffe, fi vous étiez difpofé à l'accorder. Faire connaître cet ouvrage au prince, ce ferait lui rendre un très-grand fervice. Je m'imagine que je contribuerais par là au bonheur de tout un peuple.

On m'annonce une nouvelle qui ne contribuera pas à mon bonheur particulier. On m'écrit que l'abbé *Desfontaines* a eu la permiffion de défavouer fon défaveu même, qu'il a affuré, dans une de fes feuilles, que ce prétendu défaveu était une pièce fuppofée. Cette nouvelle, qui me vient de la Hollande, m'a l'air d'être très-fauffe ; du moins je le fouhaite. (*)

(*) Cette nouvelle était fauffe en effet ; fon défaveu exifte, et nous l'avons en original.

Comment *Desfontaines* aurait-il eu l'infolence de nier un défaveu minuté de votre main, écrit et figné de la fienne, et dépofé au greffe de la police? comment oferait-il s'avouer; dans fes feuilles, auteur d'un libelle infame? et fi en effet il eft capable d'une pareille turpitude, comment pourrait-il défobéir aux ordres de M. *Hérault*, et nier dans fes feuilles un défaveu que M. *Hérault* lui ordonnait d'y inférer?

Si vous êtes encore à Paris, Monfieur, j'ofe vous fupplier d'en dire un mot.

Je me fers de l'adreffe que vous m'avez donnée, dans l'incertitude où je fuis de votre départ. Madame *du Châtelet*, entourée de devoirs, de procès, et de tout ce qui accompagne un établiffement, a bien du regret de ne pouvoir vous écrire aujourd'hui et vous marquer elle-même ce qu'elle penfe de l'ouvrage et de l'auteur.

Adieu, Monfieur; allez faire aimer les Français en Portugal, et laiffez-moi l'efpérance de revoir un homme qui fait tant d'honneur à la France. Un anglais fit mettre fur fon tombeau : *Ci-gît l'ami de Philippe Sidnei;* permettez que mon épitaphe foit : *Ci-gît l'ami du marquis d'Argenfon.*

Voilà une charge qu'on n'a point avec de la finance, et que je mérite par le plus refpectueux attachement et la plus haute eftime.

Q 4

LETTRE CX.

A M. HELVETIUS.

A Enguien, ce 6 juillet.

JE vois, mon charmant ami, que je vous avais
écrit d'affez mauvais vers, et qu'*Apollon* n'a pas voulu
qu'ils vous parvinffent. Ma lettre était adreffée à
Charleville, où vous deviez être, et j'avais eu foin
d'y mettre une petite apoftille, afin que la lettre vous
fût rendue en quelque endroit de votre département
que vous fuffiez. Vous n'avez rien perdu ; mais moi
j'ai perdu l'idée que vous aviez de mon exactitude.
Mon amitié n'eft point du tout négligente. Je vous
aime trop pour être pareffeux avec vous. J'attends,
mon bel *Apollon*, votre ouvrage, avec autant de
vivacité que vous le faites. Je comptais vous envoyer
de Bruxelles ma nouvelle édition de Hollande,
mais je n'en ai pas encore reçu un feul exemplaire
de mes libraires. Il n'y en a point à Bruxelles, et
j'apprends qu'il y en a à Paris. Les libraires de Hollande, qui font des corfaires mal-adroits, ont fans
doute fait beaucoup de fautes dans leur édition, et
craignent que je ne la voye affez tôt pour m'en
plaindre et pour la décrier. Je ne pourrai en être
inftruit que dans quinze jours. Je fuis actuellement
avec madame *du Châtelet* à Enguien, chez M. le duc
d'*Aremberg*, à fept lieues de Bruxelles. Je joue beaucoup au brelan ; mais nos chères études n'y perdent
rien. Il faut allier le travail et le plaifir. C'eft ainfi

que vous en ufez, et c'eft un petit mélange que je
vous confeille de faire toute votre vie; car, en vérité,
vous êtes né pour l'un et pour l'autre.

Je vous avoue, à ma honte, que je n'ai jamais lu
l'Utopie de *Thomas Morus* ; cependant je m'avifai de
donner une fête, il y a quelques jours, dans Bruxelles,
fous le nom de l'envoyé d'Utopie. La fête était pour
madame *du Châtelet*, comme de raifon ; mais croiriez-
vous bien qu'il n'y avait perfonne dans la ville qui
sût ce que veut dire utopie. Ce n'eft pas ici le pays
des belles-lettres. Les livres de Hollande y font
défendus, et je ne peux pas concevoir comment
Roufeau a pu choifir un tel afile. Ce doyen des
médifans, qui a perdu depuis long-temps l'art de
médire, et qui n'en a confervé que la rage, eft ici
auffi inconnu que les belles-lettres. Je fuis actuellement dans un château où il n'y a jamais eu de livres
que ceux que madame *du Châtelet* et moi nous avons
apportés; mais, en récompenfe, il y a des jardins plus
beaux que ceux de Chantilly, et on y mène cette
vie douce et libre qui fait l'agrément de la campagne.
Le poffeffeur de ce beau féjour vaut mieux que
beaucoup de livres; je crois que nous allons y jouer
la comédie; on y lira du moins les rôles des acteurs.

J'ai bien un autre projet en tête; j'ai fini ce Mahomet dont je vous avais lu l'ébauche. J'aurais grande
envie de favoir comment une pièce d'un genre fi nouveau et fi hafardé réuffirait chez nos galans Français;
je voudrais faire jouer la pièce, et laiffer ignorer
l'auteur. A qui puis-je mieux me confier qu'à vous?
N'avez-vous pas en main cet ami de Paris, qui vous
doit tout et qui aime tant les vers? Ne pourriez-vous

pas la lui envoyer? ne pourrait-il pas la lire aux comédiens? mais lit-il bien? car une belle prononciation et une lecture pathétique font une bordure néceffaire au tableau. Voyez, mon cher ami; donnez-moi fur cela vos réflexions.

Quelle eft donc cette madame *Lambert* à qui je dois des complimens? Vous me faites des amis des gens qui vous aiment; je ferai bientôt aimé de tout le monde.

Adieu. Madame *du Châtelet* vous eftime, vous aime; vous n'en doutez pas. Nos cœurs font à vous pour jamais; elle vous a écrit comme moi à Charleville. Adieu; je vous embraffe du meilleur de mon ame.

LETTRE CXI.

A M. LE MARQUIS D'ARGENS.

A Bruxelles, ce 18 juillet.

ETES-VOUS parti? pour moi je pars dans la minute. Mes complimens, mon cher ami, au révérend père *Janffens* jéfuite (*) de Bruxelles, lequel a perfuadé à la pauvre madame *Viana* que fon mari était mort hérétique, et que par conféquent elle ne pouvait en confcience garder de l'argent chez elle, et qu'il fallait remettre tout entre les mains de fon confeffeur. La dame *Viana*, pleine de componction, lui a confié tout fon argent. Le cocher qui a aidé le révérend père à porter les facs, dépofe juridiquement contre le

(*) Ou *Yancin.*

révérend père. Le bon homme dit qu'il ne fait ce
que c'eft, et prie DIEU pour eux. Le peuple cependant veut lapider le faint. On va juger l'affaire. Il
faut ou le pendre ou le canonifer, et peut-être fera-
t-il l'un et l'autre. (*)

Adieu, mon ami ; ne foyons ni l'un ni l'autre.

LETTRE CXII.

A M. LE MARQUIS D'ARGENSON.

A Bruxelles, 28 juillet.

MONSIEUR,

Un fuiffe, paffant par Bruxelles pour aller à Paris,
était défigné pour être dépofitaire du plus inftructif
et du meilleur ouvrage que j'aye lu depuis vingt ans ;
mais la crainte de tous les accidens qui peuvent arriver à un étranger inconnu, m'a déterminé à ne confier l'ouvrage qu'à l'abbé *Mouffinot*, qui aura l'honneur
de vous le rendre.

On m'affure que l'auteur de cet ouvrage unique ne
va point enterrer à Lisbonne les talens qu'il a pour
conduire les hommes et pour les rendre heureux.
Puiffe-t-il refter à Paris, et puiffé-je le retrouver
dans un de ces poftes où l'on a fait jufqu'ici tant de
mal et fi peu de bien ! Si je fuivais mon goût, je vous
jure bien que je ne remettrais les pieds dans Paris que

(*) Voyez, fur cette affaire, l'Effai fur les probabilités en fait de juftice,
parmi les pièces relatives au procès du comte de *Morangiès :* Politique et
légiflation, tome II.

—— quand je verrais M. d'*Argenson* à la place de son
1739. père, et à la tête des belles-lettres.

La décadence du bon goût, le brigandage de la
littérature, me font fentir que je fuis né citoyen ; je
fuis au défefpoir de voir une nation fi aimable, fi
prodigieufement gâtée. Figurez-vous, Monfieur, que
M. de *Richelieu* infpira au roi, il y a quatre ans,
l'envie de voir la comédie de l'Héritier ridicule,
et cela fur une prétendue anecdote de la cour de
Louis XIV. On prétendait que le roi et Monfieur
avaient fait jouer cette pièce deux fois en un jour.
Je fuis bien éloigné de croire ce fait ; mais ce que
je fais bien, c'eft que cette malheureufe comédie
eft un des plus plats et des plus impertinens ouvrages
qu'on ait jamais barbouillés. Les comédiens français
eurent tant de honte que *Louis XV* la leur demandât,
qu'ils refufèrent de la jouer. Enfin *Louis XV* a
obtenu cette belle repréfentation des bateleurs de
Compiegne : lui et les fiens s'y font terriblement
ennuyés. Qu'arrivera-t-il de là ? Que le roi, fur la
foi de M. de *Richelieu*, croira que cette pièce eft le
chef-d'œuvre du théâtre, et que par conféquent le
théâtre eft la chofe la plus méprifable.

Encore paffe, fi les gens qui fe font confacrés à
l'étude n'étaient pas perfécutés ; mais il eft bien dou-
loureux de fe voir maîtrifé, foulé aux pieds par des
hommes fans efprit, qui ne font pas nés affurément
pour commander, et qui fe trouvent dans de très-
belles places qu'ils déshonorent.

Heureufement il y a encore quelques ames comme
la vôtre ; mais c'eft bien rarement dans ce petit nombre
qu'on choifit les difpenfateurs de l'autorité royale, et

les chefs de la nation. Un fripon de la lie du peuple
et de la lie des êtres penfans, qui n'a d'efprit que ce
qu'il en faut pour nouer des intrigues fubalternes, et
pour obtenir des lettres de cachet, ignorant et haïffant les lois, patelin et fourbe ; voilà celui qui réuffit,
parce qu'il entre par la chatière : et l'homme digne
de gouverner vieillit dans des honneurs inutiles.

Ce n'était pas à Bruxelles, c'était à Compiegne
qu'il fallait que votre livre fût lu. Quand il n'y
aurait que cette feule définition-ci, elle fuffirait à
un roi : *Un parfait gouvernement eft celui où toutes les
parties font également protégées.* Que j'aime cela ! *Les
favantes recherches fur le droit public ne font que l'hiftoire
des anciens abus.* Que cela eft vrai ! Eh, qu'importe à
notre bonheur de favoir les capitulaires de *Charlemagne?*
Pour moi, ce qui m'a dégoûté de la profeffion d'avocat,
c'eft la profufion de chofes inutiles dont on voulut
charger ma cervelle. *Au fait*, eft ma devife.

Que ce que vous dites fur la Pologne me plaît
encore ! J'ai toujours regardé la Pologne comme un
beau fujet de harangue, et comme un gouvernement
miférable : car, avec tous fes beaux priviléges,
qu'eft-ce qu'un pays où les nobles font fans difci-
pline, le roi un zéro, le peuple abruti par l'efclavage ?
et où l'on n'a d'argent que celui qu'on gagne à vendre
fa voix ? Je vous ai déjà parlé, je crois, de la vieille
barbarie du gouvernement féodal.

Votre article fur la Tofcane : *Ils viennent de tomber
entre les mains des Allemands,* &c., eft bien d'un homme
amoureux du bonheur public ; et je dirai avec vous,
barbarus has fegetes, &c.

Je fuis fâché de ne pouvoir relire tout le livre,

1739.

pour marquer toutes les beautés de détail qui m'ont frappé, indépendamment de la fage économie et de l'enchaînement de principes qui en fait le mérite.

Il y a une anecdote dont je ne puis encore convenir, c'eft que les nouvelles rentes ne furent pas propofées par M. *Colbert*. J'ai toujours ouï dire que ce fut lui-même qui les propofa, étant à bout de fes reffources : et je ne crois pas que *Louis XIV* confultât d'autres que lui. (14)

Avant de finir ma lettre, j'ai voulu avoir encore le plaifir de relire le chap. VI et la fin du précédent : *Un monarque qui n'a plus à fonger qu'à gouverner, gouverne toujours bien.* Cette admirable maxime fe trouve à la fuite de chofes très-édifiantes. Mais, pour Dieu, que ce monarque fonge donc à gouverner !

Je ne fais fi on fonge affez à une chofe dont j'ai cru m'apercevoir. J'ai manqué fouvent d'ouvriers à la campagne ; j'ai vu que les fujets manquaient pour la milice ; je me fuis informé en plufieurs endroits s'il en était de même ; j'ai trouvé qu'on s'en plaignait prefque par-tout, et j'ai conclu de là que les moines et les religieufes ne font pas tant d'enfans qu'on le dit, et que la France n'eft pas fi peuplée (proportion gardée) que l'Allemagne, la Hollande, la Suiffe, l'Angleterre. Du temps de M. de *Vauban* nous étions dix-huit millions : combien fommes-nous à préfent ? C'eft ce que je voudrais bien favoir.

Voilà l'abbé *Mouffinot* qui va monter en chaife,

---

(14) Elles furent propofées à *Colbert* par des membres du parlement, et il les adopta par faibleffe, et malgré lui.

et moi je vais fermer votre livre ; mais je ferai avec lui comme avec vous, je l'aimerai toute ma vie.

On me mande que *Prault* vient d'imprimer une petite hiftoire de *Molière* et de fes ouvrages, de ma façon. Voici le fait : M. *Palu* me pria d'y travailler lorfqu'on imprimait le Molière in-4°. ; j'y donnai mes petits foins ; et quand j'eus fini, M. de *Chauvelin* donna la préférence à M. de *la Serre : Sic vos non vobis.* Ce n'eft pas d'aujourd'hui que *Midas* a des oreilles d'âne. Mon manufcrit eft enfin tombé à *Prault*, qui l'a imprimé, dit-on, et défiguré ; mais l'auteur vous eft toujours attaché avec la plus refpectueufe eftime et le plus tendre dévouement.

Madame *du Châtelet*, auffi enchantée que moi, vous louera bien mieux.

LETTRE CXIII.

A M. DE CIDEVILLE.

A Paris, le 5 feptembre.

Mon cher ami, je fuis bien coupable ; mais comptez que quand on ne vous écrit point, et qu'on ne reçoit point de vos nouvelles, on eft bien puni de fa faute. La première chofe que je fais en arrivant à Paris, c'eft de vous dire combien j'ai tort. Cependant, fi je voulais, je trouverais bien de quoi m'excufer ; je vous dirais que j'ai mené une vie errante, et que, dans les momens de repos que j'ai eus, j'ai travaillé dans l'intention de vous plaire. Quoique l'air de Bruxelles n'ait pas la réputation d'infpirer de bons vers, je n'ai pas laiffé de reprendre ma lime et mon rabot; et ne me fentant pas encore tout-à-fait apoplectique, j'ai voulu mettre à profit le temps que la nature veut bien encore laiffer à mon imagination.

J'étais en beau train, quand un maudit cartéfien, nommé *Jean Bannières*, m'eft venu harceler par un gros livre contre *Newton*. Adieu les vers : il faut répondre aux hérétiques, et foutenir la caufe de la vérité. J'ai donc remis ma lyre dans mon étui, et j'ai tiré mon compas. A peine travaillais-je à ces triftes difcuffions, que la divine *Emilie* s'eft trouvée dans la néceffité de partir pour Paris, et me voilà.

J'ai appris, quelques jours avant mon arrivée en cette bruyante ville, que notre *Linant* avait gagné le prix de l'académie françaife. Je lui en ai fait mon compliment, et je m'en réjouis avec vous. C'eft vous qui l'avez fait poëte, et la moitié du prix vous appartient. J'efpère que cet honneur éveillera fa pareffe et fortifiera fon génie. Il m'a envoyé fon difcours dans lequel j'ai trouvé de très-bonnes chofes, et furtout ce qui caractérife l'écrivain d'un efprit au-deffus du commun, image et précifion. Je lui fouhaite de la gloire et de la fortune. J'efpère qu'on jouera fa tragédie cet hiver; on dit qu'il l'a beaucoup corrigée. Je n'en fais rien, je ne l'ai point encore vu; je n'ai vu perfonne. Tout ce que je fais, c'eft que s'il travaille et s'il eft honnête homme, je lui rends toute mon amitié.

Je vais chercher *Formont* dans le palais de *Plutus*; je vais lui parler de vous. Il n'aura peut-être pas la tête tournée, comme l'ont tous les gens de ce pays-ci, qui ne parlent que de feux d'artifice et de fufées volantes, et d'une *Madame* et d'un *Infant* qu'ils

ne

ne verront jamais. Les hommes font de grands imbécilles! Tout le monde paraît occupé profondément d'une marmotte qui n'eft point jolie; mais il faut leur pardonner.

Depuis que le père de la mariée eft amoureux, on dit que tout le monde eft gai, et qu'il y a du plaifir, même à Verfailles.

Cimon aima, puis devint galant homme.

Bonjour, mon ancien ami; je vais courir par cette grande ville, et chercher pour un mois quelque gîte tranquille où je puiſſe vous écrire quelquefois. Que dites-vous de *Voltaire* qui a des meubles à Bruxelles, et qui loge en chambre garnie à Paris? Si vous avez quelques ordres à me donner, adreffez-les à l'hôtel de Richelieu. Je vous embraffe tendrement.

LETTRE CXIV.

A M. HELVÉTIUS.

11 feptembre.

Mon aimable ami, qui ferez honneur à tous les arts, et que j'aime tendrement, courage, *macte animo*. La fublime métaphyfique peut fort bien parler le langage des vers; elle eft quelquefois poëtique dans la profe du P. *Mallebranche*. Pourquoi n'achèveriez-vous pas ce que *Mallebranche* a ébauché? C'était un poëte manqué, et vous êtes né poëte. J'avoue que vous entreprenez une carrière difficile, mais vous me paraiffez peu étonné du travail. Les obftacles vous feront faire de nouveaux efforts ; c'eſt à cette ardeur pour le travail qu'on reconnaît le vrai génie. Les pareſſeux ne font jamais que des gens médiocres, en quelque genre que ce puiſſe être. J'aime d'autant plus ce genre métaphyſique, que c'eſt un champ tout nouveau que vous défricherez. *Omnia jam vulgata.*

Vous dites avec *Virgile :*

> *Tentanda via eſt quâ me quoque poſſim*
> *Tollere humo, victorque virûm volitare per ora.*

Oui, *volitabis per ora ;* mais vous ſerez toujours dans le cœur des habitans de Cirey.

Vous avez raiſon aſſurément de trouver de grandes difficultés dans le chapitre de *Locke* de la puiſſance ou de la liberté. Il avouait lui-même qu'il était là comme le diable de *Milton* pataugeant dans le chaos.

Au reſte, je ne vois pas que ſon ſage ſyſtême, qu'il n'y a point d'idées innées, ſoit plus contraire qu'un autre à cette liberté ſi déſirable, ſi conteſtée, et peut-être ſi incompréhenſible. Il me ſemble que, dans tous les ſyſtêmes, D I E U peut avoir accordé à l'homme la faculté de choiſir quelquefois entre des idées, de quelque nature que ſoient ces idées. Je vous avouerai enfin, qu'après avoir erré bien long-temps dans ce labyrinthe, après avoir caſſé mille fois mon fil, j'en ſuis revenu à dire que le bien de la ſociété exige que l'homme ſe croye libre. Nous nous conduiſons tous ſuivant ce principe, et il me paraît un peu étrange d'admettre dans la pratique ce que nous rejetterions dans la ſpéculation. Je commence, mon cher ami, à faire plus de cas du bonheur de la vie que d'une vérité ; et ſi malheu-

reufement le fatalifme était vrai , je ne voudrais pas
d'une vérité fi cruelle. Pourquoi l'Etre fouverain, qui
m'a donné un entendement qui ne peut fe comprendre, ne m'aura-t-il pas donné auffi un peu de
liberté ? Nous nous fentons tous libres. DIEU nous
aurait-il trompés tous ? Voilà des argumens de
bonne femme. Je fuis revenu au fentiment, après
m'être égaré dans le raifonnement.

Quant à ce que vous me dites , mon cher ami ,
de ces rapports infinis du monde , dont *Locke* tire
une preuve de l'exiftence de DIEU, je ne trouve point
l'endroit où il le dit.

Mais à tout hafard je crois concevoir votre difficulté ; et fur cela, fans plus de détail, voici mon idée
que je vous foumets.

Je crois que la matière aurait , indépendamment
de DIEU, des rapports néceffaires à l'infini ; j'appelle
ces rapports aveugles, comme rapports de lieu, de
diftance, de figure, &c. ; mais pour des rapports de
deffein, je vous demande pardon. Il me femble qu'un
mâle et une femelle, un brin d'herbe et fa femence ,
font des démonftrations d'un être intelligent qui a
préfidé à l'ouvrage. Or, de ces rapports de deffein ,
il y en a à l'infini.

Pour moi , je fens mille rapports qui me font aimer
votre cœur et votre efprit, et ce ne font point des
rapports aveugles. Je vous embraffe du meilleur de
mon cœur. Je fuis trop de vos amis pour vous faire
des complimens.

Madame *du Châtelet* a la même opinion de vous
que moi ; mais vous n'en devez aucun remercîment
ni à l'un ni à l'autre,

1739.

LETTRE CXV.

A M. HELVETIUS.

A Paris, 3 octobre.

MON jeune *Apollon*, j'ai reçu votre charmante
lettre. Si je n'étais pas avec madame *du Châtelet*, je
voudrais être à Montbard. Je ne sais comment je m'y
prendrai pour envoyer une courte et modeste réponse
que j'ai faite aux anti-newtoniens. Je suis l'enfant
perdu d'un parti dont M. de *Buffon* est le chef, et je
suis assez comme les soldats qui se battent de bon
cœur sans trop entendre les intérêts de leur prince.
J'avoue que j'aimerais infiniment mieux recevoir de
vos ouvrages que vous envoyer les miens. N'aurai-je
point le bonheur, mon cher ami, de voir arriver
quelque gros paquet de vous avant mon départ? Pour
Dieu, donnez-moi au moins une épître. Je vous ai
dédié ma quatrième épître sur la Modération; cela
m'a engagé à la retoucher avec soin. Vous me donnez
de l'émulation; mais donnez-moi donc de vos
ouvrages. Votre métaphysique n'est pas l'ennemie
de la poësie. Le P. *Mallebranche* était quelquefois
poëte en prose; mais vous, vous savez l'être en
vers. Il n'avait de l'imagination qu'à contre-temps.
Madame *du Châtelet* a amené avec elle à Paris son
Kœnig qui n'a de l'imagination en aucun sens, mais
qui, comme vous savez, est ce qu'on appelle grand
métaphysicien. Il fait à point nommé de quoi la

matière eſt compoſée, et il jure d'après *Leibnitz*, qu'il
eſt démontré que l'étendue eſt compoſée de monades
non étendues, et la matière impénétrable compoſée
de petites monades pénétrables. Il croit que chaque
monade eſt un miroir de ſon univers. Quand on croit
tout cela, on mérite de croire aux miracles de St *Pâris*.
D'ailleurs il eſt très-bon géomètre, comme vous ſavez,
et, ce qui vaut mieux, très-bon garçon. Nous irons
bientôt philoſopher à Bruxelles enſemble, car on n'a
point ſa raiſon à Paris. Le tourbillon du monde eſt
cent fois plus pernicieux que ceux de *Deſcartes*. Je
n'ai encore eu ni le temps de penſer, ni celui de vous
écrire. Pour madame *du Châtelet*, elle eſt toute diffé-
rente, elle penſe toujours, elle a toujours ſon eſprit ;
et ſi elle ne vous a pas écrit, elle a tort. Elle vous fait
mille complimens, et en dit autant à M. de *Buffon*.

Le d'*Arnaud* eſpère que vous ferez un jour quelque
choſe pour lui, après *Montmirel* s'entend ; car il faut
que chaque choſe ſoit à ſa place.

Si je ſavais où loge votre aimable *Montmirel*, ſi
j'avais achevé Mahomet, je me confierais à lui *in
nomine tuo* ; mais je ne ſuis pas encore prêt, et je
pourrai bien vous envoyer de Bruxelles mon Alcoran.

Adieu, mon cher ami ; envoyez-moi donc de ces
vers dont un ſeul dit tant de choſes. Faites ma cour,
je vous en prie, à M. de *Buffon* ; il me plaît tant,
que je voudrais bien lui plaire. Adieu ; je ſuis à vous
pour le reſte de ma vie.

LETTRE CXVI.

A M. LE MARQUIS DE XIMENÈS,

*Qui lui avait envoyé une traduction en vers de la
septième élégie d'Ovide.*

Le.....

Les perfonnes qui ont l'honneur de vous connaître,
Monfieur, vous rendront la juftice d'avouer que
vous êtes plus fait pour traduire les amours fortunés
d'*Ovide*, que fes amours malheureux. Si d'ailleurs
quelque beauté avait à fe plaindre de vous, elle ferait
difcrète; et vous pourriez vous vanter de vos exploits,
fans lui déplaire. Il y a de très-galans hommes qui
ont perdu partie, revanche et le tout, fans en rien
dire. Vous n'êtes pas de ces gens-là, et je vous crois
très-heureux au jeu. Pour moi, qui ne joue point, je
vous fouhaite d'auffi bonnes parties que vous avez
fait de bons vers. Goûtez les plaifirs, et chantez-les.

J'ai l'honneur d'être, &c.

LETTRE CXVII.

A M. PITOT DE LAUNAY,

DE L'ACADEMIE DES SCIENCES.

2 janvier.

Mon cher philofophe, je vous remercie tendrement de votre fouvenir et de la fidélité avec laquelle vous avez foutenu la bonne caufe dans l'affaire de *Prault*. Il y a long-temps que je connais, que je défie et que je méprife les calomniateurs. Les efprits malins et légers, qui commencent par ofer condamner un homme dont ils n'imiteraient pas les procédés, n'ont garde de s'informer de quelle manière j'en ai ufé. Ils le pourraient favoir de *Prault* lui-même; mais il eft plus aifé de débiter un menfonge au coin du feu, que d'aller chez les parties intéreffées s'informer de la vérité. Il y a peu d'ames comme la vôtre, qui aiment à rendre juftice. Les vérités morales vous font auffi chères que les vérités géométriques. Je vous prie de voir M. *Arouet*, et de demander l'état où il eft : dites-lui que j'y fuis auffi fenfible que je dois l'être, et que je prendrais la pofte pour le venir voir, fi je croyais lui faire plaifir. Je vous demande en grâce de m'écrire des nouvelles de la difpofition de fon corps et de fon ame. Adieu; mille amitiés à madame *Pitot*, fans cérémonie.

R 4

LETTRE CXVIII.

A M. LE MARQUIS D'ARGENSON.

A Bruxelles, ce 8 janvier.

Vous m'allez croire un pareffeux, Monfieur, et qui pis eft un ingrat; mais je ne fuis ni l'un ni l'autre. J'ai travaillé à vous amufer depuis que je fuis à Bruxelles, et ce n'eft pas une petite peine que celle de donner du plaifir. Je n'ai jamais tant travaillé de ma vie, c'eft que je n'ai jamais eu tant d'envie de vous plaire.

Vous favez, Monfieur, que je vous avais promis de vous faire paffer une heure ou deux affez doucement : je devais avoir l'honneur de vous préfenter ce petit recueil qu'imprimait *Prault.* Toutes ces pièces fugitives que vous avez de moi fort informes et fort incorrectes, m'avaient fait naître l'envie de vous les donner un peu plus dignes de vous. *Prault* les avait auffi manufcrites. Je me donnai la peine d'en faire un choix, et de corriger avec un très-grand foin tout ce qui devait paraître. J'avais mis mes complaifances dans ce petit livre. Je ne croyais pas qu'on dût traiter des chofes auffi innocentes plus févèrement qu'on n'a traité les *Chapelle*, les *Chaulieu*, les *la Fontaine*, les *Rabelais*, et même les épigrammes de *Rouffeau.*

Il s'en faut beaucoup que le recueil de *Prault* approchât de la liberté du moins hardi de tous les

auteurs que je cite. Le principal objet même de ce
recueil était le commencement du Siècle de *Louis XIV*,
ouvrage d'un bon citoyen et d'un homme très-
modéré. J'ofe dire que dans tout autre temps une
pareille entreprife ferait encouragée par le gouvernement. *Louis XIV* donnait fix mille livres de penfion
aux *Valincourt*, aux *Péliffon*, aux *Racine* et aux
Defpréaux, pour faire fon hiftoire qu'ils ne firent
point; et moi je fuis perfécuté pour avoir fait ce
qu'ils devaient faire. J'élevais un monument à la
gloire de mon pays, et je fuis écrafé fous les premières pierres que j'ai pofées. Je fuis en tout un
exemple que les belles-lettres n'attirent guère que
des malheurs.

Si vous étiez à leur tête, je me flatte que les chofes
iraient un peu autrement; et plût à Dieu que vous
fuffiez dans les places que vous méritez ! Ce n'eft pas
pour moi, c'eft pour le bonheur de l'Etat que je
le défire.

Vous favez comment *Govers* a gagné ici fon
procès tout d'une voix, comment tout le monde l'a
félicité, et avec quelle vivacité les grands et les petits
l'ont prié de ne point retourner en France. Je compte,
pour moi, refter très-long-temps dans ce pays-ci ;
j'aime les Français, mais je hais la perfécution. Je
fuis indigné d'être traité comme je le fuis, et d'ailleurs
j'ai de bonnes raifons pour refter ici. J'y fuis entre
l'étude et l'amitié, je n'y défire rien, je n'y regrette
rien que de ne vous point voir.

Peut-être viendra-t-il des temps plus favorables
pour moi où je pourrai joindre aux douceurs de la
vie que je mène, celle de profiter de votre commerce

charmant, de m'inftruire avec vous et de jouir de vos bontés. Je ne défefpère de rien.

J'ai vu ici M. d'*Argens*; je fuis infiniment content de fes procédés avec moi. Je vois bien que vous m'aviez un peu recommandé à lui. Madame *du Châtelet* vous a écrit, ainfi je ne vous dis rien pour elle. Confervez-moi vos bontés, je vous en conjure ; vous favez fi elles me font précieufes.

LETTRE CXIX.

A M. DE CIDEVILLE.

A Bruxelles, 9 janvier.

Mon très-cher ami, depuis le moment où vous m'apparûtes à Paris, j'accompagnai madame de *Richelieu* jufqu'à Langres. Je retournai à Cirey, de Cirey j'allai à Bruxelles ; j'y fuis depuis plus d'un mois, et fi ce mois n'a pas été employé à vous écrire, il l'a été à écrire pour vous, à mon ordinaire. Je n'ai jamais été fi infpiré de mes dieux, ou fi poffédé de mes démons. Je ne fais fi les derniers efforts que j'ai faits font ceux d'un feu prêt à s'éteindre ; je vous enverrai ma befogne, mon cher ami, et vous en jugerez.

Vous y verrez du moins un homme que les per-fécutions ne découragent point, et qui aime affuré-ment les belles-lettres pour elles-mêmes. Elles me feront éternellement chères, quelques ennemis qu'elles m'aient attirés. Cefferai-je d'aimer des fruits délicieux,

parce que des ferpens ont voulu les infecter de
leur venin ?

On avait préparé à Paris un petit recueil de la
plupart de mes pièces fugitives, mais fort différentes
de celles que vous avez ; et, en vérité, il fallait bien
qu'il en parût enfin une bonne leçon, après toutes
les copies informes qui avaient inondé le public
dans tant de brochures qui paraiffent tous les mois.
On avait mis à la tête de cette petite collection, le
commencement de mon effai fur le fiècle de
Louis XIV. Si vous ne l'avez pas vu, je vous l'enverrai. Vous jugerez fi ce n'eft pas l'ouvrage d'un
bon citoyen, d'un bon français, d'un amateur du
genre-humain, et d'un homme modéré. Je ne connais
aucun auteur ultramontain qui ait parlé de la cour
de Rome avec plus de circonfpection ; et j'ofe dire
que le frontifpice de cet ouvrage était l'entrée d'un
temple bâti à l'honneur de la vertu et des arts. Les
premières pierres de ce temple font tombées fur
moi : la main des fots et des bigots a voulu m'écrafer
fous cet édifice, mais ils n'y ont pas réuffi ; et l'ouvrage et moi nous fubfifterons.

Louis XIV donna deux mille écus de penfion
aux *Péliffon*, aux *Racine*, aux *Defpréaux*, aux
Valincourt, pour écrire fon hiftoire qu'ils ne firent
point. J'ai embraffé à moins de frais un objet plus
important, plus digne de l'attention des hommes :
l'hiftoire d'un fiècle plus grand que *Louis le grand*.
J'ai fait la chofe *gratis*, ce qui devait plaire par le
temps qui court ; mais le bon marché n'a pas empêché
qu'on n'en ait agi avec moi comme fi j'étais parmi
des Vandales ou des Gépides. Cependant, mon cher

ami; il y a encore d'honnêtes gens, il y a des êtres penfans, des *Emilie*, des *Cideville*, qui empêchent que la barbarie n'ait droit de prefcription parmi nous. C'eft avec eux que je me confole; ce font eux qui font ma récompenfe.

Que faites-vous, mon cher ami? êtes-vous à Rouen ou à la campagne, avec les *Tompfons* ou avec les Mufes? Quand vivrons-nous enfemble? car vous favez bien que nous y vivrons. Il faut qu'à la fin le petit nombre des adeptes fe raffemble dans un petit coin de terre. Nous y ferons comme les bons Ifraélites en Egypte, qui avaient la lumière pour eux tout feuls, à ce qu'on dit, pendant que la cour de *Pharaon* était dans les ténèbres. Madame *du Châtelet* vous fait les complimens les plus fincères et les plus vifs. Adieu, mon cher *Cideville*, adieu, jufqu'au premier envoi que je vous ferai de mes bagatelles.

LETTRE CXX.

A M. LE MARQUIS D'ARGENSON.

A Bruxelles, 26 janvier.

LES infamies de tant de gens de lettres ne m'empêchent point du tout d'aimer la littérature. Je suis comme les vrais dévots qui aiment toujours la religion, malgré les crimes des hypocrites. Je vous avoue que si je suivais entièrement mon goût, je me livrerais tout entier à l'histoire du siècle de *Louis XIV*, puisque le commencement ne vous en a pas déplu; mais je n'y travaillerai point tant que je serai à Bruxelles: il faut être à la source pour puiser ce dont j'ai besoin; il faut vous consulter souvent. Je n'ai point assez de matériaux pour bâtir mon édifice hors de France. Je vais donc m'enfoncer dans les ténèbres de la métaphysique et dans les épines de la géométrie, tant que durera le malheureux procès de madame *du Châtelet*.

J'ai fait ce que j'ai pu pour mettre Mahomet dans son cadre, avant de quitter la poësie; mais j'ai peur que dans cette pièce l'attention à ne pas dire tout ce qu'on pourrait dire, n'ait un peu éteint mon feu. La circonspection est une belle chose, mais en vers elle est bien triste. Etre raisonnable et froid, c'est presque tout un : cela n'est pas à l'honneur de la raison.

Si j'avais de la santé, et si je pouvais me flatter de vivre, je voudrais écrire une histoire de France à ma mode. J'ai une drôle d'idée dans la tête ; c'eft qu'il n'y a que des gens qui ont fait des tragédies qui puiffent jeter quelque intérêt dans notre hiftoire sèche et barbare. *Mézerai* et *Daniel* m'ennuient ; c'eft qu'ils ne favent ni peindre ni remuer les paffions. Il faut dans une hiftoire, comme dans une pièce de théâtre, expofition, nœud et dénouement.

Encore une autre idée. On n'a fait que l'hiftoire des rois, mais on n'a point fait celle de la nation. Il femble que, pendant quatorze cents ans, il n'y ait eu dans les Gaules que des rois, des miniftres et des généraux: mais nos mœurs, nos lois, nos coutumes, notre efprit, ne font-ils donc rien ?

Adieu, Monfieur ; refpect, reconnaiffance.

P. S. Pardon ; il s'eft trouvé une grande figure d'optique fur l'autre feuillet ; je l'ai déchiré.

LETTRE CXXI.

A M. LE COMTE D'ARGENTAL.

Ce 29 janvier.

JE fuis abfolument de l'avis de l'ange gardien et de fes chérubins, fur le retranchement de la fcène d'*Atide* au quatrième acte ; non-feulement cette arrivée d'*Atide* reffemblait en quelque chofe à l'*Atalide* de Bajazet, mais elle me paraît peu décente et très-froide dans une circonftance fi terrible, et à la vue du corps expirant d'un père, qui doit occuper toute l'attention de la malheureufe *Zulime*,

Après avoir bien examiné les autres obfervations, ——
et avoir plié mon efprit à fuivre les routes qu'on me 1740.
propofe, je les trouve abfolument impraticables.

On veut que *Zulime* doute fi fon amant a affaffiné
fon père, on veut enfuite qu'elle puiffe l'excufer fur
ce qu'il l'a tué fans le favoir, et que cette idée de
l'innocence de *Ramire* foit l'objet qui occupe principalement le cœur de *Zulime*.

Je crois avoir ménagé affez le peu de doutes qu'elle
doit avoir, et je crois que ce ferait perdre toute la
force du tragique que de vouloir rendre toujours
fon amant innocent. Le véritable tragique, le comble
de la terreur et de la pitié eft, à mon avis, qu'elle
aime fon amant criminel et parricide. Point de belles
fituations fans de grands combats, point de paffions
vraiment intéreffantes fans de grands reproches. Ceux
qui confeillèrent à *Pradon* de ne pas rendre *Phèdre*
inceftueufe, lui confeillèrent des bienféances bien
malheureufes et bien mefféantes au théâtre. Ah, ne
me traitez pas en *Pradon!* (*)

Je condamne auffi févèrement toute affemblée de
peuple. Ce n'eft pas d'une vaine pompe dont il
s'agit; il faut que *Zulime*, en mourant, adore encore
la caufe de fes crimes et de fes malheurs; il faut
qu'elle le dife; et fi elle était devant le peuple, cette
affreufe confidence ferait déplacée; c'eft alors que
les bienféances feraient violées. J'aime la pompe du
fpectacle, mais j'aime mieux un vers paffionné.

Voici donc les feuls changemens que mon temps,
mes occupations et mon départ me permettent.
Benigno animo legete, et publici juris in theatro fiant.

(*) M. de *Voltaire* a changé depuis le plan de Zulime.

—— Je vous fupplie d'adreffer vos ordres chez l'abbé
1740. *Mouffinot* qui aura mon adreffe.

Je me flatte que je vous adrefferai bientôt mieux
que Zulime. Permettez-moi de baifer refpectueufement la belle main qui a écrit les remarques auxquelles
j'ai obéi en partie.

> . . . . *Si quid*
> *Rectius , imperti , fi non his utere mecum.*

Voyez fi vous êtes à peu-près content. Donnez
cela à mademoifelle *Quinault* quand il vous plaira ,
finon donnez-moi donc de nouveaux ordres ; mais
je fens les limites de mon efprit ; je ne pourrai guère
aller plus loin, comme je ne peux vous aimer ni vous
refpecter davantage.

LETTRE CXXII.

A M. LE COMTE D'ARGENTAL.

Le 12 mars.

M ON très-cher ange gardien, je fis partir hier
à l'adreffe de votre frère un petit paquet contenant
à peu-près toutes les corrections que mon grand
confeil m'a demandées pour cette Zulime. Je m'étais
refroidi fur cet ouvrage , et j'en avais prefque perdu
l'idée auffi-bien que la copie. Il a fallu que mademoifelle *Quinault* m'ait renvoyé les cinq actes, pour
me mettre au fait de mon propre ouvrage. Il eft
bien difficile de rallumer un feu prefque éteint : il

n'y

n'y a que le fouffle de mes anges qui puiffe en venir
à bout. Voyez fi vous retrouverez encore quelque
chaleur dans les changemens que j'ai envoyés. Je
commence à efpérer beaucoup de fuccès de cet
ouvrage aux repréfentations, parce que c'eft une
pièce dans laquelle les acteurs peuvent déployer
tous les mouvemens des paffions ; et une tragédie
doit être des paffions parlantes. Je ne crois pas
qu'à la lecture elle fît le même effet, parce que la
pièce a trop l'air d'un magafin dans lequel on a
brodé les vieux habits de *Roxane*, d'*Atalide*, de
Chiméne, de *Callirhoé*.

J'en reviens à Mahomet, il eft tout neuf.

> *Tentanda via eft quâ me quoque poffim*
> *Tollere humo.*

Mais Zulime fera la pièce des femmes, et
Mahomet la pièce des hommes. Je recommande
l'une et l'autre à vos bontés.

Avez-vous oublié Pandore ? Vous m'aviez dit
qu'on en pouvait faire quelque chofe. Je crois qu'il
me fera plus aifé de vous fatisfaire fur Pandore que
fur Zulime. Je vous avoue que je ferais fort aife
d'avoir courtifé avec fuccès, une fois en ma vie,
la Mufe de l'opéra. Je les aime toutes neuf, et il
faut avoir le plus de bonnes fortunes qu'on peut,
fans être pourtant trop coquet.

Le Prince royal m'a écrit une lettre touchante au
fujet de monfieur fon père qui eft à l'agonie. Il
femble qu'il veuille m'avoir auprès de lui ; mais
vous me connaiffez trop pour penfer que je puiffe
quitter madame *du Châtelet* pour un roi, et même

pour un roi aimable. Permettez à ce fujet que je vous demande un petit plaifir. Vous ne pouvez paffer dans la rue Saint-Honoré fans vous trouver auprès d'*Hébert* ; je vous fupplie de paffer chez lui, et de voir une écritoire de *Martin* que nous fefons faire pour la préfenter au Prince royal. Voyez fi elle vous plaît. Le préfent eft affez convenable à un prince comme lui : c'eft *Soliman* qui envoie un fabre à *Scanderbeg*. Mais ce maudit *Hébert* me fait attendre des fiècles. Le roi de Pruffe fe meurt ; et s'il eft mort avant que ma petite écritoire arrive, ma galanterie fera perdue. Il n'y a pas trop de bonne grâce à donner à un roi qui peut rendre beaucoup. Cet air intéreffé ôterait tout le mérite de l'écritoire.

Vous devriez bien me dire quelques nouvelles des fpectacles ; ils m'intéreffent toujours, quoique je fois à préfent tout hériffé des épines de la philofophie.

Mais vous ne me mandez jamais rien de ce qui vous regarde, rien fur votre veffie ni fur vos plaifirs ; je m'intéreffe à tout cela plus qu'à tous les fpectacles du monde. Allez-vous toujours les matins vous ennuyer en robe à juger des plaideurs ?

LETTRE CXXIII.

A M. LE COMTE D'ARGENTAL.

Le 22 mars.

ANGE de paix, eh bien, comment trouvez-vous donc ce commencement de l'hiftoire de *Louis XIV?* Je crois que j'en pourrais faire un ouvrage bien neuf, et peut-être honorable à la nation. Mais comme je fuis traité dans cette nation pour qui je travaille !

Et Zulime, Zulime ! fi le cinquième acte n'eft pas à votre fantaifie, je n'ai qu'à me noyer, car j'y ai mis tout ce que je fais. J'ai vu de beaux yeux pleurer en le lifant; mais je me défie toujours des beaux yeux : celles qui les portent font d'ordinaire féduites ou trompeufes. La perfonne dont je vous parle eft peut-être trop féduite en ma faveur : cependant elle n'a guère pleuré à Mérope, et elle a pleuré beaucoup à Zulime.

Pour l'amour de Dieu, n'exigez pas que je commence par faire de Zulime un trouble-fête ! Quelle cruelle idée mon confeil a-t-il eue ! Croyez-moi, il n'y aurait plus d'intérêt. *Atide* doit ne pas déplaire, mais *Zulime* doit déchirer le cœur. Prenez-y garde, tout ferait perdu.

Au refte, mon confeil eft le feul confeil dans Paris qui foit inftruit des affaires d'Afrique. Si cela pouvait être joué à Pâques, je bénirais Mahomet; décidez. Il y a bien autre chofe fur le tapis.

S 2

Permettez-vous que je vous adreffe une de mes rêveries, que vous jetterez au feu fi vous la condamnez, et que vous ferez voir à M. le comte de *Maurepas* fi vous l'approuvez (*). Je lui donne, par mon dernier vers, la louange la plus flatteufe. Je lui dis qu'il a des amis, et c'eft votre amitié qui fait fon éloge.

Eft-ce que vous ne voulez pas donner un muficien à *Pandore* ?

Eft-ce que vous penfez qu'on ne peut rien tirer de cette madame *Prudife*, en lui fefant faire par pure faibleffe ce qu'on lui fait faire au théâtre anglais par une méchanceté déterminée, qui révolterait nos mœurs un peu faibles et trop délicates ? Le rôle du petit *Adine* me paraît fi joli ! Laiffez-vous toucher, et que je faffe quelque chofe de cette *Prudife*.

J'ai lu Edouard. Je vous fuis très-obligé de la bonté que vous avez eue de m'envoyer la traduction d'*Ortolani* : elle me paraît affez belle.

J'ai répondu à *Greffet* une lettre polie et d'amitié ; je le crois un bon diable.

Adieu, mon adorable ami ; toujours *fub umbrâ alarum tuarum*. Je fuis bien perfécuté, tout va de travers ; mais vous m'aimez, *Emilie* m'aime, c'eft la réponfe à tout.

(*) L'épître à M. le comte de *Maurepas*, vol. d'Epîtres.

LETTRE CXXIV.

A M. HELVETIUS, *à Paris.*

A Bruxelles, ce 24 mars.

JE vous renvoie, mon cher ami, le manuscrit que vous avez bien voulu me communiquer. Vous me donnez toujours les mêmes sujets d'admiration et de critique. Vous êtes le plus hardi architecte que je connaisse, et celui qui se passe le plus volontiers de ciment. Vous feriez trop au-dessus des autres, si vous vouliez faire attention combien les petites choses servent aux grandes, et à quel point elles font indispensables; je vous prie de ne pas les négliger en vers, et surtout dans ce qui regarde votre santé; vous m'avez trop alarmé par le danger où vous avez été. Nous avons besoin de vous, mon cher enfant en *Apollon*, pour apprendre aux Français à penser un peu vigoureusement; mais moi j'en ai un besoin essentiel, comme d'un ami que j'aime tendrement, et dont j'attends plus de conseils dans l'occasion que je ne vous en donne ici.

J'attends la pièce de M. *Gresset*. Je ne me presse point de donner Mahomet; je le travaille encore tous les jours. A l'égard de Pandore, je m'imagine que cet opéra prêterait assez aux musiciens; mais je ne sais à qui le donner. Il me semble que le récitatif en fait la principale partie, et que le savant *Rameau* néglige quelquefois le récitatif. M. d'*Argental* en est

S 3

affez content; mais il faut encore des coups de lime. Ce M. d'*Argental* eft un des meilleurs juges, comme un des meilleurs hommes que nous ayons. Il eft digne d'être votre ami. J'ai lu l'Optique du P. *Caftel*. Je crois qu'il était aux petites-maifons quand il fit cet ouvrage. Il n'y en a qu'un que je puiffe lui comparer ; c'eft le quatrième tome de *Jofeph Privat de Molières*, où il donne de fon cru une preuve de l'exiftence de DIEU, propre à faire plus d'athées que' tous les livres de *Spinofa*. Je vous dis cela en confidence. On me parle avec éloge des détails d'une comédie de *Boiffy ;* je n'en croirai rien de bon que quand vous en ferez content. Le janfénifte *Rollin* continue-t-il toujours à mettre en d'autres mots ce que tant d'autres ont écrit avant lui ? et fon parti préconife-t-il toujours comme un grand-homme ce prolixe et inutile compilateur? A-t-on imprimé, et vend-on enfin l'ouvrage de l'abbé de *Gamache* ? Il y aura fans doute un petit fyftême de fa façon ; car il faut des romans aux Français. Adieu , charmant fils d'*Apollon ;* nous vous aimons ici tendrement. Ce n'eft point un roman cela, c'eft une vérité conftante ; car nous fommes ici deux êtres très - conftans.

LETTRE CXXV.

A M. LE MARQUIS D'ARGENSON.

A Bruxelles, ce 30 mars.

C'EST une chofe plaifante, Monfieur, que la tracafferie qu'on m'avait voulu faire avec M. de *Valori*,
à Berlin et à Paris. J'entrevois que quelqu'un, qui
veut abfolument fe mêler des affaires d'autrui, a mis
dans fa tête de détruire M. de *Valori* et moi dans
l'efprit du Prince royal : et ce n'eft pas la première
niche qu'on m'a voulu faire dans cette cour. J'ai
beau vivre dans la plus profonde retraite, et paffer
mes jours avec *Euclide* et *Virgile*, il faut qu'on trouble
mon repos.

Je crois connaître affez le Prince royal pour efpérer
qu'il en redoublera de bontés pour moi ; et que, fi
on a voulu lui infpirer des fentimens peu favorables
pour notre miniftre, il ne fentira que mieux fon
mérite. C'eft un prince qui unira, je crois, les lettres
et les armes, qui s'accommodera en homme jufte
pour Berg et Juliers, fi on lui fait des propofitions
honorables, et qui défendra fes droits dans l'occafion avec de vrais foldats, fans avoir de géans inutiles.

Je ferais fort étonné fi le roi fon père revenait de
fa maladie. Il faut qu'il foit bien mal, puifqu'il eft
défendu en Pruffe de parler de fa fanté ni en mal
ni en bien.

Lorfque vous m'avez fait l'honneur de m'écrire au
fujet de M. de *Valori*, je venais de recevoir une lettre

1740.

d'une de mes nièces, femme d'un commiffaire des guerres à Lille, qui m'inftruifait auffi de cette tracaf-ferie. M. l'abbé de *Valori*, prévôt du chapitre de Lille, lui en avait parlé. Je ne peux mieux faire, je crois, Monfieur, que d'avoir l'honneur de vous envoyer la copie de la réponfe à ma nièce.

,, Les tracafferies viennent donc, ma chère enfant, ,, jufque dans ma retraite, et prennent leur grand ,, tour par Berlin. Je vois très-clairement que quelque ,, bonne ame a voulu me nuire à la fois dans l'efprit ,, du Prince royal de Pruffe, et dans celui de monfieur ,, de *Valori*; et il y a quelque apparence qu'une ,, certaine perfonne, qui avait voulu deffervir M. de ,, *Valori* à la cour de Berlin, a femé encore ce petit ,, grain de zizanie.

,, Je connais M. de *Valori* en général par l'eftime ,, publique qu'il s'eft acquife, et plus particulière- ,, ment par le cas infini qu'en fait M. d'*Argenfon*, qui ,, m'avait même flatté que j'aurais une nouvelle ,, protection dans M. de *Valori* auprès du Prince ,, royal.

,, J'avais eu l'honneur d'écrire plufieurs fois à ce ,, prince, que M. de *Valori* augmenterait le goût ,, que fon Alteffe royale a pour les Français, et que ,, j'efpérais que ce ferait pour moi un nouveau ,, moyen de me conferver dans fes bonnes grâces. ,, Je me flatte encore que le petit mal-entendu qu'on ,, a fait naître ne détruira pas mes efpérances.

,, Il eft tout naturel que M. de *Valori*, ayant vu, ,, dans les gazetins infidelles dont l'Europe eft ,, inondée, une fauffe nouvelle fur mon compte, ,, l'ait crue comme les autres; qu'on en ait dit un

,, petit mot en paſſant à la cour de Pruſſe, et que
,, quelqu'un, à qui cela eſt revenu à Paris, en ait
,, fait un commentaire.

,, Il ne réſultera, de cette petite malice qu'on a
,, voulu faire à M. de *Valori*, rien autre choſe que
,, des aſſurances de la plus reſpectueuſe eſtime que
,, je vous prie de faire paſſer à M. de *Valori* par le
,, canal de monſieur ſon frère. Si tous les tracaſſiers
,, de Paris étaient ainſi payés de leurs peines, le
,, nombre en ferait moins grand ,,.

Voilà, Monſieur, mes véritables ſentimens. Je
fais toujours des vœux pour que vous ſoyez dans
quelque place où vous puiſſiez donner un peu de
carrière à vos grands talens, à votre bonne volonté
pour le genre-humain, et à votre goût pour les
arts.

En attendant, je vous conſeille de ne pas négliger
mademoiſelle *le Maure*. C'était autrefois un beau
pédantiſme que celui qui tenait toujours les premiers
magiſtrats en longue jaquette, et qui leur interdiſait
les ſpectacles. Je ne croirai les Français tout-à-fait
revenus de l'ancienne barbarie, que quand l'arche-
vêque de Paris, le chancelier et le premier préſident
auront chacun une loge à l'opéra et à la comédie.
Madame *du Châtelet* vous fait bien des complimens;
et moi, Monſieur, je vous ſuis dévoué pour ma vie
avec la plus tendre et la plus reſpectueuſe reconnaiſſance.

LETTRE CXXVI.

A M. LE COMTE D'ARGENTAL, *à Paris.*

A Bruxelles, ce 1 avril.

PLUS ANGE GARDIEN QUE JAMAIS,

JE m'étais déjà avifé de travailler tout feul à ma Pandore, et je n'avais pas attendu la grâce d'en haut : j'allais l'envoyer pour chercher un muficien, lorfque le paquet de mon cher ange eft arrivé.

J'ai grande impatience de favoir fi vous trouvez le Mahomet mieux lié, plus intéreffant, mieux écrit, et enfin, fi après le grand fracas du quatrième acte, le cinquième vous femble fupportable.

Vous pourriez, en attendant, mon refpectable ami, couronner vos bontés pour Zulime, en promettant à mademoifelle *Gauffin* le premier rôle dans Mahomet. Vous voulez que j'efpère de Zulime, j'efpère donc ; *in verbo tuo laxavi rete.*

Revenons à Pandore ; je n'ai point d'expreffions pour vous remercier. Il faudra donc encore une fois rompre la chaîne des études philofophiques, et quitter le compas pour la lyre. Soit, je fuis le *maître Jacques* du Parnaffe ; mais malheureufement *maître Jacques* n'était ni bon cocher, ni bon cuifinier.

Vous ne laiffez pas de m'embarraffer. Vous me foudroyez mes titans au troifième acte. La pièce alors aurait l'air d'être finie, et on en recommencerait une

autre qui ferait le mariage et la boîte de *Pandore*. Le
grand point, me femble, eft de refondre les deux
actions en une, je veux dire la guerre des titans
et cette boîte fameufe.

Je ne haïrais pas que le Deftin lui-même parût
au milieu du combat, et réglât les deux partis. Il n'y
aura pas grand mal quand *Jupiter* aura un peu tort;
il eft accoutumé fur la fcène de l'opéra à ne pas
jouer le beau rôle : et fur la fcène de ce monde quels
reproches ne lui fait-on' pas? que de plaintes de la
part des femmes qui n'ont pas les grâces de madame
d'*Argental*, et de la part des hommes qui n'ont pas
votre mérite? Dans ce monde chacun l'accufe, et
fur le théâtre il reçoit des foufflets.

Je trouvais affez bon que *Mercure* fît la befogne
du tentateur. Au bout du compte, il faut bien que
les Dieux foient coupables du mal moral et du mal
phyfique. D'ailleurs *Pandore* en était plus excufable;
et qu'importe que cette *Pandore-Eve* foit féduite par
Mercure ou par le diable? Dites-moi, je vous prie,
fi la boîte n'eft pas un trait de la vengeance des
Dieux, quels rapports auront les trois premiers
actes avec les deux derniers? Voilà encore une
fois ce qui m'embarraffe. L'opéra pourrait commencer
au quatrième acte; c'eft à mon fens le plus grand
des défauts : donnez-moi une réponfe à cette objection.

Au refte, je profiterai de toutes vos bontés et de
tous vos avis, et je me mettrai en befogne dès que
vous m'aurez bien voulu répondre. J'invoquerai
angelum meum, et je travaillerai.

Hélas! j'ai peur que, parmi les maux fortis de la
boîte de *Pandore*, la mort de madame de *Richelieu*

ne ſoit bientôt un des plus certains, comme un des plus cruels. On dit qu'elle crache du pus et qu'elle a la fièvre. Vous perdriez une amie qui vous avait goûté infiniment.

Je ne ſais ſi la poſte en uſe avec les intendans des claſſes comme avec moi. Les paquets ont beau être contre-ſignés, le contre-ſeing d'un miniſtre français eſt ici très-peu conſidéré, et on paye ce beau ſeing neuf à dix florins; ainſi, quand par haſard vous aurez quelque gros paquet à envoyer, faites-le porter chez l'abbé *Mouſſinot*.

Bon ſoir, mon aimable, mon reſpectable ami, mon conſeil, mon juge, qui ſouffrez toutes mes rebellions; vous ne croyez donc pas qu'on puiſſe jamais réduire Madame *Prudiſe* aux mœurs françaiſes. . . . . Si pourtant . . . .

Adieu; je vous embraſſe mille fois.

LETTRE CXXVII.

A M. DE CIDEVILLE.

A Bruxelles, ce 25 avril.

Voulez-vous ſavoir, mon charmant ami, mon confrère en *Apollon*, mon maître dans l'art de penſer délicatement, l'effet que m'a fait votre dernière lettre? celui qu'un bon inſtrument de muſique fait ſur un autre. Il en fait réſonner toutes les cordes qui ſont à l'uniſſon. Vous m'avez remis ſur le champ la lyre à la main ; j'ai ferré mes compas, je fuis revenu à l'autel de *Melpomène* et au temple des Grâces. Vous me direz fi j'ai été exaucé de vos trois Déeffes.

Tout ce que vous foupçonniez que j'ébauchais, eft prêt à vous être envoyé. Donnez - moi donc l'adreffe fûre que vous m'avez promife. J'ai plus de chofes à vous faire tenir que vous ne penfez. Je peux avoir mal employé mon temps, mais je ne fuis pas refté oififf. Je fais qu'il y a long-temps que je ne vous ai écrit, mais aufli vous aurez deux tragédies pour excufe ; et fi vous n'êtes pas content, j'ai encore autre chofe à vous montrer.

Je veux vous rendre un peu compte de mes études ; il me femble que c'eft un devoir que l'amitié m'impofe. Outre toutes les bagatelles poëtiques que vous recevrez de moi, vous en aurez aufli de philofophiques. Je crois avoir enfin mis les Elémens de *Newton* au point que l'homme le moins exercé dans ces matières, et le plus ennemi des fciences de calcul, pourra les lire avec quelque plaifir et avec fruit. J'ai mis au-devant de l'ouvrage un expofé de la métaphyfique de *Newton* et de celle de *Leibnitz* dont tout homme de bon fens eft juge-né. On va l'imprimer en Hollande au commencement de mai ; mais il va paraître à Paris un ouvrage plus intéreffant et plus fingulier en fait de phyfique ; c'eft une phyfique que madame *du Châtelet* avait compofée pour fon ufage, et que quelques membres de l'académie des fciences fe font chargés de rendre publique pour l'honneur de fon fexe et pour celui de la France.

Vous avez lu fans doute la comédie des Dehors

—— trompeurs. Quel dommage! il y a des fcènes charmantes et des morceaux frappés de main de maître.
Pourquoi cela n'eft-il pas plus étoffé, et pourquoi
les derniers actes font-ils fi. languiffans?

Amphora cœpit
Inftitui, currente rotâ, cur urceus exit?

Il en eft à peu-près de même de la pièce de *Greffet;*
et qui pis eft, c'eft une déclamation vide d'intérêt (*).
Mon Dieu! pourquoi me parlez-vous de la tragédie, foi-difant de *Coligny?* Il femble que vous
ayèz foupçonné qu'elle eft de moi. Le *Dufauzet*,
libraire de Hollande, et par conféquent doublement
fripon, a eu l'infolence abfurde de la débiter fous
mon nom; mais, Dieu merci, le piége eft groffier; et
fût-il plus fin, vous n'y feriez pas pris. Cette pitoyable
rapfodie eft d'un bon enfant nommé d'*Arnaud*, qui
s'eft avifé de vouloir mettre le fecond chant de la
Henriade en tragédie.

Adieu, mon cher ami; mon cœur et mon efprit
font à vous pour jamais. Madame *du Châtelet* vous
fait mille complimens.

(*) Edouard III, tragédie.

LETTRE CXXVIII.

A M. DE CIDEVILLE.

A Bruxelles, le 5 mai.

Un ballot eſt parti, mon cher ami; il eſt marqué d'un grand T. *Signa* Tau *ſuper caput dolentium*. Ce paquet eſt très-honteux de ne contenir que quatre tomes de mes anciennes rêveries imprimées à Amſterdam, et rien des nouvelles folies.

On va jouer Zulime à Paris. Peut-être la jouera-t-on quand vous recevrez cette lettre; mais je l'ai tant corrigée que je n'ai pu encore la faire tranſcrire pour vous l'envoyer. Il eût été mieux de vous l'envoyer d'abord tout informe qu'elle était; j'y aurais gagné de bons conſeils, mais auſſi je vous aurais fait un mauvais préſent. Voilà ce que c'eſt que d'être condamné à vivre loin de vous. Quel plaiſir ce ſerait de vous conſulter tous les jours, de vous montrer le lendemain ce que vous auriez réformé la veille! Voilà comme les belles-lettres font le charme de la vie, autrement elles n'en ſont que la faible conſolation.

J'eſpère enfin vous envoyer bientôt Zulime et Mahomet. Ce Mahomet n'eſt pas, comme vous croyez bien, le *Mahomet II* qui coupe la tête à ſa bien-aimée; c'eſt *Mahomet* le fanatique, le cruel, le fourbe, et, à la honte des hommes, le grand, qui de garçon marchand, devient prophète, légiſlateur et monarque.

Zulime n'eſt que le danger de l'amour, et c'eſt un ſujet rebattu ; Mahomet eſt le danger du fanatiſme, cela eſt tout nouveau. Heureux celui qui trouve une veine nouvelle dans cette mine du théâtre ſi long-temps fouillée et retournée, mais je veux ſavoir ſi c'eſt de l'or que j'ai tiré de cette veine ; c'eſt à votre pierre de touche, mon cher ami, que je veux m'adreſſer.

J'ai bien envie de mettre bientôt dans votre biblio-théque un monument ſingulier de l'amour des beaux arts, et des bontés d'un prince unique en ce monde. Le Prince royal de Pruſſe„ à qui ſon ogre de père permettait à peine de lire, n'attend pas que ce père ſoit mort pour oſer faire imprimer la Henriade. Il a fait fondre en Angleterre des caractères d'argent, et il compte établir dans ſa capitale une imprimerie auſſi belle que celle du louvre. Eſt-ce que ce premier pas d'un roi philoſophe ne vous enchante pas ? Mais en même temps, quel triſte retour ſur la France ! C'eſt à Berlin que les beaux arts vont renaître. Eh, que fait-on pour eux en France ? on les perſécute. Je me conſole, parce qu'il y a une *Emilie* et un *Cideville*, et que quand on a le bonheur de leur plaire, on n'a que faire de l'appui des ſots.

Adieu, mon cher ami ; Madame *du Châtelet* vous fait mille complimens. Je ſuis à vous pour ma vie.

LETTRE

LETTRE CXXIX.

A M. LE MARQUIS D'ARGENSON, *à Paris.*

A Bruxelles, le 21 de mai.

LES petits hommages que je vous dois, Monſieur, depuis long-temps, ſont partis par le coche, comme *Scudéri*, pour aller en cour; ce ſont quatre volumes de mes rêveries imprimées à Amſterdam. Les fautes des éditeurs ſe trouvaient en fort grand nombre avec les miennes; j'ai corrigé tout ce que j'ai pu, et il s'en faut beaucoup que j'en aye corrigé aſſez. Si je croyais que cela pût vous amuſer quelques momens, je me croirais bien payé de mes peines.

Je ne connais et ne veux d'autre récompenſe que de plaire au petit nombre qui penſe comme vous. Les faveurs des rois ſont faites pour le courtiſan le plus adroit; les places des gens de lettres ſont pour ceux qui ſont bien à la cour; votre eſtime eſt pour le mérite. Je vous avoue que je ne regrette qu'une choſe, c'eſt que mes ouvrages ne ſoient imprimés que chez les étrangers. Je ſuis fâché d'être de contrebande dans ma patrie. Je ne ſais par quelle fatalité, n'ayant jamais parlé ni écrit qu'en honnête homme et en bon citoyen, je ne puis parvenir à jouir des priviléges qu'on doit à ces deux titres. Peut-être: *Extinctus, amabitur idem;* mais ſi c'eſt de vous qu'il eſt aimé, il n'a pas beſoin d'attendre, et il eſt heureux de ſon vivant.

Correſp. générale. Tome II. T

——— Le procès de madame *du Châtelet* n'avance guère.
1740. Il faut fe préparer à refter ici long-temps. J'y fuis
avec elle, j'y fuis à l'abri de la perfécution, et
cependant je vous regrette.

Je ne fais, Monfieur, fi vous avez entendu parler
du jéfuite *Janffens* à qui on redemande ici en juftice
un dépôt de deux cents mille florins. Le procès fe
pourfuit vivement; le rapporteur m'a dit qu'il y
avait de terribles preuves contre ce jéfuite. Il pourra
être condamné, mais fes confrères refteront tout-
puiffans, car on ne peut ni les fouffrir, ni s'en défaire.
Il y a des fociétés immortelles comme des hommes
immortels.

Adieu, Monfieur; il y a ici deux cœurs qui vous
font dévoués pour jamais.

LETTRE CXXX.

A M. LE COMTE D'ARGENTAL.

12 juin.

MON adorable ami, vous favez que je n'ai jamais
efpéré un fuccès brillant de Zulime. Je vous ai toujours mandé que la mort du père tuerait la pièce; et
la véritable raifon, à mon gré, c'eft qu'alors l'intérêt
change; cela fait une pièce double. Le cœur n'aime
point à fe voir dérouté; et quand une fois il eft plein
d'un fentiment qu'on lui a infpiré, il rebute tout
ce qui fe préfente à la traverfe; d'ailleurs les paffions
qui règnent dans Zulime, ne font point affez neuves.

Le public , qui a vu déjà les mêmes chofes fous
d'autres noms , n'y trouve point cet attrait invincible que la nouveauté porte avec foi. Que vous êtes
charmans, vous et madame d'*Argental* ! que vous
êtes au-deffus de mes ouvrages ! mais auffi je vous
aime plus que tous mes vers.

Je vous fupplie de faire au plutôt ceffer pour jamais
les repréfentations de Zulime , fur quelque honnête
prétexte. Je vous avoue que je n'ai jamais mis mes
complaifances que dans Mahomet et Mérope. J'aime
les chofes d'une efpèce toute neuve. Je n'attends
qu'une occafion de vous envoyer la dernière leçon
de Mahomet; et fi vous n'êtes pas content, vous
me ferez recommencer. Vous m'enverrez vos idées ,
je tâcherai de les mettre en œuvre. Je ne puis mieux
faire que d'être infpiré par vous.

Voulez-vous, avant votre départ, une feconde dofe
de Mérope ? Je fuis comme les chercheurs de pierre
philofophale; ils n'accufent jamais que leurs opérations, et ils croient que l'art eft infaillible. Je crois
Mérope un très-beau fujet, et je n'accufe que moi.
J'en ai fait trois nouveaux actes; cela vous amuferait-il ?

En attendant , voici une façon d'ode (*) que je
viens de faire pour mon *cher* roi de Pruffe. De quelle
épithète je me fers-là pour un roi ! *Un roi cher* ! cela
ne s'était jamais dit. Enfin , voilà l'ode ou plutôt
les ftances ; c'eft mon cœur qui les a dictées bonnes
ou mauvaifes; c'eft lui qui me dicte les plus tendres
remercîmens pour vous, la reconnaiffance, l'amitié
la plus refpectueufe et la plus inviolable.

(*) Voyez le volume d'Epîtres.

LETTRE CXXXI.

A M. LE MARQUIS D'ARGENSON.

A Bruxelles, le 18 juin.

Si j'avais l'honneur d'être auprès de mon cher monarque, favez-vous bien, Monfieur, ce que je ferais ? je lui montrerais votre lettre, car je crois que fes miniftres ne lui donneront jamais de fi bons confeils. Mais il n'y a pas d'apparence que je voye, du moins fitôt, mon meffie du Nord. Vous vous doutez bien que je ne fais point quitter mes amis pour des rois ; et je l'ai mandé tout net à ce charmant prince que j'appelle *votre humanité*, au lieu de l'appeler *votre majefté*.

A peine eft-il monté fur le trône (*), qu'il s'eft fouvenu de moi pour m'écrire la lettre la plus tendre, et pour m'ordonner, ce font fes termes, de lui écrire toujours comme à un homme, et jamais comme à un roi.

Savez-vous que tout le monde s'embraffe dans les rues de Berlin, en fe félicitant fur les commencemens de fon règne. Tout Berlin pleure de joie ; mais pour fon prédéceffeur, perfonne ne l'a pleuré, que je fache. Belle leçon pour les rois ! Les gens en place font pour la plupart de grands miférables ; ils ne favent pas ce qu'on gagne à faire du bien.

(*) Le 31 de mai 1740.

J'ai cru faire plaifir, Monfieur, au roi, à vous ———
et à M. de *Valori*, en lui tranfcrivant les propres 1740.
paroles de ce miniftre dont vous m'avez fait
part : *Il commence fon règne comme il y a apparence
qu'il le continuera ; par-tout des traits de bonté*, &c.
J'ai écrit auffi à M. de *Valori* ; j'ai fait plus encore,
j'ai écrit à M. le baron de *Keyferling*, favori du
roi, et je lui ai tranfcrit les louanges non fufpectes
qui me reviennent de tous côtés de notre cher
Marc-Aurèle pruffien, et furtout les quatre lignes
de votre lettre.

Vous m'avouerez qu'on aime d'ordinaire ceux
dont on a l'approbation, et que le roi ne faura pas
mauvais gré à M. de *Valori* de mon petit rapport,
ni M. de *Valori* à moi. Des bagatelles établiffent
quelquefois la confiance ; et la première des inftructions d'un miniftre, c'eft de plaire.

Les affaires me paraiffent bien brouillées en
Allemagne et par-tout ; et je crois qu'il n'y a que
le confeil de la Trinité qui fache ce qui arrivera
dans la petite partie de notre petit tas de boue qu'on
appelle Europe. La maifon d'Autriche voudrait bien
attaquer les *Borbonides*, mais fa pragmatique la retient.
La Saxe et la Bavière difputeront la fucceffion : Berg
et Juliers eft une nouvelle pomme de difcorde, fans
compter les Goths, Vifigoths et Gépides qui pourraient danfer dans cette pyrrhique de barbares.

> *Dulce, mari magno turbantibus æquora ventis,*
> *E terrâ magnum alterius fpectare laborem.*

Débrouille qui voudra ces fufées, moi je cultive
en paix les arts, bien fâché que les comédiens aient

voulu à toute force donner cette Zulime, que je n'ai jamais regardée que comme de la crême fouettée, dans le temps que j'avais quelque chofe de meilleur à leur donner. J'ai eu l'honneur de vous en montrer les prémices.

> *Si me, Marcè, tuis vatibus inferes,*
> *Sublimi feriam fidera vertice.*

Madame *du Châtelet* vous fait mille complimens; vous connaiffez mon tendre et refpectueux attachement.

LETTRE CXXXII.

A M. DE MAUPERTUIS.

A Bruxelles, le 22 de juin,

LES grands-hommes font mes rois, Monfieur, mais la converfe n'a pas lieu ici : les rois ne font pas mes grands-hommes. Une tête a beau être couronnée, je ne fais cas que de celles qui penfent comme la vôtre ; et c'eft votre eftime et votre amitié, non la faveur des fouverains, que j'ambitionne. Il n'y a que le roi de Pruffe que je mets de niveau avec vous, parce que c'eft de tous les rois le moins roi et le plus homme. Il eft bienfefant et éclairé, plein de grands talens, et de grandes vertus ; il m'étonnera et m'affligera fenfiblement s'il fe dément jamais. Il ne lui manque que d'être géomètre, mais il eft profond métaphyficien, et moins bavard que le grand *Volfius.*

J'irais obferver cet aftre du Nord, fi je pouvais quitter celui dont je fuis depuis dix ans le fatellite. Je 1740. ne fuis pas comme les comètes de *Defcartes*, qui voyagent de tourbillon en tourbillon.

A propos de tourbillon, j'ai lu le quatrième tome de *Jofeph Privat de Molières*, qui prouve l'exiftence de DIEU par un poids de cinq livres pofé fur un 4 de chiffre (*). Il paraît que vos confrères les examinateurs de fon livre, n'ont pas donné leurs fuffrages à cette étrange preuve; fur quoi j'avais pris la liberté de dire :

> Quand il s'agit de prouver Dieu,
> Vos meffieurs de l'académie
> Tirent leur épingle du jeu
> Avec beaucoup de prud'hommie.

J'ai lu quelque chofe de M. de *Gamache* (**), mais je ne fais pas bien encore ce qu'il prétend. Il fait quelquefois le plaifant : j'aimerais mieux clarté et méthode.

J'apprends de bien funeftes nouvelles de la fanté de madame de *Richelieu* : vous perdrez une perfonne qui vous eftimait et qui vous aimait, puifqu'elle vous avait connu ; c'était prefque la feule protectrice qui me reftait à Paris. Je lui étais attaché dès fon enfance ; fi elle meurt, je ferai inconfolable.

Adieu, Monfieur ; je vous fuis attaché pour jamais. Vous favez que je vous ai toujours aimé, quoique je vous admiraffe ; ce qui eft affez rare à concilier.

(*) On appelle 4 de chiffre, un piége à rats, fur lequel on met un poids.

(**) L'Aftronomie phyfique de l'abbé de *Gamache*.

T 4

LETTRE CXXXIII.

A M. LE COMTE D'ARGENTAL.

Ce 24 juin.

ZULIME, mon refpectable ami, eft faite pour mon
malheur. Vous favez que madame de *Richelieu* eft à
la mort ; peut-être en eft-ce fait à l'heure où je vous
écris. Vous n'ignorez pas la perte que je fais en elle ;
j'avais droit de compter fur fes bontés, et j'ofe dire
fur l'amitié de M. de *Richelieu*. Il faut que je joigne
à la douleur dont cette mort m'accable, celle d'apprendre que M. de *Richelieu* me fait le plus mauvais
gré du monde d'avoir laiffé jouer Zulime dans ces
cruelles circonftances. Vous pouvez me rendre juftice.
Cette malheureufe pièce devait être donnée long-
temps avant que madame de *Richelieu* fût à Paris.
Elle fut repréfentée le 9 juin, quand madame de
Richelieu donnait à fouper, et fe croyait très-loin
d'être en danger. J'ai fait depuis humainement ce
que j'ai pu pour la retirer, fans en venir à bout. Elle
était à la troifième repréfentation, lorfque j'eus le
malheur de perdre mon neveu, qui était correcteur
des comptes, et que j'aimais tendrement. Ma famille
ne s'eft point avifée de trouver mauvais qu'on repré-
fentât un de mes ouvrages pendant que mon pauvre
neveu était à l'agonie, et que j'avais le cœur percé.
Faudrait-il que ceux qui fe difent protecteurs ou
amis, et qui fouvent ne font ni l'un ni l'autre,
affectaffent de fe fâcher d'un prétendu manque de

bienféance dont je n'ai pas été le maître, quand ma
famille n'a pas imaginé de s'en formalifer? Vous êtes
peut-être à portée, vous ou monfieur votre frère, de
faire valoir à M. de *Richelieu* mon innocence; il a
grand tort affurément de m'affliger. Je fens auffi
douloureufement que lui la perte de madame de
Richelieu, et je fuis bien loin de mériter fon mécontentement; il m'eft très-fenfible dans une occafion fi
trifte. Il eft bien dur de paraître infenfible quand
on a le cœur déchiré.

Mille tendres refpects à madame d'*Argental*.
Madame *du Châtelet* vous fait à tous deux bien des
complimens; elle vous aime autant que je vous fuis
attaché.

LETTRE CXXXIV.

A M. DE CIDEVILLE.

A Bruxelles, 28 juin.

EH bien, mon cher ami, avez-vous reçu le paquet
T? C'eft M. *Helvétius*, un de nos confrères en
Apollon, quoique fermier général, qui s'eft chargé
de vous le faire rendre de Paris à Rouen. Si les foins
d'un fermier général et l'adreffe d'un premier préfident ne fuffifent pas, à qui faudra-t-il avoir recours?

Je ne vous ai point envoyé Zulime, que les comédiens de Paris ont repréfentée prefque malgré moi,
et qui n'eft pas digne de vous. Si j'avais de la vanité,
je vous dirais qu'elle n'eft pas digne de moi; du
moins, je crois pouvoir mieux faire, et qu'en effet

—— Mahomet vaut mieux. Vous jugerez fi j'ai bien peint
1740. les fourbes et les fanatiques.

En attendant, voyez, mon cher ami, fi vous êtes
un peu content de la petite *odelette* pour notre
fouverain le roi de Pruffe. Je l'appelle notre fouverain, parce qu'il aime, qu'il cultive, qu'il encourage
les arts que nous aimons. Il écrit en français beaucoup mieux que plufieurs de nos académiciens ; et
quelquefois dans fes lettres il laiffe échapper de petits
fixains ou dixains que peut-être ne défavoueriez-
vous pas. Sa pâffion dominante eft de rendre les
hommes heureux, et de faire fleurir chez lui les
belles-lettres. Me ferait-il permis de vous dire que,
dès qu'il a été fur le trône, il m'a écrit ces propres
paroles : *Pour Dieu, ne m'écrivez qu'en homme, et
méprifez avec moi les noms, les titres et tout l'éclat
extérieur.*

Eh bien, qu'en dites-vous ? Votre cœur n'eft-il
pas ému ? N'eft-on pas heureux d'être né dans un
fiècle qui a produit un homme fi fingulier ? Avec tout
cela je refte à Bruxelles ; et le meilleur roi de la terre,
fon mérite et fes faveurs ne m'éloigneront pas un
moment d'*Emilie*. Les rois (même celui-là), ne doivent marcher qu'après les amis : vous fentez bien
que cela va fans dire.

Adieu, mon aimable ami ; je vous embraffe bien
tendrement.

LETTRE CXXXV.

A M. L'ABBÉ PREVOST.

A Bruxelles, juin.

*A*RNAUD fit autrefois l'apologie de *Boileau*, et vous voulez, Monfieur, faire la mienne. Je ferais auffi fenfible à cet honneur, que le fut *Boileau*; non que je fois auffi vain que lui, mais parce que j'ai plus befoin d'apologie. La feule chofe qui m'arrête tout court, eft celle qui empêcha le grand *Condé* d'écrire des mémoires. Vous voyez que je ne prends pas d'exemples médiocres. Il dit qu'il ne pourrait fe juftifier fans accufer trop de monde. *Si parva licet componere magnis*, je fuis à peu-près dans le même cas.

Comment pourrai-je, par exemple, ou comment pourriez-vous parler des foufcriptions de ma Henriade, fans avouer que M. *Thiriot*, alors fort jeune, diffipa malheureufement l'argent des foufcriptions de France? J'ai été obligé de rembourfer à mes frais tous les foufcripteurs qui ont eu la négligence de ne point envoyer à Londres, et j'ai encore par devers moi les reçus de plus de cinquante perfonnes. Serait-il bien agréable pour ces perfonnes, qui pour la plupart font des gens très-riches, de voir publier qu'ils ont eu l'économie de recevoir à mes dépens l'argent de mon livre? Il eft très-vrai qu'il m'en a coûté beaucoup pour avoir fait la Henriade, et que j'ai donné autant d'argent en France, que ce poëme

——— m'en a valu à Londres; mais plus cette anecdote eft défagréable pour notre nation, plus je craindrais qu'on ne la publiât.

S'il fallait parler de quelques ingrats que j'ai faits, ne ferait-ce pas me faire des ennemis irréconciliables? Pourrai-je enfin publier la lettre que m'écrivit l'abbé *Desfontaines*, de bicêtre, fans commettre ceux qui y font nommés? J'ai fans doute de quoi prouver que l'abbé *Desfontaines* me doit la vie, je ne dirai pas l'honneur; mais y a-t-il quelqu'un qui l'ignore, et n'y a-t-il pas de la honte à fe mefurer avec un homme auffi univerfellement haï et méprifé que *Desfontaines*?

Loin de chercher à publier l'opprobre des gens de lettres, je ne cherche qu'à le couvrir. Il y a un écrivain connu qui m'écrivit un jour: Voici, Mon-fieur, un libelle que j'ai fait contre vous; fi vous voulez m'envoyer cent écus, il ne paraîtra pas. Je lui fis mander que cent écus étaient trop peu de chofe, que fon libelle devait lui valoir au moins cent piftoles, et qu'il devait le publier. Je ne finirais point fur de pareilles anecdotes, mais elles me peignent l'humanité trop en laid, et j'aime mieux les oublier.

Il y a un article dans votre lettre qui m'intéreffe beaucoup davantage, c'eft le befoin que vous avez de douze cents livres. M. le prince de *Conti* eft à plaindre de ce que fes dépenfes le mettent hors d'état de donner, à un homme de votre mérite, autre chofe qu'un logement. Je voudrais être prince ou fermier général pour avoir la fatisfaction de vous marquer une eftime folide. Mes affaires font actuellement fort

loin de reffembler à celles d'un fermier général, et
font prefque auffi dérangées que celles d'un prince. **1740.**
J'ai même été obligé d'emprunter deux mille écus
de M. *Bronod*, notaire; et c'eft de l'argent de madame
la marquife *du Châtelet* que j'ai payé ce que je devais
à *Prault* fils; mais, fitôt que je verrai jour à m'arranger, foyez très-perfuadé que je préviendrai l'occafion
de vous fervir avec plus de vivacité que vous ne pourriez la faire naître. Rien ne me ferait plus agréable
et plus glorieux que de pouvoir n'être pas inutile à
celui de nos écrivains que j'eftime le plus. C'eft avec
ces fentimens très-fincères que je fuis, Monfieur, &c.

LETTRE CXXXVI.

A M. LE COMTE D'ARGENTAL.

A Bruxelles, 12 juillet.

M ON adorable ami, jamais ange gardien n'a plus
travaillé pour le mortel qui lui eft confié. Vous avez
fait une befogne vraiment angélique. J'ai d'abord
mis par écrit quelques murmures qui me font échappés, à moi profane, et que j'ai envoyés fous le nom
de remontrances à M. de *Pont-de-Vefle;* mais aujour-
d'hui j'ai efquiffé le cinquième acte, et je l'ai joint à
mes murmures. Je tiens qu'il faut toujours voir les
ftatues un peu dégroffies pour juger de l'effet que
feront les grands traits. Mandez-moi comment vous
trouvez cette première ébauche de l'admirable idée
que vous m'avez fuggérée, et ce que vous penfez de

mes petites objections. Je commence à entrevoir que Mahomet fera, fans aucune comparaifon, ce que j'aurai fait de mieux, et ce fera à vous que j'en aurai l'obligation. Que le fuccès fera flatteur pour moi quand je vous le devrai ! En vérité, vous êtes bien aimable; mais avouez qu'il n'y a perfonne que vous qui pût rendre de ces fervices d'ami.

Si le roi de Pruffe n'achète pas vos buftes, il faudra qu'il ait une haine décidée pour le cavalier *Bernin* et pour moi. J'ai tout lieu de croire qu'il fera ce que je lui propoferai inceffamment fur cette petite acquifition, foit que j'aye le bonheur de le voir, foit que je lui écrive. Je ne fais encore, entre nous, s'il joindra une magnificence royale à fes autres qualités; c'eft de quoi je ne peux encore répondre. Philofophie, fimplicité, tendreffe inaltérable pour ceux qu'il honore du nom de fes amis, extrême fermeté et douceur charmante, juftice inébranlable, application laborieufe, amour des arts, talens finguliers; voilà certainement ce que je peux vous affurer qu'il pofsède. Soyez tout auffi fûr, mon refpectable ami, que je le prefferai avec la vivacité que vous me connaiffez. Je fuis heureufement à portée d'en ufer ainfi. Il ne m'a jamais écrit fi fouvent ni avec tant de confiance et de bonté que depuis qu'il eft fur le trône, et qu'il fait jour et nuit fon métier de roi avec une application infatigable. Quel bonheur pour moi fi je peux engager ce roi que j'idolâtre, à faire une chofe qui puiffe plaire à un ami qui eft dans mon cœur fort au-deffus encore de ce roi !

LETTRE CXXXVII.

A M. DE MAUPERTUIS.

A la Haie. ce 21 juillet.

Vous voilà, Monfieur, comme le Meffie, trois rois courent après vous (15); mais je vois bien que, puifque vous avez fept mille livres de la France, et que vous êtes français, vous n'abandonnerez point Paris pour Berlin. Si vous aviez à vous plaindre de votre patrie, vous feriez très-bien d'en accepter une autre; et, en ce cas, je féliciterais mon adorable roi de Pruffe; mais c'eft à vous à voir dans quelle pofition vous êtes. Au bout du compte, vous avez conquis la terre fur les *Caffini*, et vous êtes fur vos lauriers; fi vous y trouvez quelque épine, vous en émoufferez bientôt la pointe.

Cependant, fi ces épines étaient telles que vous vouluffiez abandonner le pays qui les porte pour aller à la cour de Berlin, confiez-vous à moi en toute fureté; dites-moi fi vous voulez que je mette un prix à votre acquifition; je vous garderai le fecret, comme je l'exige de vous, et je vous fervirai auffi vivement que je vous aime et que je vous eftime.

Me voici pour quelques jours à la Haie, je retournerai bientôt à Bruxelles; me permettrez-vous de vous parler ici d'une chofe que j'ai fur le cœur depuis

(15) M. de *Maupertuis* venait d'avoir de la France une nouvelle penfion de 3000 livres; la Ruffie lui en offrait une plus confidérable, et le roi de Pruffe l'appelait pour lui confier le foin de fon académie.

1740.

long-temps. Je fuis affligé de vous voir en froideur avec une dame qui, après tout, eft la feule qui puiffe vous entendre, et dont la façon de penfer mérite votre amitié. Vous êtes faits pour vous aimer l'un et l'autre : écrivez-lui (un homme a toujours raifon quand il fe donne le tort avec une femme), vous retrouverez fon amitié, puifque vous avez toujours fon eftime.

Je vous prie de me mander où je pourrais trouver la première bévue que l'on fit à votre académie, quand on jugea d'abord que la terre était aplatie aux pôles fur des mefures qui la donnaient alongée (16).

Ne fait-on rien du Pérou ?

Adieu ; je fuis un juif errant à vous pour jamais.

P. S. Comme je refterai à la Haie un peu plus que je ne comptais, vous pouvez y adreffer vos lettres chez l'envoyé de Pruffe. M. *s'Gravefende* vous fait mille complimens. Vous favez que lui et M. *Muffchembroëk* ont préféré leur patrie à Berlin.

(16) M. *Jacques Caffini*, mort en 1756, avait trouvé, en 1701, par fa mefure des degrés du méridien de Paris à Collioure, qu'ils décroiffaient en approchant du pôle : il en conclut d'abord, mais fauffement, que la terre était aplatie vers les pôles ; et M. de *Fontenelle*, dans l'extrait qu'il donna du mémoire de M. *Caffini*, parut adopter la fauffe conclufion de cet aftronome. (Mémoires de l'académie pour l'année 1701). Cette erreur a été corrigée dans la nouvelle édition qu'on a faite des premières années de ces Mémoires. Ce fut un ingénieur, nommé *des Roubais*, qui s'en aperçut le premier, et qui donna un mémoire à ce fujet dans les journaux de Hollande.

LETTRE

LETTRE CXXXVIII. 1740.

A MILORD HARVEY,

GARDE DES SCEAUX D'ANGLETERRE,

Sur Louis XIV.

Juillet.

JE fais compliment à votre nation, Milord, fur
la prife de Porto-Bello, et fur votre place de garde
des fceaux. Vous voilà fixé en Angleterre ; c'eft une
raifon pour moi d'y voyager encore. Je vous réponds
bien, que fi certain procès eft gagné, vous verrez
arriver à Londres une petite compagnie choifie de
newtoniens, à qui le pouvoir de votre attraction,
et celui de milady *Harvey*, feront paffer la mer. Ne
jugez point, je vous prie, de mon effai fur le fiècle
de *Louis XIV*, par les deux chapitres imprimés en
Hollande avec tant de fautes, qui rendent mon
ouvrage inintelligible. Si la traduction anglaife eft faite
fur cette copie informe, le traducteur eft digne de faire
une verfion de l'Apocalypfe ; mais furtout foyez un
peu moins fâché contre moi de ce que j'appelle le
fiècle dernier le fiècle de *Louis XIV*. Je fais bien que
Louis XIV n'a pas eu l'honneur d'être le maître
ni le bienfaiteur d'un *Bayle*, d'un *Newton*, d'un
Halley, d'un *Addiffon*, d'un *Dryden :* mais dans
le fiècle qu'on nomme de *Léon X*, ce pape *Léon X*
avait-il tout fait ? N'y avait-il pas d'autres princes

Correfp. générale. Tome II. V

qui contribuèrent à polir et à éclairer le genre-
humain? Cependant le nom de *Léon X* a prévalu,
parce qu'il encouragea les arts plus qu'aucun autre.
Eh! quel roi a donc en cela rendu plus de fervices à
l'humanité que *Louis XIV!* Quel roi a répandu plus
de bienfaits, a marqué plus de goût, s'eft fignalé par
de plus beaux établiffemens! Il n'a pas fait tout ce
qu'il pouvait faire, fans doute, parce qu'il était
homme; mais il a fait plus qu'aucun autre, parce qu'il
était un grand-homme : ma plus forte raifon pour
l'eftimer beaucoup, c'eft qu'avec des fautes connues,
il a plus de réputation qu'aucun de fes contempo-
rains; c'eft que, malgré un million d'hommes dont
il a privé la France, et qui tous ont été intéreffés à
le décrier, toute l'Europe l'eftime, et le met au rang
des plus grands et des meilleurs monarques.

Nommez-moi donc, Milord, un fouverain qui ait
attiré chez lui plus d'étrangers habiles, et qui ait plus
encouragé le mérite dans fes fujets? Soixante favans de
l'Europe reçurent à la fois des récompenfes de lui,
étonnés d'en être connus.

Quoique le roi ne foit pas votre fouverain, leur
écrivait M. *Colbert*, *il veut être votre bienfaiteur; il
m'a commandé de vous envoyer la lettre de change ci-
jointe, comme un gage de fon eftime.* Un bohémien, un
danois, recevaient de ces lettres datées de Verfailles.
Guillemini bâtit une maifon à Florence des bienfaits
de *Louis XIV;* il mit le nom de ce roi fur le frontifpice, et vous ne voulez pas qu'il foit à la tête du
fiècle dont je parle.

Ce qu'il a fait dans fon royaume doit fervir à jamais
d'exemple. Il chargea de l'éducation de fon fils et de

fon petit-fils, les plus éloquens et les plus favans
hommes de l'Europe. Il eut l'attention de placer
trois enfans de *Pierre Corneille*, deux dans les troupes,
et l'autre dans l'Eglife ; il excita le mérite naiffant de
Racine, par un préfent confidérable pour un jeune
homme inconnu et fans bien ; et quand ce génie fe
fut perfectionné, ces talens, qui fouvent font l'exclufion de la fortune, firent la fienne. Il eut plus que
de la fortune, il eut la faveur, et quelquefois la
familiarité d'un maître dont un regard était un bienfait ; il était, en 1688 et 1689, de ces voyages de
Marly, tant brigués par les courtifans ; il couchait
dans la chambre du roi pendant fes maladies, et lui
lifait ces chefs-d'œuvre d'éloquence et de poëfie qui
décoraient ce beau règne.

Cette faveur, accordée avec difcernement, eft ce
qui produit de l'émulation et qui échauffe les grands
génies ; c'eft beaucoup de faire des fondations, c'eft
quelque chofe de les foutenir ; mais s'en tenir à ces
établiffemens, c'eft fouvent préparer les mêmes afiles
pour l'homme inutile et pour le grand-homme ; c'eft
recevoir dans la même ruche l'abeille et le frelon.

Louis XIV fongeait à tout ; il protégeait les académies, et diftinguait ceux qui fe fignalaient. Il ne
prodiguait point fa faveur à un genre de mérite, à
l'exclufion des autres, comme tant de princes qui
favorifent, non ce qui eft bon, mais ce qui leur plaît ;
la phyfique et l'étude de l'antiquité attirèrent fon
attention. Elle ne fe rallentit pas même dans les guerres
qu'il foutenait contre l'Europe ; car, en bâtiffant trois
cents citadelles, en fefant marcher quatre cents mille
foldats, il fefait élever l'obfervatoire, et tracer une

—— méridienne d'un bout du royaume à l'autre, ouvragé unique dans le monde. Il fefait imprimer dans fon palais les traductions des bons auteurs grecs et latins; il envoyait des géomètres et des phyficiens au fond de l'Afrique et de l'Amérique, chercher de nouvelles connaiffances. Songez, Milord, que fans le voyage et les expériences de ceux qu'il envoya à la Cayenne, en 1672, et fans les mefures de M. *Picard*, jamais *Newton* n'eût fait fes découvertes fur l'attraction. Regardez, je vous prie, un *Caffini* et un *Huygens*, qui renoncent tous deux à leur patrie qu'ils honorent, pour venir en France jouir de l'eftime et des bienfaits de *Louis XIV*. Et penfez-vous que les Anglais même ne lui aient pas d'obligation? Dites-moi, je vous prie, dans quelle cour *Charles II* puifa tant de politeffe et tant de goût? Les bons auteurs de *Louis XIV* n'ont-ils pas été vos modèles? N'eft-ce pas d'eux que votre fage *Addiffon*, l'homme de votre nation qui avait le goût le plus fûr, a tiré fouvent fes excellentes critiques? L'évêque *Burnet* avoue que ce goût, acquis en France par les courtifans de *Charles II*, réforma chez vous jufqu'à la chaire, malgré la différence de nos religions; tant la faine raifon a par-tout d'empire. Dites-moi, fi les bons livres de ce temps n'ont pas fervi à l'éducation de tous les princes de l'Empire? Dans quelles cours de l'Allemagne n'a-t-on pas vu des théâtres français? Quel prince ne tâchait pas d'imiter *Louis XIV*? Quelle nation ne fuivait pas alors les modes de la France?

Vous m'apportez, Milord, l'exemple du czar *Pierre le grand*, qui a fait naître les arts dans fon pays, et qui eft le créateur d'une nation nouvelle;

vous me dites cependant que fon fiècle ne fera pas appelé dans l'Europe le *fiècle du czar Pierre;* vous en concluez que je ne dois pas appeler le fiècle paffé, le fiècle de *Louis XIV.* Il me femble que la différence eft bien palpable. Le czar *Pierre* s'eft inftruit chez les autres peuples; il a porté leurs arts chez lui; mais *Louis XIV* a inftruit les nations; tout, jufqu'à fes fautes, leur a été utile. Les proteftans, qui ont quitté fes Etats, ont porté chez vous-mêmes une induftrie qui fefait la richeffe de la France. Comptez-vous pour rien tant de manufactures de foie et de criftaux? Ces dernières furtout furent perfectionnées chez vous par nos réfugiés, et nous avons perdu ce que vous avez acquis.

Enfin, la langue françaife, Milord, eft devenue prefque la langue univerfelle. A qui en eft-on redevable? Etait-elle auffi étendue du temps d'*Henri IV?* Non, fans doute; on ne connaiffait que l'italien et l'efpagnol. Ce font nos excellens écrivains qui ont fait ce changement. Mais qui a protégé, employé, encouragé ces excellens écrivains? C'était M. *Colbert*, me direz-vous; je l'avoue, et je prétends bien que le miniftre doit partager la gloire du maître. Mais qu'eût fait un *Colbert* fous un autre prince? fous votre roi *Guillaume*, qui n'aimait rien, fous le roi d'Efpagne *Charles II*, fous tant d'autres fouverains?

Croiriez - vous bien, Milord, que *Louis XIV* a réformé le goût de fa cour en plus d'un genre, il choifit *Lulli* pour fon muficien, et ôta le privilége à *Cambert*, parce que *Cambert* était un homme médiocre, et *Lulli* un homme fupérieur. Il favait diftinguer l'efprit du génie; il donnait à *Quinault* les fujets de

—— ſes opéra ; il dirigeait les peintures de *le Brun ;* il foutenait *Boileau, Racine* et *Molière* contre leurs ennemis ; il encourageait les arts utiles comme les beaux arts, et toujours en connaïſſance de cauſe ; il prêtait de l'argent à *Van-Robais* pour établir ſes manufactures : il avançait des millions à la compagnie des Indes qu'il avait formée ; il donnait des penſions aux ſavans et aux braves officiers. Non-ſeulement il s'eſt fait de grandes choſes ſous ſon règne, mais c'eſt lui qui les feſait. Souffrez donc, Milord, que je tâche d'élever à ſa gloire un monument que je conſacre encore plus à l'utilité du genre-humain.

Je ne conſidère pas ſeulement *Louis XIV* parce qu'il a fait du bien aux Français, mais parce qu'il a fait du bien aux hommes ; c'eſt comme homme, et non comme ſujet, que j'écris ; je veux peindre le dernier ſiècle, et non pas ſimplement un prince. Je ſuis las des hiſtoires où il n'eſt queſtion que des aventures d'un roi, comme s'il exiſtait ſeul, ou que rien n'exiſtât que par rapport à lui ; en un mot, c'eſt encore plus d'un grand ſiècle que d'un grand roi que j'écris l'hiſtoire.

Péliſſon eût écrit plus éloquemment que moi ; mais il était courtiſan, et il était payé. Je ne ſuis ni l'un ni l'autre, c'eſt à moi qu'il appartient de dire la vérité.

J'eſpère que dans cet ouvrage vous trouverez, Milord, quelques-uns de vos ſentimens ; plus je penſerai comme vous, plus j'aurai droit d'eſpérer l'approbation publique.

LETTRE CXXXIX. 1740.

A M. DE MAUPERTUIS.

A Bruxelles, le 9 d'auguſte.

Je crois vous avoir mandé, Monſieur, par un petit billet, combien votre lettre, du 31 juillet, m'avait étonné et mortifié. Les détails que vous voulez bien me faire, dans votre lettre du 4, m'affligent encore davantage. Je vois, avec douleur, ce que j'ai vu toujours depuis que je reſpire, que les plus petites choſes produiſent les plus violens chagrins.

Un mal-entendu a produit entre la perſonne dont vous me parlez et le ſuiſſe (17) une ſcène très-déſagréable. Vous avez, permettez-moi de vous le dire, écrit un peu sèchement à une perſonne qui vous aimait et qui vous eſtimait. Vous lui avez fait ſentir qu'elle avait un tort humiliant dans une affaire où elle croyait s'être conduite avec généroſité; elle en a été ſenſiblement affligée.

Si j'avais pu vous écrire plutôt ce que je vous écrivis en arrivant à la Haie, ſi j'avais été à portée d'obtenir de vous que vous fiſſiez quelques pas, toujours honorables à un homme, et que ſon amitié pour vous avait mérités, je n'aurais pas aujourd'hui le chagrin d'apprendre ce que vous m'apprenez. J'en ai le cœur percé; mais, encore une fois, je ne crois

(17) Il s'agit ici d'une diſcuſſion entre madame *du Châtelet* et *Kœnig*, qui, dans un voyage en France, s'était chargé de lui expliquer la philoſophie leibnitzienne. M. de *Maupertuis* avait pris le parti de *Kœnig*.

pas que ce que vous me mandez puiſſe vous faire tort. On aura ſans doute outré les rapports qu'on vous aura faits ; les termes que vous ſoulignez ſont incroyables. N'y ajoutez point foi, je vous en conjure. Donnez-moi un exemple de philoſophie ; croyez que je parlerai comme il faut, que je vous rendrai, que je vous ferai rendre la juſtice qui vous eſt due : fiez-vous à mon cœur.

Je vous étonnerai peut-être quand je vous dirai que je n'ai pas ſu un mot de la querelle du ſuiſſe à Paris. Soyez tout auſſi convaincu que vous m'apprenez de tout point la première nouvelle d'une choſe mille fois plus cruelle.

Je vous conjure, encore une fois, de mêler un peu de douceur à la ſupériorité de votre eſprit. Il eſt impoſſible que la perſonne dont vous me parlez ne ſe rende à la raiſon et à ma juſte douleur.

Soyez ſûr que je conſerve pour vous la plus tendre eſtime, que je n'y ai jamais manqué, et que vous pouvez diſpoſer entièrement de moi.

LETTRE CXL.

A M. LE PRESIDENT HENAULT.

A Bruxelles, 20 auguſte.

Rien ne m'a tant flatté depuis long-temps, Monſieur, que votre ſouvenir et vos ordres. Vous croyez
bien que j'ai reçu M. *Dumolard* comme un homme
qui m'eſt recommandé par vous ; je n'ai pu encore
lui rendre que de petits ſoins, mais j'eſpère lui rendre
bientôt de plus grands ſervices. Il ſera heureux ſi,
n'étant pas auprès de vous, il peut être auprès d'un
roi qui penſe comme vous, qui ſait qu'il faut plaire,
et qui en prend tous les moyens. Sa paſſion dominante eſt de faire du bien, et ſes autres paſſions ſont
tous les arts. C'eſt un philoſophe ſur le trône ; c'eſt
quelque choſe de plus, c'eſt un homme aimable.
M. de *Maupertuis* eſt allé l'obſerver ; mais je ne
l'envie point. Je paſſe ma vie avec un être ſupérieur,
à mon gré, aux rois, et même à celui-là. J'ai été
très-aiſe que M. de *Maupertuis* ait vu madame *du
Châtelet*. Ce ſont deux aſtres (pour parler le langage
newtonien) qui ne peuvent ſe rencontrer ſans s'attirer.
Il y avait de petits nuages qu'un moment de lumière
a diſſipés.

Pour le livre de madame *du Châtelet*, dont vous
me parlez, je crois que c'eſt ce qu'on a jamais écrit
de mieux ſur la philoſophie de *Leibnitz*. Si les cœurs
des philoſophes allemands ſe prennent par la lecture,

les *Volfius*, les *Hanfchius* et les *Tumingius* feront tous amoureux d'elle fur fon livre, et lui enverront, du fond de la Germanie, les lemmes et les théorèmes les plus galans; mais je fuis bien perfuadé qu'il vaut mieux fouper avec vous que d'enchanter le Nord, ou de le mefurer.

Je prends la liberté de vous envoyer une épître au roi de Pruffe, que mon cœur m'a dictée, il y a quelque temps, et que je fouhaite que vous lifiez avec autant d'indulgence que lui. Si madame *du Deffant* et les perfonnes avec léfquelles vous vivez daignaient fe fouvenir que j'exifte, je vous fupplierais de leur préfenter mes refpects. Ne doutez pas des fentimens qui m'attachent à vous pour la vie.

LETTRE CXLI.

A M. THIRIOT.

A Bruxelles, le 16 augufte.

COMME je ne connais aucun cérémonial, Dieu merci, je n'ai jamais imaginé qu'il y en eût dans l'amitié, et je ne conçois pas comment vous vous plaignez du filence d'un folitaire qui, retiré loin de Paris et de la perfécution, ne peut avoir rien à mander, tandis que vous, qui êtes au centre des arts et des agrémens, ne lui avez pas écrit une feule fois dans le temps qu'il paraiffait avoir befoin de la confolation de fes amis. Je n'avais pas befoin de cette longue interruption de votre commerce, pour en fentir mieux le prix; mais fi la première loi de l'amitié eft de la

cultiver, la feconde loi eft de pardonner quand on
a manqué à la première. Mon cœur eft toujours le
même, quoique vos faveurs foient inégales. Je ne fais
ni vous oublier, ni m'accoutumer à votre oubli, ni
vous le trop reprocher.

L'homme dont vous me parlez me fera cher par
deux raifons, parce qu'il eft favant et qu'il vient de
votre part; mais j'ai peur de l'avoir manqué en chemin. J'étais à la Haie pour une petite commiffion ;
j'en revins hier au foir; je trouvai votre lettre du 26
juillet à Bruxelles; j'appris qu'un français, qui allait
à Berlin, m'avait demandé ici en paffant, et je juge
que c'eft ce M. *Dumolard.* Le roi aime toutes les
fortes de littérature et de mérite, et les encourage
toutes. Il fait qu'il y a d'autres talens dans le monde
que celui de mefurer des courbes. Il eft comme le père
célefte, *multæ funt manfiones in domo ejus.* Je ne fais fi
ma retraite me permettra d'être fort utile auprès de
lui aux beaux arts qu'il protége. Une amitié qui m'eft
facrée me privera du bonheur de vivre à fa cour, et
m'empêchera de le regretter. Plus fes lettres me l'ont
fait connaître et plus je l'admire. Il eft né pour être,
je ne dis pas le modèle des rois, cela n'eft pas bien
difficile, mais le modèle des hommes. Il connaît
l'amitié, et, foit dit fans reproche, il me donne de fes
nouvelles plus fouvent que vous.

M. de *Maupertuis* va honorer fa cour; c'eft quelque
chofe de mieux que *Platon,* qui va trouver un meilleur roi que *Denis;* il vient d'arriver à Bruxelles et va
de là à Véfel ou à Clèves; il y trouvera bientôt le
plus aimable roi de la terre, entouré de quelques ferviteurs choifis qu'il appelle fes amis, et qui méritent

ce titre. Ses sujets et les étrangers le comblent de bénédictions. Tout le monde s'embrassait à son retour dans les rues de Berlin; tout le monde pleurait de joie. Plus de trente familles, que la rigueur du dernier gouvernement avait forcées d'aller en Hollande, ont tout vendu pour aller vivre sous le nouveau roi. Un petit-fils du premier ministre de Saxe, qui a cinquante mille florins de revenu, me disait, ces jours passés: *Je n'aurai jamais d'autre maître que le roi de Prusse, je vais m'établir dans ses Etats.* Il n'a encore perdu aucune journée; il fait des heureux; il respecte même la mémoire de son père; il l'a pleuré, non par ostentation de vertu, mais par l'excès de son bon naturel. Je bénis l'auteur de la nature d'être né dans le siècle d'un si bon prince. Peut-être son exemple donnera de l'émulation aux autres souverains. Adieu; rougissons de n'être pas aussi vertueux que lui, et de ne pas cultiver assez l'amitié, la première des vertus, dont un roi donne l'exemple aux hommes.

LETTRE CXLII.

A M. DE MAUPERTUIS.

A Bruxelles, le 29 d'auguste, *la 3e année depuis la terre aplatie.*

COMMENT diable vouliez-vous, mon grand philosophe, que je vous écrivisse à Vésel? Je vous en croyais parti pour aller trouver le roi des sages sur sa route. J'ai appris qu'on était si charmé de vous avoir dans ce bouge fortifié, que vous devez vous y plaire; car qui donne du plaisir en a.

Vous avez déjà vu l'ambaſſadeur rebondi du plus aimable monarque du monde. M. de *Camas* eſt ſans doute avec vous. Pour moi, je crois que c'eſt après vous qu'il court. Mais vraiment, à l'heure que je vous parle, vous êtes auprès du roi. Le philoſophe et le prince s'aperçoivent déjà qu'ils ſont faits l'un pour l'autre. Vous direz avec M. *Algarotti*, *faciamus hîc tria tabernacula* : pour moi je ne puis faire que *duo tabernacula*.

Sans doute, je ſerais avec vous ſi je n'étais pas à Bruxelles ; mais mon cœur n'en eſt pas moins à vous, et n'en eſt pas moins le ſujet du roi qui eſt fait pour régner ſur tout être penſant et ſentant. Je ne déſeſpère pas que madame *du Châtelet* ne ſe trouve quelque part ſur votre chemin : ce ſera une aventure de conte de fées ; elle arrivera avec *raiſon ſuffiſante*, entourée de *monades* (*). Elle ne vous aime pourtant pas moins, quoiqu'elle croye aujourd'hui le monde *plein*, et qu'elle ait abandonné ſi hautement le *vide*. Vous avez ſur elle un aſcendant que vous ne perdrez jamais. Enfin, mon cher Monſieur, je ſouhaite auſſi vivement qu'elle de vous embraſſer au plutôt. Je me recommande à votre amitié dans la cour digne de vous, où vous êtes.

(*) Alluſion à la philoſophie de *Leibnitz*, que madame *du Châtelet* avait expliquée dans ſes Inſtitutions phyſiques.

LETTRE CXLIII.

A M. BERGER.

A Bruxelles, le . . . augufte.

JE reçois votre lettre du 25 ; vous ne pouvez ajouter, Monfieur, au plaifir que me font vos lettres, qu'en détruifant le bruit qui fe répand , que j'ai envoyé mon Siècle de *Louis XIV* à *Prault.* Je fais qu'on n'en a que des copies très-infidelles, et je ferais fâché que les copies ou l'original fuffent imprimés.

Je n'aurai jamais d'auffi brillantes nouvelles à vous apprendre que celles que vous nous envoyez ; c'eft ici le pays de l'uniformité. Bruxelles eft fi peu bruyant que la plus grande nouvelle d'aujourd'hui eft une très-petite fête que je donne à madame *du Châtelet*, à madame la princeffe de *Chimai*, et à M. le duc d'*Aremberg.* *Rouffeau*, je crois, n'en fera pas. C'eft furement la première fête qu'un poëte ait donnée à fes dépens, et où il n'y ait point de poëfie. J'avais promis une devife fort galante pour le feu d'artifice ; mais j'ai fait faire de grandes lettres bien lumineufes, qui difent *je fuis du jeu*, *va tout ;* cela ne corrigera pas nos dames qui aiment un peu trop le brelan ; je n'ai pourtant fait cela que pour les corriger.

Si vous voyez M. *Bouchardon*, qui élève des monumens un peu plus durables pour fa gloire et pour celle de fa nation, je vous prie de lui faire mes fincères complimens; vous favez que les *Phidias* me font auffi chers que les *Homère.*

Continuez, mon cher ami, à m'écrire de très-
longues lettres qui me dédommagent de tout ce que
je ne vois pas à Paris. Mille complimens à M. de
Crébillon, à M. de la *Bruère*. N'oubliez pas de dire à
l'abbé *Dubos* combien je l'estime et je l'aime. Adieu.

1740.

LETTRE CXLIV.

A M. DE MAUPERTUIS.

À la Haie, ce 18 septembre.

Je vous sers, Monsieur, plutôt que je ne vous l'avais
promis : et voilà comme vous méritez qu'on vous
serve. Je vous envoie la réponse de M. *Smith ;* vous
verrez de quoi il est question.

Quand nous partîmes tous deux de Clèves, et que
vous prîtes à droite, et moi à gauche, je crus être
au jugement dernier, où le bon Dieu sépare ses élus
des damnés. *Divus Federicus* vous dit : Asseyez-vous
à ma droite dans le paradis de Berlin ; et à moi :
Allez, maudit, en Hollande.

Je suis donc dans cet enfer phlegmatique, loin du
feu divin qui anime les *Fédéric*, les *Maupertuis*, les
Algarotti. Pour Dieu, faites-moi la charité de quelques étincelles dans les eaux croupissantes où je suis
morfondu ! Instruisez-moi de vos plaisirs, de vos
desseins. Vous verrez sans doute M. de *Valori ;* pré-
sentez-lui, je vous en supplie, mes respects. Si je ne
lui écris point, c'est que je n'ai nulle nouvelle à lui
mander ; je ferais aussi exact que je lui suis dévoué,
si mon commerce pouvait lui être utile ou agréable.

Voulez-vous que je vous envoye quelques livres ? Si je fuis encore en Hollande à la réception de vos ordres, je vous obéirai fur le champ. Je vous prie de ne me pas oublier auprès de M. de *Keyferling*.

Mandez-moi, je vous prie, fi l'énorme monade de *Volfius* argumente à Marbourg, à Berlin ou à Hall ?

Adieu, Monfieur; vous pouvez m'adreffer vos ordres à la Haie. Ils me feront rendus par-tout où je ferai, et je ferai par toute terre à vous pour jamais.

LETTRE CXLV.

A M. LE COMTE D'ARGENTAL.

A la Haie, ce 26 feptembre.

IL y a tant de gens, et de gens en place, qui n'ont point d'honneur, qu'il eft bien jufte que l'homme du monde qui en a le plus, porte le nom de fa terre. Vous voilà donc confeiller d'honneur, mon cher et refpectable ami; et avec l'honneur vous aurez encore le profit. Vous vendrez votre charge; vous aurez le double avantage d'être plus riche et de ne rien faire, deux points affez importans pour l'agrément de cette vie. Heureux qui peut la paffer avec vous, mon cher ange, et avec votre aimable moitié et avec votre fortuné frère ! Vivez gais, fains et contens : fouvenez-vous tous trois d'un homme qui vous aime bien tendrement, et qui vous fera attaché toute fa vie avec les fentimens les plus vifs et les plus inaltérables.

LETTRE

LETTRE CXLVI.

A M. DE CAMAS,

AMBASSADEUR DU ROI DE PRUSSE.

A la Haie, ce 18 octobre.

MONSIEUR,

LES janséniftes difent qu'il y a des commandemens de DIEU qui font impoffibles. Si DIEU ordonnait ici que l'on fupprimât l'Anti-Machiavel, les janséniftes auraient raifon. Vous verrez, Monfieur, par la lettre ci-jointe au dépofitaire du manufcrit, la manière dont je me fuis conduit. J'ai fenti, dès le premier moment, que l'affaire était très-délicate ; et je n'ai fait aucun pas fans être éclairé du fecrétaire de la légation de Pruffe à la Haie, et fans inftruire le roi de tout. J'ai toujours repréfenté ce qui était, et j'ai obéi à ce qu'on voulait. Il faut partir d'où l'on eft. *Vanduren* ayant imprimé fous deux titres différens l'Anti-Machiavel, et le livre étant très-défiguré de la part du libraire, et affez dangereux en quelques pays, par le tour malin qu'on peut donner à plus d'une expreffion, j'ai cru qu'on ne pouvait y remédier qu'en donnant l'ouvrage tel que je l'ai dépofé à la Haie, et tel qu'il ne peut déplaire, je crois, à perfonne. Avant même de faire cette démarche, j'ai envoyé à fa majefté une nouvelle copie manufcrite de fon ouvrage, avec ces petits changemens que j'ai cru que la bienféance exigeait. Je lui ai envoyé auffi un exemplaire de l'édition de *Vanduren*. S'il veut encore

———— y corriger quelque chofe, ce fera pour une nouvelle édition ; car vous jugez bien qu'on s'arrache le livre dans toute l'Europe. En général, on en eft charmé (je parle de l'édition de *Vanduren* même) : les maximes qui y font répandues ont plu infiniment ici à tous les membres de l'Etat , et à la plupart des miniftres. Mais il faut avouer qu'il y a eu auffi quelques minif-tres qui en font révoltés , et c'eft pour eux et pour leurs cours que j'ai fait la nouvelle édition. Car ce livre , qui eft le catéchifme de la vertu , doit plaire dans tous les Etats et dans toutes les fectes , à Rome comme à Genève , aux jéfuites comme aux janfé-niftes , à Madrid comme à Londres. Je vous dirai hardiment , Monfieur, que je fais plus de cas de ce livre que des céfars de l'empereur *Julien* , et des maximes de *Marc-Aurèle*. Je trouve bien des gens de mon fentiment ; et tout le monde admire qu'un jeune prince de vingt-cinq ans , ait employé ainfi un loifir que les autres princes et les autres hommes n'occupent que d'amufemens dangereux ou frivoles.

Enfin , Monfieur , la chofe eft faite ; il l'a voulu , il n'y a qu'à la foutenir. J'ai tout lieu d'efpérer que la conduite du roi juftifiera en tout l'Anti-Machiavel du prince. J'en juge par ce qu'il me fait l'honneur de m'écrire du 7 octobre , au fujet d'Herftall.

Ceux qui ont cru que je voulais garder le comté de Horn au lieu d'Herftall , ne m'ont pas connu. Je n'aurais eu d'autres droits fur Horn , que ceux que le plus fort a fur les biens du plus faible.

Un prince qui donne à la fois ces exemples de juftice et de fermeté , ne fera-t-il pas refpecté dans toute l'Europe ? quel prince ne recherchera pas fon

amitié ? Enfin , Monfieur , il vous aime et vous
l'aimez ; il connaît le prix de vos confeils, c'eft affez
pour me répondre de fa gloire. Je crois qu'il eft né
pour fervir d'exemple à la nature humaine ; et furement il fera toujours femblable à lui-même, s'il croit
vos confeils. Je ne lui fuis attaché par aucun intérêt ;
ainfi rien ne m'aveugle. Ce fera au temps à décider
fi j'ai eu raifon ou non de lui donner les furnoms de
Titus et de *Trajan.*

Je me deftine à paffer mes jours dans une folitude,
loin des rois et de toute affaire ; mais je ne cefferai
jamais d'aimer le roi de Pruffe et M. de *Camas.* Ces
expreffions font un peu familières ; le roi les permet,
permettez-les auffi , et fouffrez que je ne diftingue
point ici le monarque du miniftre.

Je fuis pour toute ma vie, Monfieur, avec tous
les fentimens que je vous dois , &c.

LETTRE CXLVII.

A M. THIRIOT.

A la Haie, octobre.

Mon cher ami, je reçois votre lettre. Vous ferez
content au plus tard au mois de juin. Vous avez affaire
à un roi qui eft réglé dans fes finances comme un
géomètre, et qui a toutes les vertus. Ne vous mettez
point dans la tête les chofes dont vous me parlez.
Continuez à bien fervir le plus aimable monarque
de la terre, et à aimer vos anciens amis d'une amitié

ferme et courageufe, qui ne cède point aux infinua-
tions de ceux qui cherchent à extirper dans le cœur
des autres une vertu qu'ils n'ont point connue dans
le leur.

Enfin, le roi de Pruffe a accepté le préfent que
je lui ai voulu faire de M. *Dumolard*. Annoncez-lui
cette bonne nouvelle. M. *Jordan* vous mandera les
détails, s'il ne les a déjà mandés.

Voici de la graine des *Périclès* et des *Lélius*; c'eft
un jeune républicain, d'une famille diftinguée dans
fa patrie, et qui lui fera honneur par lui-même. Il
défire de voir à Paris des hommes et des livres : vous
pouvez lui procurer ce qu'il y a de mieux dans ces
deux efpèces.

Scribe tui gregis hunc, et fortem crede bonumque.

Je vous embraffe, &c.

LETTRE CXLVIII.

A M. DE CIDEVILLE.

A la Haie, au palais du roi de Pruffe, le 18 octobre.

VOICI mon cas, mon très-aimable *Cideville*.
Quand vous m'envoyâtes, dans votre dernière lettre,
ces vers parmi lefquels il y en a de charmans et d'ini-
mitables pour notre *Marc-Aurèle* du Nord, je me
propofai bien de lui en faire ma cour. Il devait
alors venir à Bruxelles incognito; nous l'y atten-
dions, mais la fièvre quarte, qu'il a malheureufement

encore, dérangea tous fes projets. Il m'envoya un
courrier à Bruxelles, et je partis pour l'aller trouver
auprès de Clèves.

C'eft là que je vis un des plus aimables hommes
du monde, un homme qui ferait le charme de la
fociété, qu'on chercherait par-tout, s'il n'était pas
roi; un philofophe fans auftérité, rempli de douceur, de complaifance, d'agrémens, ne fe fouvenant
plus qu'il eft roi dès qu'il eft avec fes amis, et l'ou-
bliant fi parfaitement qu'il me le fefait prefque
oublier auffi, et qu'il me fallait un effort de mémoire
pour me fouvenir que je voyais affis fur le pied de
mon lit un fouverain qui avait une armée de cent
mille hommes. C'était bien là le moment de lui lire
vos aimables vers : madame du *Châtelet* qui devait
me les envoyer, ne l'a pas fait. J'étais bien fâché,
et je le fuis encore; ils font à Bruxelles, et moi,
depuis un mois, je fuis à la Haie. Mais je vous
jure bien fort que la première chofe que je ferai en
revenant à Bruxelles, fera de les faire copier et de
les envoyer à celui qui en eft digne, et qui en
fentira tout le prix. Soyez fûr que vous en aurez des
nouvelles.

Savez-vous bien ce que je fais à préfent à la Haie?
Je fais imprimer la réfutation de *Machiavel*, ouvrage
fait pour rendre le genre-humain heureux, s'il peut
l'être, compofé, il y a trois ans, par ce jeune prince
qui, dans un temps que les gens de fon efpèce
emploient à la chaffe, fe formait à la vertu et à l'art
de régner. J'y ai joint une petite préface de ma façon,
et cela était néceffaire pour prévenir deux éditions
toutes tronquées, toutes défigurées, qui paraiffent

coup fur coup ; l'une chez *Meyer* à Londres, l'autre chez *Vanduren* à la Haie.

Il faut que vous lifiez , mon cher ami , cet ouvrage digne d'un roi. Quelque goth et quelque vandale trouveront peut-être à redire qu'un fouverain ofe fi bien penfer et fi bien écrire ; ils regretteront les heureux temps où les rois fignaient leur nom avec un monogramme , fans favoir épeler : mais mon cher *Cideville* et tous les êtres penfans applaudiront. Je n'y fais autre chofe que d'envoyer un exémplaire du livre à M. de *Pontcarré* , avec un autre pour vous dans le paquet.

Et Mahomet ; il eft tout prêt. Quand , comment le faire tenir au meilleur de mes amis et de mes juges ? Je vous embraffe mille fois.

LETTRE CXLIX.

A M. HELVETIUS, *à Paris.*

A la Haie , au palais du roi de Pruffe , ce 27 octobre.

MON cher et jeune *Apollon* , mon poëte philofophe , il y a fix femaines que je fuis plus errant que vous ; je comptais de jour en jour repaffer par Bruxelles , et y relire deux pièces charmantes de poëfie et de raifon , fur lefquelles je vous dois beaucoup de points d'admiration , et auffi quelques points interrogans. Vous êtes le génie que j'aime , et qu'il fallait aux Français. Il vous faut encore un peu de travail , et je vous réponds que vous irez au fommet

du temple de la gloire par un chemin tout nouveau.
Je voudrais bien , en attendant , trouver un chemin
pour me rapprocher de vous : la Providence nous a
tous difperfés ; madame *du Châtelet* eft à Fontainebleau , je vais peut-être à Berlin , vous voilà , je
crois, en Champagne ; qui fait cependant fi je ne
pafferai pas une partie de l'hiver à Cirey, et fi je
n'aurai pas le plaifir de voir celui qui eft aujourd'hui
noftri fpes altera Pindi? Ne feriez-vous pas à préfent
avec M. de *Buffon*? celui-là va encore à la gloire
par d'autres chemins ; mais il va auffi au bonheur,
il fe porte à merveille. Le corps d'un athlète et l'ame
d'un fage , voilà ce qu'il faut pour être heureux.

A propos de fage , je compte vous envoyer inceffamment un exemplaire de l'Anti-Machiavel ; l'auteur
était fait pour vivre avec vous. Vous verrez une
chofe unique , un allemand qui écrit mieux que
bien des français qui fe piquent de bien écrire , un
jeune homme qui penfe en philofophe , et un roi
qui penfe en homme. Vous m'avez accoutumé , mon
cher ami , aux chofes extraordinaires. L'auteur de
l'Anti-Machiavel et vous font deux chofes qui me
réconcilient avec le fiècle. Permettez-moi d'y mettre
encore *Emilie*; il ne la faut pas oublier dans la lifte ;
et cette lifte ne fera jamais bien longue.

Je vous embraffe de tout mon cœur ; mon imagination et mon cœur courent après vous.

LETTRE CL.

A M. DE PONT-DE-VESLE.

Ce 16 novembre, *en courant.*

Huc quoque clara tui pervenit fama triumphi,
Languida quò fessi vix venit aura noti.

J'APPRENDS dans un village de Liége, en revenant à Bruxelles, que l'homme du monde le plus aimable va être aussi un des plus à son aise. Vous êtes, dit-on, Monsieur, intendant des classes de la marine. Il y a long-temps que je suis dans la classe des gens qui vous sont le plus tendrement attachés, et je vous jure qu'il n'y a personne qui sente plus de plaisir, quand il vous arrive des événemens agréables, que les deux voyageurs flamands qui vous font ces complimens très-sincères et très à la hâte. Madame *du Châtelet* va vous écrire; mais je l'ai devancée, afin d'avoir un avantage sur elle une fois en ma vie. Ce font des hommes comme vous qu'il faut mettre en place, et non pas des animaux qui ne font graves que par fottise, et qui ne favent ni donner ni recevoir du plaisir. Je vois que M. de *Maurepas* aime à placer les gens qui lui ressemblent, et qu'il est bon ami comme bon connaisseur. Adieu, monsieur l'Intendant; il n'est doux de l'être qu'à Versailles et à Paris. Je vous fuis attaché pour jamais avec la tendresse la plus respectueuse.

LETTRE CLI.

AU CARDINAL DE FLEURI.

A Berlin, le 26 novembre.

J'AI reçu, Monseigneur, votre lettre du 14, que
M. le marquis de *Beauvau* m'a remise. J'ai obéi aux
ordres que votre Eminence ne m'a point donnés ;
j'ai montré votre lettre au roi de Prusse. Il est d'autant
plus sensible à vos éloges qu'il les mérite, et il me
paraît qu'il se dispose à mériter ceux de toutes les
nations de l'Europe. Il est à souhaiter pour leur
bonheur, ou du moins pour celui d'une grande
partie, que le roi de France et le roi de Prusse soient
amis. C'est votre affaire ; la mienne est de faire des
vœux et de vous être toujours dévoué avec le plus
profond respect.

LETTRE CLII.

A M. DE MAUPERTUIS.

Potſdam , décembre.

ETANT obligé de quitter les rois et les philoſophes ,
ou les philoſophes et les rois , je vous recommande
M. *Dumolard* comme français et comme homme
de mérite. Uniſſez - vous , je vous prie , avec
M. *Jordan* pour le préſenter au roi par l'ordre
duquel il eſt venu , et pour faire régler ſa deſtinée ;
la mienne ſera de vous aimer toujours.

LETTRE CLIII.

A M. ✳ ✳.

*Courte réponſe aux longs diſcours d'un docteur
allemand.*

JE m'étais donné à la philoſophie, croyant y trouver
le repos que *Newton* appelle *rem prorſus ſubſtantialem ;*
mais je vis que la racine carrée du cube des révolutions des planètes, et les carrés de leurs diſtances ,
feſaient encore des ennemis. Je m'aperçois que j'ai
encouru l'indignation de quelques docteurs allemands.
J'ai oſé meſurer toujours la force des corps en mouvement par $m \times u$. J'ai eu l'inſolence de douter des
monades, de l'harmonie préétablie , et même du

grand principe des indifcernables. Malgré le refpect
fincère que j'ai pour le beau génie de *Leibnitz*, pou-
vais-je efpérer du repos après avoir voulu ébranler
fes fondemens de la nature ? On a employé, pour
me convaincre, de longs fophifmes et de groffes
injures, felon la refpectable coutume introduite
depuis long-temps dans cette fcience qu'on appelle
philofophie, c'eft-à-dire, *amour de la fageffe*.

Il eft vrai qu'une perfonne infiniment refpectable
à tous égards, et qui a beaucoup de fortes d'efprit,
a daigné en employer une à éclaircir et à orner le
fyftême de *Leibnitz*. Elle s'eft amufée à décorer d'un
beau portique ce bâtiment vafte et confus. J'ai été
étonné de ne pouvoir la croire en l'admirant ; mais
j'en ai vu enfin la raifon, c'eft qu'elle-même n'y
croyait guère ; et c'eft ce qui arrive fouvent entre
ceux qui s'imaginent vouloir perfuader, et ceux qui
s'efforcent de fe laiffer perfuader.

Plus je vais en avant, et plus je fuis confirmé
dans l'idée que les fyftêmes de métaphyfique font
pour les philofophes, ce que les romans font pour
les femmes. Ils ont tous la vogue les uns après les
autres, et finiffent tous par être oubliés. Une vérité
mathématique refte pour l'éternité, et les fantômes
métaphyfiques paffent comme des rêves de malades.

Lorfque j'étais en Angleterre, je ne pus avoir la
confolation de voir le grand *Newton* qui touchait à
fa fin. Le fameux curé de Saint-James, *Samuel Clarke*,
l'ami, le difciple et le commentateur de *Newton*,
daigna me donner quelques inftructions fur cette
partie de la philofophie qui veut s'élever au-deffus
du calcul et des fens. Je ne trouvai pas, à la vérité,

1740.

————— cette anatomie circonfpecte de l'entendement humain,
1740.   ce bâton d'aveugle avec lequel marchait le modefte
Locke, cherchant fon chemin, et le trouvant; enfin,
cette timidité favante qui arrêtait *Locke* fur le bord
des abymes. *Clarke* fautait dans l'abyme, et j'ofai
croire l'y fuivre. Un jour, plein de ces grandes
recherches qui charment l'efprit par leur immenfité,
je dis à un membre très-éclairé de la fociété : Monfieur *Clarke* eft un bien plus grand métaphyficien que
M. *Newton.* Cela peut être, me répondit-il froidement; c'eft comme fi vous difiez que l'un joue
mieux au ballon que l'autre. Cette réponfe me fit
rentrer en moi-même. J'ai depuis ofé percer quelques-uns de ces ballons de la métaphyfique, et j'ai
vu qu'il n'en eft forti que du vent. Auffi, quand je
dis à M. *s'Gravefende : Vanitas vanitatum, et metaphyfica vanitas ;* il me répondit : *Je fuis bien fâché que
vous ayez raifon.*

Le P. *Mallebranche*, dans fa Recherche de la vérité,
ne concevant rien de beau, rien d'utile que fon
fyftême, s'exprime ainfi : ,, Les hommes ne font
,, pas faits pour confidérer des moucherons, et on
,, n'approuve pas la peine que quelques perfonnes
,, fe font donnée de nous apprendre comment font
,, faits certains infectes, les transformations des
,, vers, &c. Il eft permis de s'amufer à cela quand
,, on n'a rien à faire, et pour fe divertir ,,. Cependant *cet amufement à cela pour fe divertir* nous a fait
connaître les reffources inépuifables de la nature,
qui rendent à des animaux les membres qu'ils ont
perdus, qui reproduifent des têtes après qu'on les
a coupées, qui donnent à tel infecte le pouvoir de

s'accoupler l'inftant d'après que fa tête eft féparée
de fon corps, qui permettent à d'autres de multiplier
leur efpèce fans le fecours des deux fexes. Cet *amufement à cela* a développé un nouvel univers en
petit, et des variétés infinies de fageffe et de puiffance,
tandis qu'en quarante ans d'études, le P. *Mallebranche*
a trouvé *que la lumière eft une vibration de preffion fur
de petits tourbillons mous, et que nous voyons tout en*
DIEU.

J'ai dit que *Newton* favait douter, et là-deffus on
s'écrie : Oh! nous autres nous ne doutons pas; nous
favons de fcience certaine, que l'ame eft je ne fais
quoi deftiné néceffairement à recevoir je ne fais
quelles idées, dans le temps que le corps fait néceffairement certains mouvemens, fans que l'un ait la
moindre influence fur l'autre, comme lorfqu'un
homme prêche, et que l'autre fait des geftes, et cela
s'appelle l'*harmonie préétablie*. Nous favons que la
matière eft compofée d'êtres qui ne font pas matière,
et que dans la patte d'un ciron il y a une infinité
de fubftances fans étendue, dont chacune a des
idées confufes qui compofent un miroir concentré
de tout l'univers ; cela s'appelle le *fyftême des monades*.
Nous concevons auffi parfaitement l'accord de la
liberté et de la néceffité ; nous entendons très-bien,

Comment tout étant plein, tout a pu fe mouvoir.

Heureux ceux qui peuvent comprendre des chofes
fi peu compréhenfibles, et qui voient un autre
univers que celui où nous vivons!

J'aime à voir un docteur qui vous dit d'un ton
magiftral et ironique : ,, Vous errez, vous ne favez

,, pas qu'on a découvert depuis peu , que *ce qui* ,, *eſt, eſt poſſible; et que tout ce qui eſt poſſible , n'eſt* ,, *pas actuel; et que tout ce qui eſt actuel, eſt poſſible;* ,, *et que les eſſences des choſes ne changent pas* ,,. Ah , plût à Dieu que l'eſſence des docteurs changeât ! Eh bien , vous nous apprenez donc qu'il y a des eſſences , et moi je vous apprends que ni vous ni moi n'avons l'honneur de les connaître ; je vous apprends que jamais homme ſur la terre n'a ſu et ne ſaura ce que c'eſt que la matière , ce que c'eſt que le principe de la vie et du ſentiment , ce que c'eſt que l'ame humaine ; s'il y a des ames dont la nature ſoit ſeulement de ſentir ſans raiſonner , ou de raiſonner en ne ſentant point , ou de ne faire ni l'un ni l'autre ; ſi ce qu'on appelle *matière* a des ſenſations , comme elle a la gravitation ; ſi , &c.

Quant à la diſpute ſur la meſure de la force des corps en mouvement , il me paraît que ce n'eſt qu'une diſpute de mots , et je ſuis fâché qu'il y en ait de telles en mathématiques. Que l'on compte comme on voudra , $m \times u$, ou bien $m \times u^2$, rien ne changera dans la mécanique ; il faudra toujours la même quantité de chevaux pour tirer les fardeaux , la même charge de poudre pour les canons ; et cette querelle eſt le ſcandale de la géométrie.

Plût au Ciel encore qu'il n'y eût point d'autre querelle entre les hommes ! nous ſerions des anges ſur la terre. Mais ne reſſemble-t-on pas quelquefois à ces diables que *Milton* nous repréſente dévorés d'ennuis , de rage et d'inquiétude , de douleurs , et raiſonnant encore ſur la métaphyſique au milieu de leurs tourmens ?

,, Tels dans l'amas brillant des rêves de Milton,

,, On voit les habitans du brûlant Phlégéton,   1740.

,, Entourés de torrens de bitume et de flamme,

,, Raifonner fur l'effence, argumenter fur l'ame,

,, Sonder les profondeurs de la fatalité,

,, Et de la prévoyance, et de la liberté.

,, Ils creufent vainement dans cet abyme immenfe,,.

. . . . And reafon'd high
Of providence, fore knowledge, will, and fate ;
Fix't fate, frée will, fore knowledge abfolute :
And fond no end, &c.

LETTRE CLIV.

A M. LE COMTE D'ARGENTAL.

A Bruxelles, ce 6 janvier.

JE fuis arrivé à Bruxelles bien tard, mais le plutôt
que j'ai pu, mon cher ange gardien ; la Meufe, le   1741.
Rhin et la Mer m'ont tenu un mois en route. Ne
penfez pas, je vous en prie, que le voyage de Siléfie
ait avancé mon retour ; quand on m'aurait offert la
Siléfie, je ferais ici. Il me femble qu'il y a une
grande folie à préférer quelque chofe au bonheur
de l'amitié. Que peut avoir de plus celui à qui la
Siléfie demeurera ?

Je fuis obligé de m'excufer de mon voyage à
Berlin auprès d'un cœur comme le vôtre. Il était
indifpenfable, mais le retour l'était bien davantage.

_____ J'ai refusé au roi de Pruffe deux jours de plus qu'il
1741. me demandait. Je ne vous dis pas cela par vanité. Il
n'y a pas de quoi se vanter ; mais il faut que mon
ange gardien fache au moins que j'ai fait mon devoir.
Jamais madame *du Châtelet* n'a été plus au-deffus
des rois.

LETTRE CLV.

A M. HELVETIUS, *à Paris.*

A Bruxelles, ce 7 janvier.

Mon cher rival, mon poëte, mon philofophe,
je reviens de Berlin, après avoir effuyé tout ce que
les chemins de la Veftphalie, les inondations de la
Meufe, de l'Elbe et du Rhin, et les vents contraires
fur la mer ont d'infupportable pour un homme qui
revole dans le fein de l'amitié. J'ai montré au roi
de Pruffe votre épître corrigée ; j'ai eu le plaifir de
voir qu'il a admiré les mêmes chofes que moi., et
qu'il a fait les mêmes critiques. Il manque peu de
chofes à cet ouvrage pour être parfait. Je ne cefferai
de vous dire que, fi vous continuez à cultiver un art
qui femble fi aifé et qui eft fi difficile ; vous vous
ferez un honneur bien rare parmi les quarante, je
dis les quarante de l'académie comme ceux des
fermes.

Les Inftitutions phyfiques et l'Anti-Machiavel font
deux monumens bien finguliers. Se ferait-on attendu
qu'un roi du Nord et une dame de la cour de France
euffent honoré à ce point les belles-lettres ? *Prault* a
dû

dû vous remettre de ma part un Anti - Machiavel ;
vous avez eu la Philofophie leibnitzienne de la main
de fon aimable et illuftre auteur. Si *Leibnitz* vivait
encore, il mourrait de joie de fe voir ainfi expliqué, ou de honte de fe voir furpaffer en clarté,
en méthode et en élégance. Je fuis en peu de chofes
de l'avis de *Leibnitz :* je l'ai même abandonné fur
les forces vives ; mais, après avoir lu prefque tout
ce qu'on a fait en Allemagne fur la philofophie, je
n'ai rien vu qui approche à beaucoup près du livre
de madame *du Châtelet.* C'eft une chofe très-honorable pour fon fexe et pour la France. Il eft peut-être
auffi honorable pour l'amitié d'aimer tous les gens
qui ne font pas de notre avis, et même de quitter,
pour fon adverfaire, un roi qui me comble de
bontés, et qui veut me fixer à fa cour par tout ce
qui peut flatter le goût, l'intérêt et l'ambition. Vous
favez, mon cher ami, que je n'ai pas eu grand
mérite à cela, et qu'un tel facrifice n'a pas dû me
coûter. Vous la connaiffez ; vous favez fi on a jamais
joint à plus de lumières un cœur plus généreux,
plus conftant et plus courageux dans l'amitié. Je
crois que vous me mépriferiez bien fi j'étais refté à
Berlin. M. *Greffet,* qui probablement a des engage-
mens plus légers, rompra fans doute fes chaînes à
Paris, pour aller prendre celles d'un roi à qui on ne
peut préférer que madame *du Châtelet.* J'ai bien dit
à fa Majefté pruffienne que *Greffet* lui plairait plus
que moi, mais que je n'étais jaloux ni comme
auteur ni comme courtifan. Sa maifon doit être
comme celle d'*Horace,* *eft locus unicuique fuus.* Pour
moi, il ne me manque à préfent que mon cher

Helvétius ; ne reviendra-t-il point fur les frontières ? n'aurai-je point encore le bonheur de le voir et de l'embraſſer ?

LETTRE CLVI.

A M. LE MARQUIS D'ARGENSON, *à Paris.*

A Bruxelles, 8 janvier.

J'AI été un mois en route, Monſieur, de Berlin à Bruxelles. J'ai appris, en arrivant, votre nouvel établiſſement et vos peines. Voilà comme tout eſt dans le monde. Les deux tonneaux de *Jupiter* ont toujours leur robinet ouvert ; mais enfin, Monſieur, ces peines paſſent, parce qu'elles ſont injuſtes, et l'établiſſement reſte.

J'en ai quitté un aſſez brillant et aſſez avantageux. On m'offrait tout ce qui peut flatter ; on s'eſt fâché de ce que je ne l'ai point accepté. Mais quels rois, quelles cours et quels bienfaits valent une amitié de plus de dix années ? A peine m'auraient-ils ſervi de conſolation ſi cette amitié m'avait manqué.

J'ai eu tout lieu, dans cette occaſion, de me louer des bontés de M. le cardinal de *Fleuri ;* mais il n'y a rien pour moi dans le monde que le devoir ſacré qui m'arrête à Bruxelles. Plus je vis, plus tout ce qui n'eſt pas liberté et amitié me paraît un ſupplice. Que peut prétendre de plus le plus grand roi de la terre ? Voilà pourtant ce qui eſt inconnu des rois et de leurs eſclaves dorés.

Vos affaires vous auront-elles permis , Monfieur, de lire un peu à tête repofée l'ouvrage du *Salomon* du Nord , et celui de la reine de Saba ? Je ne doute pas du jugement que vous aurez porté fur les Infti- tutions phyfiques ; c'eft affurément ce qu'on a écrit de meilleur fur la Philofophie de *Leibnitz* , et c'eft une chofe unique en fon genre. Le livre du roi de Pruffe (*) eft auffi fingulier dans le fien ; mais je voudrais que vos occupations et vos bontés pour moi puffent vous permettre de m'en dire votre avis.

J'oferais fouhaiter encore que vous me marquaffiez fi on ne défire pas qu'après avoir écrit comme *Antonin*, l'auteur vive comme lui. Je voudrais enfin quelque chofe que je puffe lui montrer. Il m'a parlé fouvent de ceux qui font le plus d'honneur à la France ; il a voulu connaître leur caractère et leur façon de penfer : je vous ai mis à la tête de ceux dont on doit rechercher le fuffrage. Il eft paffionné pour la gloire. Je l'ai quitté , il eft vrai ; je l'ai facrifié , mais je l'aime ; et, pour l'honneur de l'humanité , je voudrais qu'il fût à peu-près parfait , comme un roi peut l'être.

Le fentiment des hommes de mérite peut lui faire beaucoup d'impreffion. Je lui enverrais une page de votre lettre , fi vous le permettiez. Son expédition de la Siléfie redouble l'attention du public fur lui. Il peut faire de grandes chofes et de grandes fautes. S'il fe conduit mal , je briferai la trompette que j'ai entonnée.

M. de *Valori* n'a pas à fe plaindre de la façon dont le roi de Pruffe penfe fur lui : il le regarde

(*) L'Anti-Machiavel.

comme un homme fage et plein de droiture; c'eft fur quoi M. de *Valori* peut compter. Puiffe-t-il refter long-temps dans cette cour! et puiffent les couteaux qu'on aiguife de tous côtés, fe remettre dans le fourreau!

Mais, qu'il y ait guerre ou paix, je ne fonge qu'à l'amitié et à l'étude. Rien ne m'ôtera ces deux biens: celui de vous être attaché fera pour moi le plus précieux. Il y a à Bruxelles deux cœurs qui font à vous pour jamais. Mon refpectueux dévouement ne finira qu'avec ma vie.

LETTRE CLVII.

A M. DE MAUPERTUIS.

A Bruxelles, ce 19 janvier.

M. *Algarotti* eft comte, mais vous, vous êtes marquis du cercle polaire, et vous avez à vous en propre un degré du méridien en France, et un en Laponie. Pour votre nom, il a une bonne partie du globe. Je vous trouve réellement un très-grand feigneur. Souvenez-vous de moi dans votre gloire.

Vous avez perdu pour un temps le plus aimable roi de ce monde, mais vous êtes entouré de reines, de margraves, de princeffes et de princes qui compofent une cour capable de faire oublier tout le refte. Je n'oublierai jamais cette cour; et je vous avoue que je ne m'attendais pas qu'il fallût aller à quatre

cents lieues de Paris pour trouver la véritable
politeffe.

Ne voyez-vous pas fouvent M. de *Keyferling* et
M. de *Polnitz*? Je vous prie de leur parler quelquefois de moi. Nous avons reçu des lettres de M. de
Keyferling qui nous apprennent le retour de fa fanté.
Peut-être eft-il actuellement en Siléfie : n'irez-vous
point là auffi ? Vous y feriez déjà fi la Siléfie était
un peu plus au Nord.

Adieu, Monfieur ; quand vous retournerez au
Midi , fouvenez-vous qu'il y a dans Bruxelles deux
perfonnes qui vous admireront et vous aimeront
toujours.

LETTRE CLVIII.

A M. LE COMTE D'ARGENTAL.

A Bruxelles, ce 19 janvier.

JE reçois votre lettre , mon cher et refpectable ami.
Je veux abfolument que vous foyez content de ma
conduite et de Mahomet. Si vous faviez pourquoi
j'ai été obligé d'aller à Berlin , vous approuveriez
affurément mon voyage. Il s'agiffait d'une affaire qui
regardait la perfonne même qui s'eft plainte. Elle
était à Fontainebleau ; elle devait paffer du temps
à Paris, et j'avais pris mon temps fi jufte que, fans
les accidens du voyage, les débordemens des rivières
et les vents contraires , je ferais retourné à Bruxelles
avant elle. Ses plaintes étaient très-injuftes , mais

leur injuſtice m'a fait plus de plaiſir que les cours de tous les rois ne pourraient m'en faire. Si jamais je voyage, ce ne ſera qu'avec elle et pour vous.

J'ai reçu des lettres charmantes de Siléſie. C'eſt aſſurément une choſe unique, qu'à la tête de ſon armée, il trouve le temps d'écrire des lettres d'homme de bonne compagnie. Il eſt fort aimable, voilà ce qui me regarde; pour tout le reſte, cela ne regarde que les rois. Je vous avais écrit un petit billet jadis, dans lequel je vous diſais : *Il n'a qu'un défaut*. Ce défaut pourra empêcher que les douze céſars n'aillent trouver le treizième. Le *Globeſtorf*, qui les a vus à Paris, a ſoutenu qu'ils ne ſont pas de *Bernin* ; et j'ai peur qu'on ne ſoit aiſément de l'avis de celui qui ne veut pas qu'on les achète ; (ceci ſoit entre nous) *Algarotti* promet plus qu'il n'eſpère. Cependant, ſi on pouvait prouver et bien prouver qu'ils ſont du *Bernin*, peut-être réuſſirait-on à vous en défaire dans cette cour. Mais, quand ſera-t-il chez lui ? et qui peut prévoir le tour que prendront les affaires de l'Empire ? Je ſonge, en attendant, à celles de Mahomet; et voici ma réponſe à ce que vous avez la bonté de m'écrire.

1º. Pour la ſcène du quatrième acte, il eſt aiſé de ſuppoſer que les deux enfans entendent ce que dit *Zopire*; cela même eſt plus théâtral et augmente la terreur. Je pouſſerais la hardieſſe juſqu'à leur faire écouter attentivement *Zopire*, et lorſqu'il dit :

Si du fier Mahomet vous reſpectez le ſort.

je voudrais que *Séide* dit à *Palmire*,

Tu l'entends, il blaſphème.

et que *Zopire* continuât,

     Accordez-moi la mort;
Mais rendez-moi mes fils à mon heure dernière.

Il n'eſt pas douteux qu'il ne faille, dans le couplet de *Zopire*, ſupprimer le nom d'*Hercide*. Il dira :

Hélas! ſi j'en croyais mes ſecrets ſentimens,
Si vous me conſerviez mes malheureux enfans, &c.

Il me ſemble que par là tout eſt ſauvé.

A l'égard du cinquième, aimeriez - vous que *Mahomet* finît ainſi ?

 Périſſe mon empire, il eſt trop acheté;
 Périſſe Mahomet, ſon culte et ſa mémoire.

A *Omar.*

Ah! donne-moi la mort, mais ſauve au moins ma gloire;
Délivre-moi du jour, mais cache à tous les yeux
Que Mahomet coupable eſt faible et malheureux.

La critique du poiſon me paraît très-peu de choſe. Il me ſemble que rien n'eſt plus aiſé que d'empoiſonner l'eau d'un priſonnier. Il ne faut pas là de détails. Rien ne révolte plus que des perſonnages qui parlent à froid de leurs crimes.

Il y a une ſcène qui m'embarraſſe infiniment plus. C'eſt celle de *Palmire* et de *Mahomet*. Au troiſième acte vous ſentez bien que *Mahomet*, après avoir envoyé *Séide* recevoir les derniers ordres pour un parricide, tout rempli d'un attentat et d'un intérêt ſi grand, peut avoir bien mauvaiſe grâce à parler long-temps d'amour avec une jeune innocente. Cette ſcène doit être très-courte. Si *Mahomet* y joue trop le rôle de *Tartuffe* et d'amant, le ridicule eft bien près. Il faut courir vîte dans cet endroit-là, c'eft de la cendre brûlante. Voyez fi vous êtes content de la fcène telle que je vous l'envoie.

Je fuis fâché de n'avoir pu vous envoyer toute la pièce au net, avec les corrections; les yeux feraient plus fatisfaits, on verrait mieux le fil de l'ouvrage, on jugerait plus aifément. Ayez la bonté d'y fuppléer; l'ouvrage eft à vous plus qu'à moi. Voyez, jugez; trouvez-vous enfin Mahomet jouable ? En ce cas, je crois qu'il faut le donner le lendemain des Cendres; c'eft une vraie pièce de carême : d'ailleurs, ce qui peut frapper dans cette pièce ira plus à l'efprit qu'au cœur. Il y a peu de larmes à efpérer, à moins que Séide et Palmire ne fe furpaffent. L'impreffion que fait la terreur eft plus paffagère que celle de la pitié, le fuccès plus douteux; ainfi j'aimerais bien mieux que Mahomet fût livré aux repréfentations du carême. On peut, après le petit nombre de repréfentations que ce temps permet, la retirer avec honneur; mais après Pâques nous manquerons de prétexte.

Il n'y a pas d'apparence que je vienne à Paris ni avant ni après Pâques. Après avoir quitté madame *du Châtelet* pour un roi, je ne la quitterai pas pour un prophète. Je m'en rapporterai à mon cher ange gardien. Il ne s'agira que de précipiter un peu les fcènes de raifonnement, et de donner des larmes, de l'horreur et des attitudes à *Grandval* et à *Gauffin*. Mademoifelle *Quinault* entend le jeu du théâtre comme tout le refte; et fi vous vouliez honorer de

votre préfence une des répétitions, je n'aurais aucune
inquiétude ; enfin, je remets tout entre vos mains,
et je n'ai de volontés que les vôtres. Mes anges
gardiens font mes maîtres abfolus.

LETTRE CLIX.

A M. L'ABBÉ MOUSSINOT.

Bruxelles, février.

COMPTEZ fur mon amitié, mon cher abbé,
quand il s'agira de faire valoir vos tableaux. Vous
n'avez en ce genre que de la belle et bonne denrée.
Le roi de Pruffe aime fort les *Wateaux*, les *Lancrets*
et les *Pater*. J'ai vu de tout cela chez lui ; mais je
foupçonne quatre petits Wateaux qu'il avait dans fon
cabinet d'être d'excellentes copies. Je me fouviens,
entre autres, d'une noce de village où il y avait un
vieillard en cheveux blancs très - remarquable. Ne
connaiffez - vous point ce tableau ? Tout fourmille
en Allemagne de copies qu'on fait paffer pour des
originaux. Les princes font trompés, et trompent
quelquefois.

Quand le roi de Pruffe fera à Berlin, je pourrai
lui procurer quelques morceaux de votre cabinet,
et il ne fera pas trompé : à préfent il a d'autres
chofes en tête. Il m'a offert honneurs, fortune, agrémens, mais j'ai tout refufé pour revoir mes anciens
amis.

Mettez-moi un peu, mon cher, au fil de mes
affaires, que j'ai entièrement perdu, m'en rapportant

—— toujours à vos bontés, et vous priant de donner à M. *Berger* une copie de ma lettre à Milord *Harvey* (*). Je crois qu'il est bon que cette lettre soit connue ; elle est d'un bon français, et ce sont mes véritables sentimens sur *Louis XIV* et sur son siècle. Quelque chose qu'on dise à M. *Berger* sur le siècle et sur la lettre, dites-lui, vous, mon ami, de ne point perdre de temps pour l'imprimer.

LETTRE CLX.

A M. LE COMTE D'ARGENTAL.

Ce 20 février.

VOILA, je crois, mon cher ange gardien, la seule occasion de ma vie où je pusse être fâché de recevoir une lettre de madame d'*Argental;* mais, puisque vous avez tous deux, au milieu de vos maux (car tout est commun), la bonté de me dire où en est votre fluxion, ayez donc la charité angélique de continuer. Vous êtes, en vérité, les seuls liens qui m'attachent à la France; j'oublie ici tout, hors vous; et je ne songe à Mahomet qu'à cause de vous. Que madame d'*Argental* daigne encore m'honorer d'un petit mot. Buvez-vous beaucoup d'eau ? Je me suis guéri, avec les eaux du Vezer, de l'Elbe, du Rhin et de la Meuse, de la plus abominable ophtalmie dont jamais deux yeux aient été affublés ; et cela, mon cher

(*) Voyez juillet 1740.

ange, en courant la poste au mois de décembre; ——
mais

> Je n'avais rien à redouter,
> Je revolais vers Emilie,
> Les saisons et la maladie
> Ont appris à me respecter.

Elle s'intéresse à votre santé comme moi; elle
vous le dit par ma lettre, et vous le dira elle-même
cent fois mieux. Je fais transcrire et retranscrire mon
coquin de Prophète; sachez que vous êtes le mien,
et que tout ce que vous avez ordonné est accompli à
la lettre, sans changer, comme dit l'autre, *un iota*
à votre loi.

Est-il vrai que le despotisme des premiers gentils-
hommes a dérangé la république des comédiens?
La tribu *Quinault* quitte le théâtre : c'est un grand
événement que cela, et je crois qu'on ne parle à
Paris d'autre chose. On dit ici les Prussiens battus
par le général *Brown*; mais, pour battre une armée,
il faut en avoir une, et le général *Brown* n'en a pas,
que je sache. Et puis, qu'importe! quand *Dufresne*
quitte, tout le reste n'est rien.

Adieu, mon cher ami, mon conseil, mon appui,
à qui je veux plaire. Que les rois s'échinent et
s'entre-mangent; mais portez-vous bien.

LETTRE CLXI.

A M. LE COMTE D'ARGENTAL.

15 février.

Vos yeux, mon cher et refpectable ami, pourront-
ils lire ce que vous écrivent deux perfonnes qui
s'intéreffent fi tendrement à vous? Nous apprenons
par monfieur votre frère le trifte état où vous avez
été ; il nous flatte en même temps d'une prompte
guérifon. J'en félicite madame d'*Argental* qui aura
été furement plus alarmée que vous, et dont les
foins auront contribué à vous guérir, autant pour
le moins que ceux de M. *Silva.*

Cette beauté que vous aimez,
Et dont le fouvenir m'eft toujours plein de charmes,
A fans doute éteint par fes larmes
Le feu trop dangereux de vos yeux enflammés.

Je vous renvoie, fur Mahomet et fur le refte, à la
lettre que j'ai l'honneur d'écrire à M. de *Pont-de-
Vefle.* J'attendrai que vos yeux foient en meilleur
état pour vous envoyer mon Prophète, mais j'ai
peur qu'il ne foit pas prophète dans mon pays.
Adieu ; je vous embraffe, fongez à votre fanté ; je
fais mieux qu'un autre ce qu'il en coûte à la perdre.
Adieu ; je fuis à vous pour jamais avec tous les
fentimens que vous me connaiffez ; *je* veut dire
nous. Mille tendres refpects à madame d'*Argental.*

LETTRE CLXII.

A M. LE COMTE D'ARGENTAL.

Le 25 février.

COMMENT se porte mon cher ange gardien? Je lui demande bien pardon de lui adresser, par monsieur son frère, un grimoire de physique; heureusement vous ne fatiguerez pas vos yeux à le lire. Je vous prie de le donner à M. de *Mairan*. S'il en est content, il me fera plaisir de le lire à l'académie. Je suis absolument de son sentiment, et il faut que j'en sois bien pour combattre l'opinion de madame *du Châtelet*. Nous avons, elle et moi, de belles disputes dont M. de *Mairan* est la cause. Elle peut dire : *Multa passa sum propter eum*. Nous sommes ici tous deux une preuve qu'on peut fort bien disputer sans se haïr.

Le Prophète est tout prêt, il ne demande qu'à partir pour être jugé par vous en dernier ressort. J'attends que vous ayez la bonté de m'ordonner par quelle voie vous voulez qu'il se rende à votre tribunal. Il n'est rien tel que de venir au monde à propos ; la pièce, toute faible qu'elle est, vaut certainement mieux que l'Alcoran, et cependant elle n'aura pas le même succès. Il s'en faudra de beaucoup que je sois prophète dans mon pays ; mais tant que vous aurez un peu d'amitié pour moi, je serai très-content de ma destinée et de celle des miens.

LETTRE CLXIII.

A M. DE WARMHOLTZ,

GENTILHOMME SUÉDOIS ET TRADUCTEUR DE L'HISTOIRE DE CHARLES XII, PAR NORBERG.

A Bruxelles, 12 mars.

PERMETTEZ-MOI, Monsieur, de vous faire ressouvenir de la promesse que vous avez bien voulu me faire ; ma reconnaissance sera aussi vive que vos bons offices me font précieux. Vous savez à quel point j'aime la vérité, et que je n'ai ni d'autre but ni d'autre intérêt que de la connaître. Il ne vous en coûtera pas quatre jours de travail de mettre quelques notes sur les pages blanches. Cette histoire vous est présente ; vous savez en quoi M. *Norberg* diffère de moi. Marquez-moi, je vous en conjure, les endroits où je me suis trompé, et procurez-moi le plaisir de me corriger.

J'ai l'honneur d'être, &c.

LETTRE CLXIV.

A M. DE MAIRAN, *à Paris.*

Le 24 mars.

Vous êtes, mon cher Monsieur, le premier ministre de la philosophie ; il ne faut pas vous dérober un temps précieux. Je voudrais bien avoir fait en peu de paroles ; mais j'ai peur d'être long, et j'en suis fâché pour nous deux, malgré tout le plaisir que j'ai de m'entretenir avec vous.

J'ai reçu votre présent ; je vous en remercie doublement, car j'y trouve amitié et instruction, les deux choses du monde que j'aime le mieux, et que vous me rendez encore plus chères.

Parlons d'abord de madame *du Châtelet*, car cette adversaire-là vaut mieux que votre disciple. Vous lui dites, dans votre lettre imprimée, qu'elle n'a commencé sa rebellion qu'après avoir hanté les mal-intentionnés leibnitziens. Non, mon cher maître ; pas un mot de cela, croyez-moi ; j'ai la preuve par écrit de ce que je vous dis.

Elle commença à chanceler dans la foi un an avant de connaître l'apôtre des monades qui l'a pervertie, et avant d'avoir vu *Jean Bernoulli*, fils de *Jean*.

La manière d'évaluer les forces motrices, par ce qu'elles ne font point, la révolta. Un très-célèbre géomètre fut entièrement de son avis ; je n'en fus point, malgré toutes les raisons qui devaient me séduire. Tenez-m'en compte si vous voulez ; mais

—— je regarde ma perſévérance comme une très-belle action.

Madame *du Châtelet* vous répondra probablement. Je ſouhaite qu'elle ait une réplique; elle mérite que vous entriez un peu dans des détails inſtructifs avec elle. Je crois que le public et elle y gagneront. Vous ferez comme les dieux d'*Homère* qui, après s'être battus, n'en reçoivent pas moins en commun l'encens des hommes. Voilà pour madame *du Châtelet*. Venons à votre ſerviteur.

Premièrement, je vous déclare que je crois fermement à la ſimple vîteſſe multipliée par la maſſe. Mais quand je dis qu'il faut l'appliquer au temps, je dis ce que le docteur *Clarke* dit le premier à *Leibnitz;* et quand je dis que deux preſſions en *deux* temps donnent *deux* de vîteſſe et *quatre* de force, je n'avoue rien dont les adverſaires tirent avantage ; car je ne veux dire autre choſe ſinon que l'action eſt quadruple en deux temps.

Je pourrais être mieux reçu qu'un autre à tenir ce langage, parce que je ne ſais ce que c'eſt que cet être qu'on appelle *force*. Je ne connais qu'*action*, et je ne veux dire autre choſe ſinon que l'action eſt quadruple en un temps double, pour les raiſons que vous ſavez.

Mais, pour lever toute équivoque, je vous prierai de remettre mon Mémoire à M. l'abbé *Mouſſinot*, qui aura l'honneur de vous rendre cette lettre, et qui bientôt aura celui de vous en préſenter un autre plus court, dont vous ferez l'uſage que votre diſcernement et vos bontés vous feront juger le plus convenable.

J'ai

J'ai relu votre Mémoire de 1728, et je le trouve, comme je l'ai toujours trouvé et comme il paraît à madame *du Châtelet*, méthodique, clair, plein de fineffe et de profondeur. J'y trouve de plus ce qu'elle n'y voit pas, que vous pouvez très-bien évaluer la valeur des forces motrices par *les efpaces non par-courus*. Votre fuppofition même paraît auffi recevable que toutes les fuppofitions qu'on accorde en géométrie.

Je viens de lire attentivement le Mémoire de M. l'abbé *Deidier;* il eft digne de paraître avec le vôtre. Je ne faurais trop vous remercier de me l'avoir envoyé, et je vous fupplie, Monfieur, de vouloir bien remercier pour moi l'auteur, du profit que je tire de fon ouvrage. Il y a, ce me femble, de l'invention dans la nouvelle démonftration qu'il donne, *figure II.*

Je n'ofe abufer de votre patience; mais fi vous, ou M. l'abbé *Deidier*, avez le temps, ayez la bonté de m'éclairer fur quelques doutes; je vous ferais bien obligé.

M. *Deidier*, page 127, dit que le corps A (on fait de quoi il eft queftion) aura une force avant le choc qui fera comme le produit de la maffe par la vîteffe.

Mais c'eft de quoi les *forceviviers* ne conviendront point du tout; ils vous diront hardiment que ce corps renferme en foi une force qui eft le produit du carré de fa vîteffe, et que s'il ne manifefte pas cette force en courant fur ce plan poli, c'eft qu'il n'en a pas d'occafion. C'eft un foldat qui marche armé; dès qu'il trouvera l'ennemi, il fe battra; alors il déploiera fa force, et alors $m \times u^2$.

1741. Ils foutiennent donc que le mobile a reçu cette force que nous nions, et ils tâchent de prouver qu'il l'a reçue *à priori*; ce qui eft bien pis encore que des expériences.

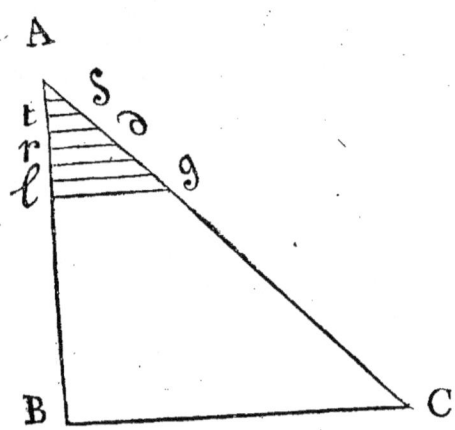

Ne difent-ils pas que , dans ce triangle, la force reçue dans le corps A eft le produit d'une infinité de preffions accumulées? ne difent-ils pas que A n'au-rait pas en *l* la force qui réfulte de ces preffions, fi la ligne *t s*, par exemple, ne repréfentait deux preffions, fi *r d* n'en repréfentait trois , &c ?

Mais, difent-ils, le triangle A *l g* eft au triangle A B C comme le carré de *l g* au carré de B C, et ces deux triangles font infiniment petits; donc ils repré-fentent, dans le premier triangle A *l g*, les preffions qui donnent une force égale au carré de *l g*, et dans le grand triangle la fomme des preffions qui donnent la force égale au carré B C.

Mais n'y a-t-il pas là un artifice? et ne faut-il

1741.

pas que toutes ces preffions, fi on les diftingue, agiffent chacune l'une après l'autre ? Il y a donc dans cet inftant, autant d'inftans que de preffions. Cette figure même montre évidemment un mouvement uniformément accéléré : or, comment peut-on fuppofer qu'un mouvement accéléré s'opère en un feul inftant indivifible ?

Je demande fi cette feule réponfe ne peut pas fuffire à découvrir le fophifme.

Je viens enfuite à la conclufion très-fpécieufe que les leibnitziens tirent de la percuffion des corps à reffort et des corps inélaftiques.

Dans la collifion des corps à reffort, ils retrouvent toujours les mêmes forces devant et après le choc, quand ils fupputent la force par le carré de la vîteffe ; et, dans la collifion d'un corps inélaftique qui choque un corps dur, ils retrouvent encore leur compte.

Par exemple, une boule de terre glaife, fufpendue à un fil, rencontre un morceau de cuivre de même pefanteur qu'elle :

Leur maffe eft 2, leur vîteffe 5 ;

Le choc produit un enfoncement que j'appelle 2 ; que chaque maffe foit 2, et chaque vîteffe 10, l'enfoncement eft 4.

Mais que la maffe de l'un foit 4 et la vîteffe 5, la maffe de l'autre 2 et la vîteffe 10, l'enfoncement n'eft que 3.

C'eft là que les forceviviers prétendent triompher ; car, difent-ils, nous avons trouvé cavité 2 produite par 200 de force, et cavité 4 produite par 400 de force ; nous trouvons ici cavité 3 produite par 300, felon notre calcul.

Mais fi l'on compte, pourfuivent-ils, felon l'ancienne méthode, on aura pour le troifième cas,
non pas 300 de force, mais 4×5 pour un des
mobiles, 2×10 pour l'autre; le tout $= 40$. Donc,
felon l'ancien calcul, l'enfoncement devrait être 4
comme dans le fecond cas, et non pas 3 ; donc il
faut, concluent-ils, que l'ancienne façon de compter
foit très-mauvaife.

Je fais bien qu'on peut dire que, dans la percuffion
de deux corps à reffort, lorfqu'un plus petit va choquer un plus grand, le reffort augmente les forces ;
mais ici, lorfque ce mobile de cuivre, et ce mobile
inélaftique de terre glaife fe rencontrent, pourquoi fe
perd-il de la force? Nous n'avons plus dans ce cas
la reffource des refforts.

Ne dois-je pas recourir à une raifon primitive? et
fi cette raifon fatisfait pleinement à ces deux difficultés qui paraiffent oppofées, pourrai-je me flatter
d'avoir rencontré jufte ?

Cette caufe que je cherche n'eft-elle pas la maffe
même des corps?

Je remarque que dans les corps à reffort il n'y a
accroiffement de quantité de mouvement (que j'appelle force) que lorfque le corps à reffort choqué eft
plus pefant que celui qui l'attaque.

Je vois, au contraire, que quand le mobile inélaftique fouffre un enfoncement moins grand qu'il ne
devrait le recevoir, le corps inélaftique a moins de
maffe; par exemple, quand la boule de terre glaife,
qui eft 2 et qui a 10 de vîteffe, rencontre le cuivre 2,
qui a auffi 10 de vîteffe, l'enfoncement eft 4.

Mais fi l'un des deux corps a 2 de maffe et 10 de

vîteſſe, et l'autre 4 de maſſe et 5 de vîteſſe, alors, quoique les cauſes paraiſſent égales, quoiqu'il y ait 1741. de part et d'autre égale quantité de mouvement, l'effet eſt cependant très-différent. Pourquoi ? n'eſt-ce pas que les corps réagiſſent moins quand ils ont moins de maſſe, et réagiſſent plus quand ils ſont plus maſſifs ?

N'eſt-ce pas, toutes choſes égales, parce qu'un corps eſt plus maſſif qu'il a plus de reſſort, et qu'ainſi il réagit plus contre un petit corps à reſſort qui le vient frapper ? comme dans l'expérience d'*Herman*. Et n'eſt-ce pas par cette même raiſon qu'un corps quelconque, toutes choſes égales, réagit moins, s'il eſt plus petit ?

Voilà mon doute. Pardon de cette confeſſion générale au temps de Pâques. Elle eſt trop longue ; mais ſi je voulais vous dire combien je vous aime et vous eſtime, je ferais bien plus prolixe.

Adieu ; je ſuis de toute mon ame votre, &c.

LETTRE CLXV.

A M. DE MAIRAN, *à Paris.*

A Bruxelles, le 1 d'avril.

Me voici, Monfieur, tout à travers du fchifme. Je fuis toujours le confeffeur de votre évangile, au milieu même des tentations. Je vous envoie mon petit grimoire; vous verrez, feulement par la première partie, fi je vous ai bien entendu; et, en cas que vous trouviez quelques réflexions un peu neuves dans la feconde, vous pourrez montrer mes queftions à votre aréopage.

Je ferai curieux de favoir fi on croit que je fuis dans le bon chemin. Voilà tout ce que je prétends. Je ne veux point une approbation, mais une décifion. Ai-je tort? ai-je raifon? ai-je bien ou mal pris vos idées?

Vous recevrez peut-être la réponfe de madame la marquife *du Châtelet* imprimée, en recevant mon manufcrit. Puifque vous avez eu la patience de lire mon Effai fur la métaphyfique de *Leibnitz*, vous avez déjà vu que l'amitié ne me donne ni ne m'ôte mes opinions. Ce petit traité, mal imprimé en Hollande, fait partie d'une introduction aux Elémens de *Newton* qu'on réimprime; et c'eft à madame *du Châtelet* elle-même que j'adreffe, et que je dédie cet ouvrage dans lequel je prends la liberté de la combattre. Il me femble que c'eft-là, pour les gens de lettres, un bel exemple qu'on peut être tendrement et refpectueufement attaché à ceux que l'on contredit.

Je me flatte donc que votre petite guerre avec madame *du Châtelet* ne fervira qu'à augmenter l'eftime et l'amitié que vous avez l'un pour l'autre. Elle eft un peu piquée que vous lui ayez reproché qu'elle n'a pas lu affez votre Mémoire. Je voudrais qu'elle fût perfuadée des chofes que vous y dites autant qu'elle les a lues; mais fongeons, mon cher et aimable phi-lofophe, combien il eft difficile à l'efprit humain de renoncer à fes opinions. Il n'y a que l'auteur du Télé-maque à qui cela foit arrivé. C'eft qu'il aima mieux facrifier le quiétifme que fon archevêché, et madame *du Châtelet* ne veut point facrifier les forces vives, même à vous.

Elle ne peut point convenir qu'il foit poffible d'épui-fer la force à former des refforts, et de la reprendre enfuite. Elle trouve là une contradiction qui la frappe. J'ai beau faire; nous difputons tout le jour, et nous n'avançons point. Voilà pourquoi je veux favoir fi fon opiniâtreté ne vient pas en partie de fes lumières, et en partie de ce que je foutiens mal votre caufe.

Je ne fais par quelle fatalité les dames fe font déclarées pour *Leibnitz*. Madame la princeffe de *Columbrano* a écrit auffi en faveur des forces vives. Je ne m'étonne plus que ce parti foit fi confidérable. Nous ne fommes guère galans ni vous ni moi. Mais vous êtes comme *Hercule* qui combattait contre les Amazones fans ménagement, et moi je ne fuis dans votre armée qu'un volontaire peu dangereux.

Si nous étions à Paris, la paix ferait bientôt faite;

—— et je me flatte bien que nous dînerions enſemble un
1741. jour dans cette belle maiſon (*) conſacrée aux arts,
peinte par *le Sueur* et par *le Brun*, et digne de recevoir
M. de *Mairan*.

Adieu, cher ennemi de mes amis; adieu, mon
maître, digne d'être celui de votre illuſtre et aimable
adverſaire.

P.S. Depuis cette lettre écrite, je reçois votre billet
à l'abbé *Mouſſinot*. Ne me répondez point, mon cher
philoſophe; le temps eſt à ménager, quoi qu'en diſent
les *forceviviers*; mais ſi vous croyez que vous me
ferez plaiſir en montrant à l'académie de quelle façon
je penſe; ſi on peut voir, par mon Mémoire, que je
ne ſuis pas abſolument étranger dans Jéruſalem, ayez
la bonté de le communiquer : ſinon, *pereat*.

Je me tiens pour répondu; je ne veux pas un mot.
Je vous embraſſe, je vous eſtime, je vous aime autant
que vous le méritez.

(*) L'hôtel Lambert.

LETTRE CLXVI.

A M. HELVETIUS.

A Bruxelles , 3 avril.

J'AI reçu aujourd'hui , mon cher ami , votre diamant , qui n'eſt pas encore parfaitement taillé , mais qui ſera très-brillant.

Croyez-moi, commencez par achever la première épître ; elle touche à la perfection , et il manque beaucoup à la ſeconde.

Votre première épître , je vous le répète , ſera un morceau admirable ; ſacrifiez tout pour la rendre digne de vous ; donnez-moi la joie de voir quelque choſe de complet ſorti de vos mains. Envoyez-la-moi dans un paquet un peu moins gros que celui d'aujourd'hui. Il n'eſt plus beſoin de page blanche. D'ailleurs, quand vous en gardez un double, je puis aiſément vous faire entendre mes petites réflexions. J'ai autant d'impatience de voir cette épître arrondie , que votre maîtreſſe en a de vous voir arriver au rendez-vous. Vous ne ſavez pas combien cette première épître ſera belle , et moi je vous dis que les plus belles de *Deſpréaux* ſeront au-deſſous ; mais il faut travailler , il faut ſavoir ſacrifier des vers ; vous n'avez à craindre que votre abondance ; vous avez trop de ſang, trop de ſubſtance ; il faut vous ſaigner et jeûner. Donnez de votre ſuperflu aux petits eſprits compaſſés , qui ſont ſi méthodiques et ſi pauvres , et qui vont ſi droit dans un petit chemin ſec et uni qui ne mène à rien. Vous devriez venir nous voir ce mois-ci ; je vous donne rendez-vous à Lille , nous y ferons jouer Mahomet ; *La Noue* le jouera, et vous en jugerez. Vous feriez bien aimable de vous arranger pour cette partie.

J'ai peur que nous n'ayons pas raiſon contre *Mairan* dans le fond ; mais *Mairan* a un peu tort dans la forme , et madame *du Châtelet* méritait mieux. Bonſoir, mon cher poëte philoſophe ; bonſoir, aimable *Apollon*.

LETTRE CLXVII.

A M. PITOT DE LAUNAY.

A Bruxelles , 5 avril.

MONSIEUR, je vous fais mon compliment ſur ce que vous allez changer de vilaine eau en une terre fertile. Cela eſt moins brillant que de meſurer la terre et de déterminer ſa figure, mais cela eſt plus utile ; et il vaut mieux donner aux hommes quelques arpens de terre, que de ſavoir ſi elle eſt plate aux pôles. Vous n'aurez beſoin de perſonne auprès de votre confrère M. de *Richelieu*, mais je me vanterai à lui d'être votre ami ; et c'eſt moi qui vous prie de lui bien faire ma cour, et à un très-aimable ſyndic avec qui j'ai fait la moitié du voyage juſqu'à Langres. Je vous prie, avant de partir, de me mander ce qu'on penſe,

ou plutôt ce que vous penfez fur le quatrième tome
de la Phyfique de l'abbé de *Molières*.

Entre autres opinions qui m'ont furpris dans ce
livre, j'ai trouvé une preuve furabondante de l'exiftence de DIEU, qui, me femble, ferait des athées fi
on pouvait l'être. Me trompé-je? M. de *Molières*
me paraît étrangement anti-mécanique.

Je fuis fâché que l'auteur des Inftitutions phyfiques
abandonne quelquefois *Newton* pour *Leibnitz*, mais
il faut aimer fes amis de quelque parti qu'ils foient.
Adieu ; je vous prie de vous fouvenir de moi avec
tous vos amis. Vous favez que je vous aime et que
je vous eftime trop pour vous faire des complimens
ordinaires. Ne m'oubliez pas auprès de madame
Pitot. L'illuftre *Newto-leibnitzienne* va vous écrire.

LETTRE CLXVIII.

A M. DE MAUPERTUIS.

A Bruxelles, le 4 mai.

MADAME *du Châtelet*, Monfieur, m'a dérobé une marche; elle a envoyé fa lettre avant la mienne; mais je n'ai été ni moins touché ni moins inquiet, et je n'ai pas été moins fatisfait qu'elle quand j'ai appris votre heureufe arrivée à Vienne, après tant de fatigues et de dangers. Vous êtes fait pour plaire par-tout où vous êtes, mais vous ne plairez jamais tant à perfonne qu'à vos compatriotes quand vous les reverrez. Ils font plus dignes que les Iflandais de jouir de votre commerce.

Si vous prenez le parti de repaffer en France, et que vous preniez votre chemin par Bruxelles, vous porterez la confolation et la joie dans notre folitude. Vous favez, fans doute, combien tout le monde s'eft intéreffé à votre deftinée. Croyez que ce n'eft pas à Bruxelles qu'on vous aime le moins. Il y a deux perfonnes ici qui ne font point du tout du même avis fur les imaginations de *Leibnitz*, mais qui fe réuniffent à vous eftimer et à vous aimer de tout leur cœur.

Confervez-moi, je vous en prie, l'amitié que vous m'avez toujours témoignée, et furtout confervez-vous.

LETTRE CLXIX.

A M. D E M A I R A N.

A Bruxelles, le 5 mai.

J'AI reçu, Monfieur, votre certificat; mais je vois que l'académie eft neutre, et n'ofe pas juger un procès qui me paraît pourtant affez éclairci par vous.

Je crois que la fociété royale ferait plus hardie, et ne balancerait pas à prononcer qu'en temps égal deux font deux, et quatre font quatre; car, en vérité, tout bien pefé, voilà à quoi fe réduit la queftion.

Franchement, *Leibnitz* n'eft venu que pour embrouiller les fciences. Sa raifon infuffifante, fa continuité, fon plein, fes monades, &c., font des germes de confufion dont M. *Volf* fait éclore métho-diquement quinze volumes in-4°., qui mettront plus que jamais les têtes allemandes dans le goût de lire beaucoup et d'entendre peu. Je trouve plus à profiter dans un de vos Mémoires que dans tout ce verbiage qu'on nous donne *more geometrico*. Vous parlez *more geometrico et humano.*

Ce *Koënig*, élève de *Bernoulli*, qui nous apporta à Cirey la religion des monades, me fit trembler, il y a quelques années, avec fa longue démonftration qu'une force double communique en un feul temps une force quadruple. Ce tour de paffe-paffe eft un de ceux de *Bernoulli*, et fe réfout très-facilement.

Je fuis fâché que mes amis fe foient laiffé prendre à ce piége, et encore plus de la querelle qui s'eft élevée. Mais il ne faut pas gêner fes amis dans leur profeffion de foi; et moi qui ne prêche que la tolérance, je ne peux pas damner les hérétiques. J'ai beau regarder les monades avec leur perception et leur aperception comme une abfurdité, je m'y accoutume, comme je laifferais ma femme aller au prêche, fi elle était proteftante.

La paix vaut encore mieux que la vérité. Je n'ai guère connu ni l'une ni l'autre en ce monde ; mais ce que je connais très-bien c'eft l'eftime et l'amitié avec laquelle je ferai toute ma vie, mon très-cher philofophe, votre ; &c.

La première fois qu'on difféquera un corps calleux, mes refpects à l'ame qui y loge.

LETTRE CLXX.

A M. LE COMTE D'ARGENTAL.

A Bruxelles, ce 5 mai.

MES faints anges fauront que j'obéis de tout mon cœur à leurs ordres de ne point imprimer notre Prophète ; mes idées avaient prévenu fur cela leur volonté. J'attendrai qu'ils mettent Mahomet fur les treteaux de Paris.

Le roi de Pruffe m'a fait l'honneur de me mander, deux jours après la bataille : *On dit les Autrichiens battus, et je crois la chofe vraie.* Pour moi, je vous dois un peu plus de détail de la journée de Lille; car c'eft à mes fouverains que j'écris, et il faut leur rendre compte des opérations de la campagne. On n'a pas

pu refufer quatre repréfentations aux empreffemens
de la ville ; et , de ces quatre, il y en a eu une chez
l'intendant , en faveur du clergé qui a voulu abfolument voir un fondateur de religion. Vous croirez
peut-être que je blafphème quand je dis que *La Noue*,
avec fa phyfionomie de finge , a joué le rôle de
Mahomet , bien mieux que n'eût fait *Dufrefne*. Cela
n'eft pas vraifemblable , mais cela eft très-vrai. Le
petit *Baron* s'eft tellement perfectionné depuis la
première repréfentation , a eu un jeu fi naturel, des
mouvemens fi paffionnés , fi vrais et fi tendres , qu'il
fefait pleurer tout le monde , comme on faigne du
nez. C'eft une chofe bien fingulière qu'une pièce
nouvelle foit jouée en province , de façon à me faire
défefpérer qu'elle puiffe avoir le même fuccès à Paris.
Mon fort, d'ailleurs , a toujours été d'être perfécuté
dans cette capitale , et de trouver ailleurs plus de juftice. On dit que le goût des mauvaifes pointes et des
quolibets eft la feule chofe qui foit aujourd'hui de
mode , et que fans la voix de la *Le Maure* , et le canard
de *Vaucanfon* , vous n'auriez rien qui fît reffouvenir de
la gloire de la France.

Je devrais dire : *Frange , mifer , calamos , vigilataque
prælia dele.* Cependant j'aime toujours les lettres ,
comme fi elles étaient honorées et récompenfées ; vous
feuls me les rendez toujours chères , et vous faites ma
patrie.

Madame *du Châtelet* a encore gagné aujourd'hui
un incident confidérable ; et la juftice eft abfolument
bannie de ce monde , fi elle ne gagne pas un jour le
fond du procès ; mais ce jour eft loin , et le peu qui
refte de belles années fe confume à Bruxelles. Nous

n'en ferons pas quittes avant trois ans. N'importe, mon courage ne s'épuifera pas, et je ne regretterai ni Paris ni Berlin. Je fouhaite feulement que nous puiffions venir faire un tour, quand vous nous direz de venir.

Adieu, nos anges ; je fuis toujours *fub umbra alarum veftrarum.*

P. S. Vous favez M. de *Maupertuis* à Vienne chez le prince *Lictenftein*, après avoir été dépouillé par des payfans en raifon directe de tout ce qu'il avait.

LETTRE CLXXI.

A M. L'ABBÉ MOUSSINOT.

Bruxelles, 17 mai.

Eh bien ! mon cher ami, vous avez donc employé les cent vieux louis. Soit. Tout ce que vous faites eft bien, et *vidit quod effet bonum,* et *eft bonum* d'avoir mille écus de rente de plus. Il faudra un peu pâtir cette année ; mais fi DIEU permet que je vive, je vivrai à mon aife.

Faites-moi le plaifir, mon cher ami, d'expédier promptement à Lille, à M. *Denis,* et franc de port, un joli paravent à feuilles, pour mettre devant une cheminée, haut d'environ trois pieds et demi, plus ou moins, les feuilles fe levant et fe baiffant à volonté.

C'eft de Lille, où j'ai paffé quelques jours, que je vous envoyai ma fignature en parchemin, dans

laquelle

laquelle j'oubliai le nom d'*Arouet*, que j'oublie affez 1741.
volontiers. Je vous renvoie d'autres parchemins où fe
trouve ce nom, malgré le peu de cas que j'en fais.
Dans peu, vous aurez mon certificat de vie, puifque,
malgré ma maigreur et ma langueur, on dit que je
vis encore. Dites-le vous-même, écrivez-le à nos
débiteurs.

LETTRE CLXXII.

A M. DE CIDEVILLE.

A Bruxelles, le 27 mai.

JE n'apprends qu'aujourd'hui, mon cher ami, que
ce manufcrit de Mahomet, dont je vous deftinais
l'hommage depuis fi long-temps, eft enfin arrivé à
Paris, malgré les faints inquifiteurs. Ce bon mufulman
eft entre les mains d'un docteur de forbonne, nommé
l'abbé *Mouffinot*, cloître Saint-Méri, et cet abbé
n'attend que vos ordres pour vous l'envoyer par la
voie que vous voudrez.

Je vous prie inftamment de le lire avec des yeux
de critique, et non pas avec ceux d'un ami. J'ai effayé,
comme vous favez, la pièce à Lille. *La Noue* ne s'en
eft pas mal trouvé; mais je ne regarde les jugemens
de Lille que comme une fentence de juges inférieurs
qui pourrait bien être caffée à votre tribunal. Vous
confulter de loin, mon cher *Cideville*, c'eft une confolation d'une fi longue abfence; fi je vivais avec
vous, je vous confulterais tous les jours.

Correfp. générale.   Tome II.   A a

Pourquoi ne pouvez-vous pas faire comme le jeune *Helvétius*, qui eft venu paffer ici quelques jours? Nous avons parlé de belles-lettres, nous avons rempli toutes nos heures; ce ferait avec vous furtout qu'un pareil commerce ferait délicieux, *fed nos fata premunt*. Où êtes-vous à préfent, et que faites-vous? cueillez-vous les fleurs du Parnaffe, ou arrachez-vous les chardons de la chicane? Il me femble que vous m'aviez écrit que quelquefois la malheureufe néceffité de plaider vous arrachait à l'étude et au plaifir; c'eft le cas où eft madame *du Châtelet.*

Nos patriæ fines et dulcia linquimus arva;
Nos patriam fugimus.

Et pourquoi? pour plaider fix ou fept ans en Brabant. Perfonne ne mène la vie qu'il devrait mener. Voilà-t-il pas le roi de Pruffe,

L'enragé qu'il était, né roi d'une province,
Qu'il pouvait gouverner en bon et fage prince,

qui s'en va hafarder fa vie en Siléfie contre des houfards! *Maupertuis*, qui pouvait vivre heureux en France, cherche à Berlin le bonheur qui n'y eft pas, et fe fait prendre par des payfans de Moravie, qui le mettent tout nu, et lui prennent plus de cinquante théorèmes qu'il avait dans fes poches. J'ai été plus fage; j'ai revolé bien vîte vers *Emilie*. Le roi de Pruffe m'en a un peu boudé. Depuis les incivilités qu'il a faites à la reine d'Hongrie, il fouffre impatiemment qu'on lui préfère une femme. Il m'a fait des coquetteries immédiatement après la bataille de Molvitz, et

actuellement que je vous écris, je lui dois deux
lettres.

> Mais il faut que je vous préfère ;
> Car , dût-il être mon appui ,
> Vous faites des vers mieux que lui ,
> Et votre amitié m'eſt plus chère.

Il ne doit aller qu'après vous et madame *du Châtelet ;* chacun doit être à ſa place. Il n'eſt que roi au bout du compte, et vous êtes le plus aimable des hommes. Adieu, je vous embraſſe.

LETTRE CLXXIII.

A M. DE MAUPERTUIS.

A Bruxelles, ce 28 de mai.

VOUS n'avez pas , ſans doute , reçu les lettres que madame *du Châtelet* et moi nous vous avons écrites à Vienne. Si vous aviez pu ſavoir la douleur dont nous fûmes pénétrés ſur le faux bruit de votre mort , vous m'écririez avec un peu plus d'amitié , et vous ne vous borneriez point à me parler au nom de la reine-mère. Eſt-il poſſible que ce ſoit vous qui ayez des inégalités ! Je ne vous cacherai point qu'on m'a mandé que vous vous étiez plaint à Berlin d'expreſſions dont je m'étais ſervi en parlant de vous. Je ne me ſouviens pas d'en avoir jamais employé d'autres que celles de *digne appui de Newton, de mon maître dans l'art de penſer.*

Je l'ai dit en vers et en profe, et vous n'avez jamais

eu de partifan plus attaché que moi. Si ce font ces
expreffions qui vous ont choqué, je vous avertis que
je ne me corrigerai pas ; et que fi vous avez de
l'inégalité dans l'humeur, et de l'injuftice dans le
cœur, je ne vous en regarderai pas moins comme un
homme qui fait honneur à fon fiècle. Mais il m'en
coûterait infiniment d'être réduit à n'avoir pour vous
que les froids fentimens de l'eftime.

Je vous ai toujours aimé, et ne vous ai jamais
manqué. Je fuis en droit, par mon amitié, de vous
gronder vivement, de vous reprocher votre humeur
avec moi. J'ufe de mes droits, et je vous conjure de
ne jamais croire que je puiffe ni penfer ni parler de
vous d'une manière qui vous déplaife. C'eft une
vérité auffi inconteftable que celle de l'aplatiffement
des pôles.

Si vous écrivez au roi, je vous prie de lui dire
qu'il y a près d'un mois que je fuis malade ; c'eft ce
qui m'empêche de répondre à la lettre charmante
dont il m'a honoré. Vous pourrez aifément m'excufer
envers fa Majefté de la manière dont vous favez tout
dire.

Vous favez qu'on n'a pas été trop content dans le
monde de la lettre de M. de *Mairan* (*), et qu'on
l'a été beaucoup de celle de madame *du Châtelet*.
L'académie eft toujours partagée fur les forces vives.
J'ai pris la liberté d'entrer dans la querelle et
d'envoyer un mémoire à l'académie. Je voulais un
jugement, mais MM. *Camus* et *Pitot*, nommés com-
miffaires, fe font contentés de dire que je n'entendais

(*) Difpute fur les forces vives entre madame *du Châtelet* et M. de *Mairan*.

pas mal la matière; et M. *Pitot* prétend que le fond de la chofe *eft auffi difficile que la quadrature du cercle.* Je ne croyais pas que cette queftion fût fi profonde.

Savez-vous que M. de *la Trimouille* eft mort de la petite vérole? Ce n'était pas un grand géomètre, mais c'était un homme infiniment aimable, à ce qu'on dit.

Si vous faites un tour à Paris, prenez votre chemin par Bruxelles; vous y verrez une dame plus digne que jamais de vous voir, et un homme qui mérite votre amitié, parce qu'il vous aime autant qu'il vous eftime.

Je reçois dans ce moment une lettre du roi, dans laquelle il me conte votre aventure de Molvitz, avec tout l'efprit que vous lui connaiffez. Je fuis fi malade que je ne peux répondre à fes jolis vers. Je vous prie, plus que jamais, de faire mes excufes en cas que vous lui écriviez. S'il penfe comme moi, il doit préférer votre profe à mes vers.

Adieu, mon cher Monfieur, aimez-moi un peu, je vous en prie, et ne me tenez pas rigueur.

Du très-humble et très-obéiffant, vous n'en aurez pas de *Voltaire.*

LETTRE CLXXIV.

A M. DE WARMHOLTZ.

A Bruxelles , mai.

MONSIEUR,

VOUS m'auriez fait un vrai plaifir fi vous aviez pu remplir les promeffes que vous aviez eu la bonté de me faire; mais puifque vous ne le pouvez pas, j'attendrai que votre grande et belle édition ait paru pour corriger mon petit abrégé de l'hiftoire de *Charles XII*, que je compte feulement faire imprimer à la fuite de mes œuvres. Je ne manquerai pas alors de rendre la juftice qui eft due à la fource où j'aurai puifé. Il eft très-naturel que M. *Norberg*, fuédois et témoin oculaire, ait été mieux inftruit que moi étranger, et il eft jufte que fa grande hiftoire ferve d'inftruction pour mon petit abrégé. J'aurais renoncé entièrement à cette faible partie de mes ouvrages, fi cette hiftoire que j'ai donnée n'avait eu quelque fuccès, au moins par le ftyle, et fi le public n'avait paru fouhaiter que ce morceau affez intéreffant fût appuyé de faits authentiques.

Au refte, il eft très-faux que je me fois adreffé à aucun libraire, ni indirectement ni directement, pour faire imprimer cet abrégé nouveau, qui n'eft pas même commencé.

Vous me ferez plaifir, Monfieur, et vous me rendrez juftice, fi vous voulez bien avertir, dans la préface
ou dans les notes de votre ouvrage, que je ne prétends
point combattre M. *Norberg*, mais me réformer fur
fes mémoires. Je crois même que ce ferait la feule
note qui conviendrait, car il me paraît fort inutile de
citer les endroits où j'aurai été trompé dans mes premières éditions, puifque tous ces endroits feront
corrigés dans la nouvelle. C'eft fur quoi je m'abandonne à votre difcrétion, étant de tout mon cœur (*),
Monfieur, &c.

1741.

LETTRE CLXXV.

A M. LE COMTE D'ARGENTAL.

A Bruxelles, ce 5 juin.

COMMENT mes anges, qui fondent les cœurs,
peuvent-ils s'imaginer que je faffe imprimer leur
Mahomet? Je ne fuis pas affez impie pour tranfgreffer
leurs ordres; on ne l'imprimera, on ne le jouera à
Paris que quand ils le voudront.

Vous avez cru, je ne fais fur quel billet moitié
vers et moitié profe, écrit à *La Noue* il y a quelques
mois, que je lui envoyais ce Mahomet imprimé;
mais mes anges fauront qu'il y a deux points dans
cette affaire. Le premier eft que j'envoyais à ce

(*) M. de *Voltaire* fe trompait; il trouva dans le chapelain plus
d'injures et d'erreurs que de faits intéreffans, ou de remarques utiles.

La Noue la pièce manuſcrite avec les rôles, et qu'il m'a rendu le tout fidellement, car ce *La Noue* eſt un honnête garçon.

Le ſecond point eſt que ledit *La Noue* a été auſſi indiſcret qu'honnête homme, pour le moins ; qu'il a montré mes lettres, et que ces petits vers dont vous me parlez, très-peu faits pour être montrés, ont couru Paris. C'eſt ce ſecond point qui me fâche beaucoup. Il eſt défendu dans la ſainte Ecriture de révéler la turpitude, et la plus grande des turpitudes c'eſt une lettre écrite d'abondance de cœur à un ami, et qui devient publique. J'ai appris même qu'on a défiguré et fort envenimé ces petits vers dont, en vérité, il ne me ſouvient plus. Enfin, j'ai tout lieu de croire que cette bagatelle eſt allée juſqu'aux oreilles de monſieur le cardinal. Ce qui me le perſuade, c'eſt que dans ce temps-là même, M. *du Châtelet* étant à Paris, et ayant retiré d'office mes ordonnances du tréſor royal, monſieur le cardinal donna ordre qu'on ne les payât point.

Madame *du Châtelet*, ſans m'en rien dire, m'a joué le tour d'écrire à ſon éminence, qui a répondu qu'on me payerait, mais qui n'a pas mis dans ſa lettre le même air de bonté pour moi que celui dont il m'honorait quand j'étais en Hollande et en Pruſſe.

Je vais avoir l'honneur de lui écrire pour le remercier ; mais je ne ſais ſi je dois prendre la liberté de lui propoſer de lire Mahomet ; je ne ferai rien ſans les ordres de mes anges gardiens.

Je fais mon compliment à M. de *la Chauſſée*. Je voudrais bien que quelque jour il pût me le rendre, mais je doute fort qu'on trouve à la comédie

françaife quatre acteurs tels que ceux qui ont joué
Mahomet à Lille.

Je fais que *La Noue* a l'air d'un fils rabougri de
Baubourg, mais auffi il joue à mon fens d'une manière
plus forte, plus vraie et plus tragique que *Dufrefne*. Il
y a un petit *Baron* qui n'a qu'un filet de voix, mais
qui a fait verfer des ruiffeaux de larmes. J'en verferais
moi de n'être pas auprès de vous, fi je n'étais pas ici.
Je me mets à l'ombre de vos ailes.

LETTRE CLXXVI.

A M. PITOT DE LAUNAY.

Bruxelles, le 19 juin.

JE fuis un pareffeux, mon cher philofophe ; je crois
que c'eft une mauvaife qualité attachée au peu de
fanté que j'ai. Je paffe des fix mois entiers fans
écrire à mes amis. Il eft vrai qu'il faut m'excufer un
peu. J'ai fait des voyages au Nord quand vous alliez
au Midi ; mais ne jugez point, je vous prie, de mon
amitié par mon filence ; perfonne ne s'intéreffe plus
vivement que moi à tout ce qui vous arrive ; il fuffit
d'ailleurs d'être bon citoyen pour être charmé que
vous foyez employé en Languedoc. J'aimerais mieux
encore que vous fuffiez occupé à ouvrir de nouveaux
canaux en France qu'à rajufter les anciens. Il me
femble qu'il manque à l'induftrie des Français et
à la fplendeur de l'Etat, d'embellir le royaume, et
de faciliter le commerce par ces rivières artificielles

dont on a déjà de fi beaux exemples. De tels ouvrages valent bien l'aire d'une courbe, et la mesure leibnitzienne des forces vives. Vous faites de la géométrie
l'usage le plus honorable, puisque c'est le plus utile ;
car je m'imagine qu'il en est de la physique comme
de la politique des princes : où est le profit, là est
l'honneur.

J'ai un peu abandonné cette physique pour d'autres
occupations ; il ne faut faire qu'une chose à la fois pour
la bien faire. Madame *du Châtelet* est assez heureuse pour
n'avoir rien à présent qui la détourne de cette étude ;
sa lettre à M. de *Mairan* a été fort bien reçue, mais
j'aurais mieux aimé que cette dispute n'eût pas été
publique. Le fond de la question n'a pas été entamé
dans les lettres de M. de *Mairan* et de madame *du
Châtelet*, et le fond de la question consistant à savoir
si le temps doit entrer dans la mesure des forces, il
me semble que tout le monde devrait être d'accord.
M. de *Bernoulli* lui-même ne nie plus qu'on doive
admettre le temps. Ainsi, si on peut disputer encore,
ce ne peut plus être que sur les termes dont on se
sert. Il est triste pour des géomètres qu'on se soit si
long-temps battu sans s'entendre. On les aurait
presque pris pour des théologiens.

Je crois que vous êtes bien content du séjour du
Languedoc. Est-il vrai qu'on s'y porte toujours bien ?
Il n'en est pas de même en Flandre ; ma santé continue d'y être bien mauvaise. Les études en souffrent,
l'ame est toujours malade avec le corps, quoique ces
deux choses soient, dit-on, de nature si *hétérogène*.
Avez-vous auprès de vous madame votre femme ? ou
l'avez-vous laissée à Paris ? et vivez-vous avec elle

comme *Cérès* avec *Proferpine*, fix mois d'abfence et
fix mois de féjour.

M. de *Maupertuis* doit être arrivé à Paris. On le
dit mécontent ; il n'a point fondé d'académie à Berlin,
comme il l'efpérait, a mangé beaucoup d'argent, a
perdu fon petit bagage à la bataille de Molvitz, et
n'eft pas récompenfé comme on s'en flattait. Il n'a
point paffé à fon retour par Bruxelles, et il y a très-
long-temps que je n'ai reçu de fes nouvelles. On nous
dit, dans le moment, qu'il y a une fufpenfion d'armes
en Siléfie ; mais cette nouvelle mérite confirmation.

Toute l'Europe fe prépare à la guerre ; DIEU veuille
que ce foit pour avoir la paix !

Adieu, mon cher Monfieur ; je vous aime tout
comme fi je vous écrivais tous les jours. Mon cœur
n'eft pas pareffeux.

Madame *du Châtelet* vous fait mille complimens.
Je vous embraffe fans cérémonie.

LETTRE CLXXVII.

A M. HELVETIUS.

A Bruxelles, ce 20 juin.

Je me gronde bien de ma pareffe, mon cher et aimable ami ; mais j'ai été fi indignement occupé de profe
depuis un mois, que j'ofais à peine vous parler de
vers. Mon imagination s'appefantit dans des études qui
font à la poëfie ce que des garde-meubles fombres et
poudreux font à une falle de bal bien éclairée. Il faut
fecouer la pouffière pour vous répondre. Vous m'avez

—— écrit, mon charmant ami, une lettre où je reconnais votre génie. Vous ne trouvez point *Boileau* affez fort, il n'a rien de fublime, fon imagination n'eft point brillante, j'en conviens avec vous ; auffi il me femble qu'il ne paffe point pour un poëte fublime, mais il a bien fait ce qu'il pouvait et ce qu'il voulait faire. Il a mis la raifon en vers harmonieux ; il eft clair, conféquent, facile, heureux dans fes tranfitions ; il ne s'élève pas, mais il ne tombe guère. Ses fujets ne comportent pas cette élévation dont ceux que vous traitez font fufceptibles. Vous avez fenti votre talent, comme il a fenti le fien. Vous êtes philo-fophe, vous voyez tout en grand ; votre pinceau eft fort et hardi. La nature en tout cela vous a mis, je vous le dis avec la plus grande fincérité, fort au-deffus de *Defpréaux* ; mais ces talens-là, quelque grands qu'ils foient, ne feront rien fans les fiens. Vous avez d'autant plus befoin de fon exactitude, que la grandeur de vos idées fouffre moins la gêne et l'efclavage. Il ne vous coûte point de penfer, mais il coûte infiniment d'écrire. Je vous prêcherai donc éternellement cet art d'écrire que *Defpréaux* a fi bien connu et fi bien enfeigné, ce refpect pour la langue, cette liaifon, cette fuite d'idées, cet air aifé avec lequel il conduit fon lecteur, ce naturel qui eft le fruit de l'art, et cette apparence de facilité qu'on ne doit qu'au travail. Un mot mis hors de fa place gâte la plus belle penfée. Les idées de *Boileau*, je l'avoue encore, ne font jamais grandes, mais elles ne font jamais défigurées : enfin, pour être au-deffus de lui, il faut commencer par écrire auffi nettement et auffi correctement que lui.

Votre danfe haute ne doit pas fe permettre un faux pas; il n'en fait point dans fes petits menuets. Vous êtes brillant de pierreries; fon habit eft fimple, mais bien fait. Il faut que vos diamans foient bien mis en ordre, fans quoi vous auriez un air gêné avec le diadème en tête. Envoyez-moi donc, mon cher ami, quelque chofe d'auffi bien travaillé que vous imaginez noblement; ne dédaignez point tout à la fois d'être poffeffeur de la mine et ouvrier de l'or qu'elle produit. Vous fentez combien, en vous parlant ainfi, je m'intéreffe à votre gloire et à celle des arts. Mon amitié pour vous a redoublé encore à votre dernier voyage. J'ai bien la mine de ne plus faire de vers. Je ne veux plus aimer que les vôtres. Madame *du Châtelet*, qui vous a écrit, vous fait mille complimens. Adieu; je vous aimerai toute ma vie.

LETTRE CLXXVIII.

A M. THIRIOT.

A Bruxelles, le 21 juin.

Je vous avoue que je fuis étonné et embarraffé de l'affaire de votre penfion. Je ne peux douter que vous ne la touchiez tôt ou tard. Si vous n'entendez parler d'ici à un mois que des affaires de Hongrie et point des vôtres, et fi vous jugez à propos de m'employer, je prendrai la liberté de faire fouvenir fa Majefté pruffienne de fes promeffes; fi même vous croyez

que je doive écrire à préfent, je ne balancerai pas.
Mon crédit, à la vérité, eft auffi médiocre que les
bontés continuelles dont le roi m'honore font flatteufes. Il pourrait très-bien fouffrir mes vers et ma
profe, et faire très-peu de cas de mes recommanda-
tions. Mais enfin, j'ai quelque droit de lui écrire
d'une chofe dont j'ai ofé lui parler, et fur laquelle
j'ai fa parole. La dernière lettre que j'ai reçue eft du
3 juin. Je pourrais, dans ma réponfe, gliffer une com-
mémoration très - convenable de vos fervices et de
vos befoins.

Vous me ferez plaifir de m'apprendre à quel point
M. de *Maupertuis* eft fatisfait, et ce que fa Majefté
pruffienne a ajouté à la manière diftinguée dont
elle l'a toujours traité. Vous pouvez me parler avec
une liberté entière, et compter fur ma difcrétion
comme fur mon zèle.

Les vers qui regardent le roi de Pruffe, et qui
font en manufcrit à quelques exemplaires de la
Henriade, ne font plus convenables. Ils n'étaient
faits que pour un prince philofophe et pacifique, et
non pour un roi philofophe et conquérant. Il ne me
fiérait plus de blâmer la guerre en m'adreffant à un
jeune monarque qui la fait avec tant de gloire.

Vous favez d'ailleurs qu'il avait fait commencer
une édition gravée de la Henriade. Je ne fais fi les
affaires importantes qui l'occupent, lui permettront
de continuer à me faire cet honneur; mais, foit qu'on
la réimprime à Berlin, foit qu'on la grave en
Angleterre, je ne pourrai me difpenfer de changer
cette dédicace d'une manière convenable au fujet et
au temps.

A l'égard de ces additions et de ces corrections en
vers et en profe que je vous ai envoyées, vous fentez
bien qu'il ne faut jamais que cela paffe en des mains
profanes. Ce qui eft bon pour deux ou trois perfonnes fenfées, ne l'eft point pour le grand nombre.
Je vous prie donc de ne vous en point défaifir. Ce
n'eft pas que je penfe qu'il y ait rien de dangereux
dans ces petites additions ; mais, quelque circonfpection que j'apporte dans ce que j'écris, on en
peut toujours abufer. Je pafferais pour coupable
des mauvaifes interprétations que la malignité fait
trop aifément ; enfin, je ne dois donner aucune
prife. Je me crois d'autant plus obligé à une extrême
retenue, que les obligations que j'ai à monfieur le
cardinal, m'impofent un nouveau devoir de les
juftifier par la conduite la plus mefurée. Je dois particulièrement fes bontés à madame *du Châtelet* dont
il a fenti tout le mérite dans les entretiens qu'il eut
avec elle à Fontainebleau, et pour laquelle il a
confervé la plus grande eftime et les attentions les
plus flatteufes. Tout cela redouble en moi l'envie
de lui plaire, et je vous avoue que quand on voit
dans les pays étrangers comment on penfe de lui,
et avec quel refpect on le regarde, cette envie-là
ne diminue pas.

M. d'*Argenfon* m'a prévenu. Je voulais faire relier
proprement ce recueil pour vous prier de lui en
faire préfent de ma part ; il s'eft faifi d'un bien qui
était à lui, et que j'aurais voulu lui offrir. Je vous
prie de l'affurer de mes plus tendres refpects. Je vous
embraffe et vous fouhaite tranquillité, fanté et fortune.

1741.

LETTRE CLXXIX.

A M. DE MAUPERTUIS.

A Bruxelles , le 1 juillet.

Je fuis très-mortifié, Monfieur, que vous foyez affez leibnitzien pour imaginer que vous avez une raifon fuffifante d'être en colère contre moi. Je crois, pour moi, que votre fâcherie eft un de ces effets de la liberté de l'homme, dont il n'y a point de raifon à rendre.

En vérité, fi on vous avait fait quelque rapport, n'était-ce pas à moi-même qu'il fallait vous adreffer? Ne connaiffez-vous pas mes fentimens et ma franchife? puis-je avoir quelque fujet et quelque envie de vous nuire? prétends-je être meilleur géomètre que vous? ai-je pris parti pour ceux qui n'ont pas été de votre fentiment? ai-je manqué une occafion de vous rendre juftice? n'ai-je pas parlé de vous au roi de Pruffe, comme j'en ai parlé à toute la terre?

Je vous avoue qu'il eft bien dur d'avoir fait tant d'avances pour n'en recueillir qu'une tracafferie. Si vous aviez paffé par Bruxelles, vous auriez bien connu votre injuftice. Voilà, ce me femble, de ces cas où il eft doux d'avouer qu'on a tort.

J'ai été occupé, et enfuite j'ai été malade; cela m'ôtait la liberté d'efprit néceffaire pour écrire ces lettres moitié profe et moitié vers, qui me coûtent beaucoup plus qu'au roi. Je n'ai point d'imagination quand je fuis malade, et il faut que je demande quartier. Ce commerce épiftolaire eft plus vif que jamais. Je ne reviens point de mon étonnement de

recevoir

recevoir des lettres pleines de plaifanteries du camp
de Molvitz et d'Ottmachau. Vous penfez bien que
votre prife n'a pas été oubliée dans les lettres du roi,
mais il n'y a rien qui doive vous déplaire; et s'il
parle de votre aventure, comme aurait fait l'abbé
de *Chaulieu*, je me flatte qu'il en a ufé ou en ufera
avec vous, comme eût fait *Louis XIV;* mais, encore
une fois, il fallait paffer par Bruxelles pour fe dire
fur cela tout ce qu'on peut fe dire.

Madame *du Châtelet* n'a point reçu une lettre qu'il
me femble que vous dites lui avoir écrite de Francfort.
Mandez-lui, elle vous en prie, fi c'eft de Francfort
que vous lui avez écrit cette lettre qui n'eft point
parvenue jufqu'à elle, et fi vous avez été inftruit
qu'on imprimât dans cette ville les Inftitutions de
phyfique.

M. de *Crouzas*, le philofophe le moins philofophe,
et le bavard le plus bavard des Allemands, a écrit
une énorme lettre à madame *du Châtelet*, dont le
réfultat eft qu'il n'eft pas du fentiment de *Leibnitz*,
parce qu'il eft bon chrétien.

Je vous prie d'embraffer pour moi M. *Clairaut*.
Je pourrais lui écrire une lettre à la *Crouzas* fur les
forces vives; je l'avais déjà commencée, mais je la
lui épargne. Il me femble que tout eft dit fur cela,
que ce n'eft plus qu'une queftion de nom.

Il n'en eft pas ainfi de mes fentimens pour vous;
c'eft la chofe la plus décidée. Ne foyez jamais injufte
avec moi, et foyez fûr que je vous aimerai toute ma
vie.

LETTRE CLXXX.

A M. LE COMTE D'ARGENTAL.

Ce lundi 11 juillet.

HUMBLES REMONTRANCES.

1°. JE ne peux goûter le perfonnage qu'on veut que je faffe jouer à *Hercide*. Si *Séide* s'échappe du camp de *Mahomet* pour fe rendre à la Mecque, et fi *Hercide* en fait autant, ces deux évafions, pour faire rendre dans un même lieu deux hommes dont on a befoin, feront alors un artifice du poëte, peu vraifemblable, peu délié, et par là peu intéreffant.

De plus, il ne me paraît pas raifonnable que *Mahomet* eût fait mettre en prifon *Hercide* fur cette raifon feule qu'*Hercide* a de l'amitié pour des enfans qu'il a élevés, et dont l'une eft l'objet même de l'amour de *Mahomet*. Une troifième raifon qui me détourne encore de faire ainfi revenir *Hercide*, c'eft la néceffité où je ferais d'interrompre le fil de l'action pour conter à plufieurs reprifes l'emprifonnement et l'évafion d'*Hercide*. Je ne fuis déjà chargé que de trop de récits préliminaires. Enfin, il me paraît plus court et plus tragique qu'*Hercide* demeure comme il était.

2°. Pour les changemens qu'on peut faire dans le détail des fcènes de *Mahomet* et de *Palmire*, je m'y livrerai fans aucune répugnance.

3°. J'effayerai le cinquième acte tel qu'on le propofe, et je le dégroffirai pour voir s'il n'y a point là
une action double ; fi, le père étant mort, le fpecta-
teur attend encore quelque chofe, et furtout, fi
Mahomet ne porte pas le crime à un excès révoltant.
Une lettre empoifonnée me paraît une chofe affez
délicate, mais ce qui me fera le plus de peine, c'eft
Palmire qui doit être défarmée, et qui cependant doit
fe donner la mort. Je pourrais remédier à cet incon-
vénient en la fefant tuer avec le poignard qui a
frappé *Zopire*, et que fon frère apporterait à la tête
des habitans ; mais il faut là de la promptitude. Il
fera bien difficile que la douleur et le défefpoir aient
lieu dans l'ame de *Mahomet*, furtout dans un moment
où il s'agit de fa vie et de fa gloire. Il ne fera guère
vraifemblable qu'il déplore la perte de fa maîtreffe
dans une crife fi violente. C'eft un homme qui a fait
l'amour en fouverain et en politique, comment lui
donner les regrets d'un amant défefpéré ? Cependant,
le moment où *Mahomet* fe juftifie aux yeux du peuple
par ce faux miracle de la mort de *Séide*, et cet art
étonnant de conferver fa réputation par un crime,
eft à mon gré une fi belle horreur que je vais tout
facrifier pour peindre ce fujet de *Rembrant* de fes
couleurs véritables.

Ce 12 juillet, mardi. Je viens d'efquiffer ce cinquième
acte à peu-près tel qu'on l'a voulu. C'eft aux anges
qui m'infpirent à voir fi je dois continuer. J'attends
leur ordre et la grâce d'en haut que je ne dois qu'à
eux.

1741.

LETTRE CLXXXI.

A M. LOC-MARIA.

Bruxelles, 17 juillet.

J'ai reçu, Monfieur, le mémoire des vexations juridiques que vous avez effuyées. Je fuis très-fenfible à votre fouvenir et à vos peines. Du temps d'*Anne de Bretagne*, vous auriez gagné votre procès tout d'une voix. La jurifprudence a changé. Il eft plaifant qu'on ait raifon par-delà la Loire, et tort en-deçà ; mais les hommes ne favent pas mieux, et il faut que leur juftice fe reffente de leur miférable nature.

Recevez auffi mes remercîmens fur l'eftampe de M. de *Maupertuis*. Il eft beau à vous de fonger, entre les griffes de la chicane, à la gloire de votre ami et de votre compatriote. L'eftampe eft digne de lui, et je me fens bien indigne de joindre mes crayons à ce burin-là. Une infcription latine me déplaît, parce que je fuis bon français. Je trouve ridicule que nos jetons, nos médailles et nos louis foient latins. En Allemagne, en Angleterre la plupart des devifes font françaifes ; il n'y a que nous qui n'ofions pas parler notre langue dans les occafions où les étrangers la parlent. Je fens très-bien qu'il faudrait faire toutes les infcriptions en français, mais auffi cela eft trop difficile. La marche de notre langue eft trop gênée ; notre rime délaye, en quatre vers, ce qu'un vers latin

pourrait facilement exprimer. Ni vous ni moi ne
ferions contens du chétif quatrain que voici :

Ce globe mal connu, qu'il a fu mefurer,
Devient un monument où fa gloire fe fonde ;
Son fort eft de fixer la figure du monde,
De lui plaire et de l'éclairer. (*)

Si vous voulez mieux, comme de raifon, faites
les vers vous-même, ou, à votre refus, qu'il les faffe.
Defpréaux a bien eu le courage de faire fon infcription.
Il difait modeftement de lui-même :

Je raffemble en moi, Perfe, Horace et Juvénal ;

mais c'eft que *Boileau* n'était pas philofophe. J'ofe
vous prier d'ajouter à vos bontés celle de vouloir
bien faire ma cour à madame la ducheffe d'*Aiguillon*.
Quand vous la ferez graver, tout le monde fe battra
à qui fera l'infcription.

LETTRE CLXXXII.

A M. DE CIDEVILLE.

Bruxelles, ce 19 juillet.

Mon cher ami, celui qui a fait un examen fi
approfondi et fi jufte de Mahomet, eft feul capable
de faire la pièce. Vous avez développé et éclairci
beaucoup de doutes obfcurs que j'avais ; vous m'avez
déterminé tout d'un coup fur deux points très-impor-
tans de cet ouvrage.

(*) Ce quatrain fut gravé au bas d'un portrait de M. de *Mauperluis*.

Le premier, c'eſt la réſolution que prenait ou ſem-
blait prendre *Mahomet*, dès le ſecond acte, de faire
aſſaſſiner *Zopire* par ſon propre fils, ſans être forcé à
ce crime. C'était ſans doute un raffinement d'horreur
qui devait révolter, puiſqu'il n'était pas néceſſaire. Il
y avait là deux grands défauts, celui d'être inutile,
et celui de n'être pas aſſez expliqué.

Le ſecond point eſſentiel, c'eſt la diſparate de
Mahomet au cinquième acte, qui envoie chercher des
filles dans ſon boudoir, quand le feu eſt à la maiſon.
Je crois qu'il ne ſera pas mal que *Palmire* vienne
elle-même ſe préſenter à lui pour lui demander la
grâce de ſon frère ; alors les bienſéances ſont obſer-
vées, et cette action même de *Palmire* produit un
coup de théâtre.

J'aurais voulu pouvoir retrancher l'amour; mais
l'exécution de ce projet a toujours été impraticable,
et je me ſuis heureuſement aperçu à la repréſentation
que toutes les ſcènes de *Palmire* ont été très-bien
reçues, et que la naïveté tendre de ſon caractère
feſait un contraſte très-intéreſſant avec l'horreur du
fond du ſujet.

La ſcène, au quatrième acte, avec *Séide* qui la
conſulte, et leur innocence mutuelle concourant au
plus cruel des crimes, la mort de leur père devenue
le prix de leur amour, tout cela feſait au théâtre
un effet que je ne peux vous exprimer; et il me
ſemble que cette ſcène eſt auſſi neuve qu'elle eſt
touchante et terrible. Je dis plus, cette ſcène eſt
néceſſaire, et ſans elle l'acte ſerait manqué. Je n'ai
vu perſonne qui n'ait penſé ainſi à la lecture et à la
repréſentation.

Il y a bien d'autres détails dont je vous remercie; mais, au lieu de les difcuter, je vais les corriger. Je ne trouve point le mot de *ciment* de l'amitié bas, et j'avoue que j'aime fort *haine invétérée ; crie encore à fon père* me paraît auffi, je vous l'avoue, bien fupérieur à *invoquer encore fon père.* L'un peint et donne une idée précife, l'autre eft vague.

La métaphore *des flambeaux de la haine confumés des mains du temps*, me paraît encore très-exacte. Le temps confume un flambeau précifément et phyfiquement, comme il confume du marbre, en enlevant les parties *infenfibles.* L'infecte *infenfible* n'eft pas l'infecte qui ne fent pas, mais qui n'eft pas fenti. *L'indigne* partage me paraît auffi mauvais qu'à vous; *des trônes renverfés en font les récompenfes ;* ils font alors, dites-vous, de peu de valeur; non, non, les morceaux en font bons.

Mais je me laiffe prefque entraîner à un petit air de difpute, lorfqu'il ne faut que travailler. Il faut que je vous dife encore pourtant que tout le monde a exigé abfolument quelques petits remords à la fin de la pièce, pour l'édification publique. Au refte, mon cher ami, je fuis bien loin de croire la pièce finie; je ne l'ai fait jouer, et je ne vous l'ai envoyée, que pour favoir fi je la finirais.

Si le fujet était tout neuf, il était auffi bien épineux. C'eft un nouveau monde à défricher. Je vais renoncer pour un temps à mes anciennes occupations, pour reprendre Mahomet en fous œuvre. La peine que vous avez bien voulu prendre, m'encourage à en prendre beaucoup. J'aurai fans ceffe votre excellente critique devant les yeux.

Adieu, cher ami, auffi utile qu'aimable; renvoyez cette faible efquiffe à l'abbé *Mouffinot*, et prions, chacun de notre côté, les Dieux qui préfident aux lettres et à la douceur de la vie, qu'ils nous réuniffent un jour.

LETTRE CLXXXIII.

A M. LE MARQUIS D'ARGENSON.

A Bruxelles, ce 9 d'auguſte.

MADAME *du Châtelet*, Monfieur, vous mande que je fuis affez heureux pour foumettre à vos lumières un certain prophète, dont j'avais déjà eu l'honneur de vous réciter quelques fcènes. Je voudrais pouffer ce bonheur-là jufqu'à vous le préfenter moi-même à Paris, mais nous fommes encore loin d'une félicité fi complète.

J'ai de plus à vous prévenir que vous n'en verrez qu'une copie très-informe. Depuis que la perfonne qui doit vous prêter le manufcrit en eft poffeffeur, j'y ai changé plus de deux cents vers, et dans ces deux cents vers, il y a beaucoup de chofes effentielles. Il n'y a pas moyen de vous envoyer la véritable leçon. Pardonnez-moi donc fi vous n'avez qu'une ébauche informe. Je vous fais ma cour comme je peux, et certainement je voudrais mieux faire. Je voudrais pouvoir me vanter à moi-même de vous avoir amufé une heure ou deux, duffent ces deux heures m'avoir coûté deux ans de travail.

Si vous aviez été jufqu'à Lille, je n'aurais pas
manqué d'y retourner. Je vous aurais couru, comme
les autres courent les princes.

On dit que vous avez un fils digne d'un autre
fiècle, mais non d'un autre père. Il fait de jolis vers.
Macte animo, generofe puer. Je croyais qu'on ne fefait
plus de vers français qu'en Pruffe et en Siléfie. Je
reçois toujours quelques vers de Breflau et de Berlin:
voilà tout le commerce que j'ai avec le Parnaffe.

Toute votre nation, à ce qu'on dit, veut paffer
le Rhin et la Meufe, fans trop favoir ce qu'ils y
vont faire; mais ils partent, ils font des équipages,
ils vont à la guerre, et cela leur fuffit. Ils chantent
et danfent, la première campagne; la feconde, ils
bâillent, et la troifième, ils enragent. Il n'y a pas
d'apparence qu'ils faffent la troifième. Les chofes
femblent tournées de façon qu'on pourra faire bientôt
frapper une nouvelle médaille de *regna affignata.* Il
femble que la France, depuis *Charlemagne,* n'a jamais
été dans une fi belle fituation; mais de quoi tout cela
fervira-t-il aux particuliers? Ils payeront le dixième
de leurs biens, et n'auront rien à gagner.

Je reviens à Mahomet; l'abbé *Mouffinot* aura
l'honneur de vous l'envoyer cacheté. Je vous prie
inftamment de le renvoyer de même, fans permettre
qu'il en foit tiré copie.

Adieu, Monfieur; aimez toujours beaucoup les
belles-lettres, et daignez auffi aimer un peu l'homme
du monde qui vous eft attaché avec le refpect le plus
tendre.

LETTRE CLXXXIV.

A M. DE MAUPERTUIS.

A Bruxelles, 10 d'auguſte.

JE ne mettrai pas, mon cher aplatiſſeur de mondes et de *Çaſſinis*, de tels quatrains (*) au bas du portrait de *Chriſtianus Wolfius.* Il y avait long-temps que j'avais vu, avec une ſtupeur de monade, quelle taille ce bavard germanique aſſigne aux habitans de *Jupiter.* Il en jugeait par la grandeur de nos yeux, et par l'éloignement de la terre au ſoleil; mais il n'a pas l'honneur d'être l'inventeur de cette ſottiſe, car un *Wolfius* met en trente volumes les inventions des autres, et n'a pas le temps d'inventer. Cet homme-là ramène en Allemagne toutes les horreurs de la ſcolaſtique ſurchargée de *raiſons ſuffiſantes*, de *monades*, d'*indiſcernables* et de toutes les abſurdités ſcientifiques que *Leibnitz* a miſes au monde par vanité, et que les Allemands étudient, parce qu'ils ſont Allemands.

C'eſt une choſe déplorable qu'une françaiſe, telle que madame *du Châtelet*, ait fait ſervir ſon eſprit à broder ces toiles d'araignées. Vous en êtes coupable, vous qui lui avez fourni cet enthouſiaſte de *Koënig*, chez qui elle puiſa ces héréſies qu'elle rend ſi ſéduiſantes.

Si vous étiez aſſez généreux pour m'envoyer votre

(*) Les vers pour le portrait de M. de *Maupertuis* étaient joints à cette lettre; on les a vus dans celle à M. de *Loc-Maria*, du 17 juillet.

cofmologie, je vous jurerais bien, par *Newton* et par
vous, de n'en pas tirer de copie, et de vous la renvoyer après l'avoir lue. Il ne faut pas que vous
mettiez *la chandelle fous le boiffeau* ...; et, en vérité,
un homme qui a le malheur d'avoir lu la cofmologie
de *Chriftian Wolf*, a befoin de la vôtre pour fe dépiquer.

Eft-il vrai qu'*Euler* eft à Berlin? vient-il faire
une académie au rabais? Le comte *Algarotti* vous
a-t-il écrit? Je m'imagine que la même ame chari-
table qui m'avait fait une tracafferie avec votre très-
vive philofophie, m'en a fait une avec fa politique.

Le roi m'écrit toujours comme à l'ordinaire et
dans le même ftyle. *Keyferling* eft toujours malade
à Berlin où je crois qu'il s'ennuie, et où probablement vous ne vous ennuyerez plus. On dit que vous
allez dans un lieu beaucoup plus agréable, et chez
une dame (*) qui vaut mieux que tous les rois que
vous avez vus. Il n'y a pas d'apparence que celle-là
devienne wolfienne.

Plus on lit, plus on trouve que ces métaphyficiens-
là ne favent ce qu'ils difent; et tous leurs ouvrages
me font eftimer *Locke* davantage. Il n'y a pas un mot
de vérité, par exemple, dans tout ce que *Mallebranche*
a imaginé; il n'y a pas jufqu'à fon fyftême fur l'appa-
rente grandeur des aftres à l'horizon, qui ne foit un
roman. M. *Smith* a fait voir, en dernier lieu, que c'eft
un effet très-naturel des règles de l'optique (18). Votre
vieille académie fera encore bien fâchée de cette
nouvelle vérité découverte en Angleterre. Cependant,

(*) Madame la ducheffe d'*Aiguillon*, douairière.

(18) La folution de *Smith*, bien examinée, fe trouve être la même que
celle de *Mallebranche*. Voyez la note 27, du volume de Phyfique, page 224.

Privat de Molières (qui ne vaut pas *Poquelin de Molière*) *approfondit toujours le tourbillon*, et les profeſſeurs de l'univerſité enſeignent ces chimères ; tant les profeſſeurs de toute eſpèce ſont faits pour tromper les hommes.

Bonſoir ; madame *du Châtelet* qui, dans le fond de ſon cœur, ſent bien que vous valez mieux que *Wolf*, vous fait des complimens, dans leſquels il y a plus de ſincérité que dans ſes idées leibnitziennes. Je ſuis à vous pour jamais.

LETTRE CLXXXV.

A M. DE FORMONT.

A Bruxelles, 10 auguſte.

MON cher ami, il me ſemble que, ſi je vivais entre vous et notre aimable *Cideville*, j'en aimerais mieux les vers, et je les ferais meilleurs. Je ſuis charmé que vous ayez lu avec lui mon fripon de prophète, et que vous ſoyez de même avis. Il ne faudrait jamais rien donner au public qu'après avoir conſulté gens comme vous. Je ne regarde la tragédie que vous avez lue, que comme une ébauche. Je ſentais qu'il y avait dans cet embryon, le germe de quelque choſe d'aſſez neuf et d'aſſez tragique ; et, en vérité, ſi vous l'aviez vu jouer à Lille, vous auriez été ému. Vous avez grande raiſon de vouloir que mon illuſtre coquin ne ſe ſerve de la main du petit *Séide* pour tuer ſon bon homme de père, que faute d'autre ; car les crimes au théâtre, comme en politique, ne ſont paſſables, à ce qu'on dit, qu'autant qu'ils ſont néceſfaires. Il ne ferait pas mal, par exemple, que le grand-vicaire *Omar* dît au prélat *Mahomet* :

Pour ce grand attentat je réponds de Séide :
C'eſt le feul inſtrument d'un pareil homicide.
Otage de Zopire, il peut feul aujourd'hui
L'approcher à toute heure, et te venger de lui.
Tes autres favoris, pour remplir la vengeance,
Pour s'expoſer à tout ont trop d'expérience ;
La jeuneſſe imprudente a plus d'illuſions ;
Séide eſt enivré de fuperſtitions,
Jeune, ardent, dévoré du zèle qui l'infpire.

Voilà à peu-près comme je voudrais fonder cette action, en ajoutant à ces idées quelques autres prépa-rations dont j'envoyai un cahier prefque verſifié à M. de *Cideville*, il y a quelques jours. Enfin, j'y rêverai un peu à loiſir ; et ſi vous penſez l'un et l'autre qu'on puiſſe faire quelque chofe de cet ouvrage, je m'y mettrai tout de bon.

C'eſt à de tels lecteurs que j'offre mes écrits.

J'ai lu cette juſtification de *Thomas Corneille* dont vous me parlez. L'efprit fin et délicat de *Fontenelle* ne pourra jamais faire que fon oncle minor ait eu l'imagination d'un pöete ; et *Boileau* avait raifon de dire que *Thomas* avait été partagé en cadet de Nor-mandie. Il eſt plaifant de venir nous citer *Camma* et le baron d'*Albicrac* ; cela prouve feulement que M. de *Fontenelle* eſt un bon parent. C'eſt une grande erreur, ce me femble, de croire les pièces de ce *Thomas* bien conduites, parce qu'elles font fort intriguées. Ce n'eſt

pas affez d'une intrigue, il la faut intéreffante, il la
faut tragique, il ne la faut pas compliquée; fans
quoi il n'y a plus de place pour les beaux vers, pour
les portraits, pour les fentimens, pour les paffions;
auffi ne peut-on retenir par cœur vingt vers de ce
cadet, qui eft par-tout un homme médiocre en poëfie,
auffi-bien que fon cher neveu, d'ailleurs homme
d'un mérite très-étendu.

Il me tarde bien, mon cher confrère en *Apollon*,
de raifonner avec vous de notre art dont tout le
monde parle, que fi peu de gens aiment, et que
moins d'adeptes encore favent connaître. Nous
fommes le petit nombre des élus, encore fommes-
nous difperfés. Il y a un jeune *Helvétius* qui a bien
du génie; il fait de temps en temps des vers admirables. En parlant de *Locke*, par exemple, il dit :

D'un bras il abaiffa l'orgueil du platonifme,
De l'autre il rétrécit le champ du pyrrhonifme.

Je le prêche continuellement d'écarter les torrens
de fumée dont il offufque le beau feu qui l'anime. Il
peut, s'il veut, devenir un grand-homme. Il eft déjà
quelque chofe de mieux; bon enfant, vertueux et
fimple. Embraffez pour moi mon cher *Cideville* à qui
j'écrirai bientôt. Adieu; aimez-moi et encouragez-
moi à n'abandonner les vers pour rien au monde.
Adieu, mon très-aimable ami.

LETTRE CLXXXVI.

A M. HELVETIUS.

A Bruxelles , ce 14 d'augufte.

Mon cher confrère en *Apollon*, j'ai reçu de vous une lettre charmante, qui me fait regretter plus que jamais que les ordres de *Plutus* nous féparent, quand les Mufes devraient nous rapprocher. Vous corrigez donc vos ouvrages, vous prenez donc la lime de *Boileau* pour polir des penfées à la *Corneille*. Voilà l'unique façon d'être un grand-homme. Il eft vrai que vous pourriez vous paffer de cette ambition. Votre commerce eft fi aimable que vous n'avez pas befoin de talens; celui de plaire vaut bien celui d'être admiré. Quelques beaux ouvrages que vous faffiez, vous ferez toujours au-deffus d'eux par votre caractère. C'eft, pour le dire en paffant, un mérite que n'avait pas ce *Boileau* dont je vous ai tant vanté le ftyle correct et exact. Il avait befoin d'être un grand artifte pour être quelque chofe. Il n'avait que fes vers, et vous avez tous les charmes de la fociété. Je fuis très-aife qu'après avoir bien raboté en poëfie, vous vous jetiez dans les profondeurs de la métaphyfique. On fe délaffe d'un travail par un autre. Je fais bien que de tels délaffemens fatigueraient un peu bien des gens que je connais, mais vous ne ferez jamais comme bien des gens en aucun genre.

Permettez-moi d'embraffer votre aimable ami, qui a remporté le prix de l'éloquence. Votre maifon

—— eft le temple des Mufes. Je n'avais pas befoin du juge-
1741. ment de l'académie françaife ou *françoife*, pour fentir
le mérite de votre ami. Je l'avais vu, je l'avais entendu,
et mon cœur partageait les obligations qu'il vous a.
Je vous prie de lui dire combien je m'intéreffe à fes
fuccès.

M. *du Châtelet* eft arrivé ici. Il fe pourrait bien faire
que, dans un mois, madame *du Châtelet* fût obligée
d'aller à Cirey, où le théâtre de la guerre qu'elle foutient fera probablement tranfporté pour quelque
temps. Je crois qu'il y aura une commiffion des juges
de France, pour conftater la validité du teftament
de M. de *Trichâteau.* Jugez quelle joie ce fera pour
nous, fi nous pouvons vous enlever fur la route.
Je me fais une idée délicieufe de revoir Cirey avec
vous. M. de *Montmirel* ne pourrait-il pas être de la
partie ? Adieu ; je vous embraffe de tout mon cœur;
il ne manque que vous à la douceur de ma vie.

LETTRE CLXXXVII.

A M. LE COMTE D'ARGENTAL.

A Bruxelles, 22 augufte.

JE ne vous écris guère, mon cher et refpectable
ami, mais c'eft que j'en fuis fort indigne. J'ai eu le
temps de mettre toute l'hiftoire des mufulmans en
tragédie; cependant, j'ai à peine mis un peu de
réforme dans mon fcélérat de prophète. Toute
l'Europe joue à préfent une pièce plus intriguée que

la

la mienne. Je fuis honteux de faire fi peu pour les
héros du temps paffé, dans le temps que tous ceux
d'aujourd'hui s'efforcent de jouer un rôle. Je compte
en jouer un bien agréable, fi je peux vous voir.
Madame *du Châtelet* vous a mandé que le théâtre
de fa petite guerre va être bientôt tranfporté à Cirey.
Nous ne pafferons à Paris que pour vous y voir.
Sans vous, que faire à Paris ? Les arts que j'aime y
font méprifés. Je ne fuis pas deftiné à ranimer leur
langueur. La fupériorité qu'une phyfique sèche et
abftraite a ufurpé fur les belles-lettres, commence
à m'indigner. Nous avions, il y a cinquante ans,
de bien plus grands-hommes en phyfique et en
géométrie qu'aujourd'hui, et à peine parlait-on
d'eux. Les chofes ont bien changé. J'ai aimé la phyfique, tant qu'elle n'a point voulu dominer fur la
poëfie ; à préfent qu'elle écrafe tous les arts, je ne
veux plus la regarder que comme un tyran de mauvaife compagnie. Je viendrai à Paris faire abjuration
entre vos mains. Je ne veux plus d'autre étude que
celle qui peut rendre la fociété plus agréable, et le déclin
de la vie plus doux. On ne faurait parler phyfique un
quart d'heure, et s'entendre. On peut parler poëfie,
mufique, hiftoire, littérature tout le long du jour.
En parler fouvent avec vous, ferait le comble de
mes plaifirs. Je vous apporterai une nouvelle leçon
de Mahomet dans laquelle vous ne trouverez pas
affez de changemens ; vous m'en ferez faire de nouveaux, je ferai plus infpiré auprès de vous. Tout ce
que je crains, c'eft que vous ne foyez à la campagne
quand nous arriverons. Je connais ma deftinée,
elle eft toute propre à m'envoyer à Paris pour ne

—— vous y point trouver ; en ce cas, c'eſt être exilé à
1741. Paris.

On dit que vous n'avez pas un comédien. On ne
trouve plus ni qui récite des vers, ni qui les faſſe,
ni qui les écoute. Je ſerais venu au monde mal à
propos, ſi je n'étais venu de votre temps et de celui
de mes autres anges gardiens, madame d'*Argental*
et M. de *Pont-de-Veſle*. Je leur baiſe très-humblement
le bout des ailes, et me recommande à vos ſaintes
inſpirations.

LETTRE CLXXXVIII.

A M. DE MAUPERTUIS.

A Bruxelles, le 6 d'octobre.

Vous devez, mon cher aplatiſſeur de ce globe,
avoir reçu une invitation de vous rendre à Berlin.
On compte que nous pourrons arriver enſemble ;
mais pour moi je n'irai, je penſe, qu'à Cirey. Je
pourrai bien paſſer par Paris avec madame *du Châtelet* ;
j'eſpère, au moins, que je vous y verrai.

Si vous n'êtes pas aſſez philoſophe pour préférer le
ſéjour de l'amitié à la cour des rois, vous le ſerez
peut-être aſſez pour ne vous pas déterminer ſitôt à
retourner en Pruſſe. C'eſt un aſſez beau ſiècle que
celui où les gens de lettres balancent à ſe rendre à
la cour des rois ; mais s'ils ne balancent point, le
ſiècle ſera bien plus beau.

Je ſuis toujours au rang de vos plus tendres et de
vos plus fidelles ſerviteurs.

LETTRE CLXXXIX.

A M. LE COMTE D'ARGENTAL , *à Paris.*

A Cirey , ce 25 décembre.

JE ne rends pas à mes chers anges gardiens un compte bien exact de ma conduite ; je leur écris peu, et en cela je péche grièvement ; mais ne lifent-ils pas dans mon cœur ? ne favent-ils pas qu'on eft occupé d'eux à Cirey, et qu'on les regrette par-tout ? On a encore donné quelques coups de lime à leur Mahomet ; mais voici une trifte nouvelle pour la comédie et pour l'opéra. Le roi de Pruffe n'eft pas content d'avoir pris la Siléfie. Il me mande qu'il prend *Dupré* et *La Noue.* Le héros-tragique n'eft pas fi bien fait que le héros danfant, et c'eft faire venir un finge de loin ; mais ce finge-là joue très-bien , et je ne connais guère que lui qui pût mettre dans notre Mahomet et la force et la terreur convenables. Ce qui me raffure un peu, c'eft que *La Noue* aime fort mademoifelle *Gautier*, et que furement on ne peut quitter ce qu'on aime pour le roi de Pruffe. La place de premier acteur à Paris vaut bien d'ailleurs une penfion à Berlin , et notre parterre vaut un peu mieux qu'un parterre de Pruffiens. Mandez - moi, je vous en prie, combien de temps l'ambaffadeur turc fera à Paris , et ce qu'on fait à la comédie. Madame *du Châtelet* va paffer un jour à Commerci ; nous irons enfuite à Gray , et de là nous reviendrons

1741. vous voir, mes très-chers anges, à qui je fouhaite la fanté et tous les plaifirs de ce monde.

Me mettant toujours à l'ombre de vos ailes.

LETTRE CXC.

A M. SEGUI,

EDITEUR DES OEUVRES DE J. B. ROUSSEAU.

J'AI reçu, Monfieur, la lettre que vous m'avez fait l'honneur de m'écrire, avec votre projet de foufcription pour les œuvres du célèbre poëte dont vous étiez l'ami. Je me mets très-volontiers au rang des foufcripteurs, quoique j'aye été malheureufement au rang de fes ennemis les plus déclarés. Je vous avouerai même que cette inimitié pefait beaucoup à mon cœur. J'ai toujours penfé, j'ai dit, j'ai écrit que les gens de lettres devraient être tous frères. Ne les perfécute-t-on pas affez? faut-il qu'ils fe perfécutent encore eux-mêmes les uns les autres? Plût à Dieu qu'ils puffent s'aider, fe foutenir, fe confoler mutuellement! Il femblait que la deftinée, en me conduifant à la ville où l'illuftre et malheureux *Rouffeau* a fini fes jours, me ménageait une réconciliation avec lui. L'efpèce de maladie dont il était accablé, m'a privé de cette confolation que nous aurions tous deux également fouhaitée. L'amour de la paix l'eût emporté fur tous les fujets d'aigreur qu'on avait femés entre nous. Ses talens, fes malheurs

et ce que j'ai ouï dire ici de son caractère, ont banni
de mon cœur tout ressentiment, et n'ont laissé mes 1741.
yeux ouverts qu'à son mérite. Votre amitié pour lui
contribue surtout à me réconcilier avec sa mémoire.
J'attends avec impatience une édition que votre goût
rendra digne du public à qui vous la présentez. J'en
retiens deux exemplaires, et je suis charmé que cette
occasion me procure le plaisir de vous dire à quel
point je vous estime, et combien j'ai l'honneur
d'être, &c.

LETTRE CXCI.

A M. LE MARQUIS D'ARGENSON, à Paris.

A Cirey, 10 janvier.

FRÈRE *Macaire* et frère *François* se recommandent,
Monsieur, à vos bontés. Frère *Macaire* est un petit 1742.
hermite qui ne sait pas son catéchisme, mais qui
est bon, doux, simple, qui gagne sa vie à nettoyer
de vieux tableaux, à recoller de vieux châssis, à
barbouiller des fenêtres et des portes. Il demeure
dans les bois de Doulevent, l'un de vos domaines,
voisins de Cirey. Il passe dans le canton pour un bon
religieux, attendu qu'il ne fait point de mal, et
qu'il rend service. Son hermitage est une petite
chapelle appartenante à M. le duc d'*Orléans*; il
voudrait bien une petite permission d'y demeurer et
d'y être fixé.

Il y a, je crois, à Toul une espèce de général des

hermites, qui les fait voyager comme le diable de Papefiguère, et frère *Macaire* ne veut point voyager. Madame *du Châtelet*, qui trouve cet hermite un bon diable, ferait fort aife qu'il reftât dans fa chapelle, d'où il viendrait quelquefois travailler de fon métier à Cirey. Si donc, Monfieur, vous pouvez donner à frère *Macaire* une patente d'hermite de Doulevent, ou une permiffion telle quelle de refter là comme il pourra, madame *du Châtelet* vous remerciera, et DIEU et St *Antoine* vous béniront.

Quant à frère *François*, c'eft moi, Monfieur, qui fuis encore plus hermite que frère *Macaire*, et qui ne voudrais fortir de mon hermitage que pour vous faire ma cour. J'y vis entre l'étude et l'amitié, plus heureux encore que frère *Macaire*; et fi j'avais de la fanté, je n'envierais aucune deftinée; mais la fanté me manque, et m'ôte jufqu'au plaifir de vous écrire auffi fouvent que je le voudrais. Au lieu d'aller à Paris, nous allons, fœur *Emilie* et frère *François*, en Franche-Comté, au milieu des neiges et des glaces. On pourrait choifir un plus beau temps, mais madame *d'Autrai* eft malade; on a logé chez elle à Paris. L'amitié et les bons procédés ne connaiffent point les faifons.

Je me flatte qu'après ce voyage vous voudrez bien, Monfieur, me permettre de profiter quelquefois de vos momens de loifir, et que j'aurai encore l'honneur de vous voir dans cette ancienne maifon de la baronne où l'on fefait fi gaiement de fi mauvais foupers.

Voulez-vous bien que je préfente mes refpects à monfieur votre fils et à celui d'*Apollon*, qui va faire

au châtelet fon apprentiffage de maître des requêtes,
d'intendant, de confeiller d'Etat et de miniftre.

Frère *François* priera toujours DIEU pour vous
avec un très-grand zèle et très-efficace.

LETTRE CXCII.

A M. LE COMTE D'ARGENTAL.

A Gray en Franche-Comté, ce 19 janvier.

NOUS avons paffé par la Franche-Comté, mon
cher et refpectable ami, pour venir plutôt vous
revoir. Puifque l'amitié et la reconnaiffance ont
conduit madame *du Châtelet* à Gray, elles nous
ramèneront bien vîte auprès de vous. Je ne vous
mandai point le fuccès entier de fon affaire, parce
que je croyais qu'elle vous écrirait le même jour
que moi. Je me contentai de vous parler des bagatelles intéreffantes du théâtre. Je n'ai point écrit à
La Noue. Entre les rois et les comédiens, il ne faut
point mettre le doigt, non plus qu'entre l'arbre et
l'écorce. Je ne veux me brouiller ni avec le roi de
Pruffe, ni avec un roi de théâtre; j'attendrai paifiblement que *La Noue* foit reçu à Paris, et je ne
compte pas plus me mêler de cette élection que de
celle de l'empereur. Je ne me mêle que de reprendre de
temps en temps mon Mahomet en fous œuvre. J'y
ai fait ce que j'ai pu; je le crois plus intéreffant que
lorfqu'il fit pleurer les Lillois. J'avoue que la pièce
eft très-difficile à jouer, mais cette difficulté même

peut caufer fon fuccès ; car cela fuppofe que tout y eft dans un goût nouveau , et cette nouveauté fuppléera du moins à ma faibleffe.

Je ne regrette point *Dufrefne ;* il eft trop formé pour *Séide ,* et trop faible pour *Mahomet.* Il n'était nullement fait pour les rôles de dignité et de force ; je l'ai vu guindé dans Athalie quand il fefait le grand-prêtre. *La Noue* eft très-fupérieur à lui dans les rôles de ce caractère ; c'eft dommage qu'il ait l'air d'un finge.

J'ai lu enfin les Confeffions du comte de ✱✱✱ (*) ; car il faut toujours être comte ou donner les Mémoires d'un homme de qualité. J'aime mieux ces Confeffions que celles de St *Auguftin ;* mais, franchement, ce n'eft pas là un bon livre , un livre à aller à la poftérité ; ce n'eft qu'un journal de bonnes fortunes, une hiftoire fans fuite, un roman fans intrigue , un ouvrage qui ne laiffe rien dans l'efprit, et qu'on oublie comme le héros oublie fes anciennes maîtreffes. Cependant, je conçois que le naturel et la vivacité du ftyle, et furtout le fond du fujet , aura réjoui les vieilles et les jeunes, et que ces portraits, qui conviennent à tout le monde, ont dû plaire auffi à tout le monde.

Bonfoir, homme charmant , à qui je voudrais plaire. Mille tendres refpects à l'autre ange.

(*) Par M. *Duclos.*

LETTRE CXCIII.

A M. DE CIDEVILLE.

A Gray en Franche-Comté, ce 19 janvier.

Le plus ambulant de vos amis, le plus écrivain et le moins écrivant, fe jette aux pieds de l'autel de l'amitié, et avoue d'un cœur contrit fa miférable pareffe. J'aurais dû vous écrire de Paris et de Cirey, mon aimable *Cideville;* fallait-il attendre que je fuffe en Franche-Comté ? Nous en partons d'aujourd'hui en huit; nous retournons à Cirey paffer quelques jours, et de là nous fefons un petit tour à Paris. Nous y logerons dans la maifon de madame la comteffe d'*Autrai*, près du Palais royal, qui appartient à la dame de la ville de Gray où nous fommes actuellement. Je ne fais fi madame *du Châtelet* vous a fait tout ce détail dans fa lettre, mais je vous dois cette ample inftruction de mes marches, pour avoir furement quelques lettres de vous à mon arrivée à Paris.

Ne ferez-vous point homme à paffer, dans cette grande capitale des bagatelles, une partie du faint temps de carême? N'ai-je pas entendu dire que le philofophe *Formont* y doit venir? Il ferait très-doux, mon cher ami, de nous raffembler un petit nombre d'élus, ferviteurs d'*Apollon* et du plaifir. Je ne fais pas trop comment vont les fpectacles. Voilà ce qui m'intéreffe; car, pour le fpectacle de l'Europe, les armées d'Allemagne et la comédie de Francfort, je n'y jette qu'un coup d'œil. Je paye mon dixième pour être un moment debout au parterre, et je n'y penfe plus ; mais nous manquons d'acteurs à la comédie françaife ; c'eft-là l'objet intéreffant. J'ai plus befoin de voir *Dufrefne* remplacé, que de voir *Maximilien de Bavière* fur le trône de *Charles VI.*

Un grand comédien d'Allemagne, nommé le roi de Pruffe, m'a mandé qu'il aurait *La Noue* ; d'un autre côté, on fe flattait de l'avoir à Paris, et je voudrais bien que *La Noue* fît comme moi, qu'il quittât les rois pour fes amis. Je ferai jouer Mahomet, s'il vient dans la troupe, fuppofé, s'entend, que vous foyez content de cet illuftre fripon que j'ai retaillé, recoupé, relimé, raboté, rebrodé, le tout pour vous plaire ; car il faut commencer par vous, et je ferai sûr du public.

J'aurai encore le temps d'attendre que l'ambaffa-deur turc foit parti ; car, en vérité, il ne ferait pas honnête de dénigrer le prophète pendant que l'on nourrit l'ambaffadeur, et de fe moquer de fa cha-pelle fur notre théâtre. Nous autres Français, nous refpectons le droit des gens, furtout avec les Turcs.

Mon Dieu, mon cher ami, que je voudrais vous retrouver à Paris pendant notre ramazan ! Que je faffe jouer ou non mon fripon, je n'y refterai pas long-temps. Il faut encore aller boire à Bruxelles la lie du calice de la chicane, et végéter deux ans dans le pays de l'infipidité. Quelques étincelles de votre imagination, et quelques jours de votre préfence, me ferviraient d'antidote. Je cours grand rifque de refter encore deux ans au moins chez les barbares. Ne pour-rai-je avoir la confolation de vous voir deux jours ?

Adieu, mon cher ami, à qui mon cœur eft uni pour toute ma vie. Je vous embraffe bien tendrement.

LETTRE CXCIV.

A M. LE COMTE D'ARGENTAL.

Ce 2 février.

C'EST moi qui me donne aujourd'hui à tous les diables, pour y avoir presque envoyé hier mes bons anges. Vous mandez par votre lettre à madame *du Châtelet*, que vous avez une mauvaise santé. Vous ne pouviez mander une nouvelle plus affligeante pour nous. Je consens que mes ouvrages meurent, mais je veux que vous viviez.

Ce qui est plus de votre goût, sera plus du mien. Je ferai de Pandore ce qu'il vous plaira.

Une scène de Mahomet vaut certainement mieux que tout Zulime; je vous enverrai l'un et l'autre en deux paquets, sous le couvert de M. de *Pont-de-Vesle*, ou sous celui de M. de *Maurepas*, selon les ordres que vous me donnerez. Vous exercerez votre empire absolu sur les deux pièces; mais si j'ose avoir mon avis, Mahomet, malgré son faible cinquième acte qui sera toujours faible, est un morceau très-singulier, et Zulime un peu *in communi martyrum*.

Vous ne voulez donc pas qu'une femme soit aussi friponne que *Tartuffe*. Il ne faut donc les représenter que faibles et point méchantes. Dites-moi donc pourquoi on souffre *Cléopâtre* dans Rodogune? et dites-moi pourquoi on ne peut peindre une femme friponne? S'il ne tenait qu'à adoucir les teintes, et à ne donner à M. *Scrupulin* d'autre crime que d'avoir époufé la maîtreffe de fon ami, ce ferait l'affaire d'une heure. Il me paraît que le perfonnage d'*Adine* eft bien intéreffant, et je vous défie de nier que madame *Burlet* ne foit une bonne diableffe. Je crois qu'avec des corrections cette pièce ferait affez fuivie ; mais la phyfique ne s'accommode pas de tout cela, et j'y retourne. Je vous fupplie de faire ma cour à M. de *Solar*, et de vouloir bien lui préfenter mes très-humbles remercîmens.

Je vous envoie le gros vin de Mahomet, et la crême fouettée de Zulime. Vous choifirez. Je baife les ailes de mes anges. La maifon d'*Uffé* fe fouvient-elle de moi ?

Un petit mot ; c'eft fur Pandore. Vous ne goûtez pas la fcène de la friponnerie de *Mercure*, qui lui perfuade d'ouvrir la caffette ; mais *Mercure* fait là l'office du ferpent qui perfuada *Eve*. Si *Eve* eût mangé par pure gourmandife, cela eût été bien froid ; mais le difcours avec le ferpent réchauffe l'hiftoire.

Je fais fort bien que l'aventure de *Pandore* n'eft pas à l'honneur des Dieux. Je n'ai pas prétendu jufti-fier leur providence, furtout depuis que vous êtes malade.

LETTRE CXCV.

A M. DE LA ROQUE.

Mars.

Permettez, Monfieur, que je m'adreffe à vous pour détromper le public au fujet de plufieurs éditions de mes ouvrages, que j'ai vues répandues dans les pays étrangers et dans les provinces de France. Depuis l'édition d'Amfterdam, faite par les *Ledet*, qui m'a paru très-belle pour le papier, les caractères et les gravures, on en a fait plufieurs dans lefquelles non-feulement on a copié toutes les fautes de cette édition des *Ledet*, mais qu'on a défigurées par des négligences intolérables.

Si on veut, par exemple, fe donner la peine d'ouvrir la tragédie d'Oedipe, on trouve, dès la feconde page, trois vers entiers oubliés, et prefque par-tout des contre-fens inintelligibles. Si on veut confulter, dans le tome que les éditeurs ont intitulé Mélanges de philofophie et de littérature, le chapitre qui regarde le gouvernement d'Angleterre, on y verra les fautes les plus révoltantes que l'inattention d'un éditeur puiffe commettre. Il y avait dans la première édition de Londres ces paroles: ,, Ce qu'on reproche ,, le plus aux Anglais, et avec raifon, c'eft le fupplice ,, de *Charles I*, monarque digne d'un meilleur fort, ,, qui fut traité par fes vainqueurs, &c. ,,

Au lieu de ces paroles, on trouve celles-ci, qui font également abfurdes et odieufes: ,, Ce qu'on ,, reproche le plus aux Anglais, c'eft le fupplice de

,, *Charles I* , qui fut traité, *avec raifon* , par fes vain-
,, queurs , &c. ,,

Et pour comble d'inattention , les éditeurs ont mis
en marge , *monarque digne d'un meilleur fort* , comme
fi ces mots étaient ou une anecdote , ou quelque
titre diftinctif. Quand ces éditeurs ont trouvé le
terme italien , *il coftume*, confacré à la peinture ,
ils n'ont pas manqué de prendre ce mot pour une
faute , et de mettre à la place *la coutume.* On y voit
les arts *engagés* par *Louis XIV* , au lieu d'*encouragés ;*
la mère de la Bruyère , au lieu de *l'amer la Bruyère ;*
les toiles folaires, pour *l'étoile polaire* , &c.

Je ne veux pas faire ici une énumération fati-
gante de tous les contre-fens dont toutes ces éditions
fourmillent , mais je dois me plaindre furtout d'une
édition de Rouen , en cinq volumes , fous le nom de
la compagnie d'Amfterdam , qui eft l'opprobre de
la librairie ; c'eft peu qu'il n'y ait pas une page correcte. On a mis fous mon nom des pièces qu'affurément perfonne ne mettra jamais fous le fien ; une
apothéofe infame de la demoifelle *le Couvreur ;* un
fragment de roman qu'on dit impudemment avoir
trouvé écrit de ma main , dans mes papiers ; je ne
fais quelles chanfons faites pour la canaille , et plufieurs ouvrages dans ce goût. Attribuer ainfi à un
auteur ce qui n'eft point de lui , c'eft tout à la fois
outrager un citoyen et abufer le public ; c'eft en
quelque façon un acte de fauffaire.

Les libraires , qui ont voulu imprimer mes ouvrages ,
devaient au moins s'adreffer à moi , je ne leur aurais
pas refufé mon fecours ; ils n'auraient pas à fe reprocher ces éditions indignes , qui ne doivent leur apporter

aucun profit , et qui font dire aux étrangers que
l'imprimerie tombe en France , avec la littérature.

J'avertis donc tous les particuliers qui auront ces
éditions, qu'ils n'ont qu'à voir fi, dans le cinquième
tome , ils trouveront les pièces dont je parle ; en ce
cas , je leur confeille de ne point fe charger d'un livre
fi peu fait pour la bibliothéque des honnêtes gens.

LETTRE CXCVI.

A M. LE COMTE D'ARGENTAL.

Paris , mars.

LE s faints anges font adorables ; que ne puis-je
communier avec eux aujourd'hui ? Cette cène ferait
charmante pour moi. Madame *du Châtelet* eft priée
pour aujourd'hui et demain , et a donné fa parole.
Je viendrai faire ma cour à mes chers anges à l'iffue
de leur dîner. Madame *du Châtelet* eft réellement
affligée de ne pouvoir fouper avec eux. Si elle pouvait fe dégager, elle le ferait. Ah , chevreuil ! ah ,
perdrix ! ce n'eft que dans cette compagnie-là que
je pourrais vous digérer.

LETTRE CXCVII.

A M. LE COMTE D'ARGENTAL.

A Paris, le 22 augufte, *en partant.*

TANDIS que vous êtes à Lyon, mon cher et refpectable ami, avec mon autre ange gardien, le diable, qui difpofe de ma vie, m'envoie à Bruxelles; et fongez, s'il vous plaît, qu'à Bruxelles il n'y a que des Flamands qui ne fauront pas même fi dans la tragédie de Mahomet il fera queftion de maho-métifme. Madame *du Châtelet* va, toute armée de compulfoires, de requêtes et de contredits, perdre fon argent et fon temps à gagner des incidens inutiles d'un procès qui fera jugé à la quatrième ou cinquième génération. *O vanas hominum mentes! ô pectora cæca!* Pour moi, je dirai : *O noctes cœnæque Deûm!* quand je vous reverrai à Paris. Je ne prétends pas vous regretter précifément autant que fait madame d'*Argental;* mais, après elle, je crois que je peux très-hardiment le difputer à tout le monde.

Je vois que M. *Pallu,* et M. *Perichon,* et tous ceux qui font les honneurs de Lyon, vont donner des indigeftions à mes deux anges. M. de *la Marche* n'eft-il pas avec vous? n'avez-vous pas un opéra, et par-deffus tout cela, un cardinal? Voilà affurément de quoi paffer fon temps. Que dit M. de *la Marche* de fes confrères de Paris, qui ont inftrumenté fi pédantefquement contre mon prophète? que dira M. le cardinal de *Tençin?* que dira madame fa fœur,

de

de nos convulfionnaires en robe longue, qui ne ———,
veulent pas qu'on joue le Fanatifme, comme on dit 1742.
qu'un premier préfident ne voulait pas qu'on jouât
Tartuffe? Puifque me voilà la victime des janféniftes, je dédierai Mahomet au pape, et je compte
être évêque *in partibus infidelium*, attendu que c'eft
là mon véritable diocèfe. Bonjour, mes faints anges;
je me mets toujours à l'ombre de vos ailes. Voulez-
vous des nouvelles? on joue jeudi ma comédie nouvelle; mademoifelle *Gauffin* a été faignée hier; M. le
cardinal de *Fleuri* a eu une petite faibleffe; on répète
Hippolyte et Aricie.

A propos, vous avez mon Mahomet; madame de
Tençin le lira, monfieur le cardinal le lira, qu'en
auront-ils dit? et M. *Pallu*, on ne peut pas fe
difpenfer de lui en accorder une lecture.

Je vous prie de préfenter mes refpects à madame
votre tante; et fi je n'étais pas auffi profane, auffi
irrévocablement damné que j'ai l'honneur de l'être,
je demanderais la bénédiction de fon éminence.

LETTRE CXCVIII.

A M. DE CIDEVILLE.

A Bruxelles, le 1 feptembre.

Allah, illah, allah, Mahommed rezoul, allah.

CE *Mahomet*, mon très-aimable ami, m'a fait bien coupable envers vous ; il m'a rendu pareffeux.

Me voilà enfin tranquille à Bruxelles, et je profite de ce petit moment de loifir pour m'entretenir avec vous. Je pars demain pour aller trouver, à Aix-la-chapelle, le roi de Pruffe, qui a changé deux fois le fyftême de l'Europe, et qui pourtant n'eft pas puni de DIEU ; car il eft aux eaux fans avoir befoin de les prendre, et les médecins font au nombre des puiffances dont il fe moque. Si notre Mahomet, mon cher ami, eût été repréfenté devant lui, il n'en eût pas été effarouché, comme l'ont été nos prétendus dévots. Il ne veut pas faire jouer Zaïre, parce qu'il y a trop de chriftianifme, à ce qu'il dit, dans la pièce. Vous jugez bien que le miracle de *Polyeucte* n'eft pas de fon goût, et que celui de *Mahomet* lui plaît davantage.

Nos janféniftes de Paris, et furtout nos janféniftes convulfionnaires, ne penfent point ainfi. Les bonnes gens ont cru que l'on attaquait St *Médard* et monfieur faint *Pâris*. Il y a eu même de vos graves confrères, confeillers au parlement de Paris, qui ont repréfenté à leur chambre que cette pièce était toute propre à

faire des *Jacques Clément* et des *Ravaillac*. Ne trouvez-
vous pas que ce font-là de bonnes têtes ? Ils croient 1742.
fans doute qu'*Harpagon* fait des avares, et enfeigne
à prêter fur gages. Il y a une chofe qui me fait de la
peine, mon cher ami, et je vous la dirai ; c'est que
le gros de notre nation n'a point d'efprit. Le petit
nombre d'illuftres précepteurs que les Français ont
eu dans le fiècle paffé, n'a pu encore rendre la raifon
univerfelle. *Corneille*, *Racine*, *Molière*, *la Bruyère*,
Boffuet, *Fénélon*, &c. &c. ont eu beau faire, le faux,
le petit, le léger font le caractère dominant. Cependant, il y a toujours le petit nombre des élus à la
tête defquels je vous place. Ceux-là conduifent à la
longue le troupeau : *Dux regit agmen* ; mais ce n'est
qu'à la longue, et il faut des années avant que les
gens d'efprit aient repétri les fots.

Le Tartuffe effuya autrefois de plus violentes contradictions ; il fut enfin vengé des hypocrites. J'efpère
l'être des fanatiques ; car enfin, *Mahomet* eft *Tartuffe
le grand*.

Nous en raifonnerons à Paris, c'eft-là ma plus
chère efpérance ; car vous y viendrez à ce Paris, et
moi j'y ferai dans deux ou trois mois.

Tout ce griffonnage, mon cher ami, avait été écrit
il y a huit jours. J'ai été voir le roi de Pruffe avant
de finir ma lettre. J'ai courageufement réfifté aux
belles propofitions qu'il m'a faites. Il m'offre une belle
maifon à Berlin, et une jolie terre ; mais je préfère
mon fecond étage dans la maifon de madame *du
Châtelet*. Il m'affure de fa faveur et de la confervation
de ma liberté, et je cours à Paris à mon efclavage
et à la perfécution. Je me crois un petit athénien qui

refuſe les bontés du roi de Perſe. Il y a pourtant une petite différence : on était libre à Athènes, et je ſuis ſûr qu'il y avait beaucóup de *Cideville ;* ſans cela comment aurait-on pu aimer ſa patrie ? C'eſt beaucoup qu'il y en ait un en France , et que je puiſſe me flatter d'avoir bientôt la conſolation de l'embraſſer.

Madame *du Châtelet* fait toujours ici ſa malheureuſe guerre de chicane , et on craint à tout moment d'en voir une véritable et univerſelle. Quel acharnement ! ne faudra-t-il pas faire la paix après la guerre ? Eh , morbleu , que ne fait-on la paix tout d'un coup !

Adieu; je vous regrette , je vous aime , je voudrais paſſer avec vous ma vie.

LETTRE CXCIX.

A MADAME

DE SOLAR, *à Paris.*

A Bruxelles, 2 ſeptembre.

CE fut, Madame, le 23 du dernier mois, que les troupes enfermées dans Prague firent la plus vigoureuſe ſortie. Ils comblèrent une partie de la tranchée , ils renverſèrent des batteries , ils enclouèrent du canon. Le combat dura une heure ; on ſe battit de part et d'autre en déſeſpérés. On dit le prince des *Deux-Ponts* bleſſé à mort, le duc de *Biron* priſonnier , un nombre à peu-près égal de morts des deux côtés, mais beaucoup plus d'officiers français que d'autrichiens ; par la raiſon qu'il y a toujours plus d'officiers dans nos troupes que chez les étrangers, et qu'ainsi nous jouons des piftoles contre de la monnaie.

Après cette fanglante action, il y eut une heure d'armiftice pendant laquelle on agit et on fe parla comme fi tout le monde avait été du même parti. Les officiers français avouèrent aux autrichiens qu'ils efpéraient que l'armée de fecours arriverait le 28 augufte. Leurs généraux leur avaient donné cette efpérance. Les affiégeans les détrompèrent, et leur firent voir que cette armée ne pouvait arriver qu'à la fin de feptembre ; mais nos troupes, loin d'en être découragées, proteftent qu'elles périront plutôt que de fe rendre. Jamais on n'a vu tant de zèle et tant d'intrépidité : chaque foldat femble être refponfable de la gloire de la nation ; c'eft une juftice que leur rend le prince *Charles*.

J'ai mandé cette nouvelle à M. le préfident de *Meynières*, pour en orner le grand livre de madame *Doublet;* mais j'ai oublié de lui dire que nous avons pris *Monti*, ingénieur en chef de l'armée autrichienne. Puiffe tant de courage être fuivi d'une paix auffi prompte qu'honorable ! Il paraît que les Hollandais temporifent. Il y a ici dix-huit mille anglais avec du canon, vingt-deux mille nationaux, et on attendait, il y a cinq jours, M. de *Neiperg* avec la déclaration de leurs hautes et lentes Puiffances. Seize mille hanovriens devaient fe joindre à toutes ces troupes, et commencer les opérations vers Thionville. Tous ces projets paraiffent fufpendus.

Le roi de Pruffe eft à Aix-la-chapelle où il fait femblant de confulter des charlatans, et de boire des eaux. Il traite les médecins comme les autres puiſſances. Je pars dans l'inſtant , avec la permiſſion du roi, pour aller faire un moment ma cour à ce prince. J'aimerais bien mieux partir pour venir manger la poule au riz. Permettez - moi , Madame, de préſenter mes reſpects à M. de *Solar*. Madame *du Châtelet* va vous écrire. J'ai écrit aux anges. *Le baccio i piedi*.

LETTRE CC.

A M. LE MARQUIS D'ARGENSON , *à Paris*.

A Bruxelles , ce 10 ſeptembre.

JE vous en fais mon compliment , Monſieur , et je le ferais encore avec plus de plaiſir s'il s'adreſſait à vous directement. J'ai vu , ces jours - ci , le roi de Pruſſe , et je l'ai vu comme on ne voit guère les rois, fort à mon aiſe , dans ma chambre, au coin de mon feu où ce même homme, qui a gagné deux batailles, venait cauſer familièrement comme *Scipion* avec *Térence*. Vous me direz que je ne ſuis pas *Térence*, mais il n'eſt pas non plus tout-à-fait *Scipion*.

J'ai appris des choſes bien extraordinaires. Il y en a une qu'on débite ſourdement, au moment que j'ai l'honneur de vous écrire : on dit le ſiége de Prague levé, mais Bruxelles eſt le pays des mauvaiſes nouvelles. M. de *Neiperg* eſt arrivé de Hollande ici, mais il n'amène point de troupes hollandaiſes , comme on s'en flattait ; et nous pourrions bien avoir inceſſamment une paix utile et glorieuſe , malgré milord *Stairs* et malgré M. *Van-Haren* qui eſt le

poëte *Tirtée* des Etats généraux. L'un préfente des
mémoires, l'autre fait des odes; et avec tant de profe
et tant de vers, leurs groffes et lentes Puiffances pourraient bien refter tranquilles. Dieu le veuille, et nous
préferve d'une guerre dans laquelle il n'y a rien à
gagner, mais beaucoup à perdre !

Les Anglais veulent nous attaquer chez nous, et
nous ne pouvons leur en faire autant : la partie en
ce fens ne ferait pas égale. Si nous les tuons tous,
nous envoyons vingt mille hérétiques en enfer, et
nous ne gagnons pas un château fur la terre; s'ils
nous tuent, ils mangent encore à nos dépens. Il vaut
bien mieux n'avoir de querelles que fur *Locke* et fur
Newton. Celle que j'ai fur Mahomet, n'eft heureufement que ridicule. On croit ici les Français gais et
légers : qui croirait qu'il y en ait de fi triftes et de fi
pédans !

Vous qui êtes fi loin d'être l'un et l'autre, confervez-moi, Monfieur, des bontés qui me feront toujours bien précieufes, et protégez-moi un peu auprès
de monfieur votre fils: Madame *du Châtelet* vous fait
mille complimens.

LETTRE CCI.

AU CARDINAL DE FLEURI.

10 feptembre.

MONSEIGNEUR,

JE commence par envoyer à votre Eminence la première lettre que le roi de Pruffe m'écrivit le 26
d'augufte, qu'il date par mégarde du 26 de feptembre.
Votre Eminence verra au moins, par cette lettre, que
je n'ai point écrit celle qui courut fi malheureufement
il y a un mois, et qui fut fabriquée à Paris par le
fecrétaire d'un ambaffadeur, auffi-bien qu'une prétendue réponfe de fa Majefté pruffienne.

J'ai donc quelque droit d'efpérer que je ferai
juftifié dans l'efprit du roi, comme dans celui de
votre Eminence, fur cette petite affaire.

Je vais maintenant lui rendre compte, comme je
le dois, de mon voyage à Aix-la-chapelle.

Je ne partis que le 2 de ce mois. Je rencontrai en
chemin un courrier du roi de Pruffe qui venait me réi-
térer fes ordres. Le roi voulut que je logeaffe près de
fon appartement, et paffa deux jours confécutifs,
quatre heures de fuite, dans ma chambre avec cette
bonté et cette familiarité qui entre, comme vous
favez, dans fon caractère, et qui n'abaiffe point
un roi, parce qu'on n'en abufe jamais. J'eus tout le
temps de parler, avec beaucoup de liberté, fur ce que
votre Eminence m'avait prefcrit, et le roi me parla
avec une égale franchife.

D'abord, il me demanda s'il était vrai que la
nation fût si piquée contre lui, si le roi l'était, si 1742.
vous l'étiez. Je répondis qu'en effet tous les Français
avaient reffenti vivement une défection si inefpérée ;
qu'il ne m'appartenait pas de favoir comment penfait le roi, que je connaiffais la modération de votre
Eminence, &c. Il daigna me parler beaucoup des
raifons qui l'ont engagé à précipiter fa paix. Elles
ne roulent point fur les prétendues négociations
fecrètes à la cour de Vienne, et defquelles votre
Eminence a bien voulu fe juftifier. Elles font fi fingulières que j'ofe douter qu'on en foit inftruit en
France. Cependant je n'ofe les confier à cette lettre,
fentant combien il me fied peu de toucher à des affaires
fi délicates.

Tout ce que j'ofe dire, c'eft qu'il m'a femblé très-
aifé de ramener l'efprit de ce monarque, que la
fituation de fes Etats, fon intérêt et fon goût femblent
rendre l'allié naturel de la France.

Il m'a paru très-affligé de l'opinion que cet événement a fait concevoir de lui aux Français ; il m'a dit
qu'il avait commencé un manifefte, mais qu'il le
fupprimerait. Il ajouta qu'il fouhaitait paffionnément
de voir la Bohème aux mains de l'empereur, qu'il
renonçait de la meilleure foi du monde à Bergue et à
Juliers ; que malgré les propofitions avantageufes que
lui fefait le comte de *Stairs*, il ne fongeait qu'à garder
la Siléfie ; qu'il favait bien qu'un jour la maifon
d'Autriche voudrait rentrer dans cette belle province,
mais qu'il fe flattait qu'il garderait fa conquête ; qu'il
avait actuellement cent trente mille hommes de
troupes ; qu'il allait faire de Neiffe, de Glogaw et de

Brieg des places auffi fortes que Véfel ; que d'ailleurs il était très-bien informé que la reine d'Hongrie doit plus de quatre-vingts millions d'écus d'Allemagne, qui font environ trois cents millions de France; que fes provinces épuifées et féparées les unes des autres ne pourront faire de longs efforts, et que de long-temps les Autrichiens ne feront redoutables par eux-mêmes.

Il eft indubitable qu'on avait donné à ce prince des idées auffi fauffes fur la France qu'il en a de juftes fur l'Autriche. Il me demanda s'il était vrai que la France fût épuifée d'hommes et d'argent, et entièrement découragée : je répondis qu'il doit y avoir encore plus de douze cents millions d'efpèces circulant dans le royaume, que les recrues ne fe font jamais faites fi aifément, et qu'il n'y a jamais eu tant de bonne volonté.

Milord *Hindfort* lui avait parlé bien autrement, et milord *Stairs* dans fes lettres lui repréfentait, il y a un mois, la France comme prête à fuccomber. Il n'a ceffé de le preffer encore pendant le voyage d'Aix.

Malgré la déclaration que M. de *Podewils* avait faite à la Haie, il y avait même encore le 30 d'augufte à Aix un anglais, de la part de milord *Stairs*, qui vint parler au roi de Pruffe dans un petit village nommé Bofchet, à un quart de lieue d'Aix. On m'a affuré que l'anglais s'en eft retourné très-mécontent. Cependant le général *Shmettau*, qui était avec le roi, envoya dans ce temps-là même acheter à Bruxelles cinq exemplaires des cartes du cours de la Mofelle et des Trois-Evêchés.

Voilà les principales chofes dont j'ai cru devoir

rendre un compte fuccinct à votre Eminence, fans me
hafarder à faire aucune réflexion, croyant avoir 1742.
rempli mon devoir de français, fans manquer à la
reconnaiffance que je dois aux bontés extrêmes dont
le roi de Pruffe m'honore.

Votre Eminence verra d'un coup d'œil le fond
des chofes dont je n'ai vu et dont je ne peux rendre
que la fuperficie.

Si ma lettre eft jugée digne de votre attention, je
vous fupplie, Monfeigneur, de ne la regarder que
comme le fimple témoignage de mon zèle pour le roi
et pour ma patrie. La confiance avec laquelle le roi
de Pruffe daigne me parler, me mettrait peut-être
quelquefois en état de rendre ce zèle moins inutile,
et je croirais ne pouvoir jamais mieux répondre à fes
bontés qu'en cultivant le goût naturel qu'il a pour
la France.

Je fuis, &c.

LETTRE CCII.

A M. LE MARQUIS D'ARGENS.

A la Haie, 2 octobre.

Mon cher ami, dont l'imagination et la probité
font honneur aux lettres, vous m'avez bien prévenu ;
j'allais vous écrire et vous dire combien j'ai été fâché
de ne point vous trouver ici. On m'avait affuré que
vous logiez chez celui que vous avez enrichi (*). J'y
ai volé, on vous a dit à Stutgard. Que ne puis-je y

(*) Son libraire.

aller! Je fuis ici accablé d'affaires, je ne pourrai y être que quatre ou cinq jours encore; il faudra que je retourne d'ailleurs inceffamment à Bruxelles; mais vous, pourquoi aller en Suiffe? Quoi, il y a un roi de Pruffe dans le monde! quoi, le plus aimable des hommes eft fur le trône! les *Algarotti*, les *Wolf*, les *Maupertuis*, tous les arts y courent en foule, et vous iriez en Suiffe! Non, non, croyez-moi, établiffez-vous à Berlin; la raifon, l'efprit, la vertu y vont renaître. C'eft la patrie de quiconque penfe; c'eft une belle ville, un climat fain; il y a une bibliothéque publique que le plus fage des rois va rendre digne de lui. Où trouverez-vous ailleurs les mêmes fecours en tout genre? Savez-vous bien que tout le monde s'empreffe à aller vivre fous le *Marc-Aurèle* du Nord. J'ai vu aujourd'hui un gentilhomme de cinquante mille livres de rentes, qui m'a dit : Je n'aurai point d'autre patrie que Berlin, je renonce à la mienne, je vais m'établir là, il n'y aura pas d'autre roi pour moi. Je connais un très-grand feigneur de l'Empire qui veut quitter fa facrée Majefté pour l'humanité du roi de Pruffe. Mon cher ami, allez dans ce temple qu'il élève aux arts. Hélas! je ne pourrai vous y fuivre, un devoir facré m'entraîne ailleurs. Je ne peux quitter madame *du Châtelet*, à qui j'ai voué ma vie, pour aucun prince, pas même pour celui-là; mais je ferai confolé fi vous vous faites une vie douce dans le feul pays où je voudrais être fi je n'étais pas auprès d'elle. *Paupie* m'a appris vos arrangemens. Je vous en fais les plus tendres complimens; que ne puis-je avoir l'honneur de vous embraffer! Adieu, mon cher *Ifaac*; vis content et heureux.

Si vous avez quelque chose à m'apprendre de votre
destinée, écrivez à Bruxelles.

Adieu, mon aimable et charmant ami.

LETTRE CCIII.

A M. THIRIOT.

A Bruxelles, le 9 octobre.

J'AI reçu votre lettre du 2 octobre, mais pour celle du
12 septembre, il était fort difficile qu'elle me parvînt,
attendu que j'étais parti le 10 d'Aix-la-chapelle où
elle était adressée. Je n'avais pas besoin assurément
d'être excité à prendre vos intérêts auprès d'un prince
à qui je les ai toujours osé, et osé seul représenter :
car, quoi que vous en puissiez dire, soyez très-per-
suadé qu'il n'y a jamais eu que moi seul qui lui aye
parlé de votre pension. On ne paye actuellement
aucun marchand. Vous savez que les tableaux de
Lancret ne sont point payés. Il faudra bien pourtant
qu'on s'arrange à la fin, et qu'on acquitte des dettes
si pressantes ; alors j'ai tout lieu de croire que vous
ne serez point oublié. J'avoue qu'il est très-dur d'attendre. Cet homme-là s'empare d'une province plus
vîte qu'il ne paye un créancier ; mais comme il ne
perd de vue aucun objet, chaque chose aura son
temps. Il fait bâtir une salle de spectacle dont l'ar-
chitecture sera ce qu'il y aura de plus beau dans
l'Europe en ce genre. Il aura une comédie l'année
prochaine. Il fonde une académie pour l'éducation
des jeunes gens d'une manière bien plus utile que ce

qu'il s'était propofé d'abord. Vous voyez que ce ferait bien dommage fi un prince qui fait de fi grandes chofes oubliait les petites qui font néceffaires; je dis les petites par rapport à lui, car votre penfion eft pour moi une très-grande affaire.

Je ne doute pas qu'avant qu'il foit un an, je ne réuffiffe à lui faire agréer M. de *la Bruère*, qui pourra avoir un emploi très-agréable pour un homme de lettres. Ce fera une très-bonne acquifition pour Berlin, mais c'eft à mon gré une perte pour Paris. Je ne connais guère d'efprit plus jufte et plus délicat. Il eft bien trifte qu'avec fes talens il ait befoin de fortir de France.

Vous me dites qu'il eft venu d'étranges récits fur le compte du roi de Pruffe d'Aix-la-chapelle, mais que madame *du Châtelet* ni moi nous n'y fommes point mêlés. Cette reftriction femble fuppofer que madame *du Châtelet* était à Aix-la-chapelle: c'eft un voyage auquel elle n'a pas penfé. Si elle avait eu à le faire, ce n'eft pas ce temps-là qu'elle eût pris. Je fais à peu-près d'où partent ces difcours; mais il faut favoir que les feeurs de tragédies, c'eft-à-dire, les rois et moi, nous fommes fifflés quelquefois par un parterre qui n'eft pas trop bon juge; les auteurs en font fâchés, de ces fifflets, mais les rois s'en moquent et vont leur train.

Songez à votre fanté, et puiffiez-vous avoir inceffamment une bonne penfion affignée fur la Siléfie, laquelle vaut par an à fon vainqueur quatre millions fept cents mille écus d'Allemagne, toutes charges faites. Je vous embraffe de tout mon cœur.

LETTRE CCIV.

A M. L'ABBÉ ONILLON (*).

Octobre.

Allah, illah, allah, Mehemet rezoul, allah.

JE baife les barbes de la plume du fage *Onillon*, fils d'*Onillon*, refplendiffant entre tous les imans de la loi du Chrift.

Votre lettre a été pour moi ce que la rofée eft pour les fleurs, et les rayons du foleil pour le tournefol. Que DIEU vous couronne de profpérité comme vous l'êtes de fageffe, et qu'il augmente la rondeur de votre face! Mon cœur fera dilaté de joie, et la reconnaiffance fera dans lui comme fur mes lèvres, quand mes yeux pourront lire les doctes pages du généreux iman qui fortifie la faibleffe de mon drame par la force de fon éloquence. J'attends avec impatience fa docte differtation. Mais comme la pofte des infidelles eft très-chère, et que le plus petit paquet coûte un fultanin, je vous fupplie de vouloir bien faire mettre promptement au coche de Bruxelles cet écrit bien ficelé et point cacheté, felon les ufages de la peu fublime pofte de Bruxelles. Ce paquet arrivera en fix ou fept jours, attendu qu'il n'y a que dix-fept cents vingt-huit ftades de la ville impériale de Paris

(*) Il avait écrit à l'auteur une lettre en ftyle oriental, fur la tragédie de Mahomet. M. de *Voltaire* lui répondit fur le même ton.

à celle où la divine Providence nous retient actuellement. Que DIEU vous accorde toutes les églantines de Touloufe, et toutes les médailles des quarante! que le bordereau de la fortune tombe de fes mains entre les vôtres !

Ecrit dans mon bougé, fur la place de Louvain, affligé d'une énorme colique, le 8 de la lune du neuvième mois, l'an de l'hégire 1122.

Si la divine Providence permet que vous voyiez le plus généreux et le plus aimable des enfans des hommes, d'*Argental*, fils de *Fériol*, dont DIEU croiffe la chevance, nous vous prions de l'affurer que nous foupirons après l'honneur de le voir avec plus d'ardeur que les adjes ne foupirent après la vue de la pierre noire de Caaba, et qu'il fera toujours, ainfi que fa compagne ornée de grâces, l'objet des plus vives tendreffes de notre cœur.

LETTRE CCV.

A M. THIRIOT, *à Paris.*

A Bruxelles, le 3 novembre.

JE vous avoue que je fuis auffi fâché que vous du retard que vous éprouvez. Nous en raifonnerons à loifir à Paris où j'efpère vous voir avant la fin du mois,

Satisfait fans fortune et fage en vos plaifirs.

Je voudrais bien voir cette fageffe un peu plus à fon aife. On ne m'écrira que lorfque je ferai à
Paris

Paris. Ainſi juſque-là je n'ai rien de nouveau à vous
dire. J'attends pour cet hiver la paix et votre penſion. **1742.**

J'ai vu les meurtriers anglais et les meurtriers
heſſois et hanovriens : ce font de très-belles troupes
à renvoyer dans leurs pays. Dieu les y conduiſe, et
moi à Paris, par le plus court ! Les maudits houſſards
ont pris tout le petit-équipage de mon pauvre neveu
Denis, qui ſe tue le corps et l'ame en Bohème, et qui
eſt malade à force de bien ſervir. Pour ſurcroît de
diſgrâce, on lui a ſaiſi ici deux beaux chevaux
qu'il envoyait à ſa femme, et je n'ai jamais pu les
retirer des mains des commis, gens maudits de DIEU
dans l'Evangile, et plus dangereux que les houſſards.
Vous voyez que dans ce monde vous n'êtes pas le
ſeul à plaindre.

Madame *du Châtelet* eſſuie tous les tours de la
chicane, et moi tous ceux des imprimeurs.

> *Durum : ſed levius fit patientiâ,*
> *Quidquid corrigere eſt nefas.*

Quiconque eſt au coin de ſon feu, et qui ſonge en
ſoupant qu'en Bohème on manque ſouvent de pain,
doit ſe trouver heureux.

Je vous embraſſe ; comptez toujours ſur mon
amitié.

LETTRE CCVI.

A M. D'ARNAUD, *à Paris.*

A Bruxelles, 20 novembre.

MON cher enfant en *Apollon*, vous vous avifez donc enfin d'écrire d'une écriture lifible, fur du papier honnête, de cacheter avec de la cire, et même d'entrer dans quelque détail en écrivant. Il faut qu'il fe foit fait en vous une bien belle métamorphofe ; mais apparemment votre converfion ne durera pas, et vous allez retomber dans votre péché de pareffe, N'y retombez pas au moins quand il s'agira de travailler à votre Mauvais riche, car j'aime encore mieux votre gloire que vos attentions. J'efpère beaucoup de votre plan, et furtout du temps que vous mettez à compofer, car depuis trois mois vous ne m'avez pas fait voir un vers. *Sat citò fi fat benè.*

Plufieurs perfonnes m'ont écrit que M. *Thiriot* répandait le bruit que j'avais part à votre comédie ; je ne crois pas que M. *Thiriot* puiffe ni veuille vous ravir un honneur qui eft uniquement à vous. Je n'ai d'autre part à cet ouvrage que celle d'en avoir reçu de vous les prémices, et d'avoir été le premier à vous encourager à traiter un fujet fufceptible d'intérêt, de comique et de morale, et où vous pourrez peindre les vertus d'après nature, en les prenant dans votre cœur. A l'égard des vices, il faudra que vous fortiez un peu de chez vous ; mais les modèles ne feront pas difficiles à rencontrer.

Faites-moi le plaifir de me donner fouvent de vos
nouvelles, fi vous pouvez. Je vous embraffe de tout
mon cœur.

LETTRE CCVII.

A M. LE COMTE D'ARGENTAL.

A Bruxelles, novembre.

VOTRE gardiennerie m'a donc infpiré, mon cher
et refpectable ami ; car j'ai renoué bien des fils à
Mahomet et à Zulime avant que votre ordre angélique
eût été fignifié. Je ne pouvais pas me difpenfer de
faire imprimer Mahomet après les malheureufes éditions qu'on en avait faites à Paris, et qu'on allait faire
encore à Londres et en Hollande. J'ai été obligé
d'envoyer à ces deux endroits le véritable manufcrit,
après l'avoir encore retouché felon mes petites forces.
Il n'y a point d'épître dédicatoire au roi de Pruffe,
mais on imprime une lettre que je lui avais écrite, il y
a deux ans, en lui envoyant un exemplaire manufcrit
de la pièce. Je crois que vous ne ferez pas mécontent
de la lettre : vous y trouverez les objections que le
fanatifme a pu faire, détruites fans que je prenne la
peine d'y répondre. Je me contente de faire fentir qu'il
y a eu plus d'un *Séide* fous d'autres noms, et que la
pièce n'eft au fond qu'un fermon contre les maximes
infernales qui ont mis le couteau à la main des
Poltrot, des *Ravaillac* et des *Châtel*. D'ailleurs, quoique je parle à un roi, la lettre eft purement philofophique : elle n'eft fouillée d'aucune flatterie ; je fuis

E e 2

—— auffi loin de flatter les rois que je le fuis d'écrire au cardinal de *Fleuri* que je foupçonne *Prault* de l'édition clandeftine de Mahomet.

Je fupplie inftamment mes anges d'étendre ici leurs ailes : leur Mahomet pour lequel ils ont eu tant de bontés, et qui m'a coûté tant de foins, ne m'a donc produit que des peines! Mon fort ferait bien malheureux, fi je n'avais pour ma confolation *Emilie* et mes anges.

Je compte que nous partirons dans cinq ou fix jours, et que nous ferons à Paris vers le 20 du mois. Tous les lieux me feraient égaux fans vous. Nous avons mené à Bruxelles une vie retirée qui eft bien de mon goût ; j'y ai trouvé peu d'hommes, mais beaucoup de livres ; je n'ai pas laiffé de travailler, mais ma mauvaife fanté me fait perdre bien du temps ; elle fe dérange plus que jamais. Vous rendrez heureufe cette vie que la nature s'obftine à tourmenter. Je retrouverai dans votre commerce et dans celui de madame d'*Argental* de quoi braver tous les maux.

Adieu ; les Autrichiens difent qu'ils inonderont la France avec cent mille hommes l'année qui vient. Je n'en crois rien du tout,

LETTRE CCVIII.

A M. DE MONCRIF.

1 février.

J'AI été enchanté, Monſieur, de vous retrouver, et de retrouver l'ancienne amitié que vous m'avez témoignée. Je vous remercie encore de l'humanité que vous avez fait paraître en examinant les ouvrages d'un homme qui était l'ennemi du genre-humain (19). Si tous les gens de lettres penſaient comme vous, le métier ferait bien agréable. Ce ferait alors qu'on aurait raiſon de les appeler *humaniores litteræ*. J'ai oublié d'écrire à M. d'*Argenſon* que je le ſuppliais de me recommander à M. de *Maboul ;* mais avec vous, Monſieur, on a beau avoir oublié ce qu'on voulait, vous vous en ſouviendrez. Je vous prie donc de vouloir bien ſuppléer mes péchés d'omiſſion, et de dire à M. d'*Argenſon* qu'il ait la bonté de me recommander fortement et généralement : ces deux adverbes joints font admirablement.

Le roi m'a donné ſon agrément pour être de l'académie, en cas qu'on veuille de moi. Reſte à ſavoir ſi vous en voulez. Vous ſavez, que pour l'honneur des lettres, je veux qu'on faſſe ſuccéder un pauvre diable à un premier miniſtre (*) ; je me préſente pour être ce pauvre diable-là.

J'écris à la plus aimable ſainte qui ſoit ſur la

---

(19) M. de *Moncrif* devait donner une édition des Oeuvres de *J. B. Rouſſeau*.

(*) Le cardinal de *Fleuri* était mort le 29 janvier.

terre (*). Elle nous convertira tous. Elle était faite pour mener au ciel ou en enfer qui elle aurait voulu. Je compte fur fa protection dans cette vie et dans l'autre. Je me flatte auffi, mon cher Monfieur, que vous ne m'abandonnerez pas, et que quand vous aurez fini la grande affaire du frère d'*Athalie* et de *Phédre*, vous donnerez des marques de votre amitié à votre ancien ferviteur qui vous fera tendrement obligé, et qui vous aimera toute fa vie.

LETTRE CCIX.

A M. DE CIDEVILLE.

A Paris, ce jeudi 15 mai.

Mon cher ami, qui me faites plus d'honneur que je n'en mérite, et qui me donnez autant de plaifir que j'en peux reffentir, la difficile *Emilie* a été très-contente de votre épître, à quelques bagatelles près. Jugez fi j'en dois être enchanté. Je paffai hier au foir à votre porte pour vous remercier. Je ne pus d'abord vous écrire parce que je fouffrais beaucoup, mais votre épître m'a été un baume fouverain.

Si vous voyez *Marivaux*, appliquez votre baume confolant fur fon efprit très-injuftement aigri. Vous favez s'il y a dans la bagatelle en queftion le moindre mot qui puiffe le regarder; et s'il y avait la moindre apparence à la plus légère application, je ne l'y laifferais pas un moment. Il y a des gens bien méchans

(*) Madame de *Villars*.

qui sèment toujours des poisons, tandis que vous
faites naître des fleurs. Guériffez *Marivaux*, je vous
en prie, des foupçons très-injuftes que lui donnent
des gens qui veulent nous tourmenter tous deux.
Vale, *et me ama.*

1743.

LETTRE CCX.

A M. LE COMTE D'ARGENTAL, *à Paris.*

M ON adorable ami, vous n'aurez pas aujourd'hui
la moindre bouteille de ce vin que vous daignez
aimer. En vous remerciant de celui de M. de *Mairan.*
Je vais aujourd'hui à Verfailles, je ne reviendrai que
famedi.

Mais, mon Dieu, je fuis accufé bien injuftement.
Ce n'eft qu'à *La Noue* même que j'ai parlé, et c'eft
avec la plus tendre amitié que je lui ai fait mes
repréfentations; il les a reçues avec un peu d'aigreur.
Mais, mon cher et refpectable ami, je ne m'oppofais
à voir le vifage de *La Noue* couvert à Verfailles du
turban d'*Orofmane* que parce que je croyais qu'après
avoir joué le rôle dans cette petite ville, il aurait le
droit et la volonté de le jouer à Paris. Vous m'apprenez qu'il veut bien le céder à *Grandval*, après l'avoir
joué à Verfailles, en province : c'eft une nouvelle en
tout fens très-agréable pour moi. Il s'en faut beaucoup
que mon goût pour la perfonne et les talens de *La Noue*
foit diminué. Je ferais fâché que *Grandval* jouât le
rôle de *Titus* dans Brutus. Chacun a fon talent et
doit s'y renfermer. En vérité, vous devez avouer que

La Noue n'eſt pas fait pour *Oroſmane.* Vous aimiez Zaïre avant d'aimer *La Noue.* C'eſt les trahir tous deux que de donner *Oroſmane* à *La Noue.* Je vous conjure de lui faire entendre raiſon. N'appelez point acharnement ma juſte fermeté. *La Noue* devrait me remercier, je lui rends ſervice en le ſuppliant inſtamment de ne point paraître ſous une forme qui le dégrade. Joignez-vous à moi, faites-lui connaître ſes véritables intérêts ; dites-lui qu'ils me ſont chers. Il ne faut pas que je lui déplaiſe en lui rendant ſervice.

J'ai reçu hier une lettre de l'archevêque de Narbonne par laquelle il me fait entendre qu'on l'a preſſé de ſuccéder à M. le cardinal de *Fleuri*, et qu'il accepte la place.

Perſécuté de tous côtés, que j'aye au moins le public pour moi. Il eſt de mon intérêt et de mon honneur de me préſenter ſous des faces différentes, et d'élever en ma faveur la voix publique qui, jointe à la vôtre, me conſole de tout. Mille tendres reſpects à mes deux anges que j'adore.

LETTRE CCXI.

A M. LE COMTE D'ARGENTAL.

A Verſailles, vendredi.

Voici, mon très-cher ange, un fait comique. Je fais à M. le duc de *Richelieu* mes très-humbles plaintes de ce qu'il m'a forcé à laiſſer jouer *Rouſſelois* dans mes pièces, et de ce que tout Verſailles dit que c'eſt moi qui l'ai fait venir, que c'eſt moi qui

lui ai écrit de la part de monſieur le premier gentilhomme de la chambre. Je m'épuiſe en doux reproches, je me lamente. M. de *Richelieu* me répond en
pouffant de rire; eh bien, dit-il, après avoir bien
ricanné, voulez-vous que je vous avoue celui qui a
écrit à *Rouſſelois*, ſans me conſulter? c'eſt *Roi*. Quoi
Roi? Oui *Roi*, *Roi* le chevalier de Saint-Michel, *Roi*
le cheval, *Roi* l'ennuyeux, *Roi* l'inſupportable, *Roi*
qui fait aſſez bien des ballets. Il a gagné un homme
à moi qui m'a recommandé *Rouſſelois* comme un
Baron. Je l'ai fait jouer dans vos tragédies, croyant
vous ſervir. Je vous avoue ma faute, et vous pouvez
dire par-tout que c'eſt moi qui ai tort.

Mes chers anges, cela déſarme; mais mademoiſelle
Duménil et ce pauvre *Paulin* ſont au déſeſpoir, et
M. le duc d'*Aumont* va me croire le plus inepte des
mortels; mais enfin la vérité triomphe, et M. le duc
de *Richelieu* confeſſe ſon erreur. Il ne reſte que *Roi* à
punir; mais il n'y a pas moyen de punir un ſi ſot
homme. Juſtifiez-moi bien, mes chers anges; permettez que je vous diſe que je ſuis enchanté des
bontés de ſa Majeſté. Le miniſtère n'a pas mis à cela
la dernière main; mais il le fera. Je vous confie ce
petit ſecret comme à mes chers protecteurs que j'ado-
rerai toute ma vie.

LETTRE CCXII.

A M. LE COMTE D'ARGENTAL.

QUAND les autres en ont gros comme un moucheron, j'en ai gros comme un chameau. Quoique j'aye commencé long-temps avant mes anges, je ne crois pas que j'aye la force de fortir aujourd'hui de mon lit. Si je fortais, ce ne ferait pas pour Mérope. Je fuis trop heureux que ces cahiers vous amufent. En voilà fix autres. J'aurai foin du quatrième acte d'Adélaïde, mais c'eft fur Zulime que je compte le plus. Si j'étais plus jeune et moins perfécuté, je travaillerais encore. Je fuis venu dans le temps de barbarie. Je ne fais rien de cette académie ; tout ce que je fais, c'eft qu'il eft bien cruel que deux hommes puiffans fe foient réunis pour m'arracher un agrément frivole, la feule récompenfe que je demandais, après trente années de travail. Bonjour ; vous êtes ma plus grande confolation ; mais portez-vous bien l'un et l'autre.

LETTRE CCXIII.

A M. LE COMTE D'ARGÉNTAL.

Mars.

Vous avez bien raiſon, ange tutélaire ; je vous ai cherché toùs ces jours-ci pour vous demander vos conſeils angéliques. Il eſt très-vrai que je dois avoir peur que *Satan* déguiſé en ange de lumière , eſcorté de *Marie Alacoque,* ſe déchaîne contre moi.

Oui, l'auteur de Marie Alacòque perſécute, et doit perſécuter l'auteur de la Henriade ; mais je ferai tout ce qu'il faudra pour apaiſer, pour déſarmer l'arche-vêque de Sens. Le roi m'a donné ſon agrément ; je tâcherai de le mériter. Je me conduirai par vos avis. La place, comme vous ſavez, eſt peu ou rien, mais elle eſt beaucoup par les circonſtances où je me trouve. La tranquillité de ma vie en dépend ; mais le vrai bonheur, qui conſiſte à ſentir vivement , ſe goûte chez vous.

Adieu , mes adorables anges gardiens ; ma vie eſt ambulante, mais mon cœur eſt fixe. Je vous recommande madame *du Châtelet* et *Céſar :* ce ſont deux grands-hommes.

LETTRE CCXIV.

A M. ***,

DE L'ACADEMIE FRANÇAISE.

Mars.

J'AI l'honneur de vous envoyer les premières feuilles d'une feconde édition des Elémens de *Newton*, dans lefquelles j'ai donné un extrait de fa métaphyfique. Je vous adreffe cet hommage comme à un juge de la vérité. Vous verrez que *Newton* était de tous les philofophes le plus perfuadé de l'exiftence d'un Dieu ; et que j'ai eu raifon de dire qu'un cathéchifte annonce DIEU aux enfans, et qu'un *Newton* le démontre aux fages.

Je compte dans quelque temps avoir l'honneur de vous préfenter l'édition complète qu'on commence du peu d'ouvrages qui font véritablement de moi. Vous verrez par-tout, Monfieur, le caractère d'un bon citoyen. C'eft par-là feulement que je mérite votre fuffrage, et je foumets le refte à votre critique éclairée. J'ai entendu de votre bouche, avec une grande confolation, que j'avais ofé peindre, dans la Henriade, la religion avec fes propres couleurs, et que j'avais même eu le bonheur d'exprimer le dogme avec autant de correction que j'avais fait avec fenfi-bilité l'éloge de la vertu. Vous avez daigné même approuver que j'ofaffe, après nos grands maîtres, tranfporter fur la fcène profane l'héroïfme chrétien. Enfin, Monfieur, vous verrez fi, dans cette édition,

il y a rien dont un homme, qui fait comme vous
tant d'honneur au monde et à l'Eglife, puiffe n'être
pas content. Vous verrez à quel point la calomnie
m'a noirci. Mes ouvrages, qui font tous la peinture
de mon cœur, feront mes apologiftes.

J'ai écrit contre le fanatifme qui dans la fociété
répand tant d'amertumes, et qui dans l'état politique
a excité tant de troubles. Mais plus je fuis ennemi de
cet efprit de faction, d'enthoufiafme, de rebellion,
plus je fuis l'adorateur d'une religion dont la morale
fait du genre-humain une famille, et dont la pratique
eft établie fur l'indulgence et fur les bienfaits. Comment ne l'aimerais-je pas, moi qui l'ai toujours
célébrée? Vous dans qui elle eft fi aimable, vous
fuffiriez à me la rendre chère. Le ftoïcifme ne nous
a donné qu'un *Epictete*, et la philofophie chrétienne
forme des milliers d'*Epictete* qui ne favent pas qu'ils
le font, et dont la vertu eft pouffée jufqu'à ignorer
leur vertu même. Elle nous foutient furtout dans le
malheur, dans l'oppreffion et dans l'abandonnement
qui la fuit, et c'eft peut-être la feule confolation que
je doive implorer après trente années de tribulations
et de calomnies qui ont été le fruit de trente années
de travaux.

J'avoue que ce n'eft pas ce refpect véritable pour
la religion chrétienne qui m'infpira de ne faire
jamais aucun ouvrage contre la pudeur. Il faut l'attribuer à l'éloignement naturel que j'ai eu dès mon
enfance pour ces fottifes faciles, pour ces indécences
ornées de rimes, qui plaifent par le fujet à une
jeuneffe effrénée. Je fis à dix-neuf ans une tragédie
d'après *Sophocle*, dans laquelle il n'y a pas même

—— d'amour. Je commençai à vingt ans un poëme épique dont le fujet eft la vertu qui triomphe des hommes et qui fe foumet à DIEU. J'ai paffé mon temps dans l'obfcurité à étudier un peu de phyfique, à raffembler des mémoires pour l'hiftoire de l'efprit humain, pour celle d'un fiècle dans lequel l'efprit humain s'eft perfectionné. J'y travaille tous les jours, finon avec fuccès, au moins avec une affiduité que m'infpire l'amour de ma patrie.

Voilà peut-être, Monfieur, ce qui a pu m'attirer, de la part de quelques-uns de vos confrères, des politeffes qui auraient pu m'encourager à demander d'être admis dans un corps qui fait la gloire de ce même fiècle dont j'écris l'hiftoire. On m'a flatté que l'académie trouverait même quelque grandeur à remplacer un cardinal, qui fut un temps l'arbitre de l'Europe, par un fimple citoyen qui n'a pour lui que fes études et fon zèle.

Mes fentimens véritables fur ce qui peut regarder l'Etat et la religion, tout inutiles qu'ils font, étaient bien connus en dernier lieu de feu M. le cardinal de *Fleuri*. Il m'a fait l'honneur de m'écrire, dans les derniers temps de fa vie, vingt lettres qui prouvent affez que le fond de mon cœur ne lui déplaifait pas. Il a daigné faire paffer jufqu'au roi même un peu de cette bonté dont il m'honorait. Ces raifons feraient mon excufe, fi j'ofais demander dans la république des lettres la place de ce fage miniftre.

Le défir de donner de juftes louanges au père de la religion et de l'Etat, m'aurait peut-être fermé les yeux fur mon incapacité ; j'aurais fait voir au moins combien j'aime cette religion qu'il a foutenue, et quel eft

mon zèle pour le roi qu'il a élevé. Ce ferait ma
réponfe aux accufations cruelles que j'ai effuyées ; ce 1743.
ferait une barrière contre elles , un hommage folennel
rendu à des vérités que j'adore, et un gage de ma
foumiffion aux fentimens de ceux qui nous préparent
dans le dauphin un prince digne de fon père. (20)

LETTRE CCXV.

A M. ***.

A Paris, 4 avril.

J'AI été bien malade , mon cher ami ; j'ai fait parler
à M. de *la Houffaye*, comme vous me l'avez ordonné;
il me femble que c'eft une chofe affez aifée de faire
retarder les affaires; voilà de toutes les grâces la plus
facile à obtenir. Je n'ai point vu M. l'abbé *Berth*, qui
devait m'expliquer tant de chofes; je ne fais où le
déterrer. Si vous me mandez fa demeure , j'irai chez
lui. Vous favez fi j'ai de l'empreffement à vous obéir.
Notre Mérope n'eft pas encore imprimée; je douté
qu'elle réuffiffe à la lecture autant qu'à la repréfentation; ce n'eft point moi qui ai fait la pièce, c'eft
mademoifelle *Duménil*. Que dites-vous d'une actrice
qui fait pleurer le parterre pendant deux actes de
fuite? Le public a pris un peu le change; il a mis
fur mon compte une partie du plaifir extrême que lui

(20) On verra fans peine que cette lettre qui renferme une efpèce d'apologie, était deftinée à être répandue et à fervir de réponfe aux clameurs
de la canaille littéraire, qui ne voulait pas que M. de *Voltaire* fût de
l'académie françaife.

——— ont fait les acteurs, et la féduction a été au point
1743. que je n'ai pu paraître à la comédie qu'on ne m'ait
battu des mains; cette faveur populaire m'a un peu
confolé de la petite perfécution que j'ai effuyée de
monfieur l'évêque de Mirepoix. L'académie, le roi
et le public m'avaient défigné pour avoir l'honneur
de fuccéder à M. le cardinal de *Fleuri* parmi les
quarante; mais M. de *Mirepoix* n'a pas voulu, et il
a enfin trouvé, après deux mois et demi, un évêque
pour remplir la place qu'on me deftinait. Je crois
qu'il convient à un profane comme moi de renoncer
pour jamais à l'académie, et de m'en tenir aux bontés
du public; mais il y a encore quelque chofe de plus
précieux que cette bienveillance, peut-être paffagère,
c'eft l'amitié conftante d'un cœur comme le vôtre.

Les lettres font ici plus perfécutées que favorifées.
On vient de mettre à la baftille l'abbé *Langlet*, pour
avoir publié des Mémoires déjà connus, qui fervent
de fupplément à l'hiftoire de M. de *Thou;* il a rendu
un très-grand fervice aux bons citoyens et aux amateurs des recherches fur l'hiftoire; il méritait des
récompenfes, et on l'emprifonne à l'âge de foixante
et huit ans.

Infere nunc, Melibæe, piros, pone ordine vites.

Madame *du Châtelet* vous fait mille complimens;
elle marie fa fille, comme je crois vous l'avoir
mandé, à M. le duc de *Montenero*, napolitain, au
grand nez, au vifage maigre, à la poitrine enfoncée;
il eft ici, et va vous enlever une françaife aux joues
rebondies. *Vale, et me ama.*

LETTRE

LETTRE CCXVI. 1743.

A M. THIRIOT.

A Paris, le 11 juin.

LA perfécution et le ridicule font un peu outrés. J'ai une récompenfe bien fingulière et bien trifte de trente années de travail. Ce n'eft pas tant Jules-Céfar que moi qu'on profcrit. Mais je fonge encore plus à votre penfion qu'aux tribulations que j'éprouve, et le plus grand de mes chagrins eft de voir fouffrir mon ami ; car enfin la penfion du roi de Pruffe vous eft plus néceffaire que ne me l'était la juftice que me refufe ma patrie.

LETTRE CCXVII.

A M. DE PONT-DE-VESLE.

Juin.

IL eft bien dur de partir fans avoir la confolation d'embraffer M. de *Pont-de-Vefle*. Je ne mettrais point de bornes à ma douleur, fi, dans ma boîte de *Pandore*, il ne reftait l'efpérance de vous revoir un jour, et d'entendre avec vous Jules-Céfar. Les *brutes* qui me chicanent font auffi fots que ceux qui affaffinèrent mon héros furent cruels.

LETTRE CCXVIII.

A M. LE COMTE D'ARGENTAL.

A la Haie, au palais du roi de Pruſſe, 5 juillet.

EH bien, mes adorables anges, ce petit hémiſphère eſt plus fou et plus malheureux que jamais; et moi ne ſuis-je pas un des plus infortunés de la bande? Les uns vont mourir de faim ou par l'épée des ennemis, vers le Danube, les autres ſur le Mein, et moi où vais-je? où ſuis-je? j'ai bien peur de mourir de chagrin loin de vous.

Eſt-on devenu aſſez déterminément oſtrogots pour ne pas jouer Jules-Céſar? Si on avait dit, il y a quelques années, qu'on parviendrait à cet excès d'impertinence, on ne l'aurait pas cru. Je ne vous déplairai pas en vous diſant qu'il y a ici une comédie aſſez paſſable; *Prin* et *Fierville* en font les principaux acteurs. Il y a une *Bercaville* qui vaut mieux ſans comparaiſon que toutes les ſoubrettes qu'on a eſſayées, et qui eſt plus effrontée elle ſeule que toutes les autres enſemble. Les Anglais ſont encore plus effrontés pourtant, et prennent un terrible aſcendant ſur ce théâtre-ci. Ils jouent le rôle de tyrans fort noblement; et les Hollandais, celui d'aſſiſtans derrière leurs maîtres. Peut-on ſe réjouir à Paris dans ce malheur général! hélas! il le faut bien; et on tuerait cent mille hommes en Allemagne, que l'opéra ſerait plein les vendredis. Mais pourquoi la comédie ne le ſera-t-elle pas?

Le roi de Pruſſe eſt réellement indigné des perſé-
cutions que j'eſſuie; il veut abſolument m'établir à
Berlin; j'ai ſacrifié ſa lettre à madame *du Châtelet* et à
mes anges. Tout ce que je vous dis là , je le dis à
M. de *Pont-de-Veſle*, baiſant toujours vos ailes avec
un pur amour.

1743,

LETTRE CCXIX.

A M. AMELOT,

MINISTRE DES AFFAIRES ÉTRANGERES.

A la Haie , 2 auguſte.

MONSEIGNEUR,

JE dépêchai, le 21 du mois paſſé, un courier juſqu'à
Lille, avec un paquet qu'il devait rendre à madame
Denis ma nièce, femme du commiſſaire des guerres :
dans ce paquet il y en avait un pour M. le comte de
Maurepas ; et, ſous l'enveloppe de M. de *Maurepas*,
une lettre d'environ ſix pages que j'avais l'honneur de
vous adreſſer, ſans ſignature. Cette lettre contenait,
entre autres particularités, la petite découverte que
j'avais faite, que le roi de Pruſſe fait négocier ſecréte-
ment un emprunt de quatre cents mille florins à Amſterdam à $3\frac{1}{2}$ pour cent. Je concluais de là , ou que ſes
tréſors ne ſont pas auſſi conſidérables qu'on le dit,
ou qu'il veut emprunter à un petit intérêt, pour rem-
bourſer des ſommes qui en portent un plus grand. Je
vous demandais la permiſſion de me ſervir de cette

connaiſſance pour tâcher de démêler s'il voudrait recevoir des ſubſides, et j'oſais propoſer une manière d'affamer les armées ennemies, laquelle ce prince pouvait mettre en uſage avec adreſſe.

Le même jour, 21 du mois paſſé, je fis propoſer, par une voie très-ſecrète, à ce monarque de faire quelques difficultés aux Provinces-Unies touchant le paſſage des munitions de guerre qui doivent remonter le Rhin ſur ſon territoire. Il a approuvé le projet; et ſi les choſes ne changent pas, ſon miniſtre aura ordre de retarder le paſſage de ces munitions autant qu'il le pourra. On s'y prend avec beaucoup d'art. L'envoyé du roi de Pruſſe a ordre de ne point communiquer avec l'ambaſſadeur de France, parce qu'on craint qu'il ne s'en prévale, dans la chaleur des conjonctures préſentes. On ne veut point du tout paraître lié avec vous; et on veut vous ſervir ſous main, en ménageant la république.

Je tâcherai de faire fermenter ce petit levain. Je peux vous aſſurer que le fond des ſentimens du roi de Pruſſe eſt tel qu'il était en 1741, quand il écrivit la lettre ci-jointe, dont j'ai l'honneur de vous envoyer copie.

Je compte toujours lui faire ma cour à Aix-la-chapelle, vers le 18 de ce mois.

LETTRE CCXX.

AU MEME.

Ce 3 auguſte.

MONSEIGNEUR,

HIER, après le départ de ma lettre, j'en reçus une du roi de Pruſſe, datée du camp de Husfelt en Siléſie, place dans laquelle il va bâtir une ville tandis qu'il fortifie ſes frontières. Il ſera le 14 à Berlin, et le 18 ou le 20 à Spa, et non plus à Aix-la-chapelle.

Je ſuis toujours dans la même eſpérance touchant le petit ſervice que le roi de Pruſſe doit rendre ; mais je crains que cette démarche n'ait pas d'aſſez grandes ſuites, ſi ce prince reſte dans les idées qu'il me témoigne. Tous ſes correſpondans lui ont perſuadé que la France eſt trop affaiblie pour mettre actuellement un grand poids dans la balance. Je n'ai pu même empêcher un ami intime, que j'ai ici, de lui écrire des choſes qui doivent le dégoûter de votre alliance. Cet ami eſt cependant entièrement dans vos intérêts ; et le roi de Pruſſe ſent parfaitement qu'au fond votre cauſe et la ſienne ſont communes. Mais cet ami ne peut écrire autrement, de peur d'être démenti par les autres correſpondans ; et le roi de Pruſſe ne peut à préſent concevoir que des idées déſavantageuſes ſur tant de rapports.

Je ſuis obligé de vous dire que, dans ſa dernière lettre, il s'exprime dans les termes les plus durs ſur la

conduite paſſée ; mais il paraît en ſentir autant d'affliction qu'il en parle avec violence.

Soyez très-perſuadé que, dès l'année 1741, il a
prévu tout ce qui eſt arrivé. Il penſe à préſent que ſi
ſa Majeſté envoyait ou feſait croire qu'elle envoie
un corps conſidérable vers la Meuſe, cette démarche
bien ménagée opérerait une très-grande déſunion
entre le parti anglais, qui prédomine en Hollande,
et le parti pacifique qu'on ne doit pourtant pas appeler
le parti français. Il ne m'appartient pas d'avoir une
opinion ſur ces matières, j'en laiſſe le jugement ici à
monſieur l'ambaſſadeur et à M. de *Laville*, dont les
lumières et l'expérience ſont trop ſupérieures à mes
faibles conjectures. Je n'ai ici d'autre avantage que
celui de mettre les partis différens et les miniſtres
étrangers à portée de me parler librement. Je me
borne et me bornerai toujours à vous rendre un
compte ſimple et fidelle.

Mais, comme il paraît néceſſaire que le roi de Pruſſe
ait une opinion très-avantageuſe des forces et des
réſolutions vigoureuſes de la France, j'oſe vous ſup-
plier de m'envoyer quelques couleurs avec leſquelles
je puiſſe faire un tableau qui le frappe quand je lui
ferai ma cour à Spa ; et je vous en prie d'autant plus,
que je ſuis certain que le tableau lui plaira beaucoup.
La France eſt une maîtreſſe qu'il a quittée, mais qu'il
aime et qu'il ſouhaite paſſionnément de voir embellie.
M. *Trévor* m'a demandé aujourd'hui en confidence ſi
je croyais que la maiſon de Lorraine eût un grand
parti en Lorraine.

LETTRE CCXXI. 1743.

A M. LE MARQUIS D'ARGENSON, *à Paris.*

A la Haie, au palais du roi de Pruffe, le 8 d'augufte.

Soyez chancelier de France, Monfieur, fi vous voulez que j'y revienne; rendez-nous la gloire des lettres; quand nous perdons celle des armes. Les hommes font faits originairement, ce me femble, pour penfer, pour s'inftruire, et non pour fe tuer. Faut-il que la guerre ne foit pas encore la feule perfécution que les arts effuient? Je gémis de voir ce pauvre abbé *Langlet* enfermé, à foixante-dix ans, dans la baftille, après nous avoir donné une bonne méthode pour étudier l'hiftoire, et d'excellentes tables chronologiques. Qui font donc les vandales qui fe font imaginés que l'impreffion du fixième volume des additions à l'hiftoire de ce bon citoyen le préfident de *Thou*, était un crime d'Etat? Quel comble de barbarie, et quel excès de petiteffe de ne pas permettre qu'on imprime des livres où l'on explique *Newton*, et où l'on dit que les rêveries de *Defcartes* font des rêveries!

J'aime encore mieux l'abus qu'on fait ici de la liberté d'imprimer fes penfées, que cet efclavage dans lequel on veut chez vous mettre l'efprit humain. Si l'on y va de ce train, que nous reftera-t-il, que le fouvenir de la gloire du beau fiècle de *Louis XIV?*

Cette décadence me ferait fouhaiter de m'établir dans le pays où je fuis à préfent. N'ayant rien à y prétendre, je n'aurais point de plaintes à former.

F f 4

—— Je vivrais tranquille, et j'y fouhaiterais à la France
1743. des temps plus brillans.

Il y a ici des hommes très-eftimables; la Haie eft
un féjour délicieux l'été, et la liberté y rend les
hivers moins rudes. J'aime à voir les maîtres de l'Etat
fimples citoyens. Il y a des partis, et il faut bien
qu'il y en ait dans une république; mais l'efprit de
parti n'ôte rien à l'amour de la patrie, et je vois de
grands-hommes oppofés à de grands-hommes.

Je fuis bien aife, pour l'honneur de la poëfie,
que ce foit un poëte qui ait contribué ici à procurer
des fecours à la reine d'Hongrie, et que la trompette de la guerre ait été la très-humble fervante de
la lyre d'*Apollon*. Je vois, d'un autre côté, avec non
moins d'admiration, un des principaux membres de
l'Etat, dont le fyftême eft tout pacifique, marcher à
pied fans domeftiques, habiter une maifon faite pour
ces confuls romains qui fefaient cuire leurs légumes,
dépenfer à peine deux mille florins par an pour fa
perfonne, et en donner plus de vingt mille à des
familles indigentes.

Ces grands exemples échappent à la plupart des
voyageurs; mais ne vaut-il pas mieux voir de telles
curiofités que les proceffions de Rome, les récolets
au capitole, et le miracle de St *Janvier*? Des
hommes de bien, des hommes de génie : voilà mes
miracles.

Ce gouvernement-ci vous plairait infiniment,
même avec les défauts qui en font inféparables. Il
eft tout municipal, et voilà ce que vous aimez. La
Haie d'ailleurs eft le pays des nouvelles et des livres;
c'eft proprement la ville des ambaffadeurs; leur

société est toujours très-utile à qui veut s'instruire. On les voit tous en un jour. On sort, on rentre chez soi; chaque rue est une promenade; on peut se montrer, se retirer tant qu'on veut. C'est Fontainebleau, et point de cour à faire.

Adieu, Monsieur; plut à Dieu que je pusse vous faire la mienne! Vous savez si je vous suis attaché pour jamais.

LETTRE CCXXII.

A M. LE DUC DE RICHELIEU.

A la Haie, ce 8 auguste.

J'AI reçu, monsieur le Duc, la lettre dont vous m'avez honoré par la voie de Francfort; mais il n'y a plus moyen de vous écrire par l'Allemagne, à moins que je ne veuille apprendre aux houssards autrichiens combien je vous aime. Daignez donc me donner vos ordres dans les paquets que vous adresserez à madame *du Châtelet*.

Les troupes hollandaises ne pourront certainement joindre les alliés que le 15 ou le 16 de septembre. Il paraît cependant que le gouvernement anglais commence à faire réflexion que tout le fardeau de la guerre retombera sur lui, et qu'il se ruine dans l'idée chimérique de faire avoir à la reine d'Hongrie un dédommagement aux dépens de la France. La moitié des Provinces-Unies a toujours des sentimens de paix, et je ne voudrais pas parier que les troupes de la république n'eussent bientôt des ordres de ne point agir, pour peu que la France témoigne de vigueur et de bonne conduite. Il y a grande apparence qu'on tirera de grands avantages de nos fautes paffées. Dunkerque peut être rétabli pour n'être plus jamais détruit, et la France en deux ou trois mois de temps peut devenir plus refpectable que jamais. Il paraît que nous ne fommes pas extrêmement bien voulus dans les pays étrangers; quand je dis nous, je dis notre puiffance, car on aime les particuliers en haïffant la France. On nous traite comme nous traitons les jéfuites; on dit du mal du corps, et on eft fort aife de vivre avec les membres; on nous prie à fouper, et on chante pouille à notre miniftère; on joue publiquement, par permiffion du magiftrat, une comédie intitulée la Préfomption punie, dans laquelle la reine d'Hongrie eft repréfentée fous le nom de *Mimi;* le cardinal de *Fleuri*, fous celui d'un vieux bailli impuiffant, qui, ne pouvant coucher avec *Mimi*, veut lui ôter toute la fucceffion de fon père; le prince *Charles*, fous le nom de *Charlot*, chaffe le bailli et fes conforts, et voilà la Préfomption punie; on va voir de dix lieues cette mauvaife bouffonnerie qui fe joue à Amfterdam. J'aime encore mieux cette farce que la tragédie de *Dettingen*, cela ne caffe ni bras ni tête. Confervez la vôtre, monfieur le Duc, et permettez que je faffe auffi des fouhaits pour un individu fort aimable, qui a grande obligation au vôtre. Souffrez que je vous prie de daigner faire fouvenir de moi M. le duc de *Duras*, *in quo bene complacuifti*. Si vous pouvez m'apprendre de bonnes nouvelles, fi vous avez la bonté de me faire un tableau bien brillant de votre

pofition , comptez que vous me ferez bien du plaifir. ——
Vous favez avec quel tendre refpect je vous fuis ¹⁷⁴³·
attaché pour toute ma vie.

LETTRE CCXXIII.

A M. AMELOT,

MINISTRE DES AFFAIRES ÉTRANGERES,
A VERSAILLES.

A la Haie, ce 16 augufte.

MONSEIGNEUR,

J'AI reçu les ordres et les fages inftructions dont
vous m'honorez, en date du 11 du mois ; permettez
qu'avant d'y répondre, j'aye l'honneur de vous parler
de quelques affaires préfentes.

Il y a près d'un mois que je vous informai qu'on
pourrait réuffir à mettre quelque obftacle au paffage
des munitions de guerre du corps de troupes hollandaifes. Celui qui s'était chargé de cette petite négociation à Berlin, l'a conduite heureufement par le
moyen du miniftère des finances. L'ordre vient
d'arriver à la régence de la Gueldre pruffienne de
ne pas laiffer paffer les effets des Hollandais. M. de
Podewils prépare exprès un mémoire très-long et de
la difcuffion la plus ample , qu'il ne préfentera que
lundi 20 du mois. Il fe paffera bien du temps avant
qu'on y ait répondu, et que cette affaire foit arrangée.

Cet événement du moins fera voir que le roi de Pruſſe eſt bien loin d'entrer dans les meſures de la république et des Anglais, et qu'il eſt capable de les braver.

Le moment ſerait bien favorable pour agir auprès de ſa Majeſté pruſſienne ; mais j'apprends, par cet ordinaire de Berlin, que le roi n'ira point à Spa. On ne me mande point cette nouvelle comme abſolument certaine. Dans le doute, je me tiens prêt à partir ; et ſi le roi de Pruſſe, contre toute attente, était encore en Siléſie, j'irais lui faire ma cour à Breſlaw.

Le premier uſage que j'ai fait de vos inſtructions, a été de dire en confidence à l'envoyé de Pruſſe que je ſavais, à n'en point douter, que la reine d'Hongrie avait déclaré depuis peu aux Anglais qu'elle regarderait toujours le roi de Pruſſe comme ſon plus cruel ennemi. Il l'a mandé à ſa cour dans le moment, ſans me nommer ; et il a accompagné ce diſcours de tout ce qui peut exciter le plus le roi ſon maître à ſe lier aux intérêts de la France. Il a pris l'occaſion du départ de M. le marquis de *Fénélon*, pour faire valoir adroitement la vigueur du miniſtère français, les reſſources de l'Etat, le courage de la nation. Je ſuis même convenu avec lui des termes.

Il m'a aſſuré encore que le premier deſſein du roi ſon maître avait été d'aſſembler à Magdebourg une armée de neutralité ; mais qu'il en avait été détourné par nos diſgrâces arrivées coup ſur coup en Bavière, et auſſi par la politique circonſpecte et même timide du comte de *Podewils*, oncle du miniſtre de la Haie, qui a d'autant plus d'influence ſur l'eſprit de ſa Majeſté pruſſienne qu'il ne veut jamais en avoir.

C'eft bien dommage que ce jeune homme plein d'efprit, qui plaît beaucoup au roi et au miniftre fon oncle, ne voye point le roi de Pruffe à Spa, comme je l'efpérais. J'ofe vous affurer, Monfeigneur, qu'il n'y a perfonne qui ait à préfent le cœur plus français, et qui pût mieux vous feconder dans vos vues. 1743.

Cependant, je fuis très-loin de perdre l'efpérance; je vois même que de jour en jour le roi de Pruffe fe met dans la néceffité de n'avoir d'autre allié que fa Majefté. J'apprends, par les lettres du miniftre hollandais à Pétersbourg, que ce prince refufe toujours, fous différens prétextes, d'accéder au traité défenfif de la Ruffie et de l'Angleterre.

Permettez-moi, Monfeigneur, de vous rappeler, à cette occafion, ce que vous avez bien voulu me dire dans votre dépêche du 11, touchant la cour de Ruffie. On vous la dépeint comme peu liée avec l'Angleterre et la Hongrie; cependant vous verrez, par la copie ci-jointe de la lettre du réfident *Swart*, que le miniftère ruffe paraît entièrement autrichien.

Voilà, Monfeigneur, tout ce qui eft venu à ma connaiffance. Les démarches récentes du roi de Pruffe auprès des Etats généraux pour la paix de l'Empire, la hardieffe qu'il a de les mécontenter et de les braver, fa froideur avec les Anglais, fes longueurs avec les Ruffes, et plus que tout cela fon intérêt vifible, font efpérer qu'on pourra le porter à quelque réfolution éclatante et digne d'un grand roi. Je vous rendrai un compte fidelle de tout ce que j'aurai aperçu à fa cour, fans ofer vous promettre qu'on puiffe jamais rien attribuer aux efforts de mon zèle.

J'aurai des lettres de recommandation de monfieur *Trévor* pour milord *Hindfort*, qui vous a tant fait de mal : je tâcherai de me lier avec lui, et de tourner à votre avantage l'heureufe obfcurité à l'abri de laquelle je peux être reçu par-tout avec affez de familiarité.

Comme il a été néceffaire que j'écriviffe quelquefois ici en chiffres, et que je confultaffe M. le marquis de *Fénélon* et M. de *Laville*, il pourra arriver que je fois à Berlin dans une pareille obligation. Je ne m'ouvrirai à M. de *Valori*, qui d'ailleurs m'honore de quelque amitié, qu'avec toute la réferve convenable aux intérêts préfens.

Encore une fois, je ne réponds d'aucun fuccès, mais foyez sûr du zèle le plus ardent.

La manière dont fa Majefté pruffienne me parlera, réglera celle dont j'aurai l'honneur de lui parler. Je prendrai confeil de l'occafion et de l'envie extrême que j'ai de mériter l'approbation d'un efprit tel que le vôtre, et la protection d'un miniftre tel que vous.

A l'égard de M. *Van-Haren*, il faut le regarder comme un homme incorruptible, mais il paraît aimer la gloire et les ambaffades. Il voulait aller en Turquie ; c'eft de là que j'ai pris occafion de lui repréfenter qu'il trouverait plus d'amis et d'approbateurs à Paris qu'à Conftantinople. Cette idée a paru le flatter. On pourrait en faire ufage en cas que les yeux des Hollandais commençaffent à s'ouvrir fur la ridicule injuftice d'attaquer la France, fous prétexte d'un fecours qu'ils ont refufé à la reine d'Hongrie quand elle en avait befoin, et qu'ils lui donnent quand elle peut s'en paffer. En ce cas, M. *Van-Haren* pouvant avec honneur employer à la conciliation les talens qu'il a confacrés à la difcorde, l'efpérance d'être nommé ambaffadeur en France, malgré l'ufage qui l'en exclut comme frifon, pourrait le flatter et le déterminer à fervir la caufe de la juftice et de la raifon.

1743.

LETTRE CCXXIV.

AU MEME.

A la Haie, ce 17 augufte.

MONSEIGNEUR,

HEUREUSEMENT, le courrier n'eft pas encore parti. Je profite de cet inftant pour avoir l'honneur de vous informer qu'il vient d'arriver un courrier du roi de Pruffe à fon miniftre, avec une lettre portant en fubftance qu'il regarde comme une violation du droit des fouverains, et *comme une marque de mépris pour fa perfonne*, le paffage des troupes hollandaifes par fon territoire, fans lui en avoir demandé, à lui expreffément, la permiffion. Il ordonne à fon miniftre, le jeune comte de *Podewils*, de prendre cette affaire avec hauteur, et d'exiger une fatisfaction authentique. De plus, il ordonne à fon miniftre de partir, et de venir recevoir fes ordres à Berlin, après avoir fait fes plaintes et demandé réparation. Il lui ordonne en même-temps de ne partir qu'après avoir laiffé à la

Haie un fecrétaire, et l'avoir inftruit du courant des affaires. La lettre eft datée de Glatz. Le voyage du miniftre à Berlin fera différé jufqu'au retour de ce fecrétaire qui eft actuellement à Spa, et auquel on dépêche un courier dans le moment.

J'obferve que le roi de Pruffe n'a été inftruit du paffage des troupes que par les dépêches datées de la Haie du 30 juillet, et que la perfonne que j'avais engagée à demander l'arrêt des munitions de guerre, l'avait obtenu dès le commencement de juillet, et cela même malgré la permiffion que les Etats devaient demander pour ces munitions.

Ces effets font affez confidérables, et j'aurai l'honneur de vous en adreffer le mémoire par le premier ordinaire, après que je l'aurai traduit du hollandais en français.

La méfintelligence que j'avais trouvé l'heureufe occafion de préparer, touchant ces effets, eft fondée fur l'intérêt. Celle qui naît du paffage des troupes, vient du jufte maintien de la dignité de fa couronne. Je fouhaiterais que ces deux grands motifs puffent fervir à déterminer ce monarque au grand but où il faudrait l'amener. J'ai peur que fon miniftre à la Haie, qui a plus d'une raifon d'aimer ce féjour, ne ménage, autant qu'il pourra, une conciliation. Je n'attends pas une rupture ouverte, mais je tâcherai de faire en forte que le miniftre de fa Majefté pruffienne attende encore quelques jours pour faire fa déclaration aux Etats généraux. Plus il aura tardé à éclater, et plus tard la réconciliation fe fera, et plus long-temps auffi les munitions de guerre feront arrêtées.

Au

Au refte, je partirai pour Berlin avec ce miniftre, ———
et vous êtes bien fûr que je n'omettrai rien pour 1743.
le faire fervir à vos intentions.

LETTRE CCXXV.

AU MEME.

MONSEIGNEUR,

CE que vous mande M. de *Valori*, touchant la
conduite du roi de Pruffe à mon égard, n'eft que
trop vrai. Vous favez de quel nom et de quel prétexte
je m'étais fervi auprès de lui pour colorer mon
voyage. Il m'a écrit plufieurs lettres fur l'homme (*)
qui fervait de prétexte, et je lui en ai adreffé quelques-
unes qui font écrites avec la même liberté. Il y a
dans fes billets et dans les miens quelques vers
hardis qui ne peuvent faire aucun mal à un roi, et
qui en peuvent faire à un particulier. Il a cru que fi
j'étais brouillé fans reffource avec l'homme qui eft
le fujet de ces plaifanteries, je ferais forcé alors
d'accepter les offres que j'ai toujours refufées, de
vivre à la cour de Pruffe. Ne pouvant me gagner
autrement, il croit m'acquérir en me perdant en
France; mais je vous jure que j'aimerais mieux vivre
dans un village fuiffe que de jouir à ce prix de la
faveur dangereufe d'un roi capable de mettre de la
trahifon dans l'amitié même; ce ferait en ce cas un
trop grand malheur de lui plaire. Je ne veux point

(*) *Boyer*, ancien évêque de Mirepoix

Correfp. générale,   Tome II.   G g

—— du palais d'*Alcine* où l'on eft efclave, parce qu'on
1743. a été aimé, et je préfère furtout vos bontés vertueufes
à une faveur fi funefte.

Daignez me conferver ces bontés, et ne parler de
cette aventure curieufe qu'à M. de *Maurepas*. Je lui
ai écrit de Bareith, mais j'ai peur que le colonel
Mentzel n'ait ma lettre.

LETTRE CCXXVI.

A M. THIRIOT.

A la Haie, ce 16 augufte.

JE mène ici une vie délicieufe dont les agrémens ne
font combattus que par le regret que m'infpirent
mes amis, et furtout par le chagrin que j'ai de voir
que vous ne vivez encore que de promeffes. Je n'ai
jamais douté de la penfion, vous le favez ; mais je
fuis auffi furpris qu'affligé de ces prodigieux retarde-
mens. Le roi de Pruffe vous fera-t-il donc vieillir
dans l'efpérance ? et l'infcription de votre tombeau
fera-t-elle un jour : Ci gît qui attendit fon payement?
En vérité, cela perce le cœur. J'efpère en parler
bientôt fortement à fa Majefté pruffienne, foit aux
eaux de Spa, foit à Berlin. Vous favez que je ne fuis
pas

Diffimulator opis propriæ mihi commodus uni.

Je n'ai heureufement rien à demander à ce monarque
pour moi-même. On eft bien honteux quand on

demande pour foi, mais on eſt bien hardi quand
on demande pour un ami. Le roi de Pruſſe m'a
fait l'honneur, en dernier lieu, de m'écrire pluſieurs
lettres dans leſquelles il daigne m'offrir un établiſſement ſûr et avantageux. Je lui ai répondu que le
plus bel établiſſement pour moi, était le bonheur
de le voir et de l'entendre, que je n'en voulais point
d'autre, et que ſi je pouvais renoncer à ma patrie
et à mes amis à qui je dois tout, je paſſerais le reſte
de ma vie dáns ſa cour. Voilà où j'en ſuis, et voilà
quels ſeront toujours mes ſentimens. Je ſuis même
aſſez heureux pour que le roi de Pruſſe les approuve.
Tout roi qu'il eſt, il ne trouve pas mauvais que les
grands devoirs de l'amitié aillent les premiers.

Ne vous méprenez plus ſur le nom d'un homme
qui ſera immortel dans ce pays-ci. Ce n'eſt point
Van-Hyden, c'eſt *Van-Haren* qu'il s'appelle. Il lui
eſt arrivé la même choſe qu'à *Homère.* On gagnait
ſa vie à réciter ſes vers aux portes des temples et
des villes. La multitude court après lui quand il
va à Amſterdam. On l'a gravé avec cette belle
inſcription:

Quæ canit ipſe fecit.

Vous ne ſauriez croire combien cette fadaiſe, par
laquelle j'ai répondu à ſes politeſſes et à ſes amitiés,
m'a concilié ici les eſprits. On en a imprimé plus de
vingt traductions. Il n'eſt rien tel que l'apropos.

Bonſoir; croyez qu'en tout temps et en tout lieu,
je ſongerai à vos intérêts. Je vous embraſſe.

LETTRE CCXXVII.

A M. LE COMTE D'ARGENTAL.

Sur l'eau, près d'Utrecht, ce 23 augufte,

LA Haie en Touraine eft donc une ville bien célèbre ! Savez-vous, mon cher et refpectable ami, que votre lettre adreffée à la Haie, n'eft pas venue d'abord en Hollande. Je l'ai reçue avec ces belles paroles : *Inconnu à la Haie en Touraine, renvoyée à la Haie en Hollande.* Oh bien, il n'y aura plus de *qui-proquo* ; me voici fur le chemin de Berlin. Le roi de Pruffe devait aller à Spa, il devait aller à Aix-la-chapelle, il m'ordonne d'aller lui faire ma cour dans fa capitale, et peut-être apprendrai-je, en courant la pofte, qu'il a changé d'avis, et il faudra courir en Franconie ou dans le haut Palatinat. Heureufement, je ne crains point les houffards en voyageant, comme je fais, avec des allemands ; et d'ailleurs je leur réciterai des vers pour la reine d'Hongrie. Le fameux colonel *Mentzel* a commencé par être comédien. Je lui ferai jouer Jules-Céfar, puïfqu'on ne le joue point à Paris. Ah ! plût à Dieu que les dévots ne fuffent pas plus à craindre que les houffards ! Ayez pitié de moi, *faltem vos amici mei.* Ecrivez-moi un petit mot à Berlin. On dit que vous n'avez pas trop bien vendu votre charge. On n'achète chèrement dans ce temps-ci que des malheurs. Daignez me mander ce que devient ce pays fait pour être fi aimable ; y eft-on bien fou ? y a-t-on de la crainte,

de l'efpérance; ou plutôt Paris ne s'occupe-t-il pas
plus d'une danfeufe que de ce qui fe paffe fur le
Rhin? Cela n'eft peut-être pas fi fou. Les véritables
fous, en vérité, font ceux qui font tuer les hommes,
et je mets encore de ce nombre ceux qui voyagent en Pruffe, pouvant être à Paris; mais puifque
ces fous-là font les plus malheureux, dites-leur des
chofes bien confolantes; daignez les égayer par des
nouvelles. Ayez la bonté de préfenter leurs refpects
à vos parens et amis. Bonfoir, mes anges; j'enrage
du meilleur de mon cœur. Adieu, les plus aimables
perfonnes du monde.

LETTRE CCXXVIII.

A M. AMELOT,

MINISTRE DES AFFAIRES ÉTRANGÈRES.

Ce 3 octobre.

MONSEIGNEUR,

En revenant de la Franconie, où j'ai refté quelques
jours après le départ de fa Majefté pruffienne, je
reprends le fil de mon journal.

Le roi de Pruffe me dit à Bareith, environ le 13
ou le 14 du mois paffé, qu'il était bien content que
le roi eût envoyé de l'argent à l'empereur, et qu'il
était fatisfait des explications données par M. le
maréchal de *Noailles*, au fujet de l'électeur de

Mayence; mais, ajouta-t-il, il réfulte de toutes vos démarches fecrètes, que vous demandez la paix à tout le monde, et il fe pourrait très-bien faire que votre cour eût fait des propofitions contre moi à l'électeur de Mayence, feulement pour entamer une négociation, et pour fonder le terrain.

C'eft donc ainfi, lui dis-je en riant, que vous en ufez, vous autres rois ; et c'eft ainfi, probablement, que vous fites, au mois de mai, des propofitions à la reine d'Hongrie contre la France. Etes-vous toujours dans cette idée, me répondit-il ; je vous jure fur mon honneur que je n'ai jamais penfé à faire cette démarche. Il me répéta deux fois ces paroles, en me frappant fur l'épaule ; et vous fentez bien que, quand un roi jure deux fois fur fon honneur, il n'y a rien à répliquer. Il m'ajouta : Si j'avais fait la moindre offre à la reine d'Hongrie, on l'eût acceptée à genoux; et il n'y a pas long-temps que les Anglais m'ont offert la carte blanche, fi je voulais envoyer feulement dix mille hommes à l'armée autrichienne.

Enfuite il me dit qu'il allait voir à Anfpach ce qu'on pourrait faire pour la caufe commune, qu'il y attendait l'évêque de Wurtzbourg, et qu'il tâcherait de réunir les cercles de Suabe et de Franconie. Il promit, en partant, au margrave de Bareith fon beau-frère, qu'il reviendrait chez lui avec de grands deffeins et même de grands fuccès.

Ces fuccès fe bornèrent à des promeffes vagues du margrave d'Anfpach, de s'unir aux autres princes en faveur de l'empereur, quand fa Majefté pruffienne donnerait l'exemple. L'évêque de Wurtzbourg ne fe

trouva point à Anfpach, et même n'envoya pas
s'excufer. Le roi de Pruffe alla voir l'armée de l'empereur, et n'entama rien d'effentiel avec le général
Sékendorff.

Tandis qu'il fefait cette tournée, le margrave me
parla beauçoup des affaires préfentes. Il venait d'être
déclaré feld-maréchal du cercle de Franconie. C'eft
un jeune prince plein de bonté et de courage, qui
aime les Français, et qui hait la maifon d'Autriche.
Il voyait affez que le roi de Pruffe n'était point du
tout dans l'intention de rien rifquer et d'envoyer
une armée de neutralité vers la Bavière. Je pris la
liberté de dire au margrave en fubftance, que s'il
pouvait difpofer de quelques troupes en Franconie,
les joindre aux débris de l'armée impériale, obtenir
du roi, fon beau-frère, feulement dix mille hommes,
je prévoyais en ce cas que la France pourrait lui
donner en fubfide de quoi en lever encore dix mille
cet hiver en Franconie, et que toute cette armée,
fous le nom d'armée des cercles, pourrait arborer
l'étendard de la liberté germanique, auquel d'autres
princes auraient alors le courage de fe rallier; et que
le roi de Pruffe engagé, pourrait encore aller plus
loin.

Le margrave et fon miniftre approuvèrent ce projet
et l'embrafsèrent avec chaleur, d'autant plus qu'il
pouvait mettre ce prince en état de faire valoir plus
d'une prétention dans l'Empire; mais il fallait gagner
l'évêque de Wurtzbourg et de Bemberg, de qui la tête
eft, dit-on, très-affaiblie; et le miniftre du margrave
me dit que, moyennant trente à quarante mille écus,
on pourrait déterminer les miniftres de cet évêque.

Le roi dé Pruffe, à fon retour à Bareïth, ne parla pas de la moindre affaire à fon beau-frère, et l'étonna beaucoup. Il l'étonna encore plus en paraiffant vouloir retenir de force à Berlin le duc de *Virtemberg*, fous prétexte que madame la ducheffe de *Virtemberg*, fa mère, voulait faire élever fon fils à Vienne.

Irriter ainfi le duc de *Virtemberg*, et défefpérer fa mère, n'était pas le moyen d'acquérir du crédit dans le cercle de Suabe, et de réunir tant de princes. La ducheffe de *Virtemberg*, qui était à Bareïth pour s'aboucher avec le roi de Pruffe, m'envoya chercher. Je la trouvai fondant en larmes. Ah! me dit-elle, le roi de Pruffe veut-il être un tyran? veut-il, pour prix de lui avoir confié mes enfans, et donné deux régimens, me forcer à demander juftice contre lui à toute la terre? Je veux avoir mon fils. Je ne veux point qu'il aille à Vienne; c'eft dans fes Etats que je veux qu'il foit élevé auprès de moi. Le roi de Pruffe me calomnie quand il dit que je veux mettre mon fils entre les mains des Autrichiens. Vous favez fi j'aime la France, et fi mon deffein n'eft pas d'y aller paffer le refte de mes jours, quand mon fils fera majeur.

Enfin, la querelle fut apaifée. Le roi de Pruffe me dit qu'il ménagerait plus la mère, qu'il rendrait le fils fi on le voulait abfolument; mais qu'il fe flattait que de lui-même le jeune prince aimerait à refter auprès de lui.

Sa Majefté pruffienne partit enfuite pour Leipfick et pour Gotha, où il n'a rien déterminé.

Aujourd'hui vous favez quelles propofitions il vous fait; mais toutes fes converfations et celles d'un

de fes miniftres, qui me parle affez librement, me
font voir évidemment qu'il ne fe mettra jamais à
découvert que quand il verra l'armée autrichienne
et anglaife prefque détruite.

Il faudrait du temps, de l'adreffe et beaucoup
plus de vigueur que le margrave de Bareith n'en a
pour faire réuffir, cet hiver, le projet d'affembler
une armée de neutralité.

Le roi de Pruffe veut beaucoup de mal au roi
d'Angleterre; mais il ne lui en fera que quand il y
trouvera.fécurité et profit. Il m'a toujours parlé de
ce monarque avec un mépris mêlé de colère; mais
il me parle toujours du roi de France avec une eftime
refpectueufe; et j'ai de fa main des preuves par écrit
que tout ce que je lui ai dit de fa Majefté lui a fait
beaucoup d'impreffion.

Je pars vers le 12; j'aurai l'honneur de vous
rendre un compte beaucoup plus ample. Je me flatte
que vous et monfieur le contrôleur général permet-
trez que je prenne ici trois cents ducats, pour acheter
un carroffe et m'en retourner, ayant dépenfé tout
ce que j'avais pendant près de quatre mois de
voyages.

LETTRE CCXXIX.

A M. AMELOT,

MINISTRE DES AFFAIRES ÉTRANGERES.

A Berlin, 8 octobre.

MONSEIGNEUR,

DANS le dernier entretien particulier que j'eus avec sa Majesté pruffienne, je lui parlai d'un imprimé qui courut, il y a fix femaines, en Hollande, dans lequel on propofait des moyens de pacifier l'Empire, en fécularifant des principautés eccléfiaftiques en faveur de l'empereur et de la reine d'Hongrie, fuivant l'exemple qu'on en donna, le fiècle paffé, à la paix de Veftphalie. Je lui dis que je voudrais de tout mon cœur voir le fuccès d'un tel projet ; que c'était rendre à *Céfar* ce qui appartient à *Céfar* ; que l'Eglife ne devait que prier Dieu pour les princes ; que les bénédictins n'avaient pas été inftitués pour être fouverains ; et que cette opinion, dans laquelle j'avais toujours été, m'avait fait beaucoup d'ennemis dans le clergé. Il m'avoua que c'était lui qui avait fait imprimer ce projet. Il me fit entendre qu'il ne ferait pas fâché d'être compris dans ces reftitutions que les prêtres doivent, dit-il, en confcience aux rois, et qu'il embellirait volontiers Berlin du bien de l'Eglife. Il eft certain qu'il veut parvenir à ce but, et ne procurer la paix que quand il y verra de tels avantages.

C'eſt à votre prudence à profiter de ce deſſein ——
ſecret qu'il n'a confié qu'à moi. Peut-être ſi l'empereur lui fefait, dans un temps convenable, des
ouvertures conformes à cette idée, et preſſait une
aſſociation de princes de l'Empire, le roi de Pruſſe
ſe déterminerait à ſe déclarer ; mais je ne crois pas
qu'il voulût que la France ſe mêlât de cette ſécula-
riſation, ni qu'il faſſe aucune démarche éclatante,
à moins qu'il n'y voye très-peu de péril et beaucoup
d'utilité.

Il me dit que, dans quelque temps, on verrait
éclore des événemens agréables à la France. J'ai peur
que ce ne ſoit une énigme qui n'a point de mot. Il
veut toujours me retenir. Il m'a fait encore parler
aujourd'hui par la reine-mère ; mais je crois que je
dois plutôt venir vous rendre compte, que de jouir
ici de ſa faveur.

LETTRE CCXXX.

A M. THIRIOT.

À Berlin, le 8 octobre.

J'AI reçu vos deux lettres en revenant de la
Franconie à la ſuite d'un roi qui eſt la terreur des
poſtillons, comme de l'Autriche, et qui fait tout en
poſte. Il traîne ma momie après lui. Je n'ai que le
temps de vous dire un mot. *Jodelet*, prince, eſt
entouré de rois, de reines, de muſique, de bals. Le
roi de Pruſſe daigne, en quatre jours de temps, faire

1743.

ajufter fa magnifique falle des machines , et faire mettre au théâtre le plus bel opéra de *Metaftafio* et de *Haff;* le tout parce que je fuis curieux. *Jodelet* , prince, s'en retourne , après ce rêve, être à Paris *Jodelet* tout court, être berné et écrafé comme de coutume ; mais il ne s'en retournera pas fans s'être jeté aux pieds du roi, en faveur de fon ami *Thiriot*, et fans avoir obtenu quelque chofe. Ce ne fera pas affurément le fruit le moins flatteur du plus agréable voyage qu'on ait jamais fait. L'amitié qui me ramène à Paris , eft toujours à Berlin la première divinité à qui je facrifie.

LETTRE CCXXXI.

A M. DE MAUPERTUIS.

A Brunfvick, le 16 octobre.

J'AI reçu, dans mes courfes, la lettre où mon cher aplatiffeur de ce globe daigne fe fouvenir de moi avec tant d'amitié. Eft-il poffible que je ne vous aye jamais vu que comme un météore toujours brillant et toujours fuyant de moi ? n'aurai-je pas la confolation de vous embraffer à Paris ?

J'ai fait vos complimens à vos amis de Berlin, c'eft-à-dire, à toute la cour, et particulièrement à M. de *Valori*. Vous êtes là, comme ailleurs, aimé et regretté. On m'a mené à l'académie de Berlin, où le médecin *Eller* a fait des expériences par lefquelles il croit faire croire qu'il change l'eau en air élaftique ;

mais j'ai été encore plus frappé de l'opéra de Titus, qui est un chef-d'œuvre de musique. C'est, sans vanité, une galanterie que le roi m'a faite, ou plutôt à lui; il a voulu que je l'admirasse dans sa gloire.

1743.

Sa salle d'opéra est la plus belle de l'Europe. Charlotembourg est un séjour délicieux : *Fédéric* en fait les honneurs, et le roi n'en fait rien. Le roi n'a pas encore fait tout ce qu'il voulait, mais sa cour, quand il veut bien avoir une cour, respire la magnificence et le plaisir.

On vit à Potsdam comme dans le château d'un seigneur français qui a de l'esprit, en dépit du grand bataillon des gardes, qui me paraît le plus terrible bataillon de ce monde.

Jordan ressemble toujours à *Ragotin ;* mais c'est *Ragotin* bon garçon et discret, avec seize cents écus d'Allemagne de pension. D'*Argens* est chambellan, avec une clef d'or à sa poche et cent louis dedans, payés par mois. *Chazot,* ce *Chazot* que vous avez vu maudissant la destinée, doit la bénir; il est major, et a un gros escadron qui lui vaut environ seize mille livres, au moins, par an. Il l'a bien mérité, ayant sauvé le bagage du roi à la dernière bataille.

Je pourrais, dans ma sphère pacifique, jouir aussi des bontés du roi de Prusse, mais vous savez qu'une plus grande souveraine, nommée madame *du Châtelet*, me rappelle à Paris. Je suis comme ces Grecs qui renonçaient à la cour du grand roi, pour venir être honnis par le peuple d'Athènes.

J'ai passé quelques jours à Bareith. Son Altesse royale m'a bien parlé de vous. Bareith est une retraite délicieuse où l'on jouit de tout ce qu'une

cour a d'agréable fans les incommodités de la grandeur. Brunfvick, où je fuis, a une autre efpèce de
charme : c'eft un voyage célefte où je paffe de planète
en planète, pour revoir enfin ce tumultueux Paris
où je ferai très-malheureux fi je ne vois pas l'unique
Maupertuis que j'admire et que j'aime pour toute
ma vie.

LETTRE CCXXXII.

A M. AMELOT.

27 novembre.

MONSEIGNEUR,

En arrivant à la Haie, je commence par vous
rendre compte de plufieurs particularités dont je n'ai
pu encore avoir l'honneur de vous informer.

Pour aller par ordre, je dirai d'abord que le roi
de Pruffe m'écrivit quelquefois de Potfdam à Berlin,
et même de petits billets de fon appartement à ma
chambre, dans lefquels il paraiffait évidemment
qu'on lui avait donné de très-finiftres impreffions
qui s'effaçaient tous les jours peu à peu. J'en ai
entre autres une du 7 feptembre, qui commence
ainfi : ,, Vous me dites tant de bien de la France
,, et de fon roi, qu'il ferait à fouhaiter, &c. et qu'un
,, roi digne de cette nation, qui la gouverne fage-
,, ment, peut lui rendre aifément fon ancienne
,, fplendeur. Perfonne de tous les fouverains de

,, l'Europe ne fera jamais moins jaloux que moi
,, de fes fuccès. ,,

J'ai confervé cette lettre, et lui en ai rendu plufieurs
autres qui étaient écrites à deux marges, l'une de fa
main, l'autre de la mienne. Il me parut toujours
jufque-là revenir de fes préjugés ; mais lorfqu'il fut
prêt de partir pour la Franconie, on lui manda, de
plus d'un endroit, que j'étais envoyé pour épier fa
conduite. Il me parut alors altéré, et peut-être
écrivit-il à M. *Chambrier* quelque chofe de fes foupçons. D'autres perfonnes charitables écrivirent à M.
de *Valori* que j'étais chargé, à fon préjudice, d'une
négociation fecrète, et je me vis expofé tout d'un
coup de tous les côtés. Je fus affez heureux pour
diffiper tous ces nuages. Je dis au roi qu'à mon
départ de Paris, vous aviez bien voulu feulement
me recommander en général de cultiver, par mes
difcours autant qu'il ferait en moi, les fentimens de
l'eftime réciproque et l'intelligence qui fubfifte entre
les deux monarques. Je dis à M. de *Valori* que je ne
ferais que fon fecrétaire, et que je ne profiterais des
bontés dont le roi de Pruffe m'honore, que pour
faire valoir ce miniftre ; c'eft en effet à quoi je
travaillai. L'un et l'autre me parurent fatisfaits ; et
fa Majefté pruffienne me mena en Franconie avec
des diftinctions flatteufes.

Immédiatement avant ce voyage, le miniftre de
l'empereur à Berlin m'avait parlé de la trifte fituation de fon maître. Je lui confeillai d'engager fa
Majefté impériale à écrire de fa main une lettre touchante au roi de Pruffe. Ce miniftre détermina
l'empereur à cette démarche, et l'empereur envoya

—— la lettre par M. de *Sékendorff*. Vous favez que le roi de Pruffe m'a dit depuis, qu'il y avait fait une réponfe dont l'empereur doit être très-fatisfait. Vous favez qu'à fon retour de Franconie à Berlin, il fit propofer, par M. de *Podewils*, à M. de *Valori*, de vous envoyer un courier, pour favoir quelles mefures vous vouliez prendre avec lui pour le maintien de l'empereur; mais ce que le roi me difait de ces mefures, me paraiffait fi vague, il paraiffait fi peu déterminé, que j'ofai prier M. de *Valori* de ne pas envoyer un courier extraordinaire, pour apprendre que le roi de Pruffe ne propofait rien.

Je peux vous affurer que la réponfe que fit M. de *Valori* au fecrétaire d'Etat, étonna beaucoup le roi, et lui donna une idée nouvelle de la fermeté de votre cour. Le roi me dit alors, à plufieurs reprifes, qu'il aurait fouhaité que j'euffe eu une lettre de créance. Je lui dis que je n'avais aucune commiffion particulière, et que tout ce que je lui difais, était dicté par mon attachement pour lui. Il daigna m'embraffer à mon départ, me fit quelques petits préfens, à fon ordinaire, et exigea que je revinffe bientôt. Il fe juftifia beaucoup fur la petite trahifon dont M. de *Valori* et moi nous vous avons donné avis. Il me dit qu'il ferait ce que je voudrais pour la réparer. Cependant, je ne ferais point furpris qu'il m'en eût fait encore une autre par le canal de *Chambrier*, tandis qu'il croyait que j'avais l'honneur d'être fon efpion.

J'arrivai le 14 à Brunfvick, où le duc voulut abfolument me retenir cinq jours. Il me dit qu'il refufait conftamment deux régimens que les Hollandais

voulaient

voulaient négocier dans ſes Etats. Il m'aſſura que
lui et beaucoup de princes n'attendaient que le ſignal 1743.
du roi de Pruſſe, et que le ſort de l'Empire était
entre les mains de ce monarque : il m'ajouta que le
collége des princes était fort effarouché que l'électeur
de Mayence eût, ſans les conſulter, admis à la dicta-
ture le mémoire préſenté, il y a un mois, contre
l'empereur, par la reine d'Hongrie ; qu'il ſouhai-
tait que le collége des princes pût s'adreſſer à ſa
Majeſté pruſſienne (comme roi de Pruſſe), pour
l'engager à ſoutenir leurs droits, et que cette union
en amènerait bientôt une autre en faveur de ſa
Majeſté impériale.

Pluſieurs perſonnes m'ont confirmé dans l'idée où
j'étais d'ailleurs, que ſi l'empereur ſignifiait au roi de
Pruſſe qu'il va être réduit à ſe jeter entre les bras
de la cour de Vienne, et à concourir à faire le
grand-duc roi des Romains, cette démarche précipi-
terait l'effet des bonnes intentions du roi de Pruſſe,
et mettrait fin à cette politique qui lui a fait envi-
ſager ſon bien dans le mal d'autrui.

On m'a encore aſſuré qu'on commence à redouter
en Allemagne le caractère inflexible de la reine
d'Hongrie, et la hauteur du grand-duc, et que vous
pourrez profiter de cette diſpoſition des eſprits.

Oſerais-je, Monſeigneur, vous ſoumettre une
idée qu'un zèle, peut-être fort mal éclairé, me
ſuggère ? On m'a fait promettre d'aller faire un tour
à Virtemberg, à Anſpach, à Brunſvick, à Bareith,
à Berlin. S'il ſe pouvait faire que l'empereur me
chargeât de lettres preſſantes pour les princes de
l'Empire dont il eſpère le plus, ſi je pouvais porter

Correſp. générale.   Tome II.   H h

1743. au roi de Pruſſe les copies des réponſes faites à l'empereur, ne pourrait-on pas pouſſer alors le roi de Pruſſe dans cette aſſociation tant déſirée, qui ſe trouverait déjà ſignée en effet par tous ces princes? on ſaurait du moins alors certainement à quoi s'en tenir ſur le roi de Pruſſe; et s'il abandonnait la cauſe commune, ne pourriez-vous pas, à ſes dépens, faire la paix avec la reine d'Hongrie? vous ne manquerez de reſſources ni pour négocier ni pour faire la guerre. Je vous demande pardon pour mes rêves qui ſont les très-humbles ſerviteurs de votre raiſon ſupérieure.

Fin du Tome ſecond.

TABLE ALPHABETIQUE

DES LETTRES

CONTENUES DANS CE VOLUME.

A.

B.

C.

D.

F.

G.

H.

L.

M.

O.

P.

S.

T.

X.

W.

Fin de la Table du tome fecond.

VOLTAI

3

CORRESPO

GENERALE

TO II